KB195520

『금지된 일기장』에 쏟아진 경이로운 찬사

세스페데스는 발레리아의 절망적인 내면과 현실 속 그녀의 역할 사이의 간격이 점점 더 벌어지는 것을 능숙하게 보여준다. 이 소설은 발레리아의 숨 막히는 가정생활에 끊임없는 의문을 던진다. 사회적 덫에 갇힌 한 여성을 다룬 고통스럽고 냉소적인 묘사가 탁월하다.

_커커스 리뷰

단번에 독자의 시선을 사로잡은 이 소설은 강력하고 명확하며 도덕적 함의를 지닌다. 또한 전 세계 여성이 공통으로 인식하는 억압의 형태, 즉 '생각할 권리에 대한 억압'을 탐구한다는 점에서 정치적이다.

_워싱턴 포스트

문학의 기념비적인 작품. 엘레나 페란테는 이 작품에서 영감을 얻었다고 밝혔다. 독자들은 고집스럽고 이중적인 페란테의 여주인공들에게서 발레리아의 목소리를 발견할 수 있다.

_뉴욕 리뷰 오브 북스

만약 당신이 엘레나 페란테의 팬이라면, 현재 자신의 모습과 되고 싶은 모습 사이의 거리를 마주하는 여성들의 내면을 탐구하는 세스페데스의 날카로운 서사를 분명 사랑하게 될 것이다.

_마더 존스

복잡한 인간관계와 실존에 대한 주제를 능숙하게 다루는 세스페데스의 탁월함에 감탄하지 않을 수 없다.

_커런트

『금지된 일기장』은 70년 전에 출간된 것 같지 않다. 문장은 신선하고 생동감 있으며, 기대했던 것보다 더 현대적인 문제를 제기한다.

_미국 공영 라디오

세스페데스는 평범한 통념을 해체한다. 전통적 소설 형식이나 가족, 사랑, 성과 같은 익숙한 주제 안에서 급진적 변화의 가능성을 불러일으킨다. 세스페데스가 묘사하는 가족 안에서의 소외, 억압적이고 끈질긴 폭력은 지금도 여전히 유효하다.
_더 뉴 인쿼리

발레리아의 일기장으로 구성된 아름답고, 괴롭고, 섬세하게 구성된 이 소설이 진행되는 동안 조용한 혁명이 일어난다.
_문학 비평 커뮤니티 온 더 시월 On the Seawall

『금지된 일기장』은 일상의 사소한 것들을 통해 여성의 내적 갈등과 사회적 억압을 그리며, 고유의 문학적 가치와 보편적 메시지를 전달한다.
_로스앤젤레스 리뷰 오브 북스

우아하지만 꾸밈없는 작품의 긴박함은 현혹적이고 불안한 예리함을 담고 있다. 버지니아 울프의 후계자인 세스페데스의 『금지된 일기장』은 형식적으로 정확하고 심리적으로 풍부하며, 정교하고 고통스러운 울부짖음을 드러낸다.
_파이낸셜 타임스

6개월에 걸쳐 쓴 모성과 여성성에 대한 성찰은 소설이 출판된 1950년대에 절실하고 파격적이었다. 이는 오늘날 미국에서도 마찬가지다.
_더 밀리언스

이 책은 글쓰기가 정말로 혁명적인 행위가 될 수 있음을 페이지마다, 문단마다 보여준다.
_영국 더 가디언

발레리아가 중년의 쉽지 않은 변화를 헤쳐나가는 과정에서 이 글은 솔직함으로 반짝인다.
_아이리시 타임스

금지된 일기장

Quaderno Proibito
by Alba de Céspedes

금지된 일기장

알바 데 세스페데스 지음
김지우 옮김

한길사

금지된 일기장

일러두기

- 이 책은 이탈리아에서 발간된 Alba de Céspedes가 쓴 *Quaderno Proibito*(Mondadori Libri S.p.A, 1952)를 옮긴 것이다.
- 이 책의 각주는 독자의 이해를 돕기 위해 옮긴이가 넣었다.

Valeria Cossati

Date 1950년 11월 26일

애초에 일기장을 산 것 자체가 실수였다. 그것도 아주 큰 실수. 하지만 후회해봤자 소용없다. 이미 물은 엎질러졌으니까. 대체 무슨 생각으로 일기장을 산 건지 모르겠다. 어쩌다 보니 그렇게 된 것 같다. 처음부터 일기를 써야겠다고 마음먹은 건 아니었다. 일기를 쓰려면 몰래 쓸 수밖에 없는데 그러려면 미켈레와 아이들에게 숨겨야 할 테니까. 나는 비밀을 만들기 싫다. 게다가 우리 집은 너무 비좁아서 비밀을 만들래야 만들 수도 없다.

내가 일기장을 사게 된 사연은 이렇다. 보름 전 일요일, 나는 아침 일찍 남편에게 담배를 사다주기 위해 집을 나섰다. 일요일마다 늦잠을 자는 남편이 아침에 눈을 뜨자마자 바로 볼 수 있게 침대 머리맡 탁상 위에 담배를 놓아두고 싶었다. 늦가을치고는 따스하고 화창한 날씨였다. 아직 초록빛이 남아 있는 나무와 휴일답게 여유 있는 표정의 사람들을 바라보며 햇살이 내리쬐는 곳을 따라 걷다 보니 어린아이처럼 기분이 들떴다. 그 기분을 만끽하고 싶어서 잠깐 산책을 하기로 마음먹고 광장에 있는 담배 가게까지 걸어가기로 했다. 가는 길에 사람들이 꽃을 파는 노점상 앞에 발길을 멈추는 것을 보고 나도 덩달아 금잔화 한 다발을 샀다.

"주말인데 식탁에 꽃장식 정도는 해줘야죠."

꽃장수가 말했다.

"그래야 남자들도 좋아하니까요."

나는 미소를 지으며 고개를 끄덕여 보였다. 하지만 사실 미켈레나 리카르도 때문에 꽃을 산 것이 아니었다. 물론 우리 집 남자들도 꽃을 좋아한다. 하지만 오늘만큼은 나를 위해 꽃을 사고 싶었다. 꽃다발을 손에 들고 거리를 걷고 싶었기 때문이다.

담배 가게에는 손님이 많았다. 내 차례가 오면 바로 계산하려고 돈을 손에 쥔 채 기다리는데 진열대에 가지런히 쌓아 올린 공책 더미가 눈에 들어왔다. 반질반질하고 새까만 표지의 두툼한, 학생들이 흔히 쓰는 평범한 공책이었다. 먼 옛날 나 역시 꼭 그렇게 생긴 공책 첫 장에 정성스레 '발레리아'라고 이름을 쓰곤 했다.

"저 공책도 한 권 주세요."

나는 돈을 꺼내려고 핸드백을 뒤지며 말했다. 고개를 들자 담배 가게 주인이 엄한 표정으로 내게 말했다.

"안 됩니다. 금지된 일이거든요."

그는 자기가 팔고 싶지 않은 것이 아니라 일요일마다 담배 외에 다른 물건을 판매하지는 않는지 확인하려고 경찰이 가게 주변을 어슬렁거린다고 해명했다.* 때마침 가게에는 나밖에 없었다.

"하지만 꼭 필요한걸요."

나는 말했다.

"공책을 못 사면 큰일 나요."

* 1950년대 이탈리아에서는 담배 가게와 문방구의 공정한 경쟁을 위해서 일요일에는 담배 가게에서 담배 이외의 상품을 판매 금지하는 법이 있었다.

나는 상기된 목소리로 속삭였다. 필요하면 떼를 쓰고, 애원이라도 할 참이었다. 그러자 가게 주인은 주변을 둘러보더니 재빨리 공책 한 권을 집어 들고 계산대 너머로 건네주었다.

"코트 아래에 숨겨요."

나는 공책을 코트 아래 숨긴 채 집으로 향했다. 건물을 관리하는 여자가 가스관 이야기를 하는 내내 행여나 공책을 떨어뜨릴까 두려웠다. 얼굴이 시뻘겋게 달아오른 채 현관문을 열쇠로 열고, 곧바로 침실로 들어가려다 불현듯 미켈레가 아직 자고 있을 거라는 사실이 떠올랐다.

"엄마!"

그때 미렐라가 나를 불렀다.

"엄마, 신문은요?"

리카르도도 나를 찾았다. 나는 몰래 코트를 벗지 못할까봐 불안한 마음에 정신이 없었다.

'옷장에 숨겨야겠다.'

나는 생각했다.

'아니, 아니지. 내 장갑이나 블라우스를 빌린답시고 미렐라가 아무 때나 옷장을 뒤지잖아.'

그렇다고 침대 머리맡 탁상 서랍에 넣어두면 미켈레의 눈에 띌 수 있으니 곤란했고, 책상은 이미 리카르도가 독차지하고 있었다.

그러고 보니 이 집에는 나만을 위한 서랍이나 물건을 보관할 수 있는 공간이 하나도 없다. 이제부터라도 내 권리를 찾아야겠다는 생각이 들었다.

'수건과 시트를 보관하는 수납장에 넣어야겠다.'

하지만 순간 매주 일요일 미렐라가 식사 준비를 할 때 깨끗한 식탁보를 꺼내기 위해 수납장을 연다는 사실이 떠올랐다. 결국 나는 공책을 부엌에 있는 빨래 주머니 안에 던져놓았다. 빨래 주머니를 묶는 순간 미렐라가 부엌에 들어왔다.

"무슨 일 있어요, 엄마? 얼굴이 빨개요."

"코트 때문이야."

내가 코트를 벗으며 말했다.

"오늘 날씨가 따뜻하거든."

순간 미렐라가 '거짓말. 빨래 주머니에 뭔가를 숨기느라 얼굴이 빨개졌잖아요'라고 따질 것만 같았다. 내가 뭘 잘못한 것도 아닌데 이렇게까지 할 필요는 없다고 생각해봤지만, 소용없었다. '금지된 일'이라는 담배 가게 주인의 목소리가 계속해서 귓가를 맴돌았다.

Date 12월 10일

2주 넘게 한 글자도 못 쓰고 일기장을 감춰만 두었다. 가족들에게 들키지 않을 곳을 찾기 위해 보관 장소를 바꾸느라 첫날부터 애를 먹었다. 리카르도가 공책을 발견하면 대학교 강의 노트로 쓰겠다고 가져가버릴 것이다. 미렐라 눈에 띄면 일기장으로 쓰겠다고 제 방 서랍에 넣고 열쇠로 잠가버릴 것이다.

물론 공책이 내 것이라고 주장할 수도 있겠지만, 그러려면 용도를 밝혀야 한다. 연초에 미켈레가 자신이 일하는 은행에서 제작한 판촉용 다이어리를 가져다주기 때문에 가계부로 쓰려고 공책을 샀다는 핑계를 댈 수도 없었다. 그렇게 말하면 남편이 먼저 나서서 리카르도에게 공책을 양보하라고 말할 것이다. 그러면 나는 곧바로 공책을 포기하고, 다시는 일기장을 사지 않겠지. 솔직히 말하자면 공책을 사고 나서 한순간도 마음이 편치 않았지만, 그래도 포기하고 싶지는 않다.

전에는 아이들이 나만 혼자 남겨놓고 집을 비우면 속상했는데, 지금은 혼자서 글을 쓰고 싶은 마음에 아이들이 나가기만 기다려졌다. 집도 비좁은데다 직장 일로 바빠서 얼마 전까지만 해도 집에 혼자 있을 때가 거의 없다는 사실조차 깨닫지 못했었는데 말이다. 실제로 일기장을 개시하기 위해 나는 정말로 속임수를 써야 했다.

나는 축구 경기 티켓 세 장을 구입한 뒤 직장 동료에게서 선물 받았다고 거짓말을 했다. 티켓을 사기 위해 생활비도 줄여야 했으니 이중으로 거짓말을 한 셈이다. 일요일 아침 나는 식사를 마친 후 미켈레와 아이들의 외출 준비를 도와주었다. 미렐라에게 내 두툼한 외투를 빌려주고, 상냥하게 인사한 뒤 세 사람 뒤로 현관문이 닫히는 소리를 듣는 순간 너무나 기뻐 온몸에 전율을 느꼈다.

하지만 그마저도 잠시일 뿐, 몰려드는 후회감에 집으로 다시 돌아오라고 외치려고 창가로 달려갔지만, 세 사람은 이미 멀어진 후였다. 남편과 아이들의 뒷모습을 바라보고 있자니 그들이 축구 경기를 보러 가는 것이 아니라 셋이 내가 파놓은 함정을 향해 달음박질치는 것만 같았다. 남편과 아이들이 웃으며 서로를 바라보는 모습을 보니 후회감이 밀려오면서 가슴이 아렸다.

바로 자리를 잡고 앉아서 일기를 쓰려고 했지만, 그러기에는 부엌이 너무 엉망이었다. 원래 일요일에는 미렐라가 식탁 정리를 도와주는데 그날은 그럴 시간이 없었다. 평소에는 깔끔한 미켈레까지 넥타이를 여기저기 던져놓고 옷장 문까지 열어둔 채 나가버렸다. 사실 오늘도 마찬가지다. 지금 잠깐의 평화를 누릴 수 있는 것도 또다시 축구 경기 티켓을 사다준 덕분이다.

문제는 막상 나만의 비밀 장소에서 일기장을 꺼내 들고 글을 쓰기 위해 자리를 잡고 앉으면 굳이 떠올리고 싶지 않은 고단한 일상 외에는 쓸 말이 없다는 사실이다. 지금은 일기장을 겨울 옷을 보관해두는 오래된 여행 가방 속에 숨겨두고 있다. 하지만 그마저도 이틀 전 미렐라가 가방을 못 열게 말리느라 진땀을 뺐다. 생활비를 아끼려고 난방을 끄는 바람에, 미렐라가 두꺼운 스키용 바지를 꺼내 입겠다고 가방을 열려고 했던 거다.

가방을 열자마자 일기장을 들킬 것이 뻔해서 나는 "아직은 일러"라며 미렐라를 말렸고, 그런 내 말에 딸아이는 "춥단 말이에요!"라고 짜증을 냈다. 내가 계속 우기자 미켈레조차 내 반응이 과하다고 생각했는지, 단둘이 남았을 때 미렐라에게 왜 그랬냐고 했다. "내 일은 내가 알아서 할 테니 상관하지 마"라고 하자, 평소와는 다른 나의 태도에 놀란 표정으로 나를 바라보았다.

"아이들 야단칠 때 당신이 끼어드는 건 싫어. 당신이 그런 식으로 나오면 내가 뭐가 되겠어?"

그러자 미켈레는 평소에는 자기가 아이들 일에 신경 쓰지 않는다고 불만이지 않았냐면서 내 곁으로 다가와 장난스레 말했다.

"우리 엄마가 오늘 기분이 왜 안 좋으실까?"

남편의 말을 들으며 마흔 줄을 넘긴 여자들이 으레 그렇듯 나 역시 과민하고 신경질적으로 변하고 있는 것은 아닌가 하는 생각이 들었다. 어쩌면 남편도 그렇게 생각할지 모른다고 생각하니 깊은 수치심이 몰려왔다.

Date 12월 11일

어제 쓴 일기를 다시 읽어보니 내 성격이 변하기 시작한 것이 남편이 장난스레 나를 '엄마'라고 불렀을 때부터가 아니었을까 하는 생각이 들었다.

처음 미켈레가 나를 그렇게 불렀을 때는 기분이 좋았다. 이 집에서 인생이 무엇인지 아는 유일한 어른이 된 것 같았으니까. 나는 원래 책임감이 강한 편이었는데, 남편이 나를 엄마라고 부를수록 더 그렇게 되는 것 같았다. 나만 어른이라고 생각하면 쉰 살을 바라보는 나이인데도 한없이 투명하고 순진한 남편을 볼 때마다 솟아오르는 애틋한 감정이 정당화되는 것 같았다. 그래서 나는 미켈레가 나를 '엄마'라고 부를 때마다, 어린 시절 아들에게 했던 것처럼 엄격함과 상냥함이 뒤섞인 목소리로 대답해주곤 했다. 이제는 그런 내 태도가 실수였다는 걸 안다. 남편은 나를 발레리아라고 부르던 유일한 사람이었으니까.

부모님은 어렸을 때부터 나를 '우리 아가'라고 불렀다. 나이에 상관없이 두 분에게 나는 평생 아이였다. 부모님은 내게 요구할 건 다 요구하면서, 아직도 나를 진짜 어른으로 대해주지 않는다. 그렇다. 미켈레는 나를 발레리아라고 불러주던 유일한 사람이었다. 학창 시절 친구들은 나를 아직도 피사니라고 부르고, 다른 사람들에게 나는 미켈레의 아내이거나 리카르도와 미렐라의 엄마일 뿐이다.

하지만 오직 미켈레에게만큼은 나는 발레리아였다. 처음 만난 그 순간부터.

Date 12월 15일

일기장을 펼칠 때마다 가장 먼저 첫 페이지에 적힌 내 이름이 눈에 들어온다. 내 수수한 필체가 마음에 든다. 다소 나지막하고 한쪽으로 약간 기울어진 글씨에서 어쩔 수 없이 연륜이 느껴진다. 솔직히 내가 마흔셋이라는 사실이 좀처럼 믿기지 않는다. 다른 사람들도 내가 장성한 아이들과 함께 있는 모습을 보면 놀라면서 젊어 보인다고 칭찬했고, 그럴 때마다 리카르도와 미렐라는 민망한 미소를 지어 보이곤 했다.

어쨌든 마흔셋이나 됐는데 일기 한번 쓰겠다고 매번 유치한 술수를 써야 한다는 사실이 수치스럽다. 어떻게 하든 미켈레와 아이들에게 일기장의 존재를 알리고 내가 원할 때 방에 들어가 글을 쓸 수 있는 권리를 주장해야 한다. 애초에 시작부터 잘못됐다. 이런 식으로 몰래 일기를 쓰면 나쁜 짓을 하는 것처럼 계속 죄책감에 시달릴 것이다. 정작 일기 내용은 하나도 숨길 것이 없는데 말이다.

정말이지 말도 안 되는 상황이다. 그런데도 이제는 직장에 있을 때조차 마음이 편치 않았다. 사장이 퇴근 시간이 지난 후에도 나를 붙잡고 있을 때면, 예기치 못한 이유로 미켈레가 나보다 먼저 퇴근해서 일기장을 숨겨놓은 오래된 서류 보관함을 뒤질까봐 두려웠다. 결국 나는 추가 수당 받을 기회를 포기하고 야근을 피하기 위한 핑곗거리를 만들어냈다.

불안에 떨면서 집에 도착했을 때 행여나 현관에 미켈레의 코트가 걸려 있기라도 하면 가슴이 철렁 내려앉았다. 그럴 때마다 나는 미켈레가 새까맣고 반질반질한 일기장을 손에 들고 있는 모습을 상상하며 떨리는 마음으로 거실로 향했다. 남편이 아이들과 이야기를 나누고 있으면 왠지 일기장 이야기를 하려고 나를 기다리고 있는 것만 같았다.

밤에 잠자리에 들 때면, 왠지 모르게 남편이 소리나지 않도록 평소보다 더 조심스럽게 침실 문을 닫는 것만 같아서 조바심이 났다.

'이제 일기장 이야기를 꺼내겠지.'

하지만 미켈레는 아무 말도 하지 않았고, 그제야 나는 그가 조심스레 문을 닫은 것이 세심한 성격 때문이라는 사실을 깨달았다.

이틀 전 미켈레가 직장으로 전화한 적이 있었다. 그때도 평소보다 빨리 퇴근한 남편이 집에 와서 일기장을 발견했을 거라는 생각에 순간 얼어붙고 말았다.

"할 말이 있어…"

그가 입을 여는 순간 나는 내게도 얼마든지 공책을 살 권리가 있다고 울분을 터뜨릴지, 아니면 '여보, 잘못했어. 그렇지만 나를 좀 이해해줘'라고 애원해야 할지 고민했다.

하지만 미켈레는 그날이 대학 등록금 납부 마감일이라 리카르도가 등록금을 제대로 냈는지 묻기 위해 전화를 걸었을 뿐이었다.

Date 12월 21일

어제 저녁 식사를 마친 후, 미렐라에게 책상 서랍을 열쇠로 잠그지 않았으면 좋겠다고 말했다. 미렐라는 놀라면서 그렇게 한 지 이미 몇 년이 지났는데 새삼스레 왜 그러냐고 항의했다. 그런 미렐라에게 나는 사실 몇 년 전부터 네가 서랍을 잠그고 다니는 것이 마음에 들지 않았었다고 했다. 미렐라는 흥분해서 자기가 죽어라 공부하는 이유는 빨리 직장을 구해서 성인이 되자마자 이 집을 떠나기 위해서라고 했다. 그래야 눈치 보지 않고 마음대로 서랍을 잠그고 다닐 수 있을 테니까.

미렐라는 서랍을 잠그는 것은 그 안에 일기장을 보관하기 때문이라면서, 솔직히 오빠도 자기가 받은 연애편지를 보관하는 서랍을 잠그고 다닌다고 했다. 나는 그런 논리면 엄마 아빠도 열쇠로 잠가놓고 다닐 서랍을 하나씩 가질 권리가 있다고 쏘아붙였다.

"우리에게도 그런 서랍이 있어."

미켈레가 말했다.

"돈을 보관하는 서랍 말이야."

내가 나만을 위한 서랍을 가지고 싶다고 하자 남편이 미소를 지으며 말했다.

"그 안에 뭘 넣으려고?"

"그거야 나도 모르지. 개인적인 서류나 추억이 담긴 기념품 같은 것을 보관할 수도 있고, 아니면 일기장을 넣어놓을 수도 있지. 미렐라처럼."

일기장이라는 말에 모두 일제히 웃음을 터뜨렸다. 심지어는 미켈레까지도.

"우리 엄마가 일기장에 대체 뭘 쓰려고 그러시나?"

남편이 물었다. 미렐라도 방금 전까지 화를 낸 사실을 잊고 웃음을 터뜨렸다. 내가 꿋꿋하게 주장을 굽히지 않자, 리카르도는 짐짓 심각한 표정으로 자리에서 일어나더니 내게 다가왔다.

"엄마 말씀이 옳아요."

리카르도가 진지하게 말했다.

"엄마에게도 미렐라처럼 일기를 쓸 권리가 있죠. 엄마의 은밀한 연애사를 담은 비밀 일기장 말이에요. 솔직히 얼마 전부터 엄마를 은밀히 흠모하는 사람이 있는 눈치였어요."

리카르도가 일부러 심각한 표정으로 인상을 찌푸리자, 미켈레도 장단을 맞추어 근심 어린 표정을 지어 보였다. 남편은 리카르도 말이 옳다면서 엄마가 예전 같지 않으니 잘 지켜봐야겠다고 했다. 그러더니 셋은 또다시 웃음보가 터졌는지, 큰 소리로 웃으면서 내 곁으로 다가와 나를 껴안았다. 심지어는 미렐라까지 그 대열에 합세했다. 리카르도는 내 턱을 살짝 들어 올리며 상냥하게 물었다.

"대체 일기장에 뭘 쓰려고 그러세요?"

순간 눈물이 터져 나왔다. 대체 왜 눈물이 나는지는 알 수 없었다. 그저 너무나 피곤할 뿐이었다. 내가 눈물을 흘리자 리카르도는 얼굴이 창백해지면서 나를 꼭 껴안아주었다.

"농담이에요, 엄마. 죄송해요…"

그런 다음 동생을 향해 이게 다 너 때문이라고 쏘아붙였고, 오빠의 말에 미렐라는 거실문을 쾅 닫고 나가버렸다.

잠시 후 리카르도마저 자러 들어가고, 거실에는 나와 미켈레만 남게 되었다. 미켈레는 다정하게 대화를 시작했다. 딸을 질투하는 엄마의 마음을 이해한다면서, 이제는 미렐라가 다 큰 처녀라는 사실을 받아들여야 한다고 했다. 그런 것이 아니라고 설명하려 했지만, 미켈레는 말을 멈추지 않았다.

"이제 미렐라도 열아홉이니 가족들에게 알리기 싫은 무언가가 있지 않겠어? 감정이나, 느낌이나, 뭐 소소한 비밀 같은 게 있을 수도 있지."

"그러면 우리는?"

내가 말했다.

"우리라고 비밀이 있으면 안 된다는 법이 있어?"

미켈레는 내 손을 잡고 부드럽게 쓰다듬었다.

"오, 여보, 이 나이에 무슨 비밀이 있을 수 있겠어?"

미켈레의 말투가 뻔뻔하거나 놀리는 투였다면 바로 반박했을 것이다. 하지만 그의 목소리가 너무나도 서글프게 들려서 순간 내 얼굴이 백지장처럼 창백해지고 말았다. 나는 리카르도와 미렐라도 내가 잠시 약한 모습을 보인 이유가 질투심 때문이었다고 오해할까봐 아이들이 자기 방에 있는지 확인하려고 주위를 둘러보았다.

"안색이 창백하네. 일이 너무 많아서 피곤해서 그래. 코냑 한 모금 마셔봐요, 엄마."

나는 발끈해서 됐다고 했지만, 미켈레는 고집을 부렸다.

"고맙지만 아무것도 마시지 않을래. 이젠 괜찮아. 당신 말이 맞아. 조금 피곤해서 그랬던 것 같아. 이제는 괜찮아졌어."

나는 미켈레를 안심시키기 위해 미소를 지으며 그를 껴안아주었다.

"역시 당신이야. 컨디션 회복이 빠르잖아."

미켈레가 다정하게 말했다.

"그럼 코냑은 생략하지."

나는 어색한 표정으로 고개를 돌렸다. 코냑 병을 넣어둔 찬장 속 오래된 비스킷 상자에 일기장을 숨겨두었기 때문이다.

Date 12월 27일

크리스마스가 지난 지 이틀이 됐다. 리카르도와 미렐라는 크리스마스이브 저녁에 오랜 지인인 카프렐리 가문이 딸의 사교계 데뷔를 기념하기 위해 주최하는 무도회에 초대를 받았다. 부유한 카프렐리 가문의 파티는 호화롭고 품격이 있어서, 리카르도와 미렐라는 초대장을 받고 뛸듯 기뻐했다. 신혼 때처럼 미켈레와 단둘이 오붓하게 저녁을 먹을 수 있다는 생각에 기쁘기는 나도 마찬가지였다.

미렐라는 지난 카니발에 산 그녀의 첫 번째 이브닝 드레스를 또다시 입어야겠다면서 좋아했다. 리카르도는 지난해 입었던 미켈레의 오래된 연미복을 입을 예정이었다. 그날을 위해 나는 특별히 미렐라에게는 금빛 수를 놓은 베일 스카프를, 리카르도에게는 최신 유행하는 스타일로 부드러운 칼라가 달린 정장용 셔츠를 사주었다. 즐거운 저녁을 보낼 생각에 그날 오후에는 가족 모두 기분이 좋았다.

드레스를 입은 미렐라는 너무나 사랑스러웠다. 파티에 갈 생각에 들떠서인지 평소엔 인상을 살짝 찡그리고 있어서 다소 고집스러워 보이는 표정이 그날은 조금 온화해 보였다. 미렐라는 스카프로 살짝 얼굴을 가린 채 평소와는 다른 수줍은 자태로 거실에 들어와 온 가족이 자신의 풍성한 드레스를 보고 감탄할 수 있게 했다. 남편과 아들은 딸과 여동생에게서 처음으로 발견한 매력적인 여인의 모습에 놀라움과 경탄이 섞인 탄성을 내뱉었다. 내 얼굴에도 미소가 번졌다. 미렐라의 모습에 자부심이 느껴질 정도였다. 평소에도 이렇게 스무 살 또래 아가씨들처럼 행복하고 사랑스러운 모습이면 좋겠다고 미렐라에게 말하려다 어쩌면 그애가 다른 사람들에게는 항상 가족에게 보이는 것과는 다른 모습을 보여주고 있을지도 모른다는 생각에 입을 다물었다.

불편한 마음으로 전혀 다른 미렐라의 두 모습 중에서 어떤 것이 진짜이고 어떤 것이 거짓인지 생각하다, 문득 딸이 태도를 바꾸는 것이 아니라 그애가 집에서 맡은 역할과 밖에서 맡은 역할 자체가 다른 것뿐이라는 사실을 깨달았다. 둘 중 까탈스러운 쪽이 가족에게 배당된 것뿐이다.

동생의 모습에 덩달아 기분이 좋아진 리카르도는 자기도 당장 옷을 갈아입겠다고 했다. 하지만 잠시 후 리카르도가 나를 자기 방으로 불렀다. 목소리만 듣고도 무슨 일인지 예상할 수 있었다. 솔직히 말하자면, 나는 이미 며칠 전부터 이런 일이 벌어질 것을 두려워하고 있었다.

엄마를 부르는 리카르도의 목소리를 듣는 순간, 나는 올 것이 왔음을 직감했다. 결론부터 말하자면, 남편의 턱시도가 리카르도가 입기에 소맷단도 짧아지고 전체적으로 작아진 것이다. 리카르도는 방 한가운데 서 있었다. 당황한 표정에서 실망감이 고스란히 드러났다. 사실 작년에도 이미 미켈레의 턱시도는 리카르도에게 지나치게 딱 맞는 감이 있었다. 그때만 해도 소맷단이 뜯어질 수 있으니 여자를 껴안으면 안 되겠다면서 다 함께 웃어넘겼는데, 그새 리카르도는 더 건장해지고 키도 조금 자란 것 같았다.

리카르도는 어렸을 때처럼 엄마가 기적처럼 모든 걸 해결해줄 거라는 믿음을 가지고 희망에 가득 찬 눈빛으로 나를 바라보았다. 정말로 그렇게 할 수 있다면 얼마나 좋을까. 아주 잠시, 나는 '아주 잘 맞는구나'라고 말해줄까 망설였다. 리카르도라면 내 말을 믿을 수도 있을 것 같았다. 하지만 결국 나는 "안 되겠구나"라고 하고 말았다. 리카르도에게 다가가 소맷단과 등을 쓰다듬으면서 이런저런 임시방편을 떠올려 보았지만, 모두 불가능한 것이었다. 리카르도는 희망적인 판결을 기다리며 불안한 눈빛으로 나의 손놀림을 쫓았다.

"도저히 안 되겠어."

나는 풀 죽은 목소리로 다시 말했다.

우리는 함께 거실로 돌아왔다. 리카르도의 귀는 새빨갛게 달아올랐고, 얼굴은 백지장처럼 창백했다.

"우리 오늘 무도회에 못 가."

리카르도가 뿔난 목소리로 선언했다. 그애는 드레스를 물어뜯을 듯한 눈빛으로 제 동생을 바라보았다. 미렐라는 아무리 애를 써도 눈앞에 닥친 재앙은 피할 수 없을 거라는 두려움에 사로잡혀 불안한 목소리로 "왜 못 가?"라고 물었다.

리카르도는 단추가 잠기지 않는 재킷과 새로 산 셔츠가 우스꽝스럽게 삐져나온 짧은 소매를 내밀어 보였다.

"아빠 어깨가 너무 좁아서 그래."

리카르도가 버릇없는 말투로 말했다.

우리는 다 함께 전화번호부를 붙들고 턱시도를 빌릴 만한 친척이나 친구들을 찾기 시작했다. 순간 불과 이틀 전에 별생각 없이 전화번호부를 뒤지다 턱시도를 가진 지인이 거의 없다는 결론에 도달했던 기억이 떠올랐다. 실낱같은 희망을 품고 리카르도의 사촌에게 전화했지만, 자기도 그날 저녁에 턱시도를 입어야 한다고 했다. 각자 머릿속으로 턱시도를 가지고 있을 만한 친구들을 생각하다 결국에는 고개를 절레절레 저었다. 어떤 친척은 턱시도를 빌려달라는 부탁에 어이없어했다.

"턱시도라고? 있을 리가 없지. 내가 턱시도를 입을 일이 뭐가 있겠어?"

리카르도는 수화기를 내려놓으며 신경질적인 웃음을 터뜨렸다.

"우리 주변에는 죄다 가난한 사람들뿐이네요."

그 말에 미켈레가 쏘아붙였다.

"다 우리 같은 사람들이야."

그러자 리카르도는 반농담처럼 말했다.

"턱시도를 대여하는 건 어떨까요? 엑스트라 배우처럼요."

"그만하면 됐다."

미켈레가 말했다.

나는 미켈레가 우리 결혼식 때 입었던 연미복과 정장을 생각하고 있다는 사실을 깨달았다. 두 벌 모두 하얀 커버를 씌운 채 옷장에 걸려 있었다. 그는 분명 시아버지의 남색과 검은색 정장도 생각했을 것이다.

"그만하면 됐어."

미켈레가 엄한 목소리로 되풀이했다.

나는 미켈레의 심정을 너무나 잘 알고 있었다. 나 역시 잊고 싶지 않은 수많은 과거의 추억이 있으니까. 하지만 그 순간만큼은 리카르도의 말에 좋은 생각이라고 맞장구쳐주고, 턱시도를 대여하자고 말해주고 싶었다. 엄마가 그렇게 말해주기를 리카르도가 기대하고 있다는 사실을 알고 있었다. 나 역시 그애를 도와주고 싶었지만 뭐라 정의 내릴 수 없는 불안감 때문에 말을 아꼈다. 그러는 동안 미렐라는 나를 뚫어지게 바라보고 있었다. 나는 결국 결론을 내렸다.

"무도회에는 미렐라만 가는 걸로 하자."

미켈레가 뭔가 말하려 했지만, 나는 모두의 시선을 외면하고 말을 이어나갔다.

"새로운 상황을 받아들일 줄도 알아야지. 턱시도 없이도 살 수 있고, 아가씨 혼자 무도회에 갈 수도 있는 거야. 내 시절에는 상상조차 못 할 일이었지만 말이다. 하지만 모든 일에는 좋은 면이 있는 법이란다. 여보, 당신은 미렐라를 바래다주고 집으로 돌아와줘요. 우리 셋이서 즐거운 저녁을 보낼 수 있을 거야. 리카르도는 아쉽지만 이해하렴."

리카르도는 침묵을 지켰다. 미렐라는 나를 살짝 껴안아주고는 오빠에게 인사할지 말지 잠깐 눈치를 보다 발걸음을 돌렸다. 조심스럽게 걸으려 했지만 드레스가 스치는 소리 때문에 의도치 않게 요란한 퇴장이 되고 말았다. 나는 미렐라 등 뒤로 현관문이 닫히기 전에 정말로 기적이 일어나기를 바랐다. 리카르도에게 웃으면서 달려가 지금까지 연극을 한 것이라고 말해주고 싶었다. 옷장에서 새로 산 턱시도를 꺼내는 나의 모습을 상상해보았다. 윤기가 흐르는 실크 턱시도 옷깃이 눈에 보이는 것 같았다. 현관문이 닫히자 리카르도의 얼굴이 일그러졌다. 나는 다시 한번 "네가 이해하렴"이라고 했다.

무슨 죄를 지은 것도 아닌데, 괜스레 말투가 비굴해졌다. 그런 나의 심리가 영 마음에 들지 않았다. 솔직히 말하면 미렐라에게 이브닝 드레스를 사준 것처럼 리카르도에게 할부로 새 턱시도를 사주겠다고 말해주고 싶었다. 하지만 대부분 남성 정장이 여자 드레스보다 비싸다. 게다가 남자는 남편감을 찾을 필요도 없지 않은가.

결국 나는 그런 사치를 위해 가계에 부담을 줄 수는 없다는 결론을 내릴 수밖에 없었다. 미렐라와 리카르도가 어렸을 때 비싼 장난감을 사달라고 조를 때마다 은행에 돈이 다 떨어져서 사줄 수 없다고 하곤 했다. 그때만 해도 아이들은 엄마 말을 믿고 문제를 해결할 수 없다는 사실을 받아들였다. 하지만 이제는 그런 속임수조차 쓸 수 없다.

미켈레가 미렐라를 바래다주고 돌아온 후 우리 셋은 식탁에 둘러앉았다. 순간 아빠를 바라보는 리카르도의 시선이 변한 것을 느꼈다. 리카르도는 제 아빠를 평가하는 듯한 시선으로 바라보고 있었다. 그날 저녁 음식은 정말 맛있었지만, 모두 마지못해 먹는 느낌이었다. 크리스마스이브를 위해 특별히 미켈레가 좋아하는 말린 살구를 사두었는데, 정작 미켈레는 살구가 있는지도 몰랐다. 칙칙하고 쭈글쭈글한 말린 살구는 슬픔과 빈곤의 기운을 발산하고 있었다.

저녁 식사를 마친 후 우리는 라디오 주변에 모여 앉았다. 자정에 따려고 스파클링 와인을 한 병 사두었는데, 날카로운 눈빛으로 고집스레 침묵을 지키고 있는 아들 때문에 말을 꺼낼 수 없었다. 언젠가부터 리카르도의 눈빛에서 그런 적의가 느껴지곤 했다. 평소에는 너무나 상냥하고 예의 바른 아이이기에, 그런 표정을 볼 때마다 속이 상했다.

리카르도는 아빠가 매주 토요일에 주는 용돈이 떨어질 때마다 그런 표정을 지었다. 그럴 때면 리카르도는 잔뜩 심통 난 얼굴로 라디오 옆에 앉아서 잡지를 뒤적이거나 댄스 음악을 들었다. 그날 저녁 나는 처음으로 리카르도가 그렇게 뚱해 있는 것이 제 아빠와 나를 향한 불만을 나타내기 위해서라는 사실을 깨달았다.

사실 리카르도는 전에도 몇 번 미켈레가 오랫동안 은행에서 근무했으면서도 사업가가 되지 못했다는 말을 한 적이 있다. 그 이야기인즉슨 미켈레가 돈을 제대로 못 모았다는 말이었다. 그런 이야기가 나올 때마다 리카르도는 항상 다정한 미소를 띠었다. 제 아빠의 능력이 부족한 것이 일종의 습관이거나 아니면 지나치게 점잔을 빼다 그렇게 됐다는 투였다. 하지만 아빠를 변호하는 척하는 그애의 말투에서 무능력한 아빠 때문에 본 피해를 용서해주겠다는 식의 오만함이 느껴졌다.

나는 남편 곁에 앉아서 그의 손을 꼭 쥐어보았다. 나는 우리의 두 손이 하나가 되기를 원했다. 리카르도는 우리를 바라보지 않고 안락의자 등받이에 머리를 기댄 채 라디오를 듣고 있었다. 리카르도는 "아빠는 어깨가 좁아"라고 했다. 그 말을 다시 들으니 어쩔 수 없이 못된 마음이 들었다(화가 덜 풀린 상태에서 일기를 쓴 것이니 어쩌면 나중에 이 부분을 지울 수도 있다). 나는 당장 자리에서 일어나 리카르도 앞에 버티고 서서 비꼬는 말투로 '그래, 20년 후에 과연 네가 뭐가 되어 있을지 어디 한번 두고 보자'라고 쏘아붙이고 싶어졌다.

리카르도는 가냘픈 몸매의 마리나라는 금발 아가씨와 몇 시간 동안이나 통화를 하곤 했다. 나는 마리나를 잘 몰랐지만, 그 순간 아들이 그 아가씨 생각을 하고 있다는 것은 알 수 있었다. 아들은 그 아가씨 팔짱을 끼고 함께 무도회에 가는 상상을 하고 있을 것이다. 나는 마리나 앞에서 생글생글 웃으며 '어디 두고 보자꾸나. 두고 봐'라고 말하는 상상을 했다.

남편에게 이제는 베이비시터가 필요 없다고 말했던 때가 생각났다. 남편은 내 얼굴을 쳐다보지도 않고 알겠다고, 아이들이 다 컸으니 자기도 괜찮을 것 같다고 했다. 리카르도가 다섯 살, 미렐라가 세 살 때 일이었다. 그로부터 얼마 지나지 않아 나는 남편에게 가사도우미마저 해고하자고 말했다. 망설이는 그에게 나는 우리가 암시장에서 물건을 구입한다는 사실을 가사도우미가 동네방네 퍼뜨리고 다닐까봐 걱정된다고 했다.

마지막으로 집으로 돌아와 남편을 껴안으며 직장을 구했다는 기쁜 소식을 전했던 순간이 떠올랐다. 그때 나는 미켈레에게 아이들이 고등학교에 입학한 후로 여유 시간이 많아서 집에서 할 일이 별로 없다고 했다.

"두고 보자꾸나."

상상 속에서 나는 웃으며 마리나에게 말했다.

"두고 봐."

그런 상상을 하면서 나는 남편 손을 꼭 쥐었다.

- 잠시 후 -

새벽 두 시다. 일기를 쓰려고 일부러 일어났다. 잠이 오지 않았다. 모든 게 다 이 일기장 때문이다. 전에는 집에서 일어난 일을 곧바로 잊었는데, 일기를 쓰면서 일상을 기록하기 시작한 후부터는 우선 머릿속에 저장해놓았다가, 대체 왜 그런 일이 자꾸만 일어나는 건지 이유를 찾으려 한다. 일기장의 은밀한 존재는 내 삶에 새로운 활력을 불어넣어주었지만, 솔직히 그 덕분에 내 삶이 더 행복해지지는 않았다.

집에서는 무슨 일이 벌어지는지 모르는 척해야 한다. 아니 적어도 의미를 물으면 안 된다. 일기장만 없었다면 크리스마스이브 저녁 리카르도의 태도를 기억하지 못했을 것이다. 일기를 쓰면서 그날 부자 관계에 무언가 변화가 있었다는 사실을 눈치채지 않을 수 없었다. 비록 다음 날 바로 평소의 다정한 부자 관계가 회복되었지만 말이다.

미켈레는 다시는 그날 이야기를 꺼내지 않았다. 그렇지만 나는 남편이 리카르도의 행동을 이해는 하지만, 내심 그애를 배은망덕하게 여긴다는 사실을 느낄 수 있었다. 내 관점에서 그 일을 다시 생각해보았는데, 솔직히 내 생각은 미켈레와 달랐다.

문제는 요즘 아이들은 우리가 부모님을 신뢰했던 것만큼 우리를 신뢰하지 못한다는 사실이다. 크리스마스이브 저녁 나는 이런 이야기를 미켈레와 나누고 싶었지만, 당시에는 혼란스러운 생각을 제대로 말로 옮길 수 없었다. 그날 저녁 리카르도가 잠자리에 들자, 우리 둘만 미렐라가 무도회에서 돌아오기를 기다렸다.

“여보, 내 말 좀 들어봐.”

내가 말했다.

“전쟁 때 아이들한테 암시장에서 신발을 샀다는 걸 학교에 가서 말하지 말라고 했던 것 기억나?”

미켈레는 건성으로 왜 그 시절 이야기를 꺼내는 거냐고 물었다. 이유를 정확하게 설명할 수는 없었지만, 나는 계속 이야기를 이어나갔다.

“우리가 해외 라디오 채널을 듣는 것도 말하지 말라고 했잖아.”

나는 남편에게 그 시절에는 미렐라가 거짓말을 해도 그애를 벌주기가 힘들었다는 사실을 상기시키고 싶었다. 그때 미렐라의 키는 이미 나랑 똑같아져서 야단칠 때마다 그애는 내 눈을 똑바로 바라보곤 했다. 하지만 나는 내 어머니가 거짓말하는 것을 한 번도 보지 못했다. 어쩌면 그래서 어머니가 조금 차갑게 느껴지는 것일지도 모른다. 나는 한 번도 어머니에게서 공범자로서의 친밀감을 느낀 적이 없었다.

직장에서 돌아와 중절모와 변호사 가방을 내려놓는 아버지의 모습을 보면서, 아버지가 성공하지 못해서 우리가 부자가 되지 못했다는 생각은 한 번도 하지 않았다. 나는 아버지에게 돈보다 훨씬 가치 있는 자산이 있다고 생각했다. 그것은 그 무엇과 비교할 수 없는 것이었다. 이제는 부모님이 몸소 보여주셨던 삶의 모델, 우리에게 자연스런 영감을 주고 우리를 이끌어주었던 삶의 모델이 항상 명확하고 흔들림 없이 확고한 것으로 느껴지지는 않는다. 전통, 가족, 행동 지침 등 과거 부모님에게 물려받은 가치가 그 어떤 상황에서도 돈보다 가치 있다는 생각에도 의구심이 든다.

그럼에도 나는 과거의 신념을 믿지 않을 수 없다. 그날 나는 남편에게 언제부턴가 미렐라와 리카르도가 우리를 못 미더워하게 된 것은 이러한 우리의 의구심 때문일지도 모른다는 말을 하고 싶었다.

Date 1951년 1월 1일

집에 혼자 있는 느낌이다. 미켈레는 잠이 들었지만 일기를 쓰기 시작한 후부터는 남편이 나를 놀래주려고 일부러 자는 척하는 것은 아닌지 두려웠다. 지금은 부엌 식탁에 앉아 일기를 쓰고 있다. 남편이 불쑥 부엌에 들어오면 일기장을 가리려고 일부러 가계부를 꺼내놓았다. 남편을 속이고 있다는 사실을 들키면 큰일이다. 그렇게 되면 22년이라는 결혼 기간에, 우리 관계의 반석과도 같았던 조화로운 신뢰 관계가 끝날 테니까.

사실 남편에게 일기장의 존재를 고백하고 내용을 보여달라고 하지 말아달라고 부탁하는 편이 나을 수도 있다. 그전에 일기를 쓰다 들키면 남편은 내가 지금껏 많은 비밀을 숨겨왔고, 일기장 말고도 다른 비밀을 숨기고 있다고 의심할 것이다. 어이없는 것은 만약 남편이 나 몰래 일기를 쓰고 있다면 나 역시 기분이 나쁠 것 같다는 거다.

사실을 털어놓기가 망설여지는 또 하나의 이유는 일기를 쓰느라 너무나 많은 시간을 낭비한다는 후회 때문이다. 나는 언제나 할 일이 너무 많다고 투덜거린다. 책 한 권 제대로 읽을 시간이 없다고, 가족과 집안일의 노예가 된 것 같다고 불평한다. 물론 그건 사실이지만, 어떤 면에서 노예의 삶은 나의 무기이자 나의 희생을 빛내는 후광이 되었다. 그래서 가끔 미켈레나 아이들이 저녁을 먹으러 집에 도착하기 전에 30분 정도 낮잠을 자거나, 퇴근길에 상점 진열장을 보며 산책을 해도, 그 사실을 절대로 가족에게 알리지 않았다. 잠깐이나마 휴식을 취하거나 기분 전환할 만한 일을 하면 1분 1초도 빠짐없이 가족을 위해 바친다는 나의 명성에 누가 될 것만 같았다. 실제로 그런 이야기를 하면 가족들은 직장에서 일하고, 부엌에서 요리하고, 시장에서 장을 보고, 집에서 옷을 수선하면서 보낸 수많은 시간은 다 잊고, 독서나 산책을 하면서 보낸 얼마 안 되는 순간만을 기억할 것이다.

미켈레는 내게 언제나 잠시라도 좋으니 좀 쉬라고 하고 리카르도는 직장을 구하면 제일 먼저 나를 카프리나 리비에라 같은 휴양지로 보내줄 것이라고 한다. 내 노고를 인정하는 순간 자기들은 모든 부담을 내려놓을 수 있기 때문이다.

그래서인지 가족들은 허구한 날 심각한 표정으로 그만 일하고 좀 쉬라고 한다. 마치 내가 변덕스러워서 휴식을 취하지 않는 것처럼 말이다. 하지만 정작 어쩌다 한 번 신문이라도 읽을 마음으로 가족들 사이에 자리를 잡으면 “엄마, 할 일 없으면 재킷 안감이나 좀 수선해주세요”라거나 “제 바지 좀 다려주세요”라고 부탁하곤 했다.

이렇다 보니 서서히 나 스스로 쉬지 않고 일해야 한다고 생각하게 되었다. 직장에서 휴가를 받으면 망설이지 않고 애초부터 그럴 생각이었다면서, 그날은 그동안 미처 하지 못했던 일들을 처리하겠다고 선언했다. 한마디로 내가 쉬지 않을 거라는 사실을 공표

했는데 그렇지 않으면 가족들은 고작 하루 쉰 것을 한 달 내내 쉰 것처럼 생각할 것이기 때문이다. 수년 전 일주일간 토스카나 시골 마을에 있는 친구 집에 초대받은 적이 있었다. 나는 내가 없는 동안 남편과 아이들에게 필요한 모든 것을 준비하느라 지칠 대로 지쳐서 토스카나로 떠났다. 그리고 돌아와 보니, 그 짧은 기간 동안 일거리가 산더미처럼 쌓여 있었다.

그런데 그해에는 겨울이 될 때까지 조금이라도 피곤한 내색을 하면, 가족 모두 입을 모아 휴가를 다녀왔으니 건강이 좋아졌을 거라는 사실을 상기시켰다. 8월에 일주일 쉬었다고 10월까지 피곤하지 않을 수는 없다는 사실을 아무도 이해하지 못하는 것 같았다. 행여라도 몸이 안 좋다고 하면 남편과 아이들은 나를 위해주는 척하면서 불편한 표정으로 입을 다물었고, 그러면 나는 몸을 일으켜 다시 일을 시작했다. 아무도 도와주겠다고 나서지 않을 거면서 남편은 말로만 "그럴 줄 알았어. 몸도 안 좋다면서 잠시도 가만히 안 있잖아"라고 외쳤다. 남편과 아이들은 쓸데없는 수다를 떨었고, 그러다 아이들은 "엄마, 좀 쉬세요, 네?"라고 말한 뒤 나가버렸다. 그럴 때면 리카르도는 아픈데 괜히 놀러 나가지 말라는 듯한 손짓을 해보였다.

가족들이 내가 아프다는 사실을 믿어주는 것은 심한 고열이 날 때뿐이었다. 열이 나면 미켈레는 나를 걱정해주고 아이들은 내게 오렌지 주스를 가져다주었다. 하지만 나는 좀처럼 열이 나지 않는다. 솔직히 살면서 열이 난 적이 거의 없다. 열이 없어도 항상 피곤한데, 아무도 내 말을 믿어주지 않았다. 솔직히 말하면, 내게는 저녁에 침대에 눕는 순간 밀려오는 피로감이 평안의 원천이다. 어쩌면 휴식을 거부하는 나의 굳은 의지는 피곤이라는 행복의 원천을 잃을지도 모른다는 불안에서 오는 두려움에 지나지 않을지도 모른다.

Date 1월 3일

어제는 줄리아나 집을 방문했다. 줄리아나는 매년 자기 생일에 아직도 연락하고 지내는 대학 동창들을 초대했고, 나는 매년 가족에게 업무가 많아서 사무실을 비울 수 없다거나, 그럴 시간이 있으면 차라리 더 중요한 일을 해야 한다는 이유로 그녀의 초대에 응하지 않겠다고 선언하곤 했다. 그러면 남편과 아이들은 매년 각자 자기 삶을 사느라 만나기 힘든 동창들 볼 기회를 놓치지 말라면서 내게 생일파티에 참석하라고 했다. 그럴 때마다 나는 고개를 저으며 반대하다, 결국에는 생일파티에 갔다.

어제 평소보다 완강하게 생일파티에 가지 않겠다고 하자 미렐라가 말했다.

"어차피 갈 거잖아요. 일부러 그날 쓸 검은 모자까지 수선해놓았으면서."

우리는 서로를 싸늘하게 쏘아보았다. 미렐라에게 뭐라 대꾸하지 못한 건 그애 말이 맞기 때문일 것이다. 인정하고 싶지는 않지만 매년 12월 초가 되면 오랫동안 쓰지 않은 모자를 꺼내 써보고, 유행에 맞게 수선해야겠다고 마음먹곤 한다. 그러다 패션 잡지가 진열된 가판대 앞에 서서 표지 모델이 쓴 얄궂게 생긴 모자를 쓰는 상상에 빠지곤 했다. 누군가 곁에 다가와 패션 잡지 옆에 있는 일간지를 보기라도 하면, 나도 신문 정치란 헤드라인을 읽는 척했다. 그러다 다시 혼자가 되면 곧바로 선망의 눈빛으로 패션 잡지의 표지를 바라보았다.

집으로 돌아가는 길에 내 머릿속은 온통 모자 생각으로 가득했다. 목 위로 떨어지는 깃털 장식이 달린 모자를 생각하면서, 나는 모델처럼 묘하고 멍한 표정을 지었다. 가족 중에서 내가 딴생각에 잠겼다는 사실을 눈치채는 사람이 아무도 없다는 사실이 놀라웠다. 미켈레도 마찬가지였다. 남편은 평소와 다름없이 "이제 왔어, 엄마?" 하고 나를 반겨줄 뿐이었다.

그후 며칠 동안 길을 걸을 때마다 나는 모자 생각을 했다. 모자를 쓰고 줄리아나의 거실에 앉아 있는 내 모습이 눈앞에 아른거렸다. 결국 나는 평소 알고 지내던 수선에 능한 모자가게 주인에게 전화를 걸어서, 며칠 후에 들르겠다는 애매한 말을 남겼다. 하지만 수선한 모자를 옷장에 넣은 다음에도 줄리아나 이야기가 나오면 여전히 안 간다고 고집을 부렸다. 시험을 통과하지 못할 거라는 생각에 모자 쓰기가 겁났기 때문이다.

여기서 시험이란 아마도 미렐라의 시선일 것이다. 내가 모자를 쓰면 미켈레는 언제나 예쁘다고 칭찬한 뒤 월급이 적어서 결혼식 때 모자를 샀던 베네토가에 있는 고급 모자가게에서 모자를 사주지 못하는 것을 속상해했다.

"속상해할 필요가 뭐가 있어?"

내가 물었다.

"모자가 안 어울린다는 거야?"

그러면 남편은 그렇지 않다면서 나는 아무 옷이나 입고 아무 모자를 써도 우아해 보인다고 칭찬해주었다.

집을 나설 때까지만 해도 마음이 평온하고 기분이 좋았는데, 막상 줄리아나 집 거실에 앉으니 남편 말이 이해됐다. 나의 사랑스러운 펠트 모자는 친구들이 쓴 화려한 색상의 새틴 모자 앞에서 초라해 보였다. 예닐곱 명 남짓한 친한 친구 모임인데도 다들 중요한 예식에 참석하는 것처럼 온갖 장신구를 걸친 채 제일 화려하고 좋은 옷을 차려입고 나왔다. 친구들의 옷차림과 쨍쨍하고 날카로운 불안한 목소리에서 자신의 행복과 부와 행운을 증명하려는, 한마디로 자신들의 삶이 성공적이었다는 것을 증명하려는 의도가 느껴졌다.

하지만 내 장난감이 제일 멋지다고 서로 우기면서 선물받은 장난감을 자랑하던 학창 시절처럼 실은 그들조차 그 사실을 진심으로 믿는 건 아닐 것이다. 친구들에게는 아직도 어린아이 같은 잔혹함이 남아 있는 것 같았다.

때로는 학교에 다니던 때처럼 장난스레 프랑스어로 대화를 나누기도 했다. 남색 교복을 입고 일렬로 핀치오 언덕을 산책할 때면, 다 함께 프랑스어로 이야기를 했다. 행인들이 우리를 외국인으로 착각하면 자부심에 전율을 느꼈다. 솔직히 그때 우리는 로마에서 알아주는 명문 학교에 다니는 것이 자랑스러웠다. 우리 학교 여학생들은 대부분 귀족이었는데 높으신 집안 자제들은 명문 학교에 다님으로써 가문의 명망을 과시할 수 있었고 나처럼 그런 부류에 속하지 않는 평범한 학생들은 교황과 똑같거나 궁전

앞에나 붙을 법한 성을 가진 친구들의 이름을 친근하게 부를 수 있었기 때문이다. 비록 대부분의 경우 그들과 같은 이름의 궁전이 이제는 가문의 소유가 아니었지만 말이다.

중산층 법조인 가문 출신인 아버지는 내가 학교 친구들 이름을 이야기할 때마다 뿌듯해했다. 반면에 베네토 지역의 몰락한 귀족 가문 출신이었던 어머니는 내가 친구 이야기를 해도 대수롭지 않은 척했다. 오히려 친구들 가문에 얽힌 이야기를 들려주곤 했다. 어머니는 그들 가문의 족보를 완벽하게 알고 있었다. 누가 언제 태어났고, 누구와 결혼했으며, 누가 비명횡사했는지 완벽하게 꿰고 있었다. 그럴 때면 아버지는 선망의 눈초리로 어머니를 바라보았고, 어머니는 결혼 전까지만 해도 그런 가문과 가깝게 지냈다는 사실을 강조함으로써 의도치 않게 아버지를 무시했다.

어머니는 경제적인 부담에도 불구하고 내가 그런 가문 자제들이 다니는 학교에서 공부하기를 바랐다. 그래서인지 입학 초까지만 해도 처녀 시절 어머니의 성을 말하면 귀족 친구들이 나를 친척처럼 대해줄 줄 알았다. 하지만 그애들은 어머니의 성을 처음 듣는 것 같았고, 그들 가문에 대해 매우 정확하게 기억하고 있는 어머니와는 달리 친구들의 어머니는 내 어머니를 전혀 모르는 듯했다.

어제 줄리아나 집에서도 마찬가지였다. 친구들과 나는 전혀 다른 세계에서 살고, 전혀 다른 언어를 사용하고 있는 것만 같았다. 나는 공연 관람하듯 친구들을 호기심 어린 눈빛으로 바라보았다. 어떻게 설명해야 할지 모르겠지만, 친구들은 학창 시절에 머물러

있고, 나만 혼자 어른이 된 것 같았다. 다시 어려지고 싶은 마음에 친구들 흉내를 내보려 했다. 나이가 거의 비슷하고, 공유하는 기억도 많고, 다들 결혼하고 자녀가 있다는 점에 집중하려 했다. 상황이 비슷하니 고민거리도 비슷할 거라고 생각했다. 게다가 직장을 구하기 전까지만 해도 우리는 가끔 오후에 만나서 카드놀이를 하곤 했다. 남편 수입이 나와 미켈레가 맞벌이로 버는 금액보다는 많지 않은 루이사나 지아친타와는 경제 상황도 비슷했다. 그러니 만날 때마다 깊어만 가는 이질감의 원인을 나는 알 수 없었다.

그날 나는 친구들이 하는 이야기를 이해하려고 노력했다. 처음 입학했을 때 그애들의 빠른 프랑스어를 이해하려고 애썼던 것처럼 말이다. 카밀라는 교묘한 술수와 지혜로 남편에게서 값비싼 크리스마스 선물을 받아낸 이야기를 신나게 늘어놓았다. 그애는 회색 극락조 장식이 달린 작고 매력적인 모자를 쓰고 있었다. 줄리아나도 남편에게 보석 선물을 받아낸 이야기를 들려주었다. 친구들의 이야기는 매우 재미있었다. 마법 공연을 보는 느낌이었다. 기껏해야 원하는 옷이나 휴가지 같은 무해한 목적을 위해서이긴 하지만, 줄리아나와 카밀라는 자기 남편들을 속인 이야기를 학창 시절 수녀님들을 골탕 먹인 무용담처럼 늘어놓았다. 지아친타가 남편에게 두 달에 한 번 내는 전기요금을 한 달에 한 번 내게 한다고 하자 루이사는 차라리 가계부에서 아이들과 관련된 지출을 늘리는 편이 낫다고 했다.

"그 방법이 제일 안전해."

루이사가 웃으며 말했다. 그애가 웃자 새하얀 새틴 모자에 꽂아 놓은 제비꽃 장식이 함께 흔들렸다.

"우리 집 아이들은 휴가 중에 카드놀이를 하다 내가 판돈을 잃을 때마다 편도염이나 감기에 걸리지."

루이사의 말에 지아친타가 말했다.

"그것도 다 아이들이 어려서 가능한 일이야. 우리 애들은 이제 다 커서 자기들은 아픈 적이 없다고 일러바칠걸?"

나도 남편에게서 무언가를 얻어낸 이야기를 들려주고 싶었지만 할 만한 이야기가 없어서 왠지 주눅이 들었다. 친구들은 너무나 행복하고 명랑해 보였다. 줄리아나는 대화를 나누다 기분이 좋아서 내 팔짱을 꼈는데, 그 순간 마음이 애틋해졌다. 친구들은 달콤한 디저트를 먹고 핸드백에서 콤팩트와 앙증맞게 생긴 새 라이터를 꺼냈다.

마르게리타는 우리를 가르쳐주시던 수녀님의 캐리커처를 그려서 반 친구들에게 돌리던 때와 똑같은 표정을 하고 있었다. 그 순간 마르게리타의 남편이 갑자기 들이닥친다면, 수녀님에게 그림을 들켜서 교실에서 쫓겨났을 때처럼 얼굴이 새빨개졌을 것이다. 마르게리타는 계속해서 고급 손목시계를 쳐다보면서 남편 루이지가 집에 올 시간이 다 되어간다고 불안해했다. 방금 전 자신감 넘치는 모습은 온데간데없이 사라지고 없었다.

지아친타도 자기 신랑 페데리코는 퇴근 전에 아내가 먼저 집에 가서 남편을 기다리기를 바란다고 했다. 남편들의 황당한 요구에 호기심이 발동해서 내가 그 이유를 묻자, 지아친타는 어깨를 가볍게 으쓱해 보이면서 특별한 이유는 없고, 남자들은 원래 그런 거라고 했다. 미켈레는 우리 둘 중에 누가 먼저 집에 들어오는지 개의치 않는다고 하자, 지아친다는 "부럽다!"라고 했다. 그새 마르게리타는 통화를 마치고 자리로 돌아와 남편이 줄리아나네 현관까지 자기를 데리러 올 거라고 했다. 카밀라도 파올로가 자기를 데리러 오려고 이미 사무실을 나섰다고 했다.

"학창 시절 기숙사에서 지내지 않는 학생들을 데리러 오던 통학 버스 이야기를 하는 것 같아. 너희도 그 버스 기억나지?"

내 말에 다들 학창 시절 추억은 언제나 아름답다고 하면서 포옹하고 작별 인사를 했다. 카밀라, 마르게리타, 지아친타는 다음 주 금요일에 카드놀이를 하기로 했다. 모두 세심하게 남편이 출근하지 않는 일요일은 피해서 약속을 잡았다. 마르게리타는 한숨을 내쉬며 자기는 베이비시터가 나오지 않는 목요일에도 약속을 잡을 수 없다고 했다.

"너도 와."

모두 나를 향해 다정하게 말했다. 나는 퇴근 시간이 일곱 시이고, 그날도 모임에 참석하기 위해 상사에게 허락을 받아야 했다고 설명했다.

순간 어색함과 의아함이 뒤섞인 침묵이 흘렀다. 모두 일제히 내 옷차림을 살폈다. 작년에도 설명해주었는데, 친구들은 또다시 내가 무슨 일을 하고 있냐고 물었다. 나는 내가 꽤 중책을 맡고 있으며, 흥미롭고 보수도 높은 일이라고 했다. 나는 일하는 게 좋다고 했지만 친구들이 내 말을 믿지 않는다는 사실을 느낄 수 있었다.

"불쌍해라."

루이사는 마치 내가 친척이라도 잃은 것처럼 손을 내 팔에 얹으며 말했다.

"핑곗거리가 없을까?"

카밀라가 말했다.

나는 물론 핑곗거리를 만들어낼 수 있지만, 그러면 급히 처리할 일을 처리하지 못했다는 생각에 모임에 와도 맘 편히 즐기지 못할 것 같다고 했다. 사실 어쩌다 그런 식으로 자유 시간을 얻는 것은 별 도움이 못 된다.

"그러지 말고 와. 일은 잊어버리고."

마르게리타가 서둘러 마무리를 짓고는 내가 미처 뭐라고 대답하기도 전에 갑자기 너무 늦었다고 했다.

"어머나, 루이지가 기다리겠어!"

마르게리타가 그렇게 외치고는 친구들 뺨에 키스를 하고 다급하게 나가버렸다.

현관문 앞에서 두 시간 동안 나 혼자만 배역도 못 받고 연극을 한 것 같은 생각이 들었다. 나 혼자만 대사를 잊어버린 것 같았다. 침묵 속에서 조금씩 지난 몇 년간 나와 친구들 사이에 생긴 거리감이 그들 중 내가 유일한 직장인이기 때문이라는 사실을 깨달았다. 더 정확하게 말하자면 나만 경제적인 필요를 자족할 수 있기 때문이었다.

이러한 깨달음을 얻고 나니 마음이 평안해졌다. 전보다 자신감이 생겼다. 스스로에게 자부심을 느낄 정도였다. 또래 친구들보다 왜 내가 성숙하게 느껴지는지 알 수 있었다. 미켈레에 대한 나의 감정이 친구들이 남편에게 느끼는 감정과는 다르다는 사실도 깨달았다. 그렇게 생각하니 기분이 좋아졌다. 어서 빨리 집으로 돌아가 미켈레에게 오늘 있었던 일을 들려주고 싶었다. 하지만 나는 원래 내성적인 성격이라 막상 남편과 함께 있으면 아무 말도 하지 못한다. 남편과 아이들 곁에 앉아서 일상적인 이야기만 할 뿐이다.

다른 한편으로는 경제적으로 독립한 나는 앞으로 결코 줄리아나나 다른 친구들과 깊은 대화를 나누지 못할 것이라는 사실도 깨달았다. 순간 서글픔과 엇비슷한 감정이 밀려들었다. 정든 고향을 떠나는 느낌이었다.

혼자 이런 생각에 잠긴 동안, 줄리아나는 카밀라와 함께 마르게리타의 새 모피코트를 칭찬했다. 구하기 힘든 러시아 아스트라칸산 모피라면서 가격이 백만 리라는 족히 될 거라고 했다. 나는 그 둘이 아내의 모피를 남편의 신체적 강인함과 비교하고 있다는 사실을 깨달았다. 마르게리타의 남편이 선물한 보석과 값비싼 옷은 남성성의 증거이기도 했다. 실제로 둘은 고작 다람쥐 털로 만든 코트밖에 못 사준 지아친타의 남편을 그다지 높게 평가하지 않는 것 같았다.

순간 과연 나는 정말 좋은 아내인지 의구심이 들었다. 할부로라도 내가 번 돈으로 옷을 맞추는 비용이나 미용실 비용을 지불하는 바람에 오히려 미켈레가 어떤 식으로든 이러한 경쟁에 참여하지 못한 건 아닌가 하는 생각이 들었다. 편한 마음으로 일기를 쓰려고 생활비를 빼돌려 미켈레와 아이들을 축구장에 보낸 일이 떠올랐다. 하지만 나는 루이사처럼 내 능력을 마냥 자랑스러워할 수 없었다. 나 역시 직장일이 얼마나 힘든지 잘 알기에 남편의 신뢰를 이용했다는 사실뿐 아니라, 남편이 온종일 열심히 일해서 번 돈을 내 멋대로 써버렸다는 사실이 후회됐다. 지금도 내가 저지른 일을 생각하면 만족감은커녕 수치심이 내 마음을 예리하게 찔렀다.

갑자기 울고 싶어졌다. 나는 시계를 보며 "어머, 미켈레가 기다리겠네!"라고 외치며 의기소침해져서 도망치듯 자리를 뜰 일은 평생 없을 것이다. 어머니는 입버릇처럼 말씀하신다.

"아이들 양육비와 가정의 경제적인 책임을 오롯이 남편에게 맡기지 않은 것은 잘못한 거야. 돈은 남편이 벌어야지. 네가 버는 돈은 비상금으로나 쓰고."

어쩌면 어머니 말이 옳을 수도 있다. 미켈레도 내심 그렇게 하는 편을 더 좋아할 수 있다. 하지만 그것은 어머니와 에우게네이 언덕에 별장이 있고 밤마다 할아버지가 이웃 친구들과 체스 게임을 하는 동안 난로 옆에 앉아 뜨개질하시던 할머니의 삶을 기준으로 하는 이야기다. 어머니가 그런 이야기를 할 때마다 나는 미켈레와 아이들과 나의 삶을 생각하면서, 어머니를 해묵은 종교화 인쇄물처럼 바라보곤 한다. 그럴 때면 세상 모두에게서, 심지어는 어머니로부터도 떨어진 채 오직 이 일기장과 나만 홀로 남은 것만 같은 생각이 든다.

Date *1* 월 *5* 일

내일은 주현절이다. 이로써 드디어 연말연시 연휴도 끝이다. 이유는 알 수 없지만 해가 갈수록 연말연시가 되면 마음이 불안해진다. 따뜻한 축제 분위기를 느끼다가, 갑자기 깊은 서글픔이 밀려들곤 한다. 리카르도와 미렐라가 다 커서 베파나*의 존재를 믿지 않게 된 후부터 그렇게 된 것 같다. 그전에는 아이들이 잠든 사이에 미켈레의 도움을 받으면서 선물을 준비하는 것이 즐거웠다. 심지어는 낭만적인 크리스마스 선물을 준비하는 법에 관한 독일 책까지 샀을 정도다.

나는 매년 다양한 깜짝 선물을 준비하곤 했다. 어떤 선물을 살지 고민하며 며칠 동안 이 가게 저 가게를 헤맸다. 그나마 요즘은 형편이 조금 나아졌지만, 물질적으로 풍족했던 적이 한 번도 없었기 때문이기도 하다. 크리스마스이브 저녁 집에 돌아오면 아무리 피곤해도 그날이면 유난히도 얕은 잠을 자는 아이들을 깨우지 않도록 까치발을 하고 난로로 직행했고, 미켈레는 그런 나를 안쓰럽게 바라보곤 했다.

"대체 왜 그렇게 피곤하게 살아? 당신이 선물을 얼마나 힘들게

* 산타클로스처럼 주현절 전날 착한 어린이에게는 선물을 주고 나쁜 어린이에게는 석탄을 준다는 할머니.

준비했는지 아이들이 알아줄 것 같아?"

미켈레의 물음에 나는 아이들은 내 노고를 알아줄 거라고 대답했다. 설사 그렇지 않더라도 나는 아이들이 기뻐하는 모습을 상상하는 것만으로도 충분하다고 했다.

"그것이야말로 이기주의가 아닐까?"

미켈레가 가벼운 미소를 띠며 물었다.

"이기주의라니?"

나는 기분이 상해서 되물었다.

"그러니까, 일종의 자존심 지키기가 아니냐는 거야. 당신의 가치를 다시 한번 증명하기 위해서 말이야. 당신은 심지어 주현절까지 완벽하게 준비하는 엄마가 되고 싶은 거야."

그날 밤, 아이들은 잠들고 우리 둘만 깨어 있었다. 우리는 마치 고해성사라도 하는 것처럼 낮은 소리로 대화를 이어나갔다.

"어쩌면 당신 말이 맞을지도 몰라."

내가 남편의 어깨에 머리를 기대며 말했다. 사실 나는 남편에게 단지 아이들이 뭔가 특별하고 놀라운 일이 일어나기를 기대하는 나이를 조금이나마 연장하고 싶은 것뿐이라고 말하고 싶었다. 하지만 나는 말주변이 없다. 어떻게 내 감정을 설명해야 할지 모른다. 미켈레는 그런 나보다 외향적이다.

베파나의 존재를 먼저 믿지 않은 건 미렐라였다.

"난 다 알아요."

주현절 전날 밤에 미렐라가 말했다. 이제 막 여섯 살이 되었을 때였다. 정작 오빠인 리카르도는 아직도 베파나가 있다고 믿고 있었다. 그 자리에는 리카르도도 있었다. 그 아이는 어안이 벙벙한 시선으로 나와 제 동생을 번갈아 바라보았다. 미렐라가 말했다.

"재는 아무것도 몰라요."

미렐라의 말대로 리카르도는 아무것도 몰랐다. 리카르도는 금방이라도 울음을 터뜨릴 듯한 표정으로 나를 바라보았다. 그때 나는 끔찍한 짓을 저지르고 말았다. 좀처럼 통제력을 잃지 않는데, 순간 미렐라의 뺨을 때린 것이다. 리카르도의 울음소리를 듣고 달려온 미켈레는 나를 비난하고 싶은 마음을 꾹 참고 아이들에게 사실 베파나 할머니는 엄마이고, 그래서 더 멋진 거라고 설명해 주었다.

"그렇지 않아요!"

미렐라가 대들었다.

오늘 밤도 변함없이 나는 잠을 자지 않고 아이들에게 줄 소박한 선물을 준비하고 있다. 미켈레가 곁에 있어주겠다고 했지만, 나는 이렇게 말했다.

"고맙지만 괜찮으니 어서 들어가 자도록 해요."

사실 그렇게 말한 진짜 이유는 선물 포장을 마친 다음에 일기를 쓰고 싶어서였다. 이제는 무슨 일을 하든, 무슨 말을 하든 일기장의 존재가 느껴진다. 하루 동안 일어나는 모든 일에 기억할 만한 가치가 있다는 사실을 믿게 될 거라고는 꿈에도 생각하지 못했다. 나는 항상 나의 삶을 하찮게 생각했다. 결혼과 출산 빼고는 특별할 게 없다고 생각했다. 그런데 우연히 일기를 쓰기 시작한 후로, 사소한 말투나 단어 선택이 지금까지 중요하게 여겼던 일들만큼, 아니 때로는 그보다 더 중요하다는 사실을 깨달았다. 매일 같이 일어나는 소소한 일들을 이해하는 법을 배우는 것이야말로 가장 은밀한 삶의 의미를 이해하는 길일 것이다. 하지만 이것이 좋은 일인지는 모르겠다. 왠지 그렇지 않은 것 같아 두렵다.

꼭 필요한 실용적인 선물들을 포장하면서(미켈레를 위해서는 장갑을, 리카르도를 위해서는 양말을, 미렐라를 위해서는 콤팩트를 준비했다) 얼마 안 있어 손자들을 위한 주현절 선물을 준비하게 되겠구나 하는 생각을 했다. 언젠가 미켈레가 웃으며 이런 말을 한 적이 있다.

"완벽한 베파나 할머니 역할은 포기하는 게 어때? 시합도 아닌데 당신이 너무 지치고 힘들어하잖아."

마침 그 자리에 있던 미렐라와 리카르도는 놀란 표정으로 나를 바라보았다. 그동안 아이들이 뻔하고 당연하다고 생각하는 일을 잘해보겠다고 그토록 애를 썼나 싶어서 기분이 좋지 않았다.

Date 1월 7일

어제 미켈레에게 예쁜 전화번호 수첩을 선물받았다. 기존에 쓰던 수첩이 너무 낡았기 때문이다. 아이들에게는 전화번호를 아무렇게나 받아 적는 나쁜 습관이 있다. 아이들은 볼펜도 아닌 연필로 전화번호를 삐뚜름하게 써놓곤 했다. 오후에 우리 둘만 집에 남자, 미켈레는 신문을 읽고 나는 오래된 전화번호 수첩에 적힌 내용을 새 수첩에 옮겨 적었다.

마지막으로 전화번호부를 바꾼 것이 불과 6~7년 전이었는데, 그새 옛 수첩 앞부분에 있던 이름 대부분이 쓸모없어졌다는 사실을 깨달았다. 사람들 이름 옆에는 연필로 급히 받아 적은 후임자의 이름이 쓰여 있었다. 미켈레에게 우리 부부의 인간관계가 불안정한 건 아니냐고 물으니, 자기는 오히려 그 반대로 생각한다고 했다. 나는 "그치만..."이라고 하면서 남편에게 오래된 수첩을 내밀었다.

그렇게 우리는 지난 과거를 회상하기 시작했다. 매년 연초면 자주 있는 일이었다. 정말 멋진 오후였다. 그런 시간을 보낸 것이 너무나 오랜만이었다. 미렐라는 친구 조반나와 약속이 있다면서 나가고 없었다. 정말이지 다행이었다. 엄마 아빠와 집에 있는 걸 지겨워하는 아이라, 오늘 같은 날 함께 있었다면 내내 불편한 기색을 감추지 않았을 테니 말이다. 미렐라는 냉정하게 그런 말을 잘도 내뱉었다. 휴일이나 저녁에 자기들과 함께 집에 있으면 나도 지겨울 수 있다는 건 생각조차 못 하나 보다. 나와 미렐라 사이에 차이가 있다면 엄마인 나는 그런 투정을 할 권리조차 없다는 거다. 자식은 부모와 있는 것이 지겹다고 솔직하게 말할 수 있는데, 왜 엄마가 자식이랑 있는 것이 지겹다고 하면 이상하게 생각하는 걸까?

전화번호를 베끼면서 그런 내 생각을 들려주자 미켈레는 웃으면서 예전에 우리도 우리 부모님에게 똑같이 행동하지 않았냐고 했다. 나는 그의 말을 반박했다. 내겐 공부가 곤욕이었다. 그 방면으로는 영 소질이 없었기 때문이다. 아무리 그래도 나는 미렐라처럼 부모님 집에서 나갈 권리를 얻기 위해서 공부하지는 않았다. 무엇보다 나는 놀고 즐기는 것을 권리라고 생각한 적이 없다. 가끔 즐거운 일이 있으면 예기치 못한 행운이라고 생각했다. 실제로 나는 어머니가 심부름을 시키거나 집안일을 도와달라고 할 때 미렐라처럼 '안 돼요. 싫어요'라고 대답한 적이 한 번도 없다.

미켈레는 이 모든 것이 다 전쟁 때문이라고 했다. 언제 다시 전쟁이 터질지 모른다는 두려움 때문이라고 했다. 특히 젊은이들은 전쟁이 터져서 즐길 시간이 없어질까봐 이 순간을 최대한 누리고 즐기려 한다는 거다. 하지만 너무 목표의식을 가지고 즐기려다 보니 오히려 제대로 못 즐기는 것 같기도 하다.

전화번호부에 있는 이름들을 손글씨 쓰기 시험이라도 치르는 것처럼 천천히 정성껏 옮겨 쓰면서 전쟁 후부터 평소 왕래하던 지인들이 바뀌기 시작했다는 사실을 깨달았다. 어쩌면 그때부터 우리 집을 포함한 일반 가정의 경제 상황이 변해서일 수도 있다. 아이들은 크는데 수입은 줄다 보니 어쩔 수 없이 달라진 사회적 위치에 적응할 수밖에 없게 된 것이다. 하지만 조금 더 생각해보니 그렇게 된 것은 전쟁을 치르면서 어떤 이는 무엇이 진정으로 중요한 것인지 깨달았지만, 어떤 이는 그렇지 못했기 때문인 것 같기도 하다.

어찌 되었든 평생 친구로 지내기는 힘든 법이다. 살다보면 모두 변하기 마련이니까. 어떤 이는 앞으로 나아가고, 어떤 이는 같은 자리에 머무른다. 가는 길이 달라지면 만나기도 힘들고 공통점도 없어진다. 클라라 폴레티의 이름을 옮겨 적으면서 그녀에게 전화해서 크리스마스 인사라도 하고 싶었지만, 문제는 그럴 시간이 없다는 것이다. 세월이 갈수록 시간이 없어진다. 심지어는 새 전화번호부에 클라라의 이름을 옮겨 적을 필요도 없을 것 같았다. 클라라가 이혼한 뒤로 우리는 한 번도 만난 적이 없었다. 이혼하기 전 마지막 몇 달 동안 나는 최대한 클라라 곁에 머물며 그녀를 위로해주려 했다. 그런 내게 클라라는 내가 자기를 이해하지 못한다면서, 내 조언을 듣고 있으면 교과서를 읽는 것 같다고 했다.

이혼 후에 클라라는 영화 연출을 시작했고, 그러면서 우리 부부는 잘 모르는 사람들과 만나기 시작했다. 지금은 꽤 유명해져서 극장에 가면 그녀의 이름이 자주 오프닝 크레딧에 등장하곤 했다. 가끔 만나러 가도 그녀는 정신없이 바빴다. 끊임없이 걸려오는 전화를 받으면서 항상 누군가와 사랑에 빠졌다고 했다. 그러면서 내게 미켈레를 놔두고 바람을 피운 적은 없냐고 물었다. 잘 모르는 사람이 내게 그런 질문을 했다면 못 참았겠지만, 클라라니까 그게 무슨 소리냐고 웃어넘기곤 했다. 그래도 클라라는 호감형이었다. 크리스마스에 안부 전화를 했다면 반갑게 받아주었을 것이다. 아마도 '여전히 미켈레랑 살고 있어?'라고 물었을 것이다. 그런 그녀에게 나는 '그만해, 클라라. 우리 나이를 생각해야지. 언제 한 번 놀러와. 아이들이 얼마나 컸는지 보면 깜짝 놀랄걸?'이라고 대답했겠지.

새 수첩에 번호를 모두 옮겨 적은 후, 나는 적어도 나와 미켈레는 몇 년 동안 하나도 변하지 않아서 다행이라고 생각했다. 아니, 변했더라도 둘이 함께 변해서 다행이라고 말이다.

Date 1월 9일

걱정되고 속상하다. 미렐라에게 제멋대로 늦은 시간에 귀가하는 버릇이 생겼기 때문이다. 심지어 어젯밤에는 열 시가 다 되어서 들어왔다. 그애가 집에 들어서는 순간 나는 한 번만 더 늦게 들어오면 저녁을 주지 않겠다고 했다.

"그럼 당장 오늘부터 그렇게 하세요."

미렐라가 상냥하지만 건방지기 짝이 없는 말투로 말했다.

"저녁은 안 먹어도 되니까 안녕히 주무세요."

순간 미렐라가 남자랑 밖에서 저녁을 먹고 온 것이 아닌가 하는 의심이 들었다. 미켈레가 야단쳐주기를 바랐지만 남편은 이미 내가 한 소리 했으니 그걸로 충분하다고 했다. 솔직히 라디오 앞에 앉아 콘서트나 들으면서 쉬고 싶었던 거다. 요즘 들어 미켈레는 잠자리에 들기 전까지 음악을 듣곤 한다. 특히 바그너 음악을 좋아했다. 나는 바그너의 음악은 폭력적이라 좋지 않다고 생각한다. 바그너의 음악을 들으면 겁이 났다.

하지만 별다른 여가 활동도 즐기지 않고 온종일 일만 하는 미켈레의 기분을 거스르고 싶지 않아서 저녁에 음악을 들으면 졸음이 밀려오는데도 남편 옆에 앉아서 옷을 수선하곤 했다. 남편이 바그너를 좋아하는 데는 이유가 있을 것 같았다. 어젯밤 바느질하던 손짓을 멈추고 자주 그이를 바라보았는데도 남편은 전혀 눈치채지 못했다. 꿈을 꾸듯, 생각이 다른 데 가 있는 것 같았다. 바그너 음악을 들을 때면 항상 그런 표정이었다. 그의 옆모습을 가만히 보니 여전히 깔끔해 보였다. 이마에 살짝 새치가 났을 뿐 아직 머리도 갈색이고, 손도 고왔다.

미켈레와 사귀던 시절 어머니는 그의 두상이 멋있다고 했다. 시인이나 영웅의 두상이라고 했다. 어쩌면 바그너의 음악을 들으면서 남편은 대서사시의 영웅이 되는 상상을 하고 있을지도 모른다. 지금까지 행복했지만, 그래도 지금의 삶과는 다른 삶을 꿈꾸고 있을지도 모른다. 그래서 내가 저런 식으로 행동하면 우리 딸이 잘못된 길로 빠질 수도 있다고 불만을 늘어놓는 이 순간에도 자기 생각에서 빠져나오기 싫어하는 것일지도 모른다.

나는 새삼스레 다시 남편을 바라보았다. 내가 그이라면 이런 문제 앞에서 아무렇지도 않은 모습을 보이지 못했을 것이다. 남편을 보고 있자니 그가 음악에서 위안을 찾고 있다는 사실을 깨달았다.

나는 마음이 애틋해져서 미켈레 곁으로 다가갔다.

"그만 가요, 여보."

순간 나는 그 말을 한 것을 후회했다. 내가 일부러 그의 꿈을 방해한 것도 모르고 나를 바라보며 '어디로 말이야, 엄마?'라고 말할 것만 같았다.

그의 거짓을 돕기 위해 나 역시 거짓으로 '늦었으니 방에 들어가자고'라고 둘러댈 생각이었다. 하지만 남편은 아무런 말 없이 그저 내 손을 꼭 쥐기만 했다. 순간 나는 진심으로 겁이 났다. 미켈레가 꿈에 의지하기 시작하면, 희망이 없다. 실패한 남자가 되는 거다. 하지만 어쩌면 얼마 전부터 내 눈에 보이기 시작한 모든 것은 사실이 아닐 수도 있다.

이게 다 일기장 탓이다. 일기장을 없애야겠다. 그렇다. 반드시 일기장을 없앨 것이다. 누군가 휴지통에서 일기장을 찾아낼 수도 있다는 위험만 없다면, 지금 당장 내다버릴 텐데. 그렇다고 일기장을 불태우면 남편과 아이들이 종이 타는 냄새를 맡을 것이다. 게다가 일기장을 태우는 현장을 들켰을 때 뭐라 변명을 둘러댈 수도 없다. 그래, 적당한 틈을 타서 일기장을 없애버려야겠다. 이번 주 일요일에 없애야겠다.

Date 1월 10일

최근 미렐라의 태도가 너무 안 좋아져서 일기장에라도 하소연하지 않으면 참기 힘들 정도다. 미켈레와 리카르도는 이미 잠이 들었다. 그런 일이 있었는데 태평하게 잠을 자다니. 지금 나는 지친 몸을 이끌고 화장실에 들어와 문을 잠그고 다급히 일기를 쓰고 있다.

오늘 저녁 미렐라는 친구인 조반나와 그애 오빠와 함께 극장에 갔다 늦을 거라면서 현관 열쇠를 달라고 했다. 새벽 한 시가 되어도 돌아오지 않길래 걱정이 돼서 조반나네 집에 전화를 걸었는데, 그러는 통에 그집 식구를 모두 깨우고 말았다. 조반나의 엄마는 조반나가 그날 저녁 외출하지 않았다면서 지금 자고 있다고 했다. 전화 소리에 잠에서 깬 조반나는 달려와 엄마의 손에서 수화기를 빼앗으려 했다. 수화기 너머로 조반나가 헉헉대면서 뭐라고 속삭이는 소리가 들렸다. 조반나 엄마가 말했다.

"조반나가 그러는데, 정말로 셋이 나가기로 했다고 하네요. 그러다 계획이 바뀌는 바람에 미렐라는 다른 사람들과 나갔대요. 하지만 그애 말을 곧이곧대로 듣지 마세요, 부인. 사실이 아닐 수도 있으니까요."

조반나 엄마에게 고맙다고 인사하고, 수화기를 내려놓으면서 내 얼굴에 핏기가 가시는 것이 느껴졌다. 창가로 달려가 보았지만, 아무것도 보이지 않았다. 나는 결국 리카르도와 미켈레를 깨워 셋이 함께 창밖을 내다보았다. 바람이 차가웠다. 잠시 후 현관 앞에 승용차 한 대가 멈춰 섰다. 커다란 회색 승용차였다. 차에서 미렐라가 내리더니 뒤를 돌아보며 다정하게 손을 흔들었다. 누가 미렐라를 집까지 데려다줬는지 보고 싶었다. 잠옷 차림만 아니었으면 현관까지 내려갔을 거다. 결국, 나는 리카르도에게 부탁했다.

"네가 좀 내려가보렴."

그러자 리카르도가 말했다.

"칸토니 씨의 알파 로메오네요."

그새 승용차는 사라졌고, 나는 리카르도에게 대체 칸토니라는 사람이 누구냐고 물었다.

"서른네 살 먹은 작자죠."

순간 조심스레 문을 열고 들어온 미렐라는 온 가족이 잠옷 차림으로 거실 문턱에 서 있는 것을 발견하고 도망치고 싶은 표정으로 잠시 망설이다 창백한 얼굴로 짐짓 태연하게 미소를 지으며 우리에게 다가왔다.

"다녀왔습니다."

미렐라가 말했다.

"조금 늦었어요. 다들 이렇게 기다릴 필요 없는데…"

미렐라는 우리를 향해 걸어와 시선을 내게 고정한 채 평소처럼 키스하러 아빠에게 다가갔다.

"얘야."

나는 최대한 평정심을 잃지 않으려고 노력하며 심각하게 말했다.

“조반나에게 전화까지 했으니 거짓말할 생각은 하지 마. 대체 어디 다녀오는 거니?”

미렐라는 경멸에 찬 표정으로 열쇠를 식탁에 집어 던졌다.

“이게 다 엄마 아빠 때문이에요. 엄마 아빠 때문에 안 해도 될 거짓말을 하게 된다고요.”

“우리 때문에 거짓말을 했다고? 거 참 기가 막히는군.”

미켈레가 냉소적으로 말했다. 하지만 미렐라는 태도를 바꾸지 않았다.

“그래요. 엄마 아빠 때문이에요. 제 나이가 몇인데 아직도 저녁에 혼자 못 나가게 하세요? 오빠랑 나가는 것도 웃기는 일이에요. 오빠도 알아요. 다른 아이들은 다 마음대로…”

그때 리카르도가 끼어들어서 자기는 동생이 요즘 아이들이 하는 짓을 따라 하는 걸 절대로 허락하지 않을 거라고 말했다.

“허락? 허락이라니. 오빠가 무슨 상관이야? 백번 양보해서 아빠 말은 들을 수도 있지만, 오빠가 뭔데 대체…”

나는 미켈레가 나서려고 한다는 사실을 눈치챘다. 평소 성격을 생각했을 때, 이런 일에 남편이 나서면 상황이 악화될 게 뻔했기 때문에 미렐라와 단둘이 이야기하게 해달라고 했다.

나는 손님 대하듯 미렐라에게 자리에 앉으라고 권한 뒤 나도 의자에 앉았다. 딸아이는 잔뜩 뿔이 나 있었다. 어렸을 때랑 똑같은 표정이었다. 나는 애써 일시적인 현상일 뿐 실은 미렐라는 좋은 아이라고, 이 모든 것은 지나갈 거라고 생각했다.

그새 미렐라는 핸드백에서 미제 담배를 한 갑 꺼내 들었다. 나갈 때까지만 해도 못 보던 핸드백이었다. 그때까지 미렐라가 담배 피우는 걸 본 적이 없었는데, 담배를 꺼내 드는 모습이 아주 자연스러웠다. 하지만 담배에 대해서는 별말 하고 싶지 않아서 누구랑 어디에 있다 왔는지 다정하게 물어보았다. 미렐라는 영화관에 들렀다 크리스마스 저녁 카프렐리가에서 열린 무도회에서 만난 산드로 칸토니라는 남자와 춤추러 갔다고 했다. 나는 여전히 다정한 목소리로 그 사람에게 반했는지 물으며 미렐라의 손을 잡으려 했지만, 미렐라는 그런 나의 손길을 뿌리쳤다.

"그런 것 같지는 않아요. 잘 모르겠어요. 아닌 것 같아요."

나는 미렐라의 눈을 똑바로 바라보았다. 거짓이길 바랐건만, 진심인 것 같았다. 나는 미렐라에게 좋아하지도 않으면서 이미지가 안 좋아질 수도 있는데, 왜 굳이 그런 사람과 외출하냐고 물었다. 그러자 미렐라는 웃음을 터뜨렸다.

"엄마는 19세기 사람이에요!"

나는 19세기 사람이 아니라고 말하고 싶었지만, 꾹 참고 최선을 다해서 미렐라를 이해하고 그애에게 내 말을 이해시키려 했다.

"네 오빠 말로는 너보다 훨씬 나이가 많다던데. 네 또래 대학 친구들이랑 나가는 건 괜찮아. 그러면 이야기하다 좀 늦을 수도 있다고 생각해. 하지만 그렇게 나이 많은 남자와…"

담배에 대해서도 한마디 하고 싶었지만, 또 꾹 참았다.

"뭐라고 설명해야 할지 모르겠지만 엄마는 네가 그 사람과 만

나는 것이 마음에 걸리는구나. 벌써 집에 두 번이나 늦게, 그것도 너무 늦게 들어왔잖니. 게다가 엄마는 네가 불안해보여. 저녁 식사 시간도 제대로 못 맞추고, 어제는 네가 밖에서 식사를 하고 온 것은 아닌가 하는 생각까지 했어…"

나는 미렐라가 내 말이 사실이 아니라고 말해주기를 바라며 그 애를 바라보았다. 그런데 미렐라는 오히려 어제 실제로 밖에서 저녁을 먹었다고 했다. 미렐라는 자세를 고쳐잡더니 내게 싸늘하게 말했다.

"한 번은 이야기해야 할 것 같으니, 제 말 잘 들으세요. 오빠 친구들이랑 나가는 건 신물이 나요. 하나같이 땡전 한 푼 없는 데다 몇 시간 동안 걷고, 걷고, 걷고 또 걸으면서 멍청한 말만 늘어놓는다고요. 잠깐 앉자고 하는 데가 고작 우유 가게*예요. 우유 가게에 앉으면 손발이 동상에 걸릴 것 같아요. 제 말 좀 들어주세요, 엄마. 저는 엄마랑 아빠 같은 삶을 살고 싶지 않아요. 물론, 아빠는 정말 좋은 분이죠. 그런 남자가 없다는 걸 저도 알아요. 저도 아빠를 너무 좋아해요. 아무리 그래도 엄마처럼 살게 하는 남자와 만나느니 전 차라리 죽어버릴래요. 제겐 카드가 하나밖에 없어요. 결혼이요. 가진 거라고는 젊음뿐이니 시간도 없고요. 그렇다고 가문이 좋은 것도 아니잖아요. 아빠가 정치인도 아니고, 유명 인사도 아니고요. 게다가 저는 옷도 별로 없어요. 그러니 앞으로 나갈 기회가 있으면 나갈 거예요. 엄마 아빠도 익숙해지셔야 해요. 그리고 솔직히 저는 밖에 나가는 것이 좋아요. 엄마가 아빠한

* 과거 이탈리아에서는 유제품을 파는 곳에서 간단한 음료를 마실 수 있게 테이블을 놓았다.

테도 잘 이야기해주세요. 계속 저를 이런 식으로 대하면, 성년이 되자마자 이 집에서 뛰쳐나가겠어요. 하지만 그러면 상황이 더 나빠지겠죠. 저와 엄마 아빠 모두를 위해 하는 말이에요. 이제 익숙해지셔야 해요. 그만 걱정하시고요, 엄마."

그러더니 미렐라는 다정하게까지 느껴지는 말투로 "엄마가 나쁘게 생각할 일은 하지 않을게요"라고 덧붙였다. 입가에 미소를 띠고 있었지만, 시선은 차가웠다. 여섯 살 때 베파나 할머니의 존재를 믿지 않는다고 선언할 때 내게 "다 알아요"라고 하면서 지었던 표정, 꼭 그런 표정이었다. 일기를 쓰고 있는 지금도 그 순간 내게 그런 말을 한 것이 미렐라인지 아니면 처음 보는 모르는 여자인지 의심스럽다.

언젠가 미렐라에게 크리스마스 선물로 하늘하늘한 스카프를 사주었을 때가 떠올랐다. 스카프 가격이 너무 비싸서 한참을 망설이다 심지어는 가게 밖으로 나갔다가 다시 들어가서 산 스카프였다.

"네 감정은 안 중요하니?"

내 물음에 미렐라는 엄마는 아무것도 모른다며 내 말을 잘랐다. 나는 내가 왜 아무것도 모르냐면서 너한테는 사랑 따위는 중요하지 않냐고 물었다.

"이 일과 사랑이 무슨 상관이에요?"

딸아이가 반박했다.

"엄마 아빠의 삶이 사랑인 것 같아요? 이렇게 가난하고 힘겹게 살아가면서 모든 것을 포기하는 것이 사랑인가요? 퇴근하자마자 허구한 날 시장으로 달려가는 게요? 엄마가 얼마나 나이 들어 보이는지 아세요? 부탁이니 제 말 좀 들어보세요. 엄마는 자꾸만 현실을 회피하려 하지만, 저는 알아요. 엄마가 똑똑한 여자라는 걸요. 그러니 지금 엄마가 아빠랑 어떻게 살고 있는지 생각 좀 해보세요. 아빠가 실패자라는 걸 모르겠어요? 그 실패한 삶에 엄마까지 끌어들였다는 걸 모르겠냐고요. 나를 사랑한다면서 어떻게 엄마와 똑같은 삶을 살기를 바랄 수 있죠?"

나는 남편이 들을까봐 문을 닫기 위해 자리에서 일어나면서 얼굴을 붉혔다. 전날 밤 일기장에 미켈레와 바그너에 관해 쓴 글이 생각났기 때문이다. 나는 미렐라에게 엄마는 평생 행복했고, 너 역시 그러기를 바란다고 했다. 여자라면 엄마 같은 삶을 살아야 하고, 네가 말한 삶을 살게 내버려두지는 않겠다고 했다. 적어도 내 집에 함께 사는 한 그런 일은 없을 거라고 했다.

"지금은 이래도 다 지나갈 거야. 언젠가는 너도 철이 들겠지. 내가 그렇게 만들 거야. 사랑하는 사람이 나타나면 그 사람과 결혼해야 해. 남자를 존중해야 아이들과 가족을 사랑할 수 있는 거란다. 내가 그랬던 것처럼 말이야. 물론 그 남자가 부자면 좋겠지만, 그렇지 않으면 너도 직장을 구해야지. 나처럼 말이야."

미렐라는 싸늘한 눈초리로 나를 바라보며 말했다.

"엄마는 지금 날 질투하는 거예요."

Date 1월 14일

일요일이 돌아왔다. 오늘은 점심을 먹고 모두 나가버렸다. 미켈레는 자기 아버지를 만나러 갔다. 남편은 나도 함께 가주기를 바랐지만, 나는 원치 않았다. 할 일이 많아서, 일을 끝내고 조금이라도 쉬고 싶다고 했다. 그이는 내 턱을 살짝 들어올리면서 물었다.

"무슨 일 있어, 엄마? 요즘 항상 혼자 있고 싶어 하는 것 같아. 리카르도가 얼마 전부터 당신이 변했다던데, 그 말이 맞는 것 같아."

나는 어떤 의미에서는 사실이지만 그건 다 미렐라와 리카르도 때문이라고 했다. 내가 아니라 아이들이 변한 것 같아서 걱정이라고 했다. 그애들이 예전 것들에 대해 더 이상 만족하지 않는 것 같다고 했다.

내친김에 어제 미렐라가 새 코트를 사달라고 떼쓴 이야기도 했다. 미렐라는 엄마 아빠 둘 다 크리스마스 보너스를 받았으니, 마음만 먹으면 코트 정도는 사줄 수 있지 않냐고 했다. 그 돈은 이미 쓸데가 따로 있다고 말해도 소용없었다. 그애는 우리가 돈을 몰래 서랍 속에 숨겨둔다고 생각하는 것 같았다. 그러자 미켈레는 솔직히 마음만 먹으면 그 돈은 우리를 위해 쓸 수도 있다면서 우리에게는 그럴 권리가 있다고 했다.

"우리가 열심히 일해서 번 돈이잖아. 당신도 새 코트를 사고 싶을 수도 있고, 안 그래, 엄마?"

나는 그렇지 않아도 미렐라에게 그렇게 말했는데, 미렐라가 마흔세 살에 새 코트가 무슨 소용이 있냐고 그러더라고 했다. 내 말에 미켈레는 미소를 지었다. 남편이 미렐라의 말을 부정해주기를 바랐지만, 되려 "하긴 그애 말도 일리가 있군"이라고 하더니 나를 다정하게 껴안아준 뒤 나가버렸다.

아직은 차마 남편에게 미렐라가 늦게 귀가했던 날 내게 했던 이야기를 전하지 못하겠다. 오히려 다음 날 아침 남편에게 거짓말로 미렐라가 다시는 늦지 않겠다는 약속을 했다고 말해버렸다. 그날 저녁 이후 내가 겪고 있는 불안감을 미켈레에게까지 전염시키고 싶지 않았기 때문이다.

'엄마는 지금 날 질투하는 거예요.'

나는 딸이 제 방으로 들어가면서 내게 던진 그 잔인한 말을 남편에게 전할 용기가 없었다. 새 코트 이야기를 했을 때처럼, 남편이 '하긴 그애 말도 일리가 있군'이라고 하면서 웃어넘길까봐 두려웠다.

- 잠시 후 -

조금 전, 누군가 열쇠를 돌리는 것 같은 소리에 글을 쓰다 멈췄다. 순간 너무 당황해서 일기장을 어디에 숨겨야 할지 몰라 갈팡질팡했다. 주변을 살펴보았지만, 모든 가구가 유리로 되어서 안이 훤하게 보였기 때문에 어디에 숨기든 눈에 띌 수밖에 없었다. 일기장을 손에 든 채 한참을 방황하다 우리 집이 아니라 옆집에서

난 소리라는 사실을 깨달았다.

나는 마음을 놓았다. 괜히 겁먹었다는 생각에 헛웃음이 나왔다. 다시 의자에 앉아서 글을 쓰기 전에 먼저 현관 문고리를 걸었다. 혹시라도 누가 뭐라고 하면 딴생각을 하다 나도 모르게 문을 잠갔다고 말할 생각이었다. 본능적으로 문고리를 걸긴 했지만, 이내 내 행동에 대한 당혹감이 느껴졌다. 나는 내가 솔직하고 충직한 성격이라고 생각한다. 그런 내가 이런 행동을 했다는 것은 이제는 거짓말을 하는 것에 그치지 않고 이를 증명하기 위한 알리바이까지 생각하기에 이르렀음을 의미했다.

며칠 전 미렐라가 조반나와 약속이 있다고 능청스레 거짓말을 하고 외출했던 일이 생각났다. 그전에 얼마나 많은 거짓말을 했을까? 리카르도 역시 제 아빠에게 돈 몇 푼을 받아내려고 사지도 않은 책을 샀다고 거짓말을 하지 않았던가. 순간 내가 이 일기를 쓰기 위해 거짓말을 했듯이 어쩌면 미켈레도 나를 속인 적이 있지 않을까 하는 의구심이 들었다. 그런 생각이 들자 나도 모르게 눈물이 났다. 일요일 한낮의 적막에 싸인 빈집에 홀로 앉아 있자니 내가 사랑하는 모든 이들을 잃어버린 것만 같았다. 그들이 지금껏 내가 생각했던 것과는 다른 사람인 것만 같았다. 심지어는 나 자신도 가족의 생각과는 다른 사람이지 않을까 하는 의구심이 들었다.

지금까지는 미켈레, 미렐라, 리카르도와 내가, 우리 네 식구가 평온하고 단합된 가족이라고 믿었다. 우리는 아직도 남편과 내가 갓 결혼했을 때 살던 집에 살고 있다. 그새 집이 너무 비좁아져서 미렐라에게 방을 주기 위해 거실을 포기해야 했다. 방들은 매우 작았지만, 그래서 한 둥지 안에 있는 것처럼 더 아늑하게 느껴졌다.

나는 여러 면에서, 그리고 아주 중요한 부분에 있어서 다른 가족에 비해 우리 가족이 운이 좋다고 생각했다. 미켈레와 나는 오랫동안 심각한 부부싸움을 한 적이 한 번도 없었다. 내가 원했을 때 직장을 구했고, 아이들도 건강했다. 어쩌면 일기를 쓰기로 마음먹은 것도 평온한 가족 이야기를 쓰고 싶어서였는지도 모른다. 그래서 이 일기장을 사고 싶었던 것일지도 모른다. 아이들이 결혼한 뒤, 우리 둘만 남았을 때 다시 읽어보기 위해서 말이다. 그때가 되면 미켈레에게 자랑스럽게 일기장을 보여줄 수 있을 것 같았다. 우리 부부의 노년을 위해 그이 몰래 축적해놓은 자산인 것처럼 말이다. 그러면 정말 좋을 것 같았다.

그런데 막상 일기를 쓰기 시작한 후로는 집에서 일어나는 모든 일이 별로 좋게 기억될 것 같지 않다. 어쩌면 너무 늦게 일기를 쓰기 시작한 것일지도 모른다. 리카르도와 미렐라의 유년 시절을 기록해야 했을 수도 있다. 하지만 이제 둘은 어엿한 성인이다. 물론 내 눈에는 아직 그렇게 안 보이지만 말이다. 둘은 이미 어른들의 모든 약점을 알고 있다. 어쩌면 이미 어른들의 죄까지 알고 있을지도 모른다.

가끔은 일어나는 모든 일을 시시콜콜하게 다 쓰는 것이 좋지 않은 것 같다. 글로 쓰면 실제로는 괜찮은 것도 안 좋게 보인다. 미렐라가 밤늦게 귀가했을 때 나눴던 이야기를 일기장에 쓰지 않앉어야 했다. 그날 밤 우리는 오랜 대화 끝에 모녀가 아니라 원수처럼 헤어졌다. 굳이 글로 남기지 않았더라면 대화 내용을 잊어버렸을 것이다. 인간은 언제나 과거에 한 말이나 한 일을 잊는 경향이 있다. 그 말을 지켜야 하는 끔찍한 의무감에 붙잡히지 않기 위해서라도 말이다. 망각하지 않으면 인간은 죄다 오점투성이의 존재라는 사실이 밝혀질 것이다. 하겠다고 약속했던 일과 실제로 한 일, 되고 싶었던 존재와 현실과 타협한 실제 모습과의 간극이 큰 모순덩어리라는 사실이 밝혀질 것이다.

그날 저녁 일기장을 평소보다 더 신중하게 숨긴 것은 그런 이유 때문일 것이다. 나는 의자 위로 올라가 일기장을 침대 시트와 수건을 보관하는 수납장 위에 올려놓았다. 일기장을 숨기면 20년 동안이나 내 딸에게 밥을 해먹이고, 가르치고, 애정 어린 마음으로 그 아이의 성격을 파악하기 위해 신중히 살폈음에도 불구하고 그애를 전혀 파악하지 못한 것 같다는 의구심을 떨쳐낼 수 있을 것 같았다.

Date 1월 15일

어제 나는 일기도 쓰지 않고, 집안일도 제쳐놓고 어머니를 뵈러 친정에 갔다. 어머니는 우리 집 근처에 있는 작지만 볕 좋은 집에서 살고 있다. 노인들에게는 햇빛이 중요하다. 과거 친정에서 지내던 시절에 나는 집이 남향이라는 사실조차 몰랐는데, 어머니는 언제나 그 점을 자랑스러워했다. 어머니는 일요일에 내가 방문하는 것을 매우 좋아했다. 미켈레를 위한 시간을 어머니를 위해 할애한다는 생각에 흡족해하는 것 같았다.

어머니는 화창한 일요일을 싫어했다. 날씨가 좋으면 아버지만 혼자 산책을 나가서 한참을 돌아오지 않았기 때문이다. 평소 두 분은 함께 열 시 미사에 참석한다. 미사가 끝나면 아버지는 다정하게 팔짱을 끼고 어머니를 집까지 바래다주었다. 하지만 아버지는 집에 들어가지 않고, 현관에 이르자마자 어머니에게 인사한 뒤 뒤돌아 매정하게 발걸음을 돌렸다. 어머니는 인도에 서서 그런 아버지의 뒷모습을 못마땅한 눈초리로 바라보곤 했다. 아버지는 아랑곳하지 않고 뒤도 돌아보지 않고 일흔두 살로 동갑인 어머니보다 자신이 더 젊다는 사실을 증명이라도 하고 싶은 듯 빠른 걸음으로 사라져버렸다.

아버지는 예전에 유행했던 것처럼 상아로 만든 손잡이가 달린 지팡이에 몸을 살짝 기댔다가 가볍게 지팡이를 들어 올리며 걸었다. 그렇게 아버지는 빌라 보르게제 공원이나 호수공원까지 갔다가 집에 돌아와서는 짓궂게도 어머니 앞에서 공원 가로수며 공기가 얼마나 좋았는지 자랑을 늘어놓으면서 청년처럼 숨을 크게 들이마셨다. 그럴 때마다 어머니는 속상해하시며 종일 집 안에 틀어박혀 있었다. 아버지 혼자 펜싱을 하거나 강으로 배를 타러 가버리던 나의 어린 시절 일요일과 크게 다르지 않았다.

친정집은 바뀐 것이 하나도 없었다. 나이 든 가사도우미 아주머니는 여전히 나를 아가씨라고 불렀고, 어머니는 여전히 나를 우리 아가라고 불렀다. 머리에 새치가 나기 시작한 딸을 그렇게 부르는 것은 말도 안 된다고 말해봤자 소용없었다. 친정에 가면 나도 모르게 처녀 시절 내가 쓰던 방으로 발길이 향했다. 어머니가 내 뒤를 따라오면 우리는 자연스레 문을 닫고 이야기를 나누었다.

내 방은 예전과 똑같았다. 방에 들어올 때마다 미켈레와 나가서 살기로 한 것이 반항심으로 인한 바보 같은 짓이었다는 생각에 가벼운 후회가 밀려들었다. 나는 어머니와 함께 예전에 내가 쓰던 방에서 미켈레와 리카르도, 미렐라 이야기를 나누었다. 어머니는 사위와 손주들을 아꼈지만, 내 말을 들을 때면 그들을 친밀한 모녀 사이에 끼어든 타인처럼 취급하는 것 같았다.

어제도 평소와 마찬가지로, 나는 침대에 걸터앉고, 어머니는 바느질을 시작했다. 미렐라와 있었던 일을 들려주고 싶었지만, 어쩐지 내가 그애만 했을 때 어머니와 비슷한 대화를 나눴을 수도 있었을 것 같아 입이 쉽게 떨어지지 않았다. 물론 과거 어머니와 나는 둘 다 언쟁을 벌이기보다는 침묵을 선택했지만. 평소 친정에 미켈레나 아이들을 위해 짜던 털스웨터 같은 일거리를 두고 다녔기 때문에, 얼마 후에 나도 어머니와 함께 뜨개질을 시작했다. 그러면서 말했다.

"정말 지쳤어요. 오늘 아침에도 집 청소에 장까지 봤거든요. 시장에 갔는데, 채소가 죄다 얼어서 도무지 먹을 만한 물건을 찾을 수가 없더라고요. 그나마 줄기콩은 괜찮았지만 1킬로에 320리라나 했어요."

어머니는 나를 쳐다보지 않고 고개만 끄덕였다.

"그래. 네 아버지도 어제 집에 오더니 왜 요즘 아티초크를 사지 않냐고 묻더구나. 그래서 아티초크 하나에 75리라나 한다고 말해주었지."

내가 "아티초크가 나오기에는 아직 날씨가 너무 추워요"라고 말하자, 어머니는 "그런데도 네 아버지는 오늘 아침에 목도리도 안 하고 나가셨지 뭐니. 목도리도 없이 핀치오까지 가셨단다. 아직도 자기가 젊은 줄 아나봐. 그러다 분명 감기에 걸릴 게다"라고 했다.

내가 "요즘 같은 땐 맘 편하게 아프지도 못해요"라고 하자 어머니는 "그건 그렇지"라고 말했다.

순간 고개를 들고 어머니를 바라보았다. 어머니는 키가 훤칠한 백발의 노부인이었다. 20세기 초에 유행하던 부풀린 헤어 스타일에서 아직도 남의 눈을 의식하는 허영심 같은 것이 느껴졌다. 어머니 같은 노부인은 요즘 흔치 않았다. 나는 언제나 어머니 나이가 되어도 어머니처럼 되고 싶지는 않다고 생각했다. 나는 다른 이에게 지친 모습을 드러내는 것을 수치스럽지 않게 생각하는 세대에 속한다. 반면에 어머니는 잠시도 흐트러진 모습을 보이려 하지 않았다. 어머니는 이른 아침부터 옷을 제대로 차려입었다. 외출을 앞둔 것처럼 옷을 맵시 있고 깔끔하게 입고, 얼굴에 하얀 분을 칠하고, 가녀린 목에는 실크 리본을 묶었다.

어제 나는 구부정한 자세로 침대에 몸을 기댄 채 뜨개질을 하면서 어머니를 바라보았다. 어머니는 딱딱한 의자에 허리를 꼿꼿하게 세운 채 앉아 있었다. 어머니는 안락의자를 싫어한다. 안락의자에 앉아 있으면 게을러지고 심지어는 우울해지기까지 한다고 했다. 어머니는 아버지의 헌 양말을 수선하고 있었다. 진작 쓰레기통으로 직진했어야 할 낡은 양말을 어머니는 마치 르네상스 시대의 레이스라도 뜨는 것처럼 우아한 동작으로 깁고 있었다. 내가 자신을 바라보고 있다는 것을 느낀 어머니는 고개를 들었고, 그 순간 나와 시선이 마주쳤다. 어머니는 실을 팽팽하게 당긴 상태에서 바느질하던 손을 잠시 허공에서 멈춘 채 나를 바라보다, 다시 눈을 내리깔고 양말을 바라보며 내게 말했다.

"집안일을 도와줄 사람을 구해야 할 것 같구나."

"어머니 말씀이 옳아요. 2월에 그이가 하는 일에 맞게 월급이 오르면 생각해보려고요."

내가 속삭이듯 말했다.

어머니와 나는 마음속에 담고 있는 진짜 하고 싶은 말과는 거리가 먼, 현실적인 이야기 외에는 대화를 나눈 적이 없다. 어머니는 내게 항상 차가웠다. 어렸을 때부터 안아주는 법이 거의 없어서 어쩌다 안아줄 때면 경외심이 느껴질 정도였다. 어머니는 내가 어릴 때 기숙학교에 보냈다. 나는 어머니의 몸에 밴 절제가 귀족 집안이라는 어머니의 배경과 관련이 있다고 생각했다. 실제로 어머니는 할머니에게 언제나 '어머님'이라고 부르면서 깍듯하게 대했다.

나는 미렐라를 다르게 교육하려 했다. 내밀한 마음을 털어놓을 수 있는 친구가 되고 싶었다. 하지만 나는 결국 그런 엄마가 되지 못했다. 그런 일이 애초에 가능했을까 싶기도 하다. 하지만 어제 평범한 언어를 사용하며 어머니와 장보기나 가사 일과 같은 현실적인 대화를 나누면서 실제로는 내밀한 속마음을 나누었다는 사실을 깨달았다. 직접적으로 표현하지는 않았지만 그것은 모녀간에만 존재할 수 있는 암묵적인 이해를 바탕으로 한 대화였다. 예컨대 아티초크 가격이 너무 많이 올랐다는 이야기의 이면에는 전혀 다른 의미가 함의되어 있다. 어머니는 내 내면에 쌓인 피로를 인지한 것이다. 어머니가 집안일을 도와줄 사람을 찾아보라고 한 것은 내 안에서 위험한 나약함을 보았기 때문이다.

이제야 그 모든 것을 이해할 수 있다. 어쩌면 내게도 이해할 수 없는 딸이 생겨서인 것 같기도 하다. 대신 이제는 어머니를 이해할 수 있었다. 어머니에 대한 글을 쓰다 보니, 문득 어머니의 어깨에 고개를 파묻고 싶은 생각이 든다. 실제 지금 내 앞에 어머니가 있었다면 그런 생각은 꿈에도 하지 않았을 거다. 결혼 초에 나는 남편 성격에 적응하기가 힘들었다. 그러니까 유부녀로서의 삶에 적응하기 힘들었던 거다. 당시 나는 자주 친정을 찾아가 지금처럼 어머니와 함께 내 방에 앉아서 대화를 나누곤 했다.

"머리가 아파요. 두통약 좀 주세요."

어머니는 절대로 왜 머리가 아픈지 묻는 법이 없었다.

"날씨 때문인가 보구나."

어머니가 아스피린 한 알을 내밀며 말했다.

"집에 가기 전에 잠시 쉬다 가렴."

그런 다음에는 별말 없이 하던 일을 계속했고, 나 역시 아무 말 없이 처녀 시절 내 침대에 누워 유리창의 녹색과 보라색의 다이아몬드 문양 사이로 들어오는 햇살을 바라보았다. 어렸을 때부터 나는 그 광경에 매료되곤 했다.

"이제 좀 괜찮아졌니?"

어머니가 일하다 말고 고개를 살짝 들고 물으면 나는 "조금 나아진 것 같아요"라고 대답하곤 했다. 나를 현관까지 바래다주면서 저녁거리로 무엇을 준비했는지 물으면, 나는 "리소토와 고기 튀김이요"라고 대답했고, 다음 날 어머니는 어김없이 전화를 걸어 미켈레가 리소토를 좋아했는지, 음식을 맛있게 먹었는지 물었다. 내가 그렇다고, 다 잘 되었다고 하면 그제야 안도의 한숨을 내쉬었다.

어쩌면 나처럼 아이들을 다 키워놓은 후에야 비로소 부모님을 이해할 수 있는 것일지도 모른다. 자기 자신을 더 잘 이해하려면 부모에게 자신을 투영해야 하는지도 모른다. 문득 언젠가 어머니에게 전화를 걸어, 남편과 아이들의 안부를 전하고, 모두 저녁을 맛있게 먹었다는 말을 하지 못하게 되면, 진정 깊은 고독의 심연으로 빠질 거라는 사실을 깨달았다.

지금까지는 화법의 차이 때문에 어머니와 내가 서로를 이해하지 못한다고 생각했다. 나는 미렐라와는 달리 감히 어머니에게 베파나를 믿지 않는다고 솔직하게 말할 생각은 하지 못했다. 열 살, 열한 살까지 베파나를 믿는 것처럼 행동했다. 어느 날 어머니가 먼저 "그래, 올해 주현절에는 무엇을 선물해줄까?"라고 물었을 때 나는 눈 하나 깜빡이지 않고 태연한 척했지만, 사실 얼굴이 빨갛게 달아올랐다. 어머니에게 털 슬리퍼를 가지고 싶다고 하자, 어머니는 정말로 털 슬리퍼를 선물해주셨다. 주현절 선물을 주는 사람이 베파나가 아니라 어머니라는 사실을 정말로 받아들인 것은 바로 그날이었다.

그런 나이기에 미켈레와 사랑에 빠진 사실을 어머니에게 털어놓지 못했다. 대신 행복한 불안감에 사로잡힌 나의 마음을 감추기 위해 "배 안 고파요"라는 말을 입에 달고 다녔다.

Date 1월 17일

어제 미렐라가 또 현관 열쇠를 달라고 했다. 내가 안 된다고 하자, 미렐라는 그러면 친구 집에서 자고 오겠다고 했다. 나는 미렐라를 설득하려다 그전에 내가 먼저 포기하고 말았다. 대신 미렐라에게 이번이 마지막이고, 계속 이러면 아빠에게 말할 수밖에 없을 텐데 그렇게 되면 상황이 심각해질 거라고 했다. 미렐라는 새벽 두 시에 돌아왔다. 침대에 눕기는 했지만, 그애 생각에 잠을 이룰 수 없었다.

오늘 아침 우연히 미렐라의 옷장을 열었는데 멧돼지 가죽으로 만든 새 핸드백이 있었다. 최소 십만 리라는 줘야 살 수 있을 법한 가방이었다. 나는 어찌해야 할 바를 몰랐다. 남편과 이야기하고 싶었지만 이미 출근한 뒤였다. 게다가 미켈레나 리카르도에게 이야기하면 일시적일 수 있는 미렐라의 태도가 오히려 이 상태로 굳어질까봐 두려웠다.

나는 우선 핸드백을 못 본 척하고, 대처 방안을 진지하게 생각해보는 것이 최선이라는 결론을 내렸다. 조심스레 옷장 문을 닫으면서 왠지 일기장을 숨길 때와 비슷한 느낌이 들었다. 순간 두려운 마음에 전화기로 달려가 어머니에게 전화를 걸었다. 하지만 막상 어머니의 변함없는 차분한 목소리를 듣는 순간, 내 딸이 아무 남자한테나 선물을 받고 다닌다는 사실을 고백할 용기를 잃고 말았다.

나는 어머니에게 미렐라가 자꾸만 새 코트를 사달라고 졸라서 걱정이라고 말하고 말았다. 그나마 멧돼지 가죽으로 만든 핸드백까지 사달라고 한다는 말을 덧붙이기는 했다. 미렐라가 고집불통에다 변덕도 심하고, 허구한 날 저녁이면 밖으로 싸돌아다니려 한다고 했다. 내 하소연을 듣던 어머니는 미렐라가 그 나이 때 나와 똑같다고 했다.

"제가요?"

나는 기가 막혀서 웃음을 터뜨렸다.

"전 항상 집에만 틀어박혀 있었잖아요. 특별히 뭘 해달라고 한 적도 없고요."

어머니는 내가 불만이 가득한 표정으로 입을 꾹 다문 채 어머니가 새 모자를 살 때마다 원망스런 눈초리로 자기를 바라보았다고 했다.

"그러니 다 지나갈 게다. 나도 항상 네가 커서 뭐가 될까 걱정했단다. 네가 결혼할 때도 네가 자유로워지고 싶어서, 집을 떠나고 싶어서 결혼한다고 생각했어. 나는 네가 좋은 아내가 되지 못할 거라고 생각했단다. 미켈레를 사랑하지 않는다고 생각했거든. 그러니 미렐라도 괜찮아질 게다."

어머니가 다시 말했다. 나는 집을 떠나고 싶었던 적도, 어머니와 아버지에게서 벗어나고 싶었던 적도 없었다고 말하고 싶었다. 평생 미켈레를 사랑했다고 말하고 싶었지만, 그 대신 조용히 웃으며 “알아요. 다 지나가겠죠”라고 말한 후 수화기를 내려놓고 사무실로 향했다.

Date 1월 18일

오늘 남편이 한 달에 1만 8,000리라라는 적지 않은 급여 인상을 받게 되었다는 소식을 들었다. 그는 점심시간에 집에 돌아와서 애써 태연한 척하며 내게 말했다.

"엄마! 잠깐 이쪽으로 와봐."

리카르도와 미렐라도 모두 집에 있었기 때문에 순간 남편이 일기장을 발견한 줄 알고 더럭 겁부터 났다. 하지만 이내 일기장을 수건과 시트를 넣어두는 수납장에 숨겨둔 것이 떠올라 안심했다. 남편이 일기장을 찾아내면 문제가 심각해질 것이다. 일기장에 칸토니라는 작자가 미렐라에게 멧돼지 가죽으로 만든 핸드백을 선물한 것을 알면서도 그에게 숨겼다는 이야기가 있으니까. 남편을 따라 침실로 들어가자, 남편은 문을 닫고 들뜬 표정으로 내 손을 잡았다.

"엄마, 이제 우리도 부자야."

남편은 자신이 직접 지점장과 면담을 신청했다고 했다. 지점장이 그이를 다정하게 대하면서 수년 동안 아껴두었던 칭찬을 한꺼번에 해주었다는 말에 나는 너무 행복해서 눈물이 나올 뻔했다. 미켈레는 그런 나를 꼭 안아주었다. 그의 품속에 안겨 있는데, 어깨 너머로 옷장에 달린 커다란 거울에 비친 우리 모습이 보였다.

거울 속 우리의 모습은 실제보다 젊어 보였다. 기쁜 소식은 그뿐만이 아니었다. 2월부터 인상된 급여를 받는 것도 충분히 좋은 소식인데, 작년 11월부터 인상된 급여를 적용해준다는 것이었다. 남편은 연필과 종이를 찾아들고 계산하더니 그러면 무려 6만 리라가 더 들어온다며, 그 돈을 어디에 쓸지는 내 판단에 맡기겠다고 했다.

나는 반나절이라도 가사도우미를 쓰고 싶다고 했다. 하지만 잠시 후 마음을 바꾸어 미렐라에게 뭔가 사주는 것이 더 시급하다고 결론지었다. 미렐라에게 대체 무엇을 사주어야 하냐는 남편의 질문에, 나는 정확히는 모르겠다고 했다. 그토록 가지고 싶어 했던 빨간 코트나 구두, 또래 아가씨들에게 필요한 소소한 물건을 사줘야 할 것 같다고 했다. 남편이 어이없는 표정으로 나를 바라보자 나는 미렐라가 몹시 힘든 시기를 겪고 있다고 설명했다. 부유한 집안이었다면 딸을 해외여행이라도 하고 오라고 내보냈을 것이라고 했다.

미켈레는 인상을 찌푸리면서 정 내 생각이 그렇다면 미렐라에게 당장 이야기하자고 했다. 그러면서도 자기는 옷이며 장신구 같은 잡다한 물건을 사주면서 아이를 달래거나 착각에 빠지게 하는 것은 반대라고 했다.

나는 그런 남편에게 내가 적당한 때를 알려줄 테니 우선은 아무 말도 하지 말아달라고 했다. 그러면서 미렐라가 2월에 시험을 앞두고 있는데, 시험을 망칠까봐 불안해서 예민하게 구는 것이니 이해해주어야 한다고 했다. 말이 나온 김에 1월 28일 미렐라의 생일에 친하게 지내는 남자 친구를 저녁에 초대해 그애를 기분 좋게 해주자고 했다.

사실 물가를 생각하면 미켈레의 인상된 급여가 그리 큰 금액이 아니라는 것을 안다. 그래도 남편에게는 이번 인상이 앞으로 일이 잘 풀릴 것이라는 좋은 징조라고 했다. 미켈레를 별로 좋아하지 않던 전 상사가 밀라노로 전근 가고, 그를 인정해주는 사람이 신임 지점장으로 임명된 덕분에 성사된 일이니 말이다. 미켈레는 내 말이 옳다면서 역시 여자는 직관력이 뛰어나다며 다시 한번 나를 안아주었다.

그가 나를 두 번째로 포옹하는 순간, 왠지 모르게 미켈레가 아닌 다른 남자가 안아주는 것 같아서 얼굴이 빨개졌다. 그것은 그의 팔에서 새로운 활력이 느껴졌기 때문이다. 먼 옛날 신혼 시절을 상기시키는 그런 힘이었다. 미켈레가 그런 식으로 나를 안아주는 것은 정말이지 오랜만이었다. 남편과 집에 단둘이 있을 기회가 별로 없는 데다, 저녁에는 둘 다 몹시 지쳐 있기 때문이었다. 아이들이 보는 데서 미켈레가 나를 칭찬하거나 내게 키스하면 불편한 마음에 퉁명스레 밀어냈지만, 사실은 기분이 좋았다. 그럴 때면 리카르도는 우리를 다정한 눈빛으로 바라보았고 미렐라는 우리 나이에 그런 식의 애정 표현은 주책이라는 듯 노골적으로 시선을 다른 곳으로 돌렸다.

솔직히 말하자면 처음에는 남편과 남매 같은 관계가 형성되는 것이 싫었다. 마음속 깊은 곳에 그런 식으로 행동하는 남편에 대한 원망이 있었다. 하지만 미렐라 말처럼 주책처럼 보이고 싶지 않아서 아무런 내색을 하지 않았다. 나도 이제 늙었으니 미렐라 말이 틀린 것은 아니라고 나 자신을 설득하려 했다. 심지어는 미렐라의 악의 없는 잔혹함과 냉정함 덕분에 부정할 수 없는 현실을 더 잘 받아들이게 되었다고 생각할 정도였다. 내 나이 서른다섯, 서른여덟이었을 때 특히 그런 생각을 많이 했다.

그런데 어이없게도, 그때보다 더 나이가 든 요즘에 생각이 변했다. 늙었으니 모든 것을 포기해야 한다는 생각에 거부감이 들었다. 물론 그런 내 마음을 털어놓을 생각은 꿈에도 없었다. 이제는 자신이 젊지 않다는 걸 인정하고, 그에 걸맞은 삶의 방식과 새로운 관심거리를 찾아야 한다는 사실을 받아들이지 못하는 여자보다 더 꼴불견인 건 없으니까.

그런데 오늘 아침부터는 지금까지의 삶이 조금만 덜 각박하고, 조금만 더 성공적이었더라면, 남편은 자주 오늘 아침처럼 나를 안아주었을 거라는 생각이 들었다. 실제로 급여 인상 후에 미켈레는 결혼 전 둘을 위한 미래를 설계하던 연애 시절처럼 결단력 있고 명랑한 모습을 되찾았다. 그때만 해도 미켈레는 자기는 은행에서 오래 일할 생각이 없다는 말을 입에 달고 다녔다. 은행 업무는 자기 적성에 맞지 않는다면서, 교사 자격증을 따서 아이들을 가르치면서, 글을 쓰고 싶다고 했다. 그러면서 나와 사랑에 빠지지만 않았다면, 나와의 결혼을 서두르기 위해 돈을 벌어야 할 필요만 없었다면, 이미 오래전에 위험을 감수하고 은행을 떠났을 거라고 했다.

결혼 초 나는 미켈레가 과거의 결심을 기억해내고 실행에 옮길까봐 항상 두려웠다. 그러다 리카르도가 태어났고, 얼마 지나지 않아 미렐라까지 임신했다. 그때는 내가 직업을 구할 생각을 하지 못했기 때문에 어찌해야 할 바를 몰랐다. 사실 직장을 구하고 싶어도 아이들이 어려서 할 수 있는 일이 없었을 거다.

미켈레는 여전히 우리 부부의 친구들에게 은행 일은 임시로 하는 것일 뿐이라고 했다. 남편은 더딘 승진과 안전하지만 낮은 급여가 자기 체질에 안 맞는다고 했다. 조금 있으면 좋은 기회가 올 거라면서, 자기 친구들이 추진하고 있는 몇 가지 일만 잘 풀리면 된다고 했다.

미켈레가 그런 이야기를 할 때마다 나는 불안해서 아무 말도 하지 않았다. 그러다 서서히 남편도 그런 이야기를 하지 않게 되었다. 가끔 가다 주변에 사람들이 많을 때만 그런 말을 했다. 그러다 그 친구라는 사람들과 아예 연락이 끊긴 후, 언젠가부터는 은행을 그만두겠다는 말이 쏙 들어갔다. 기회는 끝내 찾아오지 않았고, 남편도 별로 신경 쓰지 않는 듯했다.

그러다 오늘, 그의 힘찬 포옹 속에서 나는 그동안 남편이 자신의 계획을 잊은 적이 없었다는 사실을 깨달았다. 남편이 내게 한 번도 그런 이야기를 한 적이 없다는 사실에 기뻐해야 할 것이다. 그만큼 마음이 넓고 섬세한 사람이라는 의미니까. 하지만 다른 한편으로는 남편의 침묵이 속상하기도 했다. 침묵 속에 원망이 느껴졌다. 아이들과 나 때문에 정말 좋아하는 일을 포기할 수밖에 없었다는 비난이 느껴졌다. 하지만 오늘 나를 품에 안는 순간, 지금까지 가슴속에 품고 있던 남편의 희망이 되살아나는 것이 느껴졌다. 그것은 내 안에 숨겨진, 차마 털어놓을 수 없는 또 다른 희망과 비슷한 것이었다. 이로 인해 남편과 나 사이에 새로운 이해관계가 성립한 것 같았다. 새로운 사랑이 느껴지는 것 같았다. 처음부터 다시 새로 시작할 수 있을 것 같다는 생각이 들며 기분이 좋아졌다.

남편과 팔짱을 끼고 못 이룰 일이 하나도 없었던 젊은 시절처럼 힘차게 복도를 걸었다. 나는 아이들에게 아빠의 급여가 인상되었다는 소식을 알리면서 무엇보다 수년간의 부당했던 처우를 드디어 인정받게 된 것에 대한 정신적인 만족감이 크다고 했다. 미렐라는 아빠를 꼭 껴안아주고 나서, 솔직히 한 달에 1만 8,000리라면 그리 큰 차이는 아니라고 했다. 나는 재빨리 나서서 그렇지 않다고, 우리처럼 빠듯한 형편에 그 정도면 상황이 훨씬 나아질 거라고 두둔했다.

아이들의 표정이 시원치 않아 보여서, 신문에 난 것처럼 얼마 후면 내 급여도 오를 거라고 했다. 그러면 미렐라에게는 빨간 코트를, 리카르도에게는 필요한 물건을 사줄 수 있을 거라고 했다. 온 가족이 전쟁 전처럼 편안한 삶을 누릴 수 있을 거라고 했다. 미켈레는 쓸데없는 물건을 사는 데 돈을 낭비할 것이 아니라 가정부를 고용해서 수년 동안 참고 인내하며 나 홀로 감당해온 가사일의 부담을 덜어주고 싶다고 했지만, 아이들은 아무 말도 하지 않았다. 나 역시 지금까지 잘 해왔으니 굳이 바꿀 필요가 없다고, 주님의 도움으로 나는 아직 젊고 건강하니 괜찮다고 단호하게 말했다.

나는 미켈레를 바라보며, 조용히 그를 향해 다가갔다. 조금 전 거울에서 보았던 의젓한 남편의 모습과 그런 그의 품 안에 안긴 여전히 날씬하고 주름 하나 없는 나의 모습이 다시 떠올랐다. 미렐라가 아무리 비웃어도 상관없다. 그애들은 아직 어려서 뭘 모른다.

일기를 더 쓰고 싶다. 기분이 너무 좋아서 앞으로 할 일에 대한 계획을 세우고 싶다. 미렐라의 생일파티 계획을 세우고 싶다. 지금의 나처럼 스무 번째 생일을 평생 달콤한 그리움으로 기억하게 해주고 싶다. 하지만 그럴 수 없다. 리카르도가 방에서 공부하다 언제 나올지 모르고, 딸과 남편도 언제 집에 돌아올지 모른다. 벌써 멈춰야 한다니, 정말 아쉽다.

Date 1월 19일

오늘은 이상한 일이 있었다. 너무나 하찮은 일이라 아무도 읽지 않을 것이라는 확신이 없었다면, 일기에도 쓰지 않았을 것이다.

오후에 회사에 들어가는데 호리호리하고 옷을 세련되게 잘 차려입은 남자가 있었다. 건물 수위와 주소록을 살펴보고 있었던 것으로 보아, 뭔가를 물어본 것 같다. 지각하지 않으려고 뛰어오는 바람에 숨을 헐떡이며 건물에 들어서는데 수위가 고개를 들고 평소처럼 나를 향해 친절하게 인사를 건넸다. 오랫동안 알고 지낸 좋은 사람이었다. 나는 평소보다 밝게 웃어 보였다. 정말 기분이 좋기도 했고, 지각을 눈감아주기를 바랐기 때문이기도 했다.

수위는 주소록으로 눈길을 돌렸지만, 수위 옆에 있던 남자는 내게서 시선을 떼지 않았다. 그는 아름다운 환영이라도 본 것처럼 감탄 어린 표정으로 나를 바라보았다. 많이 쳐줘도 서른다섯은 안 넘어 보이는 젊은 남자였다. 남자 앞을 지나가는데, 그가 뭐라고 중얼거렸다. 처음에는 잘 못 알아들었는데, 갑자기 그가 무슨 말을 했는지 깨달았다. 환상 속에서 그의 목소리가 다시 들리기라도 한 것처럼 말이다.

정말 말도 안 되는 말이었다. 일기에 이 이야기를 쓰는 것 자체가 바보처럼 느껴진다. 아마도 그는 내게 장성한 자식이 둘이나 있다는 사실을 몰랐을 것이다. 지금 생각해도 헛웃음이 나오지만, 그는 분명 "정말 매력적이로군"이라고 했다.

엘리베이터가 2층에 멈춰 있어서 층계참에 서 있는데, 등 뒤로 계속해서 나를 바라보는 남자의 시선이 느껴졌다. 수위가 필요한 정보를 알려주었는데도 남자는 그곳에서 움직이지 않았다. 심장이 세차게 뛰면서 현기증과 함께 두려움이 밀려들었다. 그 자리에서 도망치고 싶었지만 아무리 기다려도 엘리베이터가 오지 않았다. 뒤돌아보지 않기를 잘했던 것 같다. 그랬으면, 그 남자는 내가 자기를 보려고 뒤돌아봤다고 생각했을 거다. 하지만 엘리베이터에 들어가고 나서는 문을 닫기 위해 어쩔 수 없이 뒤돌아서야 했다. 남자는 여전히 같은 곳에서 홀린 듯 나를 바라보며 서 있었다. 입술을 움직여 뭐라고 말했는데, 너무 멀어서 잘 들리지 않았다. 어쩌면 아까와 똑같은 말을 했을지도 모른다.

나는 누가 뒤를 쫓아오기라도 하는 것처럼 급히 사무실로 들어갔다. 오후 내내 그 남자가 겁도 없이 핑곗거리를 만들어 사무실까지 찾아올까봐 계속해서 문 쪽을 흘끔거렸다. 물론, 그 남자는 내가 누군지 모르지만 수위에게 사무실을 물어볼 수도 있지 않은가. 심지어는 전에 내가 지나가는 것을 보고, 내내 나를 따라다니다 오늘 드디어 나를 만나기로 마음먹고 일부러 수위에게 뭔가를 묻고 있었던 게 아닌가 하는 생각까지 들었다.

리셉션 직원이 들어와서 누군가 나를 찾는다고 할까봐 두려웠다. 문이 열릴 때마다 흠칫하는 내 모습에 동료가 무슨 일이 있냐고 물을 정도였다. 그 남자가 정말로 사무실까지 찾아올 경우, 쫓아다니는 남자가 나를 보러 사무실까지 왔다고 할 수는 없을 테니 동료에게는 그저 찾아올 사람이 있다고만 해두었다. 남자가 따라다닌다는 말을 하면, 그녀는 분명 나를 안 좋게 볼 것이다. 길에서 나를 볼 때마다 가벼운 여자라고 생각할 것이다.

그 남자가 나를 찾아오면 아무렇지 않은 척 대기실로 데려가 다시는 내 눈앞에 나타나지 말라고 말할 참이었다. 나는 잘 알지도 못하는 남자를 상대해주는 그런 여자가 아니라고 설명할 생각이었다. 하지만 다행히 나를 찾는 사람은 아무도 없었다. 사무실에서 나오면서 주의 깊게 주변을 살펴보았다. 쫓아오는 사람이 없는 것을 확인하려고 몇 번씩 뒤돌아보기까지 했다.

일기를 쓰는 지금 이 순간은 이 일로 인해 결혼 후 처음으로 처녀 시절 그랬던 것처럼 기분이 들떴었다는 사실을 인정한다.

Date 1월 20일

나도 내 성격을 알다가도 모르겠다. 지금까지 나는 내가 투명하고 단순한 사람이라고 생각했다. 나를 포함한 그 누구도 나 때문에 놀랄 일은 없을 거라고 생각했다.

그런데 얼마 전부터 나에 대한 확신이 없어졌다. 왜 그런 건지는 잘 모르겠다. 원래의 나로 돌아가려면 되도록 혼자 있는 시간을 피해야 한다. 남편과 아이들 곁에 있으면 나다운 균형감을 되찾지만, 혼자 길을 걷다 보면 어느새 넋이 나간 듯 묘한 불안감에 사로잡힌다. 뭐라 설명해야 할지는 모르겠지만, 집 밖에서는 내가 아닌 것처럼 느껴진다. 현관문을 나서는 순간 평소와는 다른 삶을 사는 것이 자연스럽게 느껴진다. 매일 걷던 길이 아닌 다른 길을 걸어보고 싶은 마음이 들고, 새로운 사람을 만나 명랑하게 웃고 싶어진다. 정말이지 제대로 웃어보고 싶다. 어쩌면 너무 피곤해서 그런 것일 수도 있다. 강장제라도 마셔야겠다.

그게 아니면, 이번 달에 그동안 미켈레가 받지 못했던 급여 인상 미지급분이 들어오기 때문에, 불안한 마음으로 월급날을 기다리지 않아도 되기 때문일지도 모른다. 급여 인상은 두렵고 우울한 일상을 자유롭고 매력적으로 만들어주었다. 수년 동안 나와 남편은 한 달에 단 하루, 매월 27일만 마음이 편했다. 월급날이 지나가면 다음 월급날을 손꼽아 기다렸다. 그랬던 우리가 지금은 평생 돈 걱정을 해본 적이 없는 사람처럼 지내고 있다. 부자들은 왜 뭐든지 할 수 있고, 온 세상이 멋지고 행복하다고 생각하는지 알 수 있을 것 같다. 실제로 이제는 초인종이 울리면 왠지 좋은 소식이 기다리고 있을 것만 같다.

오늘 아침 집에 들어오는 길에 현관에서 커다란 장미꽃 한 다발을 손에 든 꽃 배달부를 만났다. 셀로판지에 쌓인 아름다운 꽃다발이었다. 순간 나를 위한 꽃다발일 거라는 말도 안 되는 생각이 떠올랐다. 너무 어이없는 생각이라 주변에 아무도 없는지 먼저 확인한 다음에 배달부에게 "발레리아 코사티 앞으로 온 거니?"라고 물어보았다. 소년은 당황한 눈빛으로 나를 바라보더니 고개를 가로저었다.

꽃다발은 우리 건물 2층에 사는 젊은 여배우 앞으로 온 것이었다. 그녀는 매일 밤 야심한 시간에 가사도우미를 아래층으로 보내 안경 쓴 신사가 들어올 수 있도록 현관문을 열어주곤 했다. 수위 말에 의하면, 여배우 앞으로 유명한 가게에서 꽃이며 선물이 배달된다고 한다. 그후 그녀와 마주칠 때마다 포장지를 요란하게 바스락거리며 기쁜 표정으로 상자를 여는 그녀의 모습을 상상했다.

오늘 저녁 나는 하늘색 슬립을 한 벌 샀다. 슬립은 내 몸에 딱 맞았다. 남편이 침대에 누운 후에, 나는 새로 산 슬립을 입어보았다.

"마음에 들어?"

내가 대뜸 묻자, 남편은 신문을 내리고 내게 물었다.

"뭐가?"

"이 슬립 말이야. 새로 샀거든."

나는 수줍음과 뿌듯함이 섞인 표정으로 드러난 어깨를 감싸 안고 미소를 머금은 채 그에게 다가갔다.

"예쁘네. 그런데 비슷한 옷이 있지 않았어?"

"아니야. 이 슬립은 달라. 이것 봐. 여기에 레이스가 있잖아."

나는 그를 향해 몸을 숙이면서 가슴이 파인 부분을 가리켜 보였다.

"예뻐."

그가 반복했다.

"얼마 줬는데?"

"아직 돈은 안 줬어."

다른 옷보다 비싸다는 사실을 감추기 위해 내가 말했다.

"길모퉁이에 있는 가게에서 가져온 거라, 돈은 주고 싶을 때 주면 돼."

"그러지 말지 그랬어."

"하지만, 마침 슬립이 필요했는걸."

나는 얼굴을 붉히며 반박했다.

"아니, 사지 말란 말이 아니야. 당신한테 꼭 필요하면 사야지. 잘했어. 내 말은 외상은 하지 않는 것이 좋다는 거야."

나 역시 내가 대체 왜 그랬는지 모르겠다. 빚이 파멸의 시작이라는 것이 평소 내 신념인데 말이다. 어쩌면 이제는 모든 것이 바뀌기를 바라는 마음 때문이었는지도 모른다. 미켈레가 은행에서 승진해서 돈을 많이 벌어서 모든 날이 27일이 되기를 바라서였을지도 모른다. 나는 슬립을 벗어서 곱게 접었다.

"사이즈가 안 맞는다고 하고 반품해야겠어."

"왜?"

미켈레가 다정하게 물었다.

"당신 마음에 든다면서."

"그래. 하지만 사실 충동구매였어. 쓸데도 없는걸."

내가 진지하게 말했다. 가뜩이나 미렐라 때문에 골치 아파 죽겠는데, 대체 무슨 마음으로 슬립을 산 건지 모르겠다. 토요일에 할 일 없이 거리를 돌아다니다 그렇게 된 것 같기도 하다. 하지만 지금 이렇게 홀로 일기를 쓰다 보니 알 것도 같다. 일기장의 새하얀 백지는 나를 매혹하고, 혼란스럽게 만든다. 혼자 거리를 거닐 때처럼 말이다.

Date 1월 24일

오늘도 어쩔 수 없이 한밤중에 일어나 일기를 쓰고 있다. 낮에는 잠시도 쉴 틈이 없다. 급히 처리해야 할 일이 많아 저녁까지 혼자 일을 하고 있어도 아무도 놀라거나 그만하고 쉬라고 말해주지 않는다. 이렇게 늦은 시간에 글을 쓰고 있다는 사실은, 내가 결혼한 지 23년 만에 처음으로 나를 위해 시간을 쓰기 시작했다는 것을 의미했다.

나는 지금 욕실에 있는 작은 테이블에 엎드려 일기를 쓰고 있다. 소녀 시절 어머니 몰래 남학생에게 줄 쪽지를 쓰던 때처럼 말이다. 당시에 가사를 도와주던 아주머니에게 쪽지를 내밀면, 몇 번 거절하다 마지못해 남학생에게 전해주겠다고 했다. 내 앞에서 쪽지가 담긴 봉투를 미심쩍은 표정으로 살피던 아주머니의 모습이 생각난다. 나는 아주머니가 나의 사랑의 메시지가 담긴 쪽지를 함부로 다루는 것을 못마땅하게 바라보곤 했다. 누군가 내 일기장에 손을 댄다는 생각만 해도 그때와 같은 표정이 나올 것 같다.

며칠 전에 있었던 일에 대한 반작용인지 요즘은 매사에 의욕을 잃었다. 주일에는 고해성사를 해야겠다. 고해성사를 하지 않은지 너무 오래되었다. 오늘은 시내에서 미렐라에게 줄 선물을 사려고 반차를 냈다. 미렐라가 무엇을 좋아할지 생각하며 진열장 앞을 서성였다.

진열장은 아가씨들이 탐낼 만한 물건으로 가득했다. 하지만 내가 살 수 있는 물건은 하나같이 걱정 근심 하나 없는 부자처럼 멋을 내고 싶어 하는 미렐라의 욕심을 충족하기에는 부족해 보였다. 실제로 예산에 맞추다보니 좋아 보이는 모든 것을 제외해야 했다. 불과 이틀 전만 해도 예기치 않은 추가 수익이 우리의 삶을 바꿀 수 있을 거라 생각했었는데. 미렐라에게 물건 몇 가지가 아니라 뭐든 다 사줄 수 있을 것 같았는데 말이다.

나는 실제로는 고작해야 빨간 코트와 타탄 체크 무늬 스커트, 그리고 향수 한 병 살 돈밖에 없다는 현실을 받아들여야 했다. 솔직히 말하자면, 나는 미렐라에게 꼭 필요한 물건을 사줘야 한다는 현명한 생각을 잠시 잊고 핸드백이 놓인 진열장에 매료되었다. 아직도 미렐라가 칸토니에게서 받은 멧돼지 가죽 핸드백을 못 본 척하고 있었는데, 순간 칸토니가 사준 멧돼지 가죽 핸드백보다 더 좋은 가방을 사주고 싶다는 경쟁심이 끓어올랐다.

미렐라는 하루도 거르지 않고 칸토니와 짧은 통화를 했다. 통화하는 내내 미렐라는 단답형으로만 대답했다. 칸토니가 사준 핸드백은 진열된 핸드백에 비해서 소박해 보였다. 나는 심술궂게도 그가 미렐라가 생각하는 것만큼 부자가 아니거나, 아니면 구두쇠인 것 같다고 속으로 욕하면서 은근히 쾌감을 느꼈다. 그보다 훨씬 더 예쁜 핸드백을 사주면, 미렐라도 칸토니가 준 핸드백을 좋아하지 않을 것이다. 나는 새빨간 악어가죽 핸드백의 가격을 가늠하며, 한참을 진열장 앞에 머물렀다. 익숙하지 않은 도시 전경에 넋이 나간 시골 아낙네가 된 것 같았다. 마침내 큰마음 먹고 상점에 들어갔다가, 얼마 되지 않아 불편한 표정으로 "다시 올게요"라는 말을 남긴 채 가게 밖으로 나왔다.

나로서는 도저히 살 수 없는 가격이었다. 칸토니가 선물한 것과 비슷한 종류의 핸드백도 생각보다 훨씬 비쌌다. 나는 골똘히 생각에 잠긴 채 걸음을 옮겼다. 사람들과 부딪힐 때마다 "죄송합니다"라고 사과했다. 지갑에 돈이 있었지만 그래서 오히려 나 자신이 더 나약하게 느껴졌다. 그 돈으로 인해 우리의 빈곤을 측정할 수 있었기 때문이다. 나의 나약함으로 인해 미렐라의 나약함을 이해할 수 있게 되었다. 나의 무기력함으로 인해 미렐라의 무기력함을 느낄 수 있었다. 미렐라를 구원하기 쉽지 않을 거라는 걸 알고 있다. 어쩌면 그애조차 자신을 구원하지 못할지도 모른다.

나는 씁쓸한 마음으로 과연 내가 그애를 정말로 구원하려는 것인지, 그게 아니라 그애가 더 나은 삶을 살 수 있는 가능성을 없애고 나를 모범 삼아 나의 길을 가기를 강요하는 벌을 내리고 있는 것은 아닌지 자문했다. 그것도 아니면 내가 정말로 그애를 질투하는 것은 아닌가 하고 생각하니, 소름이 돋았다. 그러다 갑자기 정신이 퍼뜩 들면서 집으로 달려가 미렐라에게 그런 가방을 살 수 있는 사람은 아무도 없다고 말하고 싶어졌다. 그까짓 핸드백 가격이 한 달 내내 일한 대가로 받는 월급과 똑같을 수는 없다고, 그런 가방을 사는 것은 부도덕한 일이고 미친 짓이라고, 그런 가방을 들고 다닐 사람은 아무도 없다는 사실을 알려주고 싶었다. 하지만 생각만 해도 미렐라의 비웃음이 귓가에 맴도는 것만 같았다.

상점에는 나처럼 바라만 보고 있지 않고, 실제로 가방을 고르고 아무렇지도 않게 돈을 지불하는 사람들로 가득했다. 순간 반발심이 치밀어오르면서 유혹과 광기를 온몸으로 받아들여 '이제 그만!'이라고 외치며 상점으로 들어가 그곳에 있는 모든 가방을 싹쓸이하는 상상을 했다. 그러면 주변에 있는 모든 남자가 어제 사무실 입구에서 마주친 그 남자처럼 나를 바라보겠지. 진열장 뒤로 갈색 벨벳 선반에 값비싼 보석을 진열하는 직원이 보였다. 보석이 얼마나 비쌀지 궁금했다. 가격을 상상할 수는 없었지만, 보석 하나가 나와 남편의 수년 치 연봉과 맞먹을 거라는 것 정도는 예측할 수 있었다. 내 평생이 그 보석 속에 갇힌 것처럼 느껴졌다. 돈만 있으면 보석도, 나도, 미렐라도 살 수 있다.

기운이 빠지면서 정신을 잃을 것만 같았다. 유리창 너머로 남자가 나를 빤히 쳐다보고 있었다. 순간 어쩌면 그가 산드로 칸토니 변호사일지도 모른다는 생각이 들었다. 그는 키가 훤칠하고, 금발에, 파란 눈에 입술이 얇았다.

"이럴 거면 최소한 그 아이와 결혼해주세요."

내가 중얼거렸다.

"부탁이니 그렇게 해줘요."

남자는 놀란 표정으로 나를 바라보았다. 혼잣말하는 것을 보고 미친 여자라고 생각했을지도 모른다. 나는 넋이 나가 있었다. 사실 너무나 환하고, 시끄럽고, 사람들로 붐비는 시내에 있는 것이 어색하기는 했다. 그곳에는 우리 동네와 같은 친숙함이 느껴지지 않았다. 스페인 광장에 이르러 '꽃을 몇 송이 사야겠다'고 생각했지만, 물건을 잔뜩 쌓은 노점상 주위에 사람이 너무 많아서 뭐가 됐든 살 엄두가 나지 않았다.

수많은 차가 도로를 달리고 있었다. 리카르도는 칸토니의 차가 알파 로메오라고 했다. 그때 나는 오랫동안 하지 않았던 일을 했다. 집까지 택시를 타고 온 것이다. 게다가 과할 정도로 많은 팁을 주었다.

"가지세요."

나는 택시 기사에게 말했다.

"가져도 돼요."

500리라를 낭비했다는 생각에 너무나 기뻤다.

Date 1월 25일

미렐라에게 스무 살이 된 기념으로 생일파티를 열어주고 싶다는 말을 한 지 벌써 며칠이 지났다. 나는 그애에게 티타임에 친구들을 초대하라고 했다. 미렐라는 특별히 좋아하는 기색 없이 내게 고맙다고 했다. 그애의 뜨뜻미지근한 반응에 나는 거실 식탁을 치우고 문을 떼어 현관부터 거실까지 하나의 공간으로 만들어 춤을 출 수도 있게 하겠다고 했다. 리카르도의 친구가 미국에서 나온 새 앨범을 몇 장 가져오기로 했고, 미렐라도 자기 친구들을 초대하겠다고 했다.

그랬는데 오늘 저녁에 와서 그날 저녁 다른 일정이 있는 친구들이 많다면서 티파티를 취소하고 싶다는 거다. 그러더니 조금 어색한 표정으로 사실 생일 저녁은 벌써 오래전에 식사 초대를 받았다고 했다.

"아쉬워요."

미렐라의 말에 나도 "아쉽구나"라고 했다. 이름조차 입에 담기 싫었지만, 꾹 참고 혹시 산드로 칸토니가 저녁 식사에 초대한 건지 물었다. 미렐라는 그렇긴 하지만 그 자리에는 다른 사람들도 있을 거라고 했다. 나는 그애 말이 거짓인 것을 알 수 있었다. 설령 사실일지라도 미렐라에게 중요한 것은 다른 사람들이 아닐 것이다.

나는 미렐라에게 그렇다면 그 사람들도 우리 집에 초대하자고 했다. 내 말에 미렐라는 그들은 대접받는 데 익숙한 사람들이라 그럴 수 없다고 했다. 엄마는 잘 모르는, 우리랑 다른 방식으로 사는 사람들이라고 했다. 나는 어떻게 손님 대접을 하고, 어떻게 행동해야 하는지 정도는 잘 알고 있다고 비아냥조로 대답했다. 내가 어떤 가정에서 태어났고, 어떤 교육을 받았는지 이야기하며, 미렐라의 친구라는 작자들에게 배울 필요는 없다고 했다. 미렐라는 내 기분을 상하게 하려던 것은 아니라고 사과했다. 단지 손님을 초대하지 않은 지 오래여서, 그새 많은 것이 변한 것뿐이라고 했다. 요즘은 차 대신 칵테일을 마신다면서, 자기는 가족 잔치 같은 분위기는 싫다고 했다.

내 표정이 씁쓸해 보였는지, 정 원하면 생일 당일 저녁은 집에 머물겠다고 했다. 단, 우리 가족끼리만 식사를 하자고 했다. 생일 당일은 우리와 함께 보내고, 대신 다음 날 저녁에 나가겠다고 했다. 어쩌면 미렐라의 제안을 받아들여야 했을지도 모른다. 적어도 뭐든 제 마음대로 할 수 없다는 것을 보여주기 위해서라도 말이다. 하지만 나는 자존심 때문에 이렇게 대답하고 말았다.

“고맙지만, 괜찮다. 그렇게까지 엄청난 희생을 할 필요는 없어.”

조촐한 생일파티를 하겠다고 미켈레에게도 이미 말해놓은 터라, 뭐라고 변명해야 할지 고민이었다. 적당한 변명거리를 찾기가 어려울 것 같았다. 하지만 솔직히 말해서 남편에게는 아무 핑계나 대도 괜찮을 것이다. 손님을 치르는 대신 여느 일요일처럼 라디오 옆에 앉아 쉴 수 있다는 생각에 남편은 무슨 말을 해도 믿을 것이다. 그런 생각을 하면서 미렐라를 살펴보니 그애는 책상 앞에 앉아 고개를 숙이고 열심히 빨간 매니큐어를 바르고 있었다. 미렐라는 길고, 섬세하고, 고운 손을 두꺼운 정치경제 개론서에 얹고 있었다.

미렐라는 리카르도와 마찬가지로 법학도다. 남편에게 미렐라가 어떻고, 내가 걱정하는 부분이 무엇인지 설명하면서 그애가 시험 때문에 스트레스를 받고 있다고 했지만 사실이 아니다. 미렐라는 공부를 많이 하지는 않았지만, 똑 부러지고 야무져서 한 번 할 때 제대로 했기 때문에 성적은 제 오빠보다 오히려 좋았다. 내 생각에는 리카르도가 미렐라보다 훨씬 똑똑한 것 같은데 말이다. 어제 미렐라는 전 과목 시험을 6월에 한꺼번에 보겠다고 선언했다. 그 결정 뒤에 뭔가를 감추고 있는 것은 아닌지 걱정이 됐다. 시험에 대해 물어보려다, 나도 모르게 엉뚱한 질문이 나왔다.

“그 사람과 진지한 사이니?”

미렐라가 물었다.

“누구요?”

순간 그 이야기를 꺼낸 것이 후회됐지만, 나는 “칸토니 말이다”라고 대답했다. 미렐라는 침착한 척하려고 애썼지만, 순간 얼굴이 빨개졌다. 나를 속이기 싫고, 또 내가 현명하고 이해력이 많은 엄마라고 생각해서 솔직하게 말했던 건데, 애초에 칸토니에게 저녁 초대를 받았다는 이야기를 하면 안 됐었다고 했다. 그런 다음 여전히 발갛게 상기된 표정으로 자기는 당분간 결혼할 생각이 없다고 했다. 주변을 돌아보고 삶을 즐기고 싶다고 했다. 그러면서 엄마야말로 자기가 그러길 바라지 않았냐고 되물었다. 대학에 진학해서 직장을 구하고, 독립적인 삶을 살라고 권하지 않았었냐고 했다.

"그래야 먹고살려고 처음 만난 아무나 하고 결혼하지 않을 수 있다면서요. 그런 말을 한 것이 엄마 아니었나요?"

나는 그애 말을 수긍할 수밖에 없었다.

나는 미렐라를 물끄러미 바라보며, 그애가 이미 남자를 아는 것은 아닐까 하는 생각이 들었다. 미렐라는 예쁜 축에 속했다. 키도 크고 날씬하고 매력적이었다.

지금 일기를 쓰면서 또 이런 생각을 하니, 수치심에 가까운 감정이 든다. 엄마가 되어서 자기 배로 낳은 스무 살짜리 딸에 대해 그런 의문을 품는 것 자체가 끔찍한 일이다. 솔직히 누구에게 이런 고민을 털어놓을 수 있겠는가. 보나마나 미켈레와 리카르도는 격하게 반응할 것이다.

"감히 내 딸을, 감히 내 동생을…"

남자들은 언제나 이런 식이다.

"용납하지 않겠어."

용납하지 않겠다니 말은 쉽다. 그래봤자 일어날 일은 일어나게 마련이고, 그런 짓을 벌이는 아이들도 누군가의 딸일 것이다. 그 애들 아버지도 딸에게 똑같은 협박을 했을 것이다. 미렐라가 사춘기가 되었을 때 나는 결혼하면 무슨 일이 일어나는지, 남자와 여자 사이에 어떤 일이 일어나는지 솔직하게 들려주었다. 그때도 미렐라가 이미 모든 것을 알고 있는 것 같은 느낌을 받았다. 내 말을 듣고 놀라기는커녕 짜증스러운 표정을 지었으니까.

미켈레는 내게 이야기하기를 잘했다고, 그래야 미렐라도 자신을 방어할 수 있을 거라고 했다. 하지만 남편은 미렐라에게 과연 자신을 방어하고 싶은 마음이 있는지는 궁금해하지 않았다. 당시 우리 기준으로는 논란의 여지가 없는, 너무나 당연한 사실이었으니까. 물론 이제는 당연하다고 생각하지 않는다. 생각해보면 미렐라 나이에 나는 벌써 결혼을 하고 리카르도를 임신했었는데, 지금까지는 그런 식으로 생각해본 적이 없었다. 내 눈에 미렐라는 아직도 어린아이였기 때문에 이성 문제는 이론상으로만 존재한다고 생각했다.

하지만 이제는 문제를 직면해야 할 때다. 그동안 몇 번이나 미렐라에게 윤리와 종교 이야기를 해주었지만, 지금은 감정 앞에서, 더 솔직히 말하면 본능 앞에 말이 통하지 않을까봐 두렵다. 어쩌면 그 순간 미렐라를 엄격하게 꾸짖고 위협해야 했을지도 모른다. 하지만 그렇게 하는 대신 나는 이렇게 말했다.

"네게 주려고 빨간 코트를 사놓았단다. 생일날 주고 싶었는데… 옷장 안에 있는 상자에 있으니 열어보렴."

미렐라는 특별히 좋아하는 기색도 없이 그저 나를 물끄러미 바라보았다. 그런 미렐라의 모습에 나는 이렇게 덧붙였다.

"마음에 들었으면 좋겠구나. 비싼 코트거든."

코트를 가지러 가려고 자리에서 일어나는데, 미렐라는 내가 대화를 끝내려 한다고 생각했는지 이마를 손에 댄 채 울음을 터뜨렸다. 그 와중에도 매니큐어를 망가뜨리지 않으려고 손가락을 쫙 펴고 있었다. 순간 등골이 오싹해졌다. 아예 이 대화를 시작하지 않았으면 좋았을 텐데. 비겁하게도 방에서 나가고 싶었지만, 그러는 대신 미렐라에게 다가가 미렐라를 꼭 안아주었다. 미렐라는 그 와중에도 내게 매니큐어를 묻히지 않으려고 손을 흔들어댔다.

"무슨 일이니?"

내가 속삭이듯 물었다.

"심각한 일이니? 뭐든 다 털어놓으렴. 엄마는 다 이해해. 부탁이니 엄마를 믿어줘."

미렐라는 내 눈을 보고, 내가 무엇을 의심하고 있는지 눈치챘다.

"아니에요."

미렐라가 말했다.

"엄마가 생각하는 그런 일은 일어나지 않았어요. 엄마 아빠 머릿속엔 그 생각뿐이죠. 엄마 아빠가 두려워하는 것은 한 가지밖에 없어요. 사실 별거 아닌데 말이에요."

나는 더 이상 무슨 생각을 해야 할지 몰랐다. 여자에게 그보다 두려운 일이 또 뭐가 있을까 싶었다.

"그럼 대체 왜 그러는 거니?"

내가 물었다. 하지만 그새 미렐라는 정신을 추스르고 이렇게 말했다.

"대체 왜 그러냐고요? 잘 모르겠어요, 엄마. 잠시 기운이 빠졌을 뿐이에요. 뭐 하나 쉬운 일이 없으니까요."

그 말에 나는 안심하고, 나 역시 스무 살일 때가 있었으니 미렐라의 심정을 잘 이해한다고 했다. 하지만 미렐라는 미소를 지으며 고개를 가로저었다. 내 말을 못 믿는 눈치였다. 나 역시 말은 그렇게 했지만, 솔직히 나 스스로 미렐라를 속이는 듯한 느낌이었다. 무엇보다 내가 스무 살이었을 때에 어땠는지 기억이 잘 나지 않았다.

솔직히 말하자면, 스무 살 때 나는 미렐라와 전혀 달랐던 것 같았다. 나는 그애처럼 내게 무엇이 좋고 무엇이 나쁜지 스스로 선택할 수 없었다. 지금과는 달랐던 사회적 관습 때문이 아니라, 나의 내밀한 상태 때문이었다. 스무 살 때 내겐 이미 미켈레와 아이들이 있었다. 미켈레를 만나기 전부터, 아이들이 태어나기 전부터 이미 그들은 내 소명이기 이전에 내 운명이었다. 나는 그저 내 운명을 믿고 따를 수밖에 없었다. 잘 생각해보니 미렐라가 불안한 이유는 복종하지 않을 수 있는 선택권과 관련이 있는 듯하다. 그 선택권은 부모와 자식 관계, 남녀 관계를 완전히 바꾸어놓았다.

미렐라에게 이 모든 이야기를 들려주고 싶었다. 혼란스레 머릿속을 맴도는 생각을 들려주고 싶었다. 하지만 마침 그때 미렐라가 내게 물었다.

"그래서 빨간 코트가 어딨다고요?"

미렐라는 미소를 띠었고, 우리는 함께 내 방으로 갔다. 사실 지금으로서는 할 말은 다 한 것 같았다.

Date 1월 27일

며칠 전부터 너무 피곤하다. 퇴근하고 집으로 돌아와도 저녁을 먹고 싶은 생각조차 들지 않는다. 오랫동안 온갖 잡동사니를 아무렇게나 던져 놓았던 서랍을 정돈하듯, 인생을 돌아볼 시점에 도달한 것만 같았다. 어쩌면 아이들이 다 커서 이런 생각이 드는 것일지도 모른다. 실제로 지난 20년 동안 나는 오직 아이들에게만 신경을 썼다. 아이들을 돌보는 것이 곧 나 자신을 돌보는 일이라고 생각했다. 지금까지는 그런 삶이 힘들지 않았다. 리카르도와 미렐라의 건강, 교육, 학업에만 신경 쓰면 됐으니까. 그동안은 아이들의 고민거리가 나의 관심사나 고민과는 거리가 멀었기 때문에, 아이들의 고민에 감정 이입할 일이 없었다.

하지만 이제 아이들이 처음으로 인생과 관련된 진지한 문제 앞에서 어떤 선택을 해야 할지 망설이는 모습을 보면서, 과거 내가 선택한 길은 과연 올바른 것이었는지 의구심이 들었다. 아이들에게 나의 경험을 들려주는 과정에서 지금까지 별생각 없이 당연하게 받아들였던 많은 일을 이해하려고 노력하게 되었다.

가끔은 혼자 있고 싶지만, 미켈레의 마음이 상할까봐 속마음을 고백할 수 없다. 집사나 가정부는 종일 쉬지 않고 일하지만, 저녁에 '안녕히 주무세요'라고 인사하고 나서는 자기 방이나 다락방에 틀어박혀 있을 수 있다. 나도 다락방 정도면 충분한데.

나는 잠시도 혼자 있을 시간이 없다. 자는 시간을 포기해야 겨우 일기를 쓸 수 있다. 집안일을 하다 잠시 멈추거나 저녁에 침대에 누워서 책을 읽다 말고 허공을 바라보고 있으면, 누군가 다정하게 무슨 생각을 하느냐고 묻곤 한다. 그러면 나는 직장에서 마쳐야 할 업무를 생각하고 있었다고 하거나, 뭔가를 계산하던 중이라고 거짓말을 한다.

언제나 현실과 관련된 일을 생각하는 척해야 한다는 고정관념 때문에 괴로웠다. 내가 윤리적인 문제나, 종교 문제, 정치 문제를 생각하는 중이었다고 대답하면, 아마도 다들 웃음을 터뜨릴 것이다. 내게도 일기를 쓸 권리가 있다고 주장했던 날 밤에 그랬듯 애정 어린 조소를 터뜨릴 것이다. 하지만 깊은 사유 없이 어떻게 올바른 기준에 맞게 행동할 수 있겠는가.

미켈레는 퇴근하면 항상 안락의자에 앉아 음악을 들으며 신문을 읽는다. 그러는 동안 원하면 얼마든지 생각을 정리할 수 있다. 그에 비해 나는 퇴근하자마자 곧바로 부엌으로 향한다. 이따금 내가 분주히 돌아다니는 모습을 보면, 남편은 "식사 준비 다 됐어? 내가 도와줄까?"라고 묻는다. 하지만 나는 그럴 때마다 고맙지만 괜찮다고 단칼에 거절한다.

솔직히 요리처럼 여자가 할 일을 남편이 도와주는 것이 부끄러웠기 때문이다. 정작 남편은 일용할 양식을 사기 위해 돈을 버는 전형적인 남자의 임무를 수행하는 데 있어서 나의 도움을 받는 것을 전혀 부끄러워하지 않는데 말이다. 며칠 전 영화관에 미국 영화를 보러 갔다. 영화 관람 중에 남편이 아내의 설거지를 돕는 장면이 나오자 모두 웃음을 터뜨렸다. 이제 와 고백하건대, 나도 따라 웃기는 했다. 하지만 그건 내가 정말 크게 웃어보고 싶었기 때문이다. 그러다 설거지를 하던 아내가 사무실에 출근해서 진지한 표정으로 안경을 쓰고 직원들에게 지시를 내리는 장면이 나오자 아무도 웃지 않았다. 내가 미국에서는 확실히 여자가 남자보다 할 줄 아는 일이 더 많다고 생각하는 것 같다고 하자, 미켈레는 기분 나빠 했다.

나는 피곤할 때면, 약간 짜증스런 마음으로 여자들은 새로운 상황에 남자보다 빨리 적응하는 것 같다고 생각했다. 여자는 생각이 깊지 않아서 이렇다 할 명분이 없어도 새로운 상황을 잘 받아들이는 거라고 말이다.

남편은 마흔아홉 살이다. 그는 지금과는 전혀 다른 시대에 태어난 사람이다. 남편은 자기 아버지는 절대로 장바구니 따위를 들고 돌아다니지 않을 사람이라고 했다. 반면에 리카르도는 그런 일을 전혀 부끄러워하지 않는다. 가끔 흔쾌히 나서서 나를 도와주기도 하고, 부엌에서 일하고 있으면 다가와 말동무를 해준다. 모자간에는 모녀간보다 더 큰 신뢰 관계가 형성되는 법이다. 언뜻 생각하기에는 그 반대가 더 자연스러울 것 같은데 말이다. 어쩌면 성별이 달라 절대적인 친숙함을 느끼지 못하기 때문에, 부모의 존재가 덜 부담스럽게 느껴져 서로에게 더 솔직할 수 있는 것인지도 모른다.

여자들끼리는 서로를 너무나 잘 안다. 실제로 엄마인 나는 미렐라의 기분에 따라 심하게 동요하지만, 아빠인 미켈레는 천하태평이다. 리카르도는 미렐라가 오빠인 자기보다 나이 많은 사람과 자주 어울려 다니면서 호텔 바에서 술을 마신다고 했다. 남편에게도 넌지시 그 이야기를 해보았지만, 그의 반응은 기분에 따라서 극과 극을 달렸다. 어떤 날은 엄마들은 항상 호들갑을 떤다면서 청춘을 이해해야 한다고 하다가도, 또 어떤 날은 미렐라를 집에 가둬야겠다고 으름장을 놓았다. 매번 그런 식이라 나는 남편에게 솔직하게 말할 엄두가 나지 않았다. 그렇다고 이런 상황을 혼자 책임지는 것은 너무 부담스러웠다. 실수할까봐 두려웠다.

어제저녁에는 남편에게 자연스럽게 미렐라 이야기를 하기 위한 전략을 짰다. 나는 미렐라 이야기를 동료 딸 이야기인 것처럼 꺼냈다. 우리 딸이 그런 식으로 행동하면 어떻게 했을 것 같냐고 묻자, 미켈레는 자식은 교육하기 나름이고, 부모 본을 따르기 마련이니, 우리 딸은 그런 식으로 행동할 리 없다고 했다. 내 친구가 미망인이라, 아버지의 가르침을 제대로 받지 못해서 그런 가슴 아픈 결과가 빚어진 거라고 했다. 나는 차마 그 이야기가 다름 아닌 우리 딸 이야기라는 사실을 고백하지 못했다. 이 모든 상황이 정말로 사실이 아닌 것처럼 느껴졌다. 나는 미소 뒤에 진심을 감춘 채 다 꺼져 들어가는 소리로 말했다.

"당신 말이 맞아. 그래도 한번 가정해보자. 미렐라가 지나치게 개방적으로 행동하고, 귀가 시간이 늦는 데다, 집에 들어올 때마다 표정이 안 좋으면 어떻게 할 거야?"

그러자 미켈레는 짜증이 가득한 표정으로 내 말을 가로막았다.

"농담이라도 그런 말 하지 마."

하지만 나는 고집스레 말을 이었다.

"미렐라가 남자에게 값비싼 선물을 받아 와서 거짓말을 한다고 생각해봐. 그날 밤 그랬듯이 말이야. 당신도 기억나지? 조반나랑 외출한다고 해놓고서는 알고 보니 춤추러 간 거였잖아. 미렐라가 수단과 방법을 가리지 않고 인생을 쉽게 살고 싶다고 한다면 당신은…"

미켈레는 절대로 자기 집에서 그런 식으로 말하는 것을 허락하지 않겠다고 했다. 그런 그에게 나는 '허락하지 않겠다'라고 말하면서 집과 옷과 먹을 것을 제공해준다는 이유로 아빠의 말에 복종을 강요하는 시대는 끝났다고 했다. 좋은 건지 나쁜 건지는 모르겠지만, 요즘은 미렐라 같은 어린애도 얼마든지 "취직해서 독립하겠어요"라고 말할 수 있는 시대라고 했다.

내 말에 미켈레는 말도 안 되는 소리를 듣느라 시간을 허비하고 싶지 않다면서, 내게 이런 가정이나 하고 있는 걸 보니 할 일이 별로 없는 것 같다고 했다. 자기는 신문을 읽겠다면서, 국제 정세에 관심이 없는 나는 지금 세상이 어떻게 돌아가는지 잘 모른다고 했다. 나는 미켈레에게 세상이 어떻게 돌아가는지 아주 잘 알고 있고, 내가 말하는 문제와 국제 정세가 전혀 관계없는 것은 아니라고 했다. 내 말에 미켈레는 "대체 무슨 관계가 있는데?"라고 물었다. 그의 말에 답할 수는 없었지만, 내 느낌은 그랬다.

Date 1월 28일

오늘은 미렐라의 생일이다. 우리는 평온한 하루를 보냈다. 점심에는 친정 부모님과 시아버지가 우리 집을 방문했다. 시아버지는 나이가 아주 많아서 매번 집에 올 때마다 이번이 자신이 참석하는 마지막 가족 행사가 될 거라고 했다. 정말로 그렇게 될 가능성이 있어서 시아버지가 그런 말을 할 때마다, 뭐라고 대답해야 할지 몰랐다. 시아버지보다 젊어서 더 오래 살 수 있다는 이유만으로 그분에 대한 존경심이 부족한 것만 같아 왠지 모를 수치심이 느껴졌다. 그날은 다들 기분이 좋았다. 시아버지는 리카르도에게 빨리 결혼해서 증손자를 보게 해달라고 했다.

"사내아이여야 한다."

시아버지가 말했다.

"반드시 아들이어야 해."

시아버지는 퇴역 대령이라 여자를 별로 좋아하지 않고, 여자들과 함께 있는 것도 좋아하지 않았다. 여자 이야기를 할 때마다 탐욕과 경멸이 느껴지는 말투 때문에, 젊었을 때는 민망해서 얼굴이 빨개지곤 했다. 오늘따라 평소에는 신중한 친정아버지와 심지어는 미켈레까지 같은 이유로 빨리 결혼하라고 리카르도를 부추겼다. 맛있게 먹고 기분 좋게 마셔서인지 결혼식 피로연 같았는데, 지금 생각해보니 분위기가 조금 불편했던 것 같다. 실제로 리카르도는 듣기가 거북했는지 자기는 돈이 없어서 결혼할 수 없다고 했다. 리카르도는 요즘 여자들은 약혼자가 취업을 하고, 경력을 쌓을 때까지 못 기다린다고 했다.

"요즘 애들은 젊었을 때 엄마 같지 않아요."

리카르도는 종종 내게 이런 말을 하곤 한다. 미렐라와는 달리 말투가 다정해서, 리카르도는 나를 자기 동생과는 다르게 생각하고 있다는 것이 느껴진다.

"정말이야, 엄마. 당신은 다른 여자들과 정말 달라."

오늘은 미켈레도 식사 중에 나를 칭찬하며, 나를 어린 소녀처럼 바라보면서 미소를 지었다. 나는 미켈레에게 나를 엄마라고 부르지 말고 발레리아라고 불러달라고 했다.

"그러지, 발레리아."

미켈레가 나를 위해주는 마음에 바로 대답했다. 하지만 정작 오랜만에 그가 내 이름을 부르니, 기분이 묘해서 나는 웃으면서 "농담이었어"라고 말하고 말았다.

연애 시절과 결혼 초만 해도 발레리아라는 호칭이 자연스러웠는데…

전쟁 중에 남편은 아프리카에서 '나의 발레리아'라고 편지를 쓰곤 했다. 실제로 나는 언제나 남편과 아이들 소유였다. 그런데 지금은 가끔 모두의 소유이자, 그 누구의 것도 아닌 것처럼 느껴진다. 여자가 행복하려면 반드시 누군가의 소유여야 한다.

오늘 저녁 미렐라가 옷 입는 것을 도와주면서, 그애에게 그런 말을 해주었다. 미렐라는 선물 덕분에 기분이 좋아서 하루 내내 아이처럼 들떠 있었다. 그런 딸의 모습에 나는 이제 어느 정도 사태가 진정된 것 같다고 생각했다. 미렐라는 오늘 우리와 함께 있으면서 행복해했다. 오늘 우리는 하나였다. 가족의 일원인 것이 얼마나 좋은지 느꼈을 것이다. 가족은 힘이다. 무시무시하고 불가항력적인 힘이다. 어린 사람에게는 강압적으로 느껴질 수도 있기에, 오늘 밤만큼은 미렐라가 내 허락하에 마음 편하게 외출하기를 바랐다. 그애 말에 반대하기를 그만두면, 논쟁하는 재미가 사라져 결국 반항하고 싶은 마음까지 없어질 거라고 생각했다.

미렐라는 열한 시까지 돌아오겠다고 약속했다. 약속 시간이 벌써 15분이나 지났지만, 너무 늦지는 않을 거라 믿는다. 빨간 코트를 입은 미렐라는 너무 예뻤다. 나가기 전에 나를 안아주기까지 했다.

오늘은 여기까지 써야겠다. 그렇지 않으면 일기장을 숨기지 못할 테니까. 요즘 나는 일기장을 어린 시절 추억이 깃든 물건과 미켈레의 편지를 담아두는, 아무도 열지 않는 서랍에 보관하고 있다.

Date 1월 29일

어젯밤 미렐라는 새벽 두 시가 다 되어서 귀가했다. 그애가 들어왔을 때 나는 옷을 입은 채 자고 있었다. 미렐라는 내게 칸토니가 생일 선물로 준 금시계를 보여주었다. 나는 약혼한 사이도 아닌데 그런 선물을 받는 것은 옳지 않으니 당장 선물을 돌려주라고 엄하게 말했다. 미렐라는 싫다면서 엄마에게 솔직하고 싶은 마음에 시계를 보여준 것 자체가 실수였다고 했다.

내가 이 시간 이후로 저녁에 외출을 금지하겠다고 하자, 칸토니를 못 만나게 하려는 거라면 애인과는 낮에도 만날 수 있으니 그래봤자 소용없을 거라고 했다. 그런 다음 미렐라는 다음 달 1일부터 직장에 다닐 거라고 선언했다.

Date 1월 30일

끔찍한 일이다. 놀라기도 하고, 당황스럽기도 해서 어찌해야 할 바를 모르겠다. 오늘 저녁 리카르도가 화가 잔뜩 난 채 집에 돌아와서는 내게 다짜고짜 물었다.

"미렐라는요?"

무슨 일인지 물었지만, 그애는 그저 잔뜩 굳은 표정으로 "미렐라는 어디에 있나요?"라는 말만 반복할 뿐이었다. 미렐라는 나가고 없다고 하자 리카르도는 마리나가 미렐라가 칸토니의 애인이라고 해서 여자 친구와 싸웠다고 했다.

"그렇지 않아!"

내가 외쳤다. 나는 분명 악의적인 소문일 뿐일 거라고 했다. 리카르도는 사람들이 미렐라가 일요일 저녁 칸토니가 사는 건물 현관에서 나오는 모습을 봤다고 했다. 미렐라는 빨간 코트를 입고 있었다.

Date 2월 2일

요즘 나는 매우 힘든 시기를 보내고 있다. 리카르도에게서 미렐라가 칸토니의 애인이라는 말을 듣고 난 후로 모든 것이 변해버린 것만 같다. 마리나라는 아이가 리카르도에게 한 말을 곧이곧대로 믿는 것은 아니다. 리카르도가 사색이 되어서 내게 이야기를 꺼냈을 때도, 나는 그 말을 믿지 않았다. 게다가 내가 대놓고 물었을 때 미렐라는 내 말을 부정했다. 자기가 칸토니가 사는 건물에서 나오는 모습을 사람들이 본 것은 그날 저녁 다른 친구들과 함께 칸토니의 집에 갔기 때문이었다고 했다. 꽤 신빙성 있는 설명이었지만, 거짓말일 가능성도 있다.

리카르도와 미렐라와 각각 이야기를 마친 후 남편에게 이야기하기 전에 이삼일 시간을 두고 아이들과 나눈 대화가 얼마나 믿을 만한지 생각해보기로 했다. 하지만 밤이면 잠을 이룰 수 없었다. 특별히 내가 잘못한 것도 없는데 남편이 갑자기 나를 바라보며 화를 낼 것 같았기 때문이다. 아침마다 이 모든 것이 그저 악몽일 뿐이었으면 좋겠다는 희망을 품고 눈을 떴다. 오랜 세월 살아온, 구석구석 모르는 곳이 없는 보금자리가 폭격을 받아 폐허로 변하는 바람에 피난민 수용소나 지인의 집에서 잠이 들었다 깨는 사람들이 꼭 나 같은 심정이었을 것이다.

전날과 다름없이 평소와 똑같은 행동을 하면서도 왠지 모르게 어색하게 느껴졌다. 심지어는 매일 아침 출근길에 이용하는 오래된 동네 전차를 탈 때조차 지친 몸을 이끌고 정처 없이 헤매다 타지의 새벽 전차에 오르는 것 같았다.

사무실에 도착해서 나는 다급히 신문을 읽었다. 미렐라 때문에 우리 가문이 신문 사건란에 나올 것만 같아 두려웠다. 오늘 자 사건란에는 돈을 주지 않았다는 이유로 아버지를 살해한 청년과 약혼자에게 총을 쏜 열일곱 살 소녀, 그리고 마지막으로 자살한 젊은 여인에 관한 기사가 실려 있었다. 그런 종류의 기사들을 수없이 읽으면서도, 한 번도 그 청년들에게도 부모가 있고, 그 부모들이 자식들이 범한 끔찍한 사건에 대해 들었을 때 어떤 감정이었을지 상상해본 적이 없었다. 심지어는 무디고 가혹하게도 자식을 제대로 돌보지 못하고 교육을 잘못한 부모에게도 책임이 있다고 생각했었던 것 같다. 그에 비하면 나는 아이들을 위해 내 삶을 바쳤다고 생각했다.

솔직히 말하면 미렐라보다 내 미래가 걱정이다. 나중에 미렐라가 어떤 삶을 살지는 모르지만, 적어도 평온하게 흐르던 나의 삶이 어느 순간 멈춰버린 것만 같았다. 나는 언제나 미렐라가 부자는 아니지만 매력적이어서 빨리 결혼할 거라고 생각했다. 결혼해서 아이를 낳으면 내가 돌봐주어야겠다고 생각했다. 어쩌면 나는 딸의 결혼보다는 손자들이 태어날 순간을 고대하고 있는지도 모른다.

나는 아이들을 좋아한다. 아무리 피곤해도 종종 막내가 있으면 좋겠다는 생각이 든다. 솔직히 말하면 피곤하고 신경이 예민해질수록 아이를 낳고 싶은 생각이 더 간절해진다. 내 나이에 아이를 낳으면 주책이라는 소리를 듣겠지만 말이다. 아이를 낳을 정도로 장성한 자식이 있는데, 또 아이를 낳을 수는 없다. 대신 조금만 기다리면 미렐라의 아이들을 볼 수 있다는 생각으로 위안을 삼았다.

일기를 쓰기 시작했을 때도 손자 보고 싶은 욕심이 제일 컸는데, 그새 잊고 있었다. 그러던 와중에 미렐라가 자신은 직장을 구할 생각이고, 결혼 시기는 자기에게 적합한 때가 오기를 기다리겠다가 하겠다는 말을 하니 그애가 자기 자신에게보다 엄마인 나에게 못할 짓을 하는 것 같았다. 사기라도 당한 듯한 느낌이었다. 마흔셋이나 먹으면 되는 일이 없어도 다시 시작하기 힘든 법이다.

그럼에도 불구하고 새로운 삶을 시작하고 싶은 생각에 강렬한 매혹을 느낄 때가 있다. 그럴 때면 자유의 몸으로 행복하게 집을 나서는 내 모습이 떠오른다. 일기장을 산, 여름처럼 무더웠던 11월의 그날처럼 말이다. 결국은 모든 일이 잘될 것이다. 미렐라는 항상 유명한 시나리오 작가 중 한 명으로 거론되는 내 친구 클라라처럼 흥미로운 직업을 구할 것이다. 그러다 칸토니와 결혼해 변호사 사모님이 되거나 그만큼 부자인 사람과 결혼할 것이다.

리카르도는 졸업한 후 취업을 하고 마리나와 결혼할 것이다. 요즘 리카르도는 마리나에게 푹 빠져서 그녀에게서 눈을 떼지 못한다. 말로는 취직하면 내게 밍크코트도 사주고, 여행도 보내주고, 시골로 휴가를 보내주겠다고 하면서, 정작 작년에 초등학생 두 명에게 과외를 해주고 용돈을 벌었을 때는 마리나의 선물과 영화관 데이트 비용으로 다 써버렸다.

솔직히 말하자면 아이들이 집을 떠나면 남편과 나는 안도감을 느낄 것이다. 지금은 급여가 인상되어서 미켈레도 만족스러워한다. 가끔 은행에서 일하다 내게 전화를 걸어 바쁘다면서 빠르게 말할 때면 그런 그의 목소리가 젊게 들렸다. 청년 시절 열정적인 목소리가 떠올랐다. 우리 둘만 남으면 짧게나마 여행도 갈 수 있을 것이다. 우리 부부는 오래전부터 여행을 떠나고 싶었다. 남편은 전후 재건된 밀라노를 방문하고 싶어 했고, 나는 신혼여행지였던 베네치아에 다시 가보고 싶었다.

고민거리가 많은 요즘 들어, 이상하게 베네치아가 자주 떠오른다. 신혼여행을 갔던 10월처럼 노란 햇빛과 잿빛 안개가 섞인 빛 속에서 곤돌라를 타고, 산 마르코 광장의 비둘기 사이를 거니는 내 모습이 떠올랐다. 그때 이후 다시는 베네치아에 가지 못했다. 몇 번이나 아이들을 데리고 가고 싶다고 했지만, 남편은 어린애들을 데리고 그런 곳에 갈 필요가 없다고 했다. 그럴 때마다 아이들은 속상해했고, 나는 원망스런 눈빛으로 남편을 바라보곤 했다. 베네치아 대운하가 보이는 호텔 창문에 서 있는 내 모습도 떠올랐다. 달빛이 밝은데도 운하는 잉크처럼 새까맸다.

길을 걷거나 사무실에 있을 때, 나는 이런 생각에 잠기곤 했다. 사무실에 가면 왠지 모르게 자유롭고 기분이 좋아지는 느낌이었다. 심지어 어제는 뷰티 관련 기사를 스크랩하기까지 했다. 요즘은 집에 있는 것이 더 힘들다. 일기만이 유일한 위안이다.

Date 2월 3일

내일 미켈레에게 미렐라 이야기를 털어놓기로 결심했다. 지금까지 이야기하지 않은 것은 리카르도가 지나치게 흥분해서다. 아들의 상태가 제 아빠에게도 영향을 미칠까봐 두려웠다. 실제로 나는 리카르도의 입을 단속하느라 애를 먹었다. 아이들만 있을 때 둘이 서로 마주치는 일이 없도록 주의를 기울여야 했다. 나는 리카르도가 미렐라 이야기를 처음 꺼낸 저녁부터 아빠에게 말을 해도 내가 할 테니 우선은 잠자코 있어 달라고 했다.

"미렐라가 정말 칸토니랑 사귄다고 하면 어쩌려고 그러니?"

내가 묻자 리카르도는 만약 그렇다면 동생을 끌고 와 집에서 쫓아내겠다고 했다.

"그래, 좋아. 그럴 수 있지. 하지만 그런 다음엔? 그런 행동의 결과는 뭘까?"

리카르도는 내 말에 대답하지 않고, 방금 전에 한 협박성 발언을 반복했다. 리카르도가 그런 반응을 보이는 것은 순전히 마리나 때문이었다. 마리나에게 자기가 강하다는 걸 증명해 보이고 싶었던 거다. 자신의 완고함을 드러내고 마리나의 존경, 아니 경탄의 대상이 되고 싶었던 거다. 적어도 내 나이는 되어야 의지보다 인내가 더 큰 노력을 요한다는 것을 이해할 수 있다.

한 번은 리카르도에게 차라리 그 칸토니라는 사람이 어떤 사람인지 알아보는 것이 좋을 것 같다고 하니까, 리카르도는 조금 아쉬워하면서 주변 평판이 좋다고 했다. 그 말을 듣고 나는 안도의 숨을 내쉬었지만, 리카르도는 상기된 목소리로 아빠가 칸토니에게 연락해서 약속을 잡고, 직접 그를 만나서 결판을 내야 한다고 주장했다. 아빠가 그렇게 하지 않으면 자기가 나서겠다고 했다가, 자기는 너무 과격해서 그러지 않는 편이 좋을 것 같다고 했다. 리카르도는 자기와 아빠의 차이점을 명확하게 하는 것을 좋아했다.

"미렐라는 아직 미성년자이니, 아빠가 말하면 두 사람을 결혼시킬 수 있어요."

나는 남편도 리카르도와 같은 생각일까봐 두려웠다. 정말 그렇다면 지금까지 내가 잘못 행동한 것이고 앞으로는 모든 판단을 남편에게 맡겨야 한다는 것을 의미한다. 그는 이 집안의 가장이니 이럴 때 어떻게 해야 하는지 나보다 더 잘 알고 있을 것이다. 칸토니에게 집에 오라고 편지를 보낼 수도 있다. 그와 남편이 단둘이 이야기할 수 있게 다른 가족들은 다 나가고 말이다.

칸토니가 집에 오기를 거부한다고 미켈레가 그의 사무실까지 찾아갈 것 같지는 않았다. 가도 만나주지 않거나 일부러 오랫동안 기다리게 할 수도 있으니까. 우리 회사 사장도 들어줄 수 없는 요구를 하는 성가신 사람이 찾아오면 그렇게 한다. 돈을 지급하러 온 의뢰인들과 함께 변호사 사무실 문 앞에 앉아 참을성 있게 자신의 차례를 기다리는 남편의 모습이 떠올랐다. 그런 다음 자기보다 훨씬 젊은 낯선 남자 앞에 서서 우리 딸에게 진 빚을

갚으라고 요구하는 모습을 떠올렸다. 어쩌면 미렐라를 속인 죄로 그를 고소하겠다고 위협할지도 모른다. 미렐라가 아직 성인이 아니어서 정말 그렇게 할 수도 있다.

하지만 그것은 정직하지 못한 일이다. 정말로 그런 일이 일어났다 해도, 미렐라는 자기가 무슨 짓을 저지르는지 잘 알고 있었을 것이다. 만약 상대방이 가난하거나, 학교 동기여도 그런 짓을 했을까? 어쩌면 칸토니와 대면할 수 있는 유일한 사람은 나뿐일지도 모른다. 거짓말을 하든 애원을 하든 미켈레보다는 차라리 내가 하는 편이 나았다.

그렇다. 드디어 지금껏 마음속에만 담고 있었던 생각이 나왔다. 우리 중 누구도 칸토니를 찾아갈 수 없다. 그것은 칸토니가 부자이기 때문이다. 그가 우리 딸과 결혼할 수밖에 없다면, 우리로서는 예기치 못한 행운이다. 리카르도도 이 점을 수긍하고, 미켈레도 이 사실을 바로 받아들여야 한다.

Date 2월 5일

어제 남편과 대화를 나누었다. 그가 응원하는 축구팀이 경기에서 진 날이라, 날을 잘못 잡은 것 같다. 하지만 일기를 쓰기 시작한 이후 내게 모든 사건의 원인을 표면적인 현상에서 찾고자 하는 경향이 있다는 사실을 깨달았기 때문에 남편이 기분이 좋지 않은 진짜 이유가 궁금했다. 나중에 알고 보니 남편이 저기압인 데에는 여러 이유가 있었다. 퇴근하고 집에 왔는데 저녁 식사가 준비되어 잊지 않은 데다, 음식은 맛이 없고, 예전부터 즐겨 입던 카디건에 좀벌레가 생겼기 때문이다.

그는 얼마 전부터 집 정리가 제대로 안 되어 있다면서 짜증을 냈다. 맞는 말이다. 일기를 쓰다보니 해야 할 일을 소홀히 하게 된다. 문제는 내가 만들어낸 의무에 결국 내가 속박된 것 같다는 사실이다. 그럼에도 불구하고 일기로 인한 죄책감을 상쇄하고 싶은 마음에 남편에게 속상한 내색을 했다. 당신 말도 일리가 있지만, 집에서 제대로 대접받고 싶으면 가사도우미가 있어야 한다고 했다. 그러자 남편은 돈을 못 번다고 자신을 비난하는 거냐고 했다. 우리는 바보같이 경쟁하듯 서로를 탓하기 시작했다.

가족을 유지하는 중요한 동력 중 하나는 구성원 간 경쟁심을 끊임없이 자극하는 것이다. 친밀함이 자칫 불신으로 변하기 쉬운 성향을 가진 이들의 놀라움을 자아내기 위해서라도 각자의 한계를 넘어서기 위한 노력을 하게 되니까 말이다. 나는 언쟁을 끝내기 위해 미소를 지으며 요즘 신경이 날카롭고, 피곤하다는 사실을 인정했다. 그 말을 하는 동안에도 베네치아 대운하를 바라보는 나의 모습을 상상했다.

나는 사장이 부재중인데, 나만큼 사무실 돌아가는 상황을 잘 아는 사람이 없어서 이런저런 업무를 처리하느라 몹시 지쳤다고 했다. 직장 이야기를 꺼내면 남편은 내 말을 듣는 둥 마는 둥 한다. 아마도 그이는 내가 무슨 일을 하는지 정확하게 모르고 있을 것이다. 내가 단순한 사원이 아니라는 사실도 잘 모를 것이다. 직장 이야기를 할 때마다 관심을 보이는 사람이 별로 없어서, 나는 쑥스러운 마음에 입을 다물곤 한다. 그들은 내가 재미로 매일 아침 같은 시간에 출근하는 줄 안다. 매월 월급날, 급여를 받아오면 내가 무슨 복권이라도 당첨이 된 줄 안다. 미렐라는 자신의 선택으로 직장을 구하기로 했지만, 나는 필요해서 직장을 구해야 했다. 그것이 나와 미렐라의 차이다.

나는 침대에 누워서 남편에게 미렐라의 계획을 들려주었다. 말은 친구 소개로 법률 사무소에 취직했다고 하는데, 칸토니가 일자리를 구해준 것이 틀림없다고 했다. 결국 나는 리카르도가 전해준 이야기를 들려주었고, 미렐라에 관한 소문 때문에 우리 체면이 말이 아니라고 했다. 미렐라 말로는 다 헛소문이라고 하지만 말이다.

"걔는 그런 소문이 나도 전혀 신경 쓰지 않아. 그저 웃으면서 어깨만 한 번 으쓱해 보일 뿐이야. 정말이지 창피해 죽겠어. 이제 어떻게 하면 좋아?"

미켈레가 흐느끼는 나를 위로했다.

"울지 마, 엄마."

나를 엄마라고 부르는 남편의 목소리를 들으니 주체할 수 없이 울음이 터져 나왔다. 오래전부터 남편에게 나는 엄마일 뿐인 것만 같았다. 그리고 지금 엄마라는 인격을 가진 그 여인에게 끌려들어가 물속으로 가라앉고 있는 것만 같았다. 나는 절박한 보호본능에 사로잡혀, 이제 결단을 내려야 한다고 했다. 며칠 전 리카르도가 사용했던 과격한 표현을 그대로 사용했다. 막상 그때는 내가 먼저 리카르도의 말을 부정했으면서 말이다. 나는 미렐라가 아직 미성년자라는 사실을 상기시켰다.

"그러니 당신이 그 칸토니라는 작자랑 이야기해봐."

심지어는 필요하면 칸토니에게 미렐라와의 결혼을 강요해야 할지도 모른다고 했다.

미켈레는 고개를 저으며, 자기는 미렐라를 믿는다고 했다. 그 누구보다 딸을 잘 알고 있다고, 미렐라는 진지하고 합리적인 아이라고 했다. 처음에는 내 어머니가 말했던 것처럼 미렐라가 나를 똑 닮았다고 하더니, 그다음에는 자기 모순적이게도 내가 말한 것처럼 이 모든 것이 다 우리 집 경제 사정 때문이라고 했다.

"나는 내 할아버지가 내 아버지를 부양했던 것처럼 미렐라를 부양하지 못해. 당신 아버지도 부자가 아닌데도 당신을 잘 키워주셨지. 그러니 나는 당신이 일하는 것을 받아들일 수밖에 없어. 게

다가 미렐라에게 법률 전공을 권한 건 우리잖아. 직장을 안 구할 거면 굳이 왜 대학에 다녀?"

나는 미렐라가 단순히 경제적인 이유만으로 직장을 구한 것이 아니라고 했다.

"그렇지 않아."

미켈레가 고집을 부렸다.

"그렇지 않아…"

그러더니 말은 안 했지만, 이 문제에 대해서 오랫동안 생각했는데, 미렐라가 직장을 구하는 것도, 남자를 만나는 것도, 그리고 그로 인해 이런 소문이 나는 것도 다 자연스러운 일이라는 결론을 내렸다고 했다.

"미렐라를 믿어야 해. 나도 당신을 믿었으니까…"

"나를 믿었다니?"

나는 놀라서 되물었다.

"그래."

미켈레는 미소를 지으며 말했다.

"무슨 말인지 모르겠어? 오래전 당신이 막 취직했을 때 말이야. 나는 당신이 온종일 사장과 같은 사무실에서 일한다는 사실을 알고 있었어. 그땐 당신도 젊었지. 서른 살 정도 됐었나?"

"서른다섯이었어."

나는 남편의 말을 정정해주었다.

"그때는…"

남편이 내 말을 가로막으며 말했다.

"당신 상사도 젊었지. 몇 살이었지?"

"모르겠어."

무심한 말투로 대답했지만, 나도 모르게 얼굴이 빨갛게 달아올랐다.

"마흔 살 정도?"

"그래. 그때 당신 상사는 가끔 당신을 집까지 바래다주곤 했어."

나는 얼굴이 더 빨개져서 대답했다.

"그거야 밤늦게까지 일해야 했으니까. 전쟁 때라 대중교통을 이용할 수 없었잖아. 그 사람에게는 차가 있었고."

"그래. 나도 알아. 그런데도 가끔 사람들이 당신을 보고 뭐라고 할지 걱정됐어. 건물 관리인도 그렇고…"

"아, 그래. 건물 관리인 때문이었단 말이지…"

나는 한편으로는 안도했지만, 다른 한편으로는 조금 실망했다.

"물론이지."

미켈레가 말을 이었다.

"미렐라도 마찬가지야. 우리도 자유와 독립을 갈망했잖아."

"우리도?"

"그럼. 당연하지."

미켈레가 미소를 지으며 말했다. 자세한 설명은 피하고 싶은 눈치였다.

"다 지나갈 거야."

남편에게 왜 그렇게 생각하는지 물었지만, 그는 대답해주지 않았다. 단지 내가 얼마 전부터 지나치게 예민해졌다면서 내게 병원에 가보라고 했다. 잠시 후, 나는 잠든 척하면서 수년 전부터 남편과 나도 어머니와 말할 때처럼 일종의 관습적인 말들을 사용하게 되었다고 생각했다. 대화를 나누는 내내 미켈레는 나를 관찰했다. 내가 지나치게 예민하다면서 병원에 가보라고 할 때는 이마를 찌푸렸다.

사실 남편은 내가 멀쩡하다는 걸 잘 알고 있다. 남편은 내가 바그너 음악을 듣는 그의 모습을 바라보는 눈빛으로 나를 바라보았다. 아이들을 반항적으로 만드는 그 무엇인가를 우리는 다시 가질 수 없을 거라는 사실을 우리 둘다 받아들이길 거부하고 있는 것일지도 모른다.

Date 2월 6일

약혼 시절 내가 남편에게 쓴 편지를 읽었다. 편지를 읽고 나니 마음이 몹시 뒤숭숭했다. 내가 그런 편지를 썼다는 사실이 믿기지 않았다. 길쭉하고 뾰족하고 부자연스러운 필체도 내 것이 아닌 것만 같았다. 무엇보다 내가 생각하던 나의 모습과 너무나 달랐던 것이 놀라웠다.

하지만 가장 의외였던 점은 따로 있었다. 과거의 내가 지금보다 더 자유분방하고 반항적이었다는 남편의 말을 떠올리며, 나는 남편이 나를 전혀 모른다는 사실을 깨달았다. 그때보다 지금의 내가 훨씬 더 자유분방하고 반항적이기 때문이다.

남편은 현재의 내 모습을 제대로 반영하지 않은 이미지를 통해 나를 바라보고 있다. 이토록 오랜 세월 동안 수많은 일을 겪으면서도 지나간 과거의 이미지를 간직하고 있었던 거다. 그것은 어쩌면 우리가 결혼을 앞둔 약혼자 시절에 깊은 이야기를 해보지 않았기 때문이었을 것이다.

남편에게 현재 나의 본모습을 설명하기 위해 그동안 내가 어떻게 변했는지 들려준다 해도 그는 내 말을 믿지 않을 것이다. 다른 여자들처럼 내 판단이 틀렸다고 생각할 것이다. 문제를 피하려고 자기 머릿속에 뿌리박힌 기존의 내 모습을 간직하려 할 것이다.

어쩌면 나도 그런 식으로 남편과 아이들을 생각하고 있는지도 모른다. 정말 그런지 알고 싶다.

함께 사는 사랑하는 가족에게 솔직하지 못하면 누구에게 솔직할 수 있겠는가. 어떻게 진정한 자아를 발견할 수 있겠는가. 내가 진정 내 모습일 수 있는 순간은 오직…

Date 2월 7일

어젯밤 잠에서 깬 미켈레가 내가 없어진 것을 보고 찾는 바람에 급히 일기 쓰기를 멈춰야 했다. 거실에서 일기를 쓰고 있는데 불 켜는 소리와 함께 복도에서 발소리가 들렸다. 간신히 일기장을 찬장 서랍에 집어넣는 순간 그가 거실 앞에 모습을 드러냈다.

"뭐 하고 있었어?"

미켈레가 물었다.

"아무것도."

내가 말했다.

"정리 좀 했어. 이제 막 침대에 가려고."

순간 얼굴이 창백해지고, 손이 바들바들 떨렸다. 미켈레의 시선이 뚜껑이 열린 채 탁자 위에 놓여 있는 만년필로 향했다.

"뭘 쓰고 있었나 보네?"

미켈레가 물었다. 나는 바보처럼 아니라고 했다가, 가계부를 쓰고 있었다고 거짓말을 했다. 아무런 성과 없이 가계부를 찾는 미켈레의 시선이 느껴졌다.

"누구에게 쓰고 있었어?"

미켈레가 미심쩍은 표정으로 물었다. 나는 웃음을 터뜨렸다. 가식적인 억지웃음이었다.

"당신 대체 무슨 생각을 하는 거야?"

내 말에 미켈레는 바로 사과했다.

"나도 잘 모르겠어."

그는 뭔가를 묻는 듯한 눈빛으로 나를 바라보았다. 그는 이 상황이 힘든지 정확한 질문을 하지 않고 이 상황을 빠져나갈 수 있게 해달라고 내게 부탁하고 있었다. 그런 마음을 눈치챘으면서도 나는 "어서 말해. 말해봐"라고 재촉했다. 미켈레는 한 손으로 얼굴을 가리면서 이렇게 말했다.

"당신이 그 사람에게 편지를 쓰고 있을까봐 걱정했어. 그 왜…"

남편은 다시 한번 나를 바라보았다.

"이름이 뭐더라? 칸토니. 칸토니에게 말이야."

말을 마치자마자 미켈레는 침실로 돌아갔다. 곧바로 그의 뒤를 따랐지만, 침실에 가보니 그는 이미 불을 끄고 누워 있었다.

어쩌면 남편은 내가 정말 칸토니에게 편지를 쓰고 있을까봐 겁을 낸 것이 아닐지도 모른다. 외간 남자에게 편지를 쓰고 있을까봐 두려워한 것일 수도 있다. 그의 의심을 없애고 그를 안심시켜주고 싶었다. 하지만 그러려면 진실을 털어놓아야 한다. 일기장 이야기를 꺼내야 하는데, 그럴 수는 없다. 일기를 쓴다고 하면 읽어보고 싶어 할 텐데, 절대로 내가 쓴 글을 보여줄 수는 없다. 하지만 진실을 털어놓는 것 외에 어떻게 오해를 풀어줄 수 있을지 모르겠다. 다른 한편으로는 나는 내 나이에 남자에게 편지 쓸 생각은 꿈도 꾸지 못하는데, 남편은 내가 아직도 그렇게 할 수 있다고 생각하는 것이 놀라웠다.

Date 2월 10일

며칠 전 미켈레에게 일기 쓰는 것을 들킬 뻔한 이후로 하루에 두세 번씩 일기장을 감춰두는 장소를 바꾸는데도, 만족스럽지 않다. 가끔은 미켈레가 의심스런 눈빛으로 나를 바라보고 있는 것만 같다. 통화할 때마다 무심한 척하면서 내가 누구랑 무슨 말을 하는지 엿듣는 것 같다. 내가 평소에 미렐라에게 하듯 말이다. 남편이 언젠가 이런 말을 할까봐 두려웠다.

"그날 밤, 편지를 쓰는 게 아니었다고 맹세해."

나는 억지로 맹세하고 싶지 않았다. 그러면서도 가끔은 불안감에서 해방되고 싶어 그 이야기를 꺼내고 싶은 마음도 든다. 일기를 쓰고 싶은 욕망과 들킬까봐 불안한 마음이 내 태도를 의심받기 딱 좋게 모호하게 만들었다.

어제저녁만 해도 그렇다. 미켈레에게 저녁 식사 후에 외출할 계획이 있냐고 묻자, 평소에 도통 나가는 일이 없는 사람이 신문에서 눈을 떼고 내게 물었다.

"어디로 말이야?"

"그야 나도 잘 모르지. 그냥 당신이 산책 나갈 수도 있을 것 같아서."

"내가? 왜?"

그가 어이없다는 듯이 말했다.

"여름이면 가끔 커피 마시러 길모퉁이에 있는 바에 가기도 하잖아."

내 말에 미켈레는 아무런 대답 없이 놀란 눈초리로 나를 바라보았다. 남편은 그날 밤 내가 남자에게 편지를 쓰고 있었고, 그 남자에게 또 편지를 쓰고 싶어서 혼자 있고 싶어 한다고 생각하는 것이 틀림없다.

일기장을 사무실에 가져다 놓을까 생각도 해보았지만, 왠지 모르게 망설여졌다. 2년 전부터 혼자 사무실을 쓰고 있지만, 그래도 편하게 일기 쓸 시간도, 마음의 여유도 없을 것 같았다. 그렇다고 일기장을 계속 집에 두는 것은 위험하다. 일기를 쓰면 쓸수록 위험성은 커지고 있다. 아직도 일기장을 불태우지 않는 것은 일기를 쓰면서 미렐라의 태도를 더 명확하게 이해하고 싶고 일이 일어난 순서를 잘 기억하고 싶어서다.

나는 아무것도 놓치고 싶지 않았다. 미렐라를 중요하지 않게 생각했다는 원망을 듣고 싶지 않았다. 모든 것이 명확해지면 남편에게 일기장을 보여줄 것이다. 그전에 몇 장만 찢어버리고, 하지만 남편이 내가 일기장을 찢어냈다는 것을 알아챌 수도 있으니 굳이 그에게 일기장을 보여주지 말아야겠다.

미렐라는 월요일부터 출근해서 매일 오후 네 시부터 저녁 여덟 시까지 일하기로 했다고 한다. 오늘 그 일을 두고 언쟁을 벌였다. 내가 출근 첫날 사무실까지 바래다주겠다고 하자, 미렐라는 창피하다면서 강력하게 거부했다. 내가 고집을 굽히지 않자 미렐라는 울 것 같은 표정을 지었다. 내가 어떤 변호사인지 알고 싶다고 하자 그애가 말했다.

"바릴레시라고 했잖아요. 로마에서 바릴레시를 모르는 사람이 어디에 있어요?"

그러더니 전화번호부를 가지고 와서 빠르게 책장을 넘겼다.

"보세요. 브루노 바릴레시 변호사. 여기 전화번호와 주소가 있어요. 그래도 못 믿겠으면 전화해서 저를 찾으세요."

나는 그래도 변호사와 직접 이야기해야겠다고 우겼다.

"그 사람에게 할 말은 해야겠다. 적어도 네 뒤에는 든든한 가족이 있고, 아무도 너한테 일을 강요한 적이 없다는 사실은 말해야지. 돈이 없어서가 아니라, 변덕 때문에 일하고 싶어 한 거라고 말이야."

순간, 미렐라가 절망과 원망이 뒤섞인 표정으로 나를 바라보았다.

"변덕 때문이라뇨. 일을 망치려고 그러시는 거예요? 대체 왜 이해를 못 하는 거죠?"

미렐라가 파르르 떨며 외쳤다. 나는 아무런 대가 없이 자기 하고 싶은 것을 다 하고 다닐 수는 없는 거라고 했다. 먹여주고 재워주는 아빠를 존중해야 한다고 했다. 무슨 일이 있어도 내 눈은 못 속인다고 했다. 심지어는 이런 말도 했던 것 같다.

"부끄러운 줄 알아야지."

그러자 미렐라가 대들었다.

"대체 뭘요? 허구한 날 감시당하고 의심받는 것도 넌덜머리가 나요. 엄마 때문에 무슨 생각을 하게 됐는지 아세요? 자유를 즐기지 않으면 미친 짓이라고 생각하게 됐어요. 엄마는 내가 올바르게 행동하는 것을 싫어하는 것 같아요. 내가 그렇게 행동할 리가 없다고 생각하는 것 같아요. 자꾸 그런 식으로 말하니까 어떤 생각이 드는 줄 아세요? 엄마가 나였으면 출근 첫날 처음 만난 남자랑 그런 짓을…"

"미렐라!"

나는 그애 입을 다물게 하려고 주먹으로 식탁을 내려치며, 매몰차게 외쳤다.

"닥치지 못하겠니?"

미렐라는 잠시 침묵하다, 다시 입을 열었다.

"엄마 아빠는 고함과 위협으로 대화를 끝낼 수 있지만 우리는 그럴 수 없죠. 하지만 그건 불공평한 일이에요. 나라면 그럴 수 있어도 안 그럴 거예요."

미렐라가 경멸스런 말투로 내뱉었다.

나는 참지 못하고 집을 나왔다. 토요일이라 출근하는 사람이 아무도 없는데도 사무실로 향했다. 혼자서 시간을 보내야 했다. 게다가 내겐 사무실 열쇠가 있었다. 텅 빈 사무실은 따뜻하고, 조용했다. 나는 의자에 쓰러지듯 몸을 던졌다. 집을 나서기 전에 미렐라에게 가서 달래는 말투로 물었다.

"그렇다면 출근할 때 말고, 저녁에 퇴근할 때 내가 데리러 갈게. 엄마가 너보다 빨리 퇴근하니까, 사무실 입구에서 기다릴게."

"괜찮아요, 엄마. 무리하지 마세요."

솔직히 그렇게 대답하는 미렐라의 표정에서 고통이 느껴졌다. 엄마의 애정으로부터 자신을 보호하기 위해 애쓰고 있다는 것이 느껴졌다. 내 애정이 위험한 것이라도 되는 것처럼 말이다. 친정어머니가 나를 데리러 오겠다고 했다면, 나는 과연 거절할 수 있었을까? 나라면 그런 식으로 당당하게 자유로울 권리를 주장하지 못했을 것이다. 나라면 그에 합당한 명분을 찾으려 했을 것이다. 내 마음을 어지럽힌 욕망을 원망했을 것이다.

지난날 남편에게 썼던 편지를 읽으면서 나는 당시 내가 부모님 집을 떠나고 싶어 어쩔 줄 몰라 했었다는 사실을 깨달았다. 하지만 그것은 남편을 사랑했기 때문이다. 사랑 때문에 나의 의무마저 잊었던 거다.

며칠 전 한밤중에 일어나 있는 내 모습을 보고, 남편은 내가 남자에게 편지를 쓰고 있다고 의심했다. 그는 내가 일기를 쓴다는 생각은 꿈에도 하지 못할 것이다. 내게도 생각이 있다는 것을 믿기보다는 차라리 내가 잘못된 감정에 빠져 있다고 믿기가 더 쉬웠던 거다. 순간 나는 미렐라가 화가 나서 한 말이 사실일지도 모른다는 생각이 들었다. 내가 미렐라처럼 자유로웠다면, 내가 내 삶의 주인이 되었을 거라는 말 말이다. 솔직히 잘 모르겠다. 요즘 들어 가족과 관련된 모든 일이 부담스럽기만 하다.

오히려 직장에 있을 때가 마음이 편했다. 나는 내 사무실 문을 잠그고 책상에 앉아서 평소에 열쇠로 잠그고 다니는 서랍을 열었다. 고작 종이, 가위, 풀, 빗, 콤팩트 같은 뻔한 소지품밖에 없었지만, 서랍을 열 때마다 은밀한 희열을 느낀다. 내가 직장에서 어떤 습관이 있는지 아는 사람은 아무도 없다. 노총각에게나 있을 법한 내 사소한 집착을 아무도 모른다. 이제는 미렐라에게도 사무실에 자신만의 서랍이 생길 것이다. 나는 그 안에 무엇이 들어 있는지 평생 모를 것이다. 서랍 속에 칸토니에게서 받은 편지며, 보여주기 싫은 선물들을 숨길 것이다.

매일 저녁, 하루도 빠짐없이 미렐라 직장 출구 앞에 서서 그애가 나오는 모습을 감시하고 싶다. 어차피 미렐라가 다니는 직장은 내가 다니는 직장에서 멀지 않다. 사무실에서 집으로 가는 길 중간에 있다. 그애가 근무시간이 불규칙한 파트타임이 아니라 정말로 매일 출근하는지 확인하기 위해서 자주 전화를 걸어야겠다. 직장이라는 것이 결국 칸토니를 만나 그로부터 돈을 받아내기 위한 핑계에 지나지 않는지 걱정이 된다.

미렐라의 앞에는 새로운 선택으로 가득한 미래가 펼쳐져 있다. 그애가 어디를 가든, 평생 그애를 쫓아다니고 싶다. 미렐라가 모르는 사람들과 친해지는 상상만 해도 괴롭다. 미렐라는 마치 미지의 나라라도 되는 것처럼 그 사람들 이름을 늘어놓을 것이다.

처음 취직했을 때, 미켈레는 등화관제 때문에 퇴근 시간마다 나를 데리러 왔었다. 첫날은 남편이 데리러 와줘서 너무 좋았다. 주변 사람들에게 내 남편이 얼마나 잘생기고 매너가 좋은지 보여주고 싶었다. 그러다 나중에는 마음이 불편해졌다. 남편이 오면 서둘러 사무실을 나섰다. 여자 동료들에게 인사할 때도 평소와는 다른 말투가 나왔다. 학창 시절 일요일마다 어머니가 나를 데리러 왔을 때 친구들에게 인사할 때도 그런 말투가 나왔었다.

그러다 한번은 남편과 사장이 마주친 적도 있었다. 둘은 매우 정중하게 인사했지만, 둘 다 민망해하고 있는 것이 확연하게 드러났다. 나는 둘 사이에서 웃기도 하고, 농담도 하고, 평소 같으면 절대로 하지 않을 바보 같은 말을 늘어놓았다. 사장은 내게 한 번도 이성적으로 접근한 적이 없었다. 그런데도 두 남자는 연적이라도 되는 것처럼 서로를 바라보았다. 어쩌면 둘은 나의 삶과 나의 시간을 공유하는 사이라는 생각에 불편했을 것이다.

나는 그 둘의 소유물이었다. 각기 다른 이유로 두 남자에게 복종해야 했다. 나는 신경이 곤두서고 흥분한 상태로 남편과 함께 겨우 사무실을 빠져나왔다. 당시 내 나이가 이미 서른다섯이었지만, 지금 생각하면 그보다 훨씬 어리게 느껴진다.

그런 생각에 잠겨 있는데 열쇠 돌아가는 소리와 함께 문이 열렸다. 나는 반사적으로 서랍을 닫고 벌떡 일어나 사무실 입구로 갔다. 사장이었다. 우리는 둘 다 민망해하면서 서로 사무실에 나와서 미안하다고 했다. 심지어 사장은 이 회사의 주인인데 말이다. 나는 급히 마무리해야 할 안건이 있어서 사무실에 나왔다고 둘러댔다.

반면에 사장은 이렇게 말했다.

"사실 나는 특별히 할 일이 없습니다. 이제 내 비밀을 하나 알려줄게요. 나는 토요일 오후에 항상 사무실로 출근해요. 아무것도 안 하고 쉬려고 말이죠. 물론, 필요하면 가끔 편지를 쓸 때도 있지만 말입니다. 물론 이 사실을 아는 사람은 아무도 없어요. 사무실이 아니면 무엇을 해야 할지 모르겠다는 말을 하고 다닐 수는 없으니까요. 특히 일요일은 정말 끔찍하죠. 그렇다고 밖에 돌아다니는 것도 재미없고요. 그러니 내게 일은 나쁜 습관 같은 겁니다."

사장이 미소를 지으며 말했다.

우리는 그의 사무실로 들어갔다. 나는 사장에게 방해하고 싶지 않다고, 조금만 있다가 바로 나갈 거라고 했다. 그는 그런 나를 극구 말렸다.

"방해라니, 왜요? 오히려 그 반대예요. 함께 있어주면 좋겠습니다."

그새 사장은 자기 책상으로 가서 조끼 주머니에서 열쇠를 꺼내더니 흡족한 표정을 지으며 서랍을 열었다.

"편히 앉아요. 내친김에 아래층 바에 전화해서 커피나 시킵시다."

나는 손님처럼 조심스럽게 자리에 앉았다. 사장이 말을 이었다.

"우리 집은 토요일이면 평소보다 정신이 없습니다. 아이들이 친구들을 집으로 부르는 바람에 항상 시끄럽거든요. 그럴 때면 사무실에 약속이 있다는 핑계를 대고 조용히 집을 나오죠."

그가 영악한 미소를 지어 보였다. 그러고보니 미켈레도 오늘 사장과 똑같은 말을 하고 나갔고, 심지어는 나 역시 마찬가지였다.

일기를 쓰며 생각해보니, 커피를 가져다준 바 점원이 커피 두 잔을 올린 쟁반을 건네주면서 묘한 눈빛으로 나를 쳐다본 것 같다. 하지만 그것은 내 느낌일 뿐일 것이다. 몇 년 동안 알던 사이라 나를 의심할 리 없다. 최근 이런저런 일이 많아서 신경이 예민해져서인지 커피를 사장에게 건넬 때 손이 떨렸다.

"어차피 담배를 안 피우니, 권하지는 않겠습니다."

사장이 말했다. 그가 내가 비흡연자라는 사실을 아는 것이 놀라웠다. 하지만 그것은 당연한 일이었다. 오랫동안 매일 함께 일하는 사이가 아닌가. 언젠가 미켈레가 사장 나이를 물은 적이 있었다. 머리는 거의 은발이었지만, 아직 오십이 채 안 되었을 것이다. 막 입사했을 때는 관자놀이께에 약간 새치가 있는 정도였는데. 순간 전시에 야근이 잦던 시절, 사장이 나를 집에 바래다주던 일을 두고 남편이 한 말이 생각났다. 그새 사장은 커피를 마시면서, 서류 파일을 펼쳤다.

"일을 시작할까요?"

내가 묻자, 그가 "토요일인데 그러지 않아도 됩니다"라고 말했다.

"상관없어요."

내 말에 내심 정말로 일을 하고 싶었던 그는 웃으면서 말했다.

"내가 그랬잖아요. 일은 고약한 습관이라고."

말은 그렇게 했지만, 사실 둘 다 기분이 좋았다.

우리는 신규 공급처에 대해 이야기를 나누었다. 나는 밀라노에 보낼 편지를 쓰려고 사장의 말을 받아 적었다. 사무실은 조용하고 아늑했다. 빈 책상들은 하나같이 깨끗이 정돈된 상태였고, 서류를 보관하는 책장 문도 잘 닫혀 있었다. 전화도, 전화 교환기의 메마른 버튼 소리도, 신경질적으로 탁탁 타자기를 치는 소리도 들리지 않았다. 처음으로 사무실 환경이 소중하게 느껴졌다. 이곳에 있으면 미렐라도, 시장도, 지저분한 접시도 나를 방해하지 못했다. 미렐라의 악의적인 말이 생각났다.

"엄마가 나였으면 남자랑 둘이서만 있을 때 다르게 행동했을 거라고 생각하게 만들어요."

길을 잃은 느낌이었다. 현기증이 났다. 나는 시계를 보고, 그만 가봐야겠다고 했다. 사장은 실망하는 눈치였지만, 토요일이라 내게 더 오래 머무르기를 요구할 수 없다는 것을 깨닫고 "그래야죠"라고 했다. 순간 내가 일을 하는 이유가 단순히 돈 때문만은 아니라는 사실을 깨달았다. 복권 당첨과 같은 예기치 않은 행운이 찾아오거나, 일확천금을 물려받아서 일할 이유가 없어지는 상상을 하니 가슴이 서늘해졌다. 일을 안 하면 갑자기 늙을 것 같았다. 회한과 심술로 가득 차 사소한 일에 집착하는 노인이 될 것 같았다.

"집에 굳이 빨리 갈 필요는 없어요. 조금 더 있다가 가도 돼요."

내가 황급히 덧붙였다. 딸이 월요일부터 변호사 사무실에 출근하게 되어 집안일을 도와주지 못하기 때문에 빨리 가려던 것뿐이었다고 설명했다.

"어쩌면 사장님이 아는 분일 수도 있어요."

내가 수줍게 말했다.

"바릴레시 변호사라고 해요."

그러자 사장은 그를 알고 지낸 지 오래됐다면서, 실력 좋기로 유명한 형사 전문 변호사라고 했다. 나는 그의 나이를 묻고 싶었지만, 도저히 입이 떨어지지 않았다. 대신에 아이들 친구 중에 칸토니라는 변호사가 있는데, 혹시 그를 아냐고 물었다.

"산드로 칸토니 말입니까? 물론 압니다. 젊고 실력 있는 형사 전문 변호사죠. 바릴레시 변호사의 대타이기도 하고요."

순간 나는 화들짝 놀랐다. 사장에게 모든 사정을 털어놓고 싶었지만, 꾹 참고 그저 힘없이 중얼거렸다.

"네, 저도 알아요."

마리나의 말이 옳았다. 미렐라는 칸토니의 애인이었던 거다.

"그 칸토니라는 사람은 엄청난 부자겠죠?"

나는 서류 정리를 하면서 무심히 물었다.

"큰 부자인지는 잘 모르겠지만, 경력이 많아서 수입은 꽤 좋을 것 같군요."

진짜 부자는 사장이었다. 이 회사도 법인이지만, 실질적으로는 사장 소유다. 나는 그의 우아한 회색 양복과 금 재떨이를 바라보았다. 그는 강인해 보였다. 그를 볼 때 마음이 편하고 안정되는 것도 그런 이유 때문일 것이다. 사장에게 미렐라 이야기를 하고 싶었다. 사장과 이야기를 하는 것이 남편과 이야기하는 것보다 차라리 편할 것 같았다. 하지만 지금까지 그와는 회사 일 외에 사적인 이야기를 나눠본 적이 없다. 예의상 이따금 아이들과 부인의 안부를 묻기는 했지만, 실제로 그의 가족을 만난 적은 없다. 그의 부인은 한 번도 사무실을 찾지 않았다. 가끔 차를 좀 보내달라고 전화할 뿐이었다. 사무실에 있을 때면, 그의 가족도, 나의 가족도 모두 상상 속의 존재처럼 느껴졌다.

우리는 한 시간 정도 일을 했다. 일하고 나니 마음이 평온해졌다. 우리는 함께 사무실을 나섰다. 사장이 차로 집까지 바래다주겠다고 했지만, 나는 장을 봐야 한다는 이유로 단호하게 거절했다. 사장은 조금 당황하면서 차갑게 말했다.

"원하는 대로 해요."

순간 남편이 그랬듯 그 역시 나를 의심하는 것 같았다. 다시 불러 세우고 싶었지만, 어느새 차가 움직이기 시작했다. 홀로 인도에 서 있는데, 바람이 불어와 너무 추웠다.

지금 시간은 새벽 두 시다. 이렇게 긴 글을 쓰는 것은 처음이다. 손목도 아프고, 피곤한데다, 몸이 얼어붙을 것만 같다. 부엌에서 일기를 썼는데 그새 화롯불이 꺼진 것이다. 내 앞에는 수선할 시트가 잔뜩 쌓인 바구니가 있다. 일기장은 시트 아래 숨겨야겠다. 그곳은 안전하다. 미렐라가 빨래 바구니 근처에 갈 리는 없으니 말이다.

Date 2월 12일

오늘 저녁 퇴근 시간에 미렐라가 다니는 회사 출입구까지 가서 그애를 기다렸다. 미렐라가 내 모습을 볼까봐 일부러 멀찌감치 떨어진 곳에서 출구를 감시했다. 미렐라가 나오는 순간, 근처 가게에 몸을 숨길 생각이었다. 미렐라를 기다리는 동안 사람들이 나를 의아함과 호기심이 뒤섞인 눈빛으로 쳐다보는 것만 같았다. 특히 남자들의 시선이 따가웠다.

미렐라는 여덟 시가 조금 지나서 건물에서 나와 전차역으로 향했다. 어둠 속에서 그애의 빨간 코트가 보였다. 그애가 혼자 나오는 것이 믿기지 않았다. 오히려 실망스러운 마음이 들었다. 미렐라가 나를 알아볼까봐 두려웠지만, 다행히 바로 전차가 도착했고, 나는 기다렸다가 다음 차를 탔다.

저녁 식사를 하면서 미렐라는 상기된 표정으로 근무 첫날에 있었던 일을 들려주었다. 그애 말을 곧이곧대로 믿을 수 있다면 좋을 텐데. 그래도 노력은 해봐야 한다. 행동에서 다음 행동으로, 하루에서 다음 하루로 아무 생각 없이 이어지는 삶은 너무나 쉽다. 어쩌면 직장에 다니다 보니 자꾸 생각이 깊어지고 생각을 정리하는 습관이 생긴 것 같은데, 그래봤자 결국 나만 힘들 뿐이다. 저녁 식사 후에 리카르도는 현 정부를 비판하면서 정치 이야기를 꺼냈지만, 사실은 다 미렐라 들으라고 하는 말이었다.

리카르도는 여자는 남자와는 달리 쉽게 직장을 구한다고 했다. 그애 말투에서 악의적인 뉘앙스가 느껴졌다. 미렐라는 취직하고 싶으면 오빠도 자기처럼 속기를 배우라고 차분하게 말했다. 그러자 리카르도는 자기는 그런 걸 배울 필요가 없다면서, 어차피 올해 졸업하면 남미로 떠날 거라고 했다. 부에노스아이레스에 있는 친구가 일자리를 구해주기로 했다는 것이다. 나는 리카르도의 폭탄선언에 아연실색해서 외쳤다.

"너 제정신이니?"

아르헨티나로 가면 오랫동안 그곳에 머무를 테고, 어쩌다 한 번 가족을 찾을 것이다. 그러다 보면 차츰 소식이 뜸해지고 나중에는 외국말에 더 익숙해질 것이다.

"엄마는 싫다."

내가 말했다. 그런 나와는 달리 남편은 리카르도에게 좋은 생각이라고 했다. 아들의 경력에 도움이 될 거라고 생각해서일 수도 있고, 그저 골칫거리도 책임질 일도 없이 이 집에 혼자 남고 싶어서일 수도 있다. 그런 남편과 달리 나는 아이들이 떠나고 없는 집에서 살 생각을 하면 겁이 난다.

Date 2월 14일

오늘 클라라에게서 전화가 왔다. 오랜만에 클라라의 목소리를 듣고, 잘 지내고 있다는 소식을 들으니 반가웠다. 영화 제작비 때문에 은행과 관련된 질문이 있다면서 미켈레와 통화하고 싶다고 했다. 놀러오라고 하니, 처음에는 너무 바쁘다고 거절하다가 결국 일요일 점심에 오겠다고 했다.

가사도우미 구하는 것을 진지하게 생각해봐야 할 것 같다. 요즘 들어 부쩍 피곤하다. 미켈레에게 그 말을 하니, 나보고 변덕쟁이라고 화를 냈다.

한 가지 잊었던 일이 있다. 어제 아침 사장에게 우편물을 가져다주었더니, 내 얼굴을 쳐다보지도 않고 장은 잘 봤냐고 물었다. 순간 멍해져서 무슨 장을 말하는 거냐고 했더니 그가 말했다.

"토요일 저녁 말입니다."

잠시 그게 무슨 말인가 생각하다, 웃으면서 중요한 일은 아니었다고, 저녁거리를 샀을 뿐이라고 했다. 그는 미심쩍은 표정으로 미소를 지으며 말했다.

"그래요. 그렇군요."

Date 2월 16일

미렐라의 행태 때문에 불안하다. 남편의 말을 듣고 나서도 마음이 안정되지 않는다. 사실 며칠 전부터 미렐라는 왠지 모르게 침착해졌다. 언제부턴가 특유의 사납고 차가운 표정을 짓지 않았다. 미렐라가 그런 표정을 지을 때면 눈썹 사이에 위협적인 구름이 짙게 드리우는 것만 같았다. 어렸을 때부터 익숙한 표정이라, 그동안 나도 그 표정을 해석하고, 그로 인해 상처받지 않게 방어하는 법을 배웠다.

그런데 지금은 도무지 미렐라 속을 잘 모르겠다. 미렐라는 요즘 악의 없는 진지한 표정인데, 그 표정이 뭔가 더 수상했다. 미렐라는 아침 일찍 일어나 학교에 갔다가, 집에서 점심을 먹고, 사무실 출근 시간에 맞추어 집을 나선다. 지금까지 약속 시간을 제대로 지켜본 일이 없는 아이인데 말이다.

어제저녁 퇴근길에 미렐라가 칸토니의 차에서 내려 그를 향해 다정하게 인사한 후 현관으로 사라지는 모습을 보았다. 미렐라는 저녁 내내 조용하다 피곤하다면서 바로 잠자리에 들었다. 자기도 모르게 피곤하다는 말이 나온 것 같았다. 잠시 후 뭐든 핑곗거리를 만들어 그애 방에 가보려다가, 괜한 논쟁을 시작할 필요가 없을 것 같아서 까치발로 돌아섰다. 리카르도 방에도 불이 켜져 있었다.

"엄마."

리카르도의 목소리가 들렸다. 그애는 책상 앞에 앉아 있었다. 며칠 전부터 논문 준비 때문에 열심히 공부하기 시작했다. 리카르도는 내게 잠이 오지 않도록 커피 한 잔만 준비해달라고 부탁했다. 그애를 위해 뭔가를 할 수 있어서 기뻤다. 온종일 일하면서도 미렐라의 태도 때문에 내가 쓸모없어진 것 같았다. 리카르도가 커피를 홀짝이는 동안 나는 그애의 머리를 쓰다듬었다. 머릿결이 부드러워서, 눈을 감으면 어린아이의 머리를 만지는 것 같았다.

"커서 자동차 정비공이나 전차를 모는 사람이 되고 싶다고 했던 거 기억나니?"

내가 물었다.

"왜 그런 생각을 해요, 엄마?"

"글쎄다. 그냥 그런 생각이 떠오르는구나."

하지만 실은 지금도 내 아들이 어디에 소질이 있는지 잘 몰라서 이런 생각이 떠오르는 것이 아닌가 하는 생각이 든다. 아르헨티나로 떠나겠다는 결정 역시 그로 인한 낙담 때문인 것만 같았다. 어쩌면 그런 식으로 깊은 내적인 어려움을 외면하려는 것일지도 모른다.

하지만 내 생각에는 외국에 간다고 문제를 피할 수는 없다. 리카르도는 아르헨티나의 산과 호수 사진이 실린 여행사 홍보물을 잔뜩 가져왔다. 놀러가는 것이 아니라는 점을 상기시켜 주려 했지만, 그애는 내 말을 그다지 중요하게 생각하지 않았다. 산은 이탈리아에도 많은데 아르헨티나로 가겠다는 고집을 꺾지 않았다.

남편은 내게 리카르도의 생각을 바꾸려 하지 말라고 했다. 나와는 의견이 다르지만, 이런 경우 결정권은 가장에게 있으므로 나는 입을 다물었다. 미켈레와 리카르도는 시간이 있을 때마다 책자를 넘기며 그 안에 실린 산맥 사진을 보면서 좋아서 어쩔 줄 몰라 했다. 미켈레가 말했다.

"네가 잘 지내면 나도 아르헨티나에 가야겠다."

나는 그의 말에 반대했다.

"그럼 우리는 어쩌고?"

"당연히 당신도 함께 가야지."

남편이 덧붙였다.

"모두 함께 가야지."

그러자 리카르도는 "아르헨티나에서는 눈 깜짝할 새 부자가 된대요"라고 했다.

어젯밤 리카르도는 내게 마리나를 소개해주고 싶다고 했다. 우리 셋만 따로 이야기를 나누고 싶다고 했다. 나는 좋다고 말하고, 미소를 지었다. 리카르도는 공부를 다시 시작하기 전에 책상에 놓인 책들을 정리하면서, 마리나 이야기를 시작했다. 아무렇지 않은 척 말을 꺼냈지만, 가만히 보니 지난 며칠 동안 벼르고 있었던 것 같다.

마리나는 자기 집에서 지내는 것이 행복하지 않다고 했다. 어머니가 돌아가시고, 아버지가 젊은 둘째 부인과 재혼하는 바람에 마리나가 자기 집에 있는 것을 불편해한다고 했다. 리카르도는 자신이 마리나에게 반했다는 사실을 인정하려 하지 않고, 단순히 좋은 일을 하고 싶어 하는 것처럼 말했다. 마리나는 미렐라와 전혀 다르다면서, 요즘 젊은 여자들 같지 않다고 했다. 입술만 겨우 살짝 바르고, 자기 말고는 남자들과 외출하는 법도 없다고 했다. 물론 자기는 마리나가 다른 남자랑 외출하는 것을 허락하지 않을 거라고 했다.

"그애는 오직 나만 바라보고 살아요. 내가 원하는 건 다 들어주고요. 성격이 온순하고 순종적이에요. 엄마가 어떻게 생각하실지 모르겠지만 수줍음이 많아요. 엄마 만날 생각에 벌써 걱정하고 있어요."

리카르도의 말투에서 그애를 향한 애틋함이 느껴졌다.

"제 생각에는 엄마 마음에 들 것 같아요. 엄마도 마리나를 좋아하실 거고요. 언젠가 결혼하면 엄마에게 좋은 친구가 되어줄 거예요."

나는 다른 사람들이 정해주는 친구는 믿지 못하지만, 차마 그 말은 할 수 없었다. 리카르도 입장에서는 불친절하게 느껴질 테니 말이다. 마리나가 대학 친구냐고 묻자 리카르도는 미소를 지으며 그렇지 않다고 했다.

"마리나는 공부 체질은 아니에요. 고등학교도 안 나온걸요. 그보다는 친구들과 외출하거나 영화관에 가는 것을 좋아해요. 정말 어린애 같다니까요?"

리카르도에게 마리나를 만나고 싶다고 하자, 그애는 미소를 지어 보인 후, 내게 내일 입을 바지를 다려 달라고 하고 나서 다시 공부에 열중했다.

솔직히 말하자면, 나는 마리나라는 아이를 알고 싶은 마음이 털끝만큼도 없다. 마음에 안 들 것이 안 봐도 뻔했다. 내 아들의 짝으로 어떤 여자가 좋을지 생각해봤는데, 한참을 생각한 끝에 '강한 여자'였으면 좋겠다는 결론에 도달했다. 부모들이 부자 며느리를 바라는 것도 다 그런 이유 때문일 것이다. 결국은 같은 말이니까. 하지만 나는 경제력보다 더 깊은 내적인 강인함이 필요하다고 생각한다. 부자는 돈을 잃을까봐 두려워하지 않는데, 그런 두려움도 일종의 나약함이다. 솔직히 말하자면, 내가 마리나를 사랑할 수 없는 것은 그애의 나이 때문이다. 그애의 젊음, 실수할 수 있는 권리와 미숙할 수 있는 권리 때문일 것이다.

나는 마리나에게 내 나이 또래 여인이 되기를 강요할 것이다. 나처럼 사는 것은 시대적인 배경 때문인데도 말이다. 그것은 불공평한 일이다. 지금부터 나는 내 아들이 그토록 사랑하는 아가씨를 좋아해야 한다. 사랑을 생각하지 않는 것은 잘못된 일이다. 그런데도 리카르도가 사랑 이야기를 하면 거부감이 든다. 어머니는 언제나 내게 이런 말을 했다.

"너무 빨리 결혼하지 말고 그전에 인생을 즐기렴."

그런 말을 할 때마다 나는 어이없는 표정으로 어머니를 바라보곤 했다. 그때는 결혼을 해야 인생을 즐길 수 있다고 생각했으니까. 그때 나는 어머니가 이미 늙었다고 생각했다. 나 빼고는 특별히 기뻐할 일도 없고 할 일도 없어서 그런 거라고 생각했다.

나는 세월이 지나면서 어머니의 결혼 생활이 단조로운 동거 그

이상도 이하도 아니게 되었다고 생각했다. 나와 미켈레는 다를 거라고 믿었다. 당시 우리는 젊었고, 갓 결혼해서 베네치아 신혼여행을 앞두고 있었다. 게다가 베네치아 대운하가 내려다보이는 커다란 호텔 방까지 예약한 상태였다.

어머니는 아버지와 결혼하기 위해 오랫동안 외조부모님과 싸웠어야 했다는 이야기를 자주 했다. 외조부모님이 끝까지 결혼을 허락하지 않으면, 아버지와 도망칠 생각이었다고 했다. 어머니 말을 다 믿는 건 아니지만, 사랑의 도피를 떠나는 부모님을 상상하니 웃음이 나왔다. 둘이 한밤중에 쿠페에 올라타는 모습이 떠올랐다. 긴 드레스가 땅에 질질 끌리지 않게 손으로 붙잡고 숨을 헐떡이며 달려오는 어머니와 콧수염 끝을 비비 꼬면서 그런 어머니를 기다리는 아버지의 모습이 떠올랐다. 하지만 상상에서조차 어머니와 아버지는 의상도 행동도 이미 늙어 있었다. 지금처럼 친밀하면서도 서로 티격태격하는 모습이었다. 가까운 주변 사람들을 기존 이미지와 다른 모습으로 상상하기는 힘든 법이다.

미켈레와도 이런 이야기를 나누고 싶다. 하지만 이야기를 꺼내려다가도, 왠지 모를 민망함에 농담처럼 말을 돌려버린다. 어제저녁 나는 신문을 읽는 남편 옆에 앉아서 리카르도가 아르헨티나로 가기 전에 서둘러 결혼할 생각이라는 이야기를 들려주었다. 그러자 남편은 무릇 남자란 결혼하면 자기가 원하는 삶을 살 자유를 잃고 인생을 망친다면서, 리카르도가 잘못 생각하는 거라고 했다. 그 말에 나는 속이 상해서 당신도 그랬냐고 물었다. 그러자 미켈레는 내 말을 가로막으며 우리는 예외라고 했다. 그의 말에 나는 농담처럼 행복하냐고 물었다. 그러자 남편은 약간 불편한 표정으로 이렇게 대답했다.

"무슨 그런 질문을 해? 당연히 행복하지. 행복하지 않을 이유가 없잖아? 아이들을 이렇게 건강하게 잘 키웠는데. 리카르도는 아르헨티나에서 성공할 거고, 미렐라는 벌써 일자리를 구한 데다, 얼마 안 있어서 남편감을 데려올 거야. 대체 뭘 더 바랄 수 있겠어. 엄마?"

남편은 내 손을 다정하게 토닥이며 미소를 지어 보인 후, 다시 신문을 읽기 시작했다.

나는 "그럼 우리는?"이라고 묻고 싶었다. 단지 그런 이유로 나와 결혼하고 싶었는지 묻고 싶었다. 하지만 그런 질문을 하는 것 자체가 배은망덕하다는 생각이 들었다. 미켈레는 나와 우리 아이들을 위해 평생을 바치지 않았던가. 물론 그건 나도 마찬가지다. 하지만 나는 이 모든 것을 당연하게 받아들였다. 아니, 솔직히 말하면, 직장에 다니면서 가사도 돌보고 아이들까지 키운 내가 평균 이상을 했다는 생각이 들지만, 또 어떨 때는 그럼에도 불구하고 지금 만족스럽지 않은 것을 보면 더 노력해야 했을 것만 같았다. 무언가를 이루지 못한 것 같은데 그게 무엇인지는 알 수 없었다. 어쩌면 미렐라에 대한 확신만 생기면 내 불안함도 사라질 것이다.

미켈레는 나보다 상상력이 뛰어나지 않아서, 고민도 덜 한다. 미켈레는 미렐라에게 현관 열쇠를 줘도 된다는 입장이다. 열쇠공에게 열쇠를 복사해달라고 해야 하는데, 마음이 내키지 않는다. 남편은 어젯밤 미렐라의 방 불이 늦게까지 꺼지지 않은 이유를 궁금해 하지 않았지만 나는 그 불빛 때문에 잠을 이루지 못하고, 우울한 생각을 하게 만드는 어둠의 공책을 꺼내고 싶은 욕망과 싸우며 집 안을 배회했다. 그러면서 자식들이 떠난 후에 나와 미켈레가 함께할 미래를 생각했다. 그때가 되면 드디어 베네치아로 여행을 떠날 수 있지 않을까 생각했다. 베네치아 여행이 모든 문제의 해법처럼 느껴졌다. 확실한 건 여행을 마친 후에 이 집으로 돌아와서는 안 된다는 거다.

저녁에 친정에 갈 때마다 꾸르륵 소리를 내는 석유난로 앞에서 꾸벅꾸벅 졸고 있는 부모님의 모습에 깜짝 놀라곤 한다. 요란한 회중시계 소리를 제외하면 집 안에는 절대적인 침묵이 흘렀다. 집은 언제나 추웠지만, 내가 그런 말을 하면 두 분은 어이없다는 듯이, 이 집은 벽이 두껍고, 남향이어서 그럴 리 없다고 했다.

Date 2월 17일

오늘은 기분 좋은 하루를 보냈다. 아마도 점심 식사 후에 미용실에 가서 머리를 손질한 덕분인 것 같다. 나는 언제나 젊어진 기분으로 미용실 문을 나서며 매주 미용실에 가기로 마음먹지만, 실제로는 그럴 시간도, 그렇게 허비할 돈도 없다. 그래도 8일마다 한 번씩 미용실에 갈 수만 있다면 일주일을 견디기가 수월해질 것 같다.

집에 오는데 바람이 매서웠다. 기분이 너무 좋고, 의욕이 충만해서 기쁨이 가시기 전에 사무실에 들러 밀린 일을 하기로 했다. 사무실 열쇠를 집에 두고 왔을까봐 걱정했는데, 무의식적으로 넣어두었는지 핸드백 안에 있었다. 그러다 토요일마다 사장이 사무실에 나온다는 사실이 생각나 갑자기 불안해졌다.

나는 사무실 가는 것을 포기하고 전차 정류장으로 향하던 발길을 돌렸다. 물론 사장은 나와 일하는 데 익숙해서, 내가 있어도 불편해하지 않을 것이다. 하지만 토요일은 평일처럼 근무 시간이나 직업적인 의무에 얽매이지 않기 때문인지, 그가 다르게 보였다. 사실 나는 사장에 대해 아는 바가 거의 없다. 가족이나 친구들과 함께 거실에 있을 때 어떤 말을 하고 어떻게 행동하는지 잘 몰랐다. 언젠가 딱 한 번 그가 아파서 집까지 찾아간 적이 있다. 그가 평소에 하던 것처럼 편지를 받아 적어달라고 부탁했기 때문이다. 그의 방에 들어가는 순간, 잘 모르는 타인 앞에 서는 듯한 느낌을 받았다. 나는 구겨진 파자마와 평소에는 셔츠 깃에 가려 보이지 않던 그의 허연 목덜미에 마음이 불편해졌다. 사장은 나를 손님처럼 대했다. 평소와는 다른 격식을 차리는 말투였다. 지난 토요일 사무실에서도 그는 나를 그런 식으로 대했다.

내일 점심거리를 사러 시장에 나왔다. 클라라에게 디저트를 대접하고 싶었기 때문이다. 장을 보는 동안 가게에서 우연히 사장과 마주칠까봐 두려웠다. 그가 내 뒤에 있을까봐 뒤를 돌아보지 못했다. 그가 웃으면서 무엇을 샀는지 물을 것만 같았다. 나는 사장과 마주칠 것이 틀림없다는 생각에 사로잡힌 채 가게를 나섰다. 봉투를 잔뜩 들고 가는 내 모습이 창피하게 느껴졌다.

벌써 자정인데 미렐라가 돌아오지 않아 잠도 못 자고 기다리고 있다. 아까 집을 나갈 때 미렐라를 위해 복사해놓은 현관 열쇠를 주려고 했었는데, 심란한 나머지 실수로 집 열쇠 대신 사무실 열쇠를 주고 말았던 거다.

Date 2월 19일

어제는 클라라가 우리 집을 방문하는 날이었는데 미렐라 때문에 시작이 안 좋았다. 우연히 그애가 칸토니와 의문의 전화 통화를 나누는 소리를 들었기 때문이다. 미렐라는 칸토니의 말에 단답형으로 대답했다. 하지만 그 와중에 편지 이야기가 반복적으로 나왔고, 뉴욕이라는 단어도 들었다. 미렐라도 리카르도처럼 집을 떠나기로 마음먹은 거다.

통화가 끝난 후 미렐라는 심각한 표정으로 골똘히 생각에 잠겼고, 나는 그런 그애에게 편지 이야기는 무엇이며, 뉴욕 이야기는 왜 나온 거냐고 상냥하게 물었다. 미렐라의 침묵에 나는 인내심을 잃고 너는 아직 미성년자니 집을 떠나고 싶어도 일 년은 기다려야 한다고 했다. 내 말에 미렐라는 단지 "걱정 마세요. 그런 게 아니에요"라고 말할 뿐이었다. 내가 끈질기게 물고 늘어지자 "그만하세요, 엄마. 제발요"라면서 말을 잘랐다. 결국 나는 흐느껴 울면서 클라라에게 줄 디저트를 준비했다.

클라라가 왔을 때 나는 애써 자연스럽게 웃음 지었다. 그런데 얼마 지나지 않아, 정말로 마음이 평온해졌다. 가끔 집에 외부 사람을 들이는 것도 좋은 일이다. 기분이 좋지 않을 때 억지로라도 기운을 낼 수 있으니까.

클라라는 너무나 젊고, 자신감에 차 있어 보였다. 삶을 즐기는 듯한 그녀를 보고만 있어도 기분이 좋아졌다. 미켈레와 미렐라는 클라라에게 매료되었다. 리카르도만 적의를 담은 시선으로 그녀를 바라보다, 나중에 내게 따로 엄마 나이인데 왜 머리를 노랗게 염색했는지 물었다. 클라라의 머리는 노란색이 아니라 금발이었다. 그녀는 날씬하고 우아했다. 오랫동안 못 보고 지낸 친척 집에 초대받은 것처럼 우리를 다정하고 살갑게 대해주었다. 하룻밤을 머무르기 위해 어린 시절을 보낸 오래된 시골집을 찾은 사람 같았다.

클라라는 한참 자기 이야기를 하다, 갑자기 우리 이야기를 묻고는 대답을 듣지도 않고 대화를 이어나갔다. 그러면서 계속해서 환한 표정으로 우리를 바라보고 만지기도 했다. 나는 미렐라에게 속삭였다.

"봐, 우리 집에서도 재미있고 똑똑한 사람을 만날 수 있잖니."

미켈레는 기분이 좋은지 말을 멈추지 않았고, 클라라는 장난기 어린 도발적인 표정으로 그런 미켈레의 팔짱을 끼고 남편을 관찰했다. 그러면서 언제나처럼 내게 물었다.

"너 정말 아직도 미켈레를 사랑해? 지겹지 않아? 정말 평생 네 남편만 바라보고 산 거야? 미켈레의 매력이 무엇이길래 네가 이렇게 사랑하는지 정말 궁금해."

나는 민망해서 아이들을 눈짓으로 가리켜 보였다. 그러자 클라라가 웃음을 터뜨렸다.

"농담이야, 발레리아. 농담도 못 하니?"

그러더니 이런 말을 덧붙였다.

"언젠가는 너에 대한 시나리오를 써보고 싶어. 똑같은 사람들에게 평생을 바친 네 인생을 주제로 말이다. 얘, 발레리아, 네 말이 맞아. 평생 젊음을 유지하는 것은 힘든 일이야. 정말이야. 나도 언젠가는 할머니가 되고 싶어. 너처럼 말이야. 하지만 내겐 자식이 없지. 미렐라는 남자 친구 있니?"

미렐라가 없다고 하자 클라라는 그애를 쓰다듬으며 예리한 눈빛으로 살핀 후 말했다.

"정말 예쁜 아이로구나. 영민하고 똑똑한 얼굴이야."

그러더니 다시 영화와 자신이 작업 중인 시나리오 이야기와 지금까지는 잘 몰랐던 흥미로운 영화판 이야기를 들려주었다. 그런 클라라의 모습을 바라만 보고 있어도 좋았다. 미렐라도 클라라를 좋아하는 것 같았다. 미켈레는 클라라를 탐스러운 과실을 보듯 바라보고 있었다. 클라라는 담배를 피우면서 재치 있게 이야기를 이어나갔다. 젊은 사람처럼 음식을 맛있게 먹고, 디저트도 매우 좋아해줬다. 클라라는 배우들 이야기와 그들에게 어떤 습관이 있는지 말해주었다. 리카르도는 그녀의 말을 흥미롭게 들으면서도 여전히 못마땅한 표정을 짓고 있었다. 갑자기 클라라가 요즘 좋은 소재를 찾기가 힘들다고 말했다. 그러자 미켈레는 자기에게 독창적이고 좋은 소재가 있다고 했다.

"그럼 한번 써보세요."

클라라가 디저트를 자기 접시에 더 덜면서 밝은 목소리로 말했다.

"제게 이야기하듯 그대로 글로 옮겨 보세요. 시나리오만 좋으면 수백만 리라를 벌 수도 있어요."

"정말로 써봐, 여보, 혹시 모르잖아."

나도 덩달아 남편을 부추겼다. 클라라는 글만 쓰면 자기가 친구인 프로듀서와 연결해주겠다고 했다.

"시나리오를 써서 보여주세요."

그러자 미켈레가 물었다.

"언제요?"

"준비되면요."

그러자 미켈레는 잠시 망설이다 이미 준비가 됐다고 했다.

클라라는 살짝 놀란 표정을 지었다. 실망에 가까운 표정이었다. 미켈레가 농담 삼아 한 말이라는 생각에 지나치게 많은 것을 약속한 것을 후회하는 것 같았다. 아이들은 아무 말 없이 먹기만 했고, 나는 다 꺼져 들어가는 소리로 말했다.

"잘했네. 대체 언제 글을 쓴 건데?"

미켈레는 변명조로 여가 시간에 썼다고 했다. 별것 아니라고 나를 설득하고 싶은 욕망과 클라라의 관심을 사라지게 할지도 모른다는 두려움 사이에 갈등하는 것 같았다.

"대체 언제 쓴 거야?"

나는 궁금해서 끈질기게 물었다.

"언제?"

그러자 미켈레가 말했다.

"이런. 나도 잘 몰라. 토요일 오후처럼 한가할 때 혼자 사무실에 있을 때 썼어."

미켈레와 클라라는 다음 주 평일에 한 번 만나기로 약속했다. 그날 미켈레가 클라라를 찾아가 시나리오를 보여주기로 했다. 클라라는 며칠 전에 어떤 시나리오가 천만 리라에 팔렸다고 했다.

"들었지, 엄마?"

미켈레가 나를 바라보며 말했다.

"엄청난 돈이야."

참, 이상한 일이다. 내 주변 사람들은 모든 논리와 권리를 금전적인 이유에서 찾는다. 아마도 내가 돈에만 관심이 있다고 생각해서 그러는 걸지도 모른다. 객관적으로 나 역시 그런 식으로 생각하는 것 같기는 하다. 실제로 어제 클라라가 예의상 내 직장에 대해 물었을 때, 나는 곧바로 우리 집 경제 사정이 안 좋다고 했다. 그렇게 말함으로써 그동안 집이 많이 낡은 이유를 변명하려 했던 것일지도 모른다. 실제로 우리 집에는 결혼 선물로 받은 고급 가구며 액자들과 이를 제외한 결혼할 때 장만한 후 지금까지 쓰고 있는 다른 모든 빈곤한 살림살이의 대조가 뚜렷했고, 이러한 대비 효과는 집에 손님이 왔을 때 더욱 명확하게 드러났다. 남편은 집안 살림이 넉넉하지 못하다는 말을 내 상상에 불과하다는 식으로 장난스레 가로막았다.

클라라가 집으로 돌아간 후에 남편은 왜 그런 말을 했냐며 화를 냈고, 아이들도 아빠 말에 동조했다. 아이들이 나간 후 둘만 남게 되었을 때 그가 쓴 시나리오에 대해 묻자, 그는 로또를 사는 마음으로 쓴 글이라고 했다.

"죽을 때까지 이렇게 평생 궁핍하고 빈곤하게 살 수는 없으니 뭐든 해봐야지."

내가 글의 주제가 무엇이냐고 묻자, 그는 대중은 사랑 이야기를 좋아한다는 애매한 설명을 했다. 잠시 나도 일기장 이야기를 해볼까 하는 생각도 해보았지만, 남편이 계속해서 돈을 벌려고 글을 쓴 거라고 변명을 늘어놓는 바람에 그럴 마음이 사라졌다. 그래도 어제는 나도 남편도 기분이 좋았다. 미켈레는 한쪽 팔을 내 어깨에 두르고 꼭 껴안아주었다.

"이제부터 사람들을 좀 만나야겠어. 오늘만 해도 클라라의 방문이 도움이 되었잖아."

우리는 미켈레의 시나리오가 팔리면, 그 돈을 집에 투자하기로 했다. 내가 베네치아에 가고 싶다고 하자, 미켈레는 일만 잘 풀리면 자기에게 다른 계획이 있다고 했다.

"그렇게 되면 은행 일은 그만둬도 되겠네."

내가 조심스레 말하자, 남편은 그렇게 되면 정말 좋을 것 같다고 했다. 승진은 했지만, 자신에 대한 처우가 여전히 만족스럽지 않다고 했다. 저녁 식사 후에 우리는 늦은 밤까지 우리의 미래를 이야기했다.

Date 2월 21일

오늘 아침 사장이 이틀간의 밀라노 출장에서 돌아왔다. 사장이 출장 간다는 소식을 듣지 못해서 미리 물어보지 못하는 바람에 그의 부재중에 처리하지 못한 몇 가지 업무를 처리하러 사장실을 찾았다. 사장은 토요일 오후에 내가 사무실에 올 줄 알고, 그때 출장 이야기를 하려고 했다고 말했다. 나는 황급히 실제로 사무실에 가려다 사장님을 방해하고 싶지 않아서 참았다고 설명했다. 전차 정류장까지 갔다가 돌아왔다는 말까지 했다.

"안타깝군요!"

그가 말했다. 오는 토요일에는 꼭 나오겠다고 하려다, 그러지 않는 편이 좋을 것 같아 입을 다물었다. 그렇지만 온종일 '안타깝군요!'라고 말하는 사장의 말투가 머릿속을 맴돌았다. 어쩌면 미켈레가 사장에게 질투심을 느꼈던 데에는 그럴 만한 이유가 있었을지도 모른다. 어쩌면 지난 수년 동안 사장은 내가 오기를 기다리는 마음으로 토요일마다 사무실에 출근했을지도 모른다.

퇴근 후에 어머니와 대화를 나누고 싶어졌다. 친정에 가는 길에 나는 그동안 사장이 내게 보여준 관심과 소소한 배려들을 되새겨 보았다. 그는 매년 크리스마스마다 내게 꽃을 보내주었는데, 그동안 내가 그 의미를 잘못 해석하고 있었을지도 모른다는 생각이 들었다.

친정에 도착하자마자 나는 사장이 고마운 사람이라는 이야기를 늘어놓기 시작했다. 사장은 다른 남자들과 다르다고 했다. 지금까지의 경력만 봐도 그가 얼마나 뛰어난 사람인지 알 수 있다고 했다. 그에 대해 계속 이야기하고 싶은 마음에, 어머니가 뭐라도 물어봐주길 바랐지만, 어머니는 오히려 이런 반응을 보였다.

"난 그 사람이 별로다. 너는 몰랐겠지만, 네가 출근한 첫날부터 난 그 사람을 신뢰할 수 없었다."

나는 마음이 상해서 사무실에서 내가 인정받는 존재라고 대꾸했다. 중요한 업무를 맡고 있어서, 지금 당장 직장을 그만둬도, 나를 데려가려는 회사가 많다고 했다. 어머니는 고개를 저으며 말했다.

"물론 그렇겠지. 하지만 네게 그런 중요한 업무를 맡기다니 정말 이상하잖니. 대학을 졸업한 남자 직원들도 많을 텐데 말이야."

어머니는 냉정하게 말한 뒤 내게 뭐라 반박할 틈도 주지 않고 주제를 바꿨다.

Date 2월 24일

오늘은 오후 다섯 시 정도에 사무실에 들렀다. 나를 보면 깜짝 놀라면서 좋아할 거라고 생각하면서도 사장을 방해하지 않으려고 조심스레 열쇠를 돌렸다. 하지만 사무실은 어두웠다. 정적 속에 전화벨만 요란스레 울리고 있었다. 나는 유리문 너머로 보이는 불 꺼진 사장실을 바라보며 잠시 망설이다 프런트를 향해 달려갔다. 전화 교환기 작동법을 잘 몰라서 허둥대는 동안 전화벨 소리가 멈췄다.

내 사무실은 깔끔하고 아늑했다. 왁스 광택제와 나무와 가죽 냄새가 나는 사무실에 들어서는 순간, 뭐라 형용할 수 없는 행복감이 밀려들었다. 나는 오렛동인 머무를 호텔방에 들어갈 때처럼 장갑과 모자를 찬찬히 벗어서 정리했다. 커피 한 잔을 시킬까 하다 조금 더 기다려보는 것이 사장에 대한 예의인 것 같아 그만두었다.

책상 앞에 앉아 결재 파일을 열어보니, 사장 없이 할 수 있는 일이 별로 없었다. 몇몇 편지에 사장이 빨간펜으로 써놓은 'OK' '확인 요망' 등의 메모가 있었다. 가장 자주 나오는 표현은 '논의 요망'이었다. 그 모든 문장이 초대한 사람이 부재중이어서 받아들일 수 없는 초대장처럼 느껴졌다.

나는 안절부절못하면서 바스락거리는 작은 소리에도 귀를 쫑

긋 세웠지만, 아무런 소리도 나지 않았다. 나는 기다리다 못해 자리에서 일어나 사장실로 갔다. 그곳에서 책상에 놓인 스탠드를 켜고 이미 정돈되어 있는 커터, 연필, 펜 따위를 다시 정리하기 시작했다. 사장의 빈 의자를 바라보는 순간 '이야기 좀 합시다'라고 말하는 사장의 다정한 목소리가 들려오는 듯했다.

단지 일 이야기만 하자는 것은 아닌 것 같았다. 어쩌면 내가 그에게 미렐라 이야기를 하고 싶어 하는 것을 눈치채고 용기를 북돋아주는 것일지도 모른다. 어쩌면 자기에게 내 이야기를 들려달라고 말하는 것일지도 모른다. 나는 그와 대화를 나눌 것처럼 그의 맞은편에 앉았다. 사장은 내가 대화를 나눌 수 있는 유일한 사람이다.

사실 진정한 친구 없이 지낸 지 이미 오래다. 과거 학교 동창들과 신혼 때 어울리던 내 또래 젊은 여자들은 모두 나와 다른 삶을 산다. 다들 아침 늦게 일어나 미용실에 가거나, 양장점에 들렀다 오후에는 카드놀이를 한다. 나와 공통점이 하나도 없어서 대화할 거리도 없다. 직장 동료들과 이야기하는 것도 불편했다. 살아온 삶도 사회적인 지위도 교육도 말하는 법도 달랐기 때문이다. 그렇다고 새 친구를 사귈 수도 없다. 몇 년 동안 사무실과 집을 쳇바퀴 돌듯 오가는 것도 버거웠다. 아이들을 위해 투자한 시간이야말로 나의 오랜 자산이라고 생각했는데, 요즘 아이들은 그런 내 자산을 훔쳐 달아나려 한다. 사실상 내 소유인 것은 그동안 직장에 투자한 시간밖에 없다. 그러니 사무실에서만 가식 없는 자유를 느낄 수 있는 것이다. 거짓말을 한 대가로 평생 그 거짓말을 지켜야 하는 벌을 받는 것 같은 느낌이었다.

"이야기 좀 해요."

나는 사장에게 그렇게 말하고 싶었다.

"이야기 좀 해요."

정신은 맑은데, 열병을 앓는 느낌이었다. 더 늦으면 때를 놓칠 것만 같았다. 내게 너무나 중요한 이야기를 털어놓을 소중한 시간이 사라질 것만 같았다. 내 나이가 되면 매 순간이 중요하다고, 나는 그에게 말하고 싶었다.

전화벨이 또다시 울리는 바람에 나는 흠칫 놀랐다. 자리에서 벌떡 일어났지만, 전화를 받아야 할지 망설였다. 누군가 전화선을 통해 내가 사장 사무실에 있는 것을 알고, 조신하지 못하다고 비난할 것 같았다. 사장 스스로 사무실에 들어오면서 대체 자기 사무실에서 뭘 하고 있냐고 물을 수 있다. 그러는 동안에도 전화벨은 끈질기게 울렸고, 결국 나는 사장 자리에 앉아서 전화를 받았다.

"여보세요…"

사장이었다. 심장이 세차게 뛰었다.

"미안하지만, 오늘은 사무실에 못 가게 됐어요."

그가 소리 죽여 말했다. 순간 숨이 멎는 듯했다. 그가 못 올 거라고는 생각하지 못한 것이다. 세상이 무너져 내리는 것 같았다.

"아…"

내가 탄식하자 그가 다시 말했다.

"미안합니다."

"사장님께서 오시지 않는다면 제가 여기서 뭘 해야 할지 모르겠어요."

그러다 나는 바로 말을 바꿨다.

"그러니까, 어떤 업무를 해야 할지 모르겠다는 말이에요."

그는 잠시 침묵하다, 아들 생일이라 집에 있어야 한다고 했다. 두 번이나 전화했는데, 아무도 받지 않았다면서.

"당신이 사무실에 있을 것 같았어요. 나도 빨리 가려고 했는데, 사정이…"

그는 전화를 끊지 않고 침묵했다. 나 역시 잠시 침묵하다 말을 이었다.

"이해해요. 괜찮아요. 저 혼자 해결해볼게요. 월요일에 봬요."

수화기를 내려놓고도 나는 차마 손을 뗄 수 없었다.

나는 잠시 그대로 사장의 부드러운 가죽 의자에 앉아 있다 자리에서 일어나 사무실 불을 끄고, 주변을 돌아보지 않고, 내 서랍을 닫고 모자를 쓰고 사무실을 나섰다. 집에는 가고 싶지 않아서 천천히 걸었다. 공원 벤치에 좀 앉아 있고 싶었다. 토요일 오후 도시는 평소보다 더 아름답고, 환하고, 매력적이었다. 얼마 전부터 나는 뭐라 설명할 수 없는 여행에 대한 욕망에 사로잡혔다. 창문을 활짝 열고, 신선한 공기를 깊게 들이마시면 숲과 들판, 해변 풍경이 보이는 듯했고, 마지막에는 언제나 베네치아가 떠올랐다.

하지만 집에 들어서는 순간, 설레는 충동은 사라져버렸다. 이유는 알 수 없지만 집에 들어가면 항상 미안한 마음이 든다. 어쩌면 일기를 쓰느라 집안일을 소홀히 해서 그런 것일 수도 있다. 밤늦게까지 잠을 자지 못해서 다음 날이면 항상 피곤하다. 오늘만 해도 사무실에 가느라 시간을 허비한 것이 후회됐다. 부엌도 정리해야 하는 데다, 지난 며칠 동안 일기를 쓰느라 다리지 못한 미켈레의 셔츠도 다려놓아야 한다.

가끔 기분이 좋을 때면, 술에 취한 듯 집을 엉망인 채로 놔두는 상상을 해본다. 더러운 냄비와 빨랫감을 내팽개치고, 침대도 정리하지 않은 채 말이다. 때로는 그런 욕망에 사로잡혀 잠이 든다. 그것은 폭력적이고 맹렬한 욕망이었다. 임신했을 때 미친 듯이 빵을 먹고 싶었을 때 느꼈던 그런 욕망이었다. 밤마다 집 안을 엉망으로 만들어놓았다가 미켈레가 돌아오기 전까지 정리를 끝마치지 못하는 꿈도 꾸었다. 말 그대로 악몽이었다.

어쩌면 어린 시절 어머니가 내게 지나치게 완고한 모습만 보였기 때문일 수도 있다.

"바느질해라."

"공부해라."

어머니는 언제나 이런 식이었다. 머리가 조금 크자 공부를 마치면, 잠시도 틈을 주지 않고 집안일을 시켰다. 내가 할 일 없이 노닥거리는 것을 보지 못했고, 나를 잊는 법이 없었다. 내가 잠시 어머니의 시야에서 사라지기라도 하면, 방으로 찾아와 무엇을 하고 있냐고 물었다. 어머니는 언제나 이렇게 말했다.

"여자는 잠시도 가만히 있으면 안 된다."

오늘 저녁 미켈레는 귀가가 많이 늦었다. 그는 지치고 피곤해 보였다. 사무실에서 시나리오 작업을 했냐고 물으니, 마치 내 질문에 한 대 얻어맞기라도 한 것처럼 갑자기 얼굴을 붉히며 나를 바라보다 이내 정신을 추스르고 말했다.

"아니야. 시나리오는 무슨. 오늘은 업무가 많았어. 머리가 좀 아파서 저녁 먹고 바로 잘게."

나는 남편에게 리카르도와 미렐라 문제를 상의하고 싶다고 했다. 남편의 도움 없이 내 생각, 내 기준만을 믿고 방향을 설정하기가 힘들다고 했다. 미켈레는 내 마음대로 결정하고, 행동에 옮기라고 다정하게 말했다. 어떤 상황에서든 자기를 대신해서 말해도 된다면서, 이런 일을 나만큼 기지 있게 잘 처리하는 사람은 없다고 했다. 미켈레의 말에 감동한 나는 기분이 으쓱해져서 그를 껴안았다. 그 순간 약간의 위안과 따스한 체온이 필요했기 때문이다. 미켈레의 어깨만큼 내게 안정감을 주는 것은 없다. 그런 내게 미켈레는 클라라에게 연락이 왔는지 물었다.

Date 2월 25일

오늘 아침 어머니에게서 전화가 왔는데, 별것 아닌 일로 짜증을 내고 말았다. 어머니는 일요일 아침마다 전화로 친정에 올 것인지 묻는다. 오늘 아침에는 친정에 가고 싶지 않아서 시간이 없다고 했다. 실제로 시간이 없기도 했다.

나는 일요일에도 같은 시간에 일어나지만 남편과 아이들은 일요일에는 늦잠을 잔다. 정오의 햇살이 아직 채 온기가 가시지 않은 가족들의 침대를 내리쬘 때까지 잠옷 차림으로 돌아다닌다. 미켈레는 일요일 늦잠만은 절대로 양보하지 못하겠다고 했다. 가끔은 나도 늦잠을 즐기고 싶지만 그러면 대체 누가 집안일을 하겠는가. 결국 나는 점심을 준비해서 침실까지 가져다준다. 남편이 좋아하며 맛있게 먹는 모습을 보면 기분이 좋아졌다.

어머니는 이런 습관을 이해하지 못하고 미켈레를 못마땅하게 생각한다. 어쩌면 당신이 불면증에 시달리기 때문일지도 모른다. 어머니는 가끔은 자신에게도 외동딸을 볼 권리가 있다고 했다. 그 말에 나는 발끈해서 신경질을 내고 말았다. 나는 어머니의 외동딸일 뿐만 아니라 남편의 유일한 아내이자 아이들의 유일한 어머니인데, 더는 그 모든 역할을 감당하지 못하겠다고 했다. 심지어 어제는 토요일인데도 출근했다고 했다. 내게 얼마나 골칫거리가 많은지 아는 사람은 아무도 없다고 했다.

어머니는 요새 무슨 고민거리가 있냐고 물었다. 미켈레는 월급이 올랐고, 리카르도는 아르헨티나에서 미래가 보장됐고, 미렐라는 대학에 다니면서 취업까지 했는데 뭐가 문제냐고 했다. 어머니의 말에 나는 폭발하고 말았다. 나는 어머니의 말을 가로막으며, 지금은 시대가 변했다고 했다. 어머니는 편하게 살아서 나를 이해할 수 없다고 했다. 그러자 어머니도 버럭 화를 냈다.

"편하게 살았다고?"

어머니는 이렇게 외치고는 베르톨로티에게 모든 것을 빼앗기는 바람에 저택을 되찾으려고 십 년이나 법정 소송을 벌이다 결국 모든 것을 잃은 이야기를 늘어놓았다. 나는 할머니의 악독한 부동산 관리자 베르톨로티 이야기를 평생 들어왔다. 그는 우리 가족이 겪은 모든 불행의 원인이자, 경제적 몰락의 원흉이었다.

어린 시절 어른들의 입에서 베르톨로티라는 이름이 나오면, 나는 귀신 이야기라도 들은 것처럼 겁에 질려 입을 다물었다. 오늘 아침 나는 어머니에게 차라리 베르톨로티가 저택과 토지를 탕진해버렸으면 좋았을 거라고 했다. 재산을 되찾을 수 있다는 희망이야말로 우리 가족의 불행이었다. 나는 저택 때문에, 미켈레는 장교였던 시아버지 때문에 아직도 현 상황에 적응하지 못하는 거라고 했다. 우리가 부모님의 과거 때문에 현재의 빈곤함을 평생 부끄러워하며 살고 있는 거라고 했다.

"실제로는 수중에 땡전 한 푼 없으면서 아직도 저택의 주인이나 말을 타고 다니는 장교라고 생각하잖아요."

어머니는 수화기 너머에서 침묵했다. 홧김에 한 말이라는 걸 알기 때문이었다. 어머니는 내가 화내는 것마저 베르톨로티 때문이라고 생각했고, 오히려 그러한 생각에 위안을 받았다.

"그래서 못 오겠다는 거냐?"

어머니가 물었다.

"네."

내가 말했다.

"못 가요."

얼마 후 길을 걸으며 나는 어머니에게 화낸 것을 후회했다. 일요일의 공기를 들이마시니, 마음이 평온해지면서, 모든 괴로움과 피로가 눈 녹듯이 사라졌다. 나는 눈에 보이는 아무 바에 들어가, 어머니에게 전화를 걸었다.

"생각보다 일이 빨리 끝났어요. 잠깐 들를게요. 뭣 좀 사갈까요?"

"그래, 고맙다."

말투는 차갑고 침착했지만, 어머니는 새어나오는 기쁨을 감추지 못했다.

"아버지 드실 맛있는 과일 좀 사오면 좋겠구나."

나는 과일과 함께 제비꽃 한 다발도 샀다. 하지만 나도 어머니도 이런 식의 애정 표현을 낯간지러워하는 편이라, 어린 소녀가 끈질기게 사달라고 해서 어쩔 수 없이 산 거라고 했다.

Date 2월 26일

오늘 저녁에는 빨리 잠자리에 들어야겠다. 저녁 식사 중에 리카르도가 내게 한밤중에 안 자고 대체 무엇을 하는 건지 물었기 때문이다.

"대체 뭘 하시는 거예요?"

리카르도의 질문에 미렐라도 접시에서 시선을 떼고 나를 바라보았다. 밑도 끝도 없이 갑자기 다들 자리에서 일어나 일기장을 찾으려고 집 안을 뒤지기 시작할까봐 두려웠다. 나는 내 어머니처럼 불면증 증세가 생긴 것 같다고 둘러댔다.

오늘 아침 출근하자마자 사장이 나를 찾았다. 그의 사무실에 가보니 이미 다른 사람들도 있었다. 나는 짜증이 났지만, 꾹 참고 오히려 더 활발한 태도를 보였다. 다른 직원들이 나가자 사장은 나를 바라보지 않고 우편물들을 훑어보면서, 주중에는 중요한 우편물을 읽을 시간이 없다고 했다. 피곤하고 화가 난 말투였지만 고개를 들고 나와 눈이 마주쳤을 때는 미소를 지어주었다. 그러더니 다시 지난 토요일 이야기를 꺼내며 한숨을 내쉬면서 "가족 때문에…"라고 했다.

순간 나는 바보처럼 얼굴이 발갛게 달아올랐다. 사장이 다음 토요일에는 사무실에 와줄 수 있냐고 묻자, 나는 지나치게 기쁜 목소리로 그러겠다고 했다. 그러자 사장은 고개를 들고 나를 바라보았다. 이번에는 웃음기 없는, 상냥하지만 진지한 표정이었다.

"네 시쯤 괜찮죠?"

나는 차가운 책상 유리에 손을 올려놓은 채 고개를 끄덕였다. 사장이 내게 준비한 편지를 보여달라고 했다. 편지를 가져왔을 때, 그는 이미 딴사람 같았다. 심지어 편지가 잘못됐다고 지적해서, 처음부터 다시 써야 했다.

Date 2월 27일

오늘 점심을 먹으러 집에 갔는데, 건물 관리인이 별일 아닌 일을 핑계로 내게 다가와 교활한 미소를 지어 보이며 이렇게 말했다.

"조금 전 따님도 올라갔어요. 남자 친구가 바래다주던데요?"

내가 당황한 기색을 보이자, 여자는 그 틈을 놓치지 않고 "축하드려요"라고 했다. 나는 아무 말 없이 그저 미소를 지으며, 걸음을 옮겼다. 하지만 사실은 너무 혼란스러워 엘리베이터 타는 것도 잊고 집까지 걸어서 올라가고 말았다.

미렐라는 자기 방에 있었다. 건물을 관리하는 여자의 말을 전하자, 그애는 미소를 지으며 "수다쟁이 아주머니네요!"라고만 할 뿐 별다른 말을 하지 않았다. 나는 그 이야기를 미렐라에게 한 것을 후회했다. 명확한 태도를 취하지 않고 이야기해봤자, 내게 이로울 것이 없었다.

나는 증거를 찾고 싶은 마음에 주변을 돌아보았다. 언젠가부터 미렐라가 자기 방에 비밀을 숨기고 있다는 생각이 들었다. 잘 생각해서 찾아내기만 하면, 미렐라의 꿍꿍이를 알 수 있을 것만 같았다. 그러면 그애를 어떻게 대해야 할지도 명확해질 것 같았다.

'최소한 현관 앞까지 올라오지는 못하게 해.'

나는 이 말을 하고 싶은 것을 꾹 참았다. 그것은 친구한테 할 만한 조언이지, 딸에게 할 만한 말은 아니었다. 가족끼리 도저히 타협하지 못하는 부분이 있다는 것을 알고 있지만 어쩌면 그래서 서로에게 진실하지 못한 것일지도 모른다. 미렐라는 친구에게 비밀을 털어놓고 있을지도 모른다. 그 대상이 얼마 전부터 통화가 잦은 대학 동기 사비나일 것 같아 그애에게 물어볼까도 생각해보았다. 어차피 내게 아무 말도 해주지 않겠지만 말이다.

미렐라나 리카르도는 친구들이 있을 때 내가 방에 들어가면 입을 다물어버렸다. 선생님이 교실에 들어올 때 학생들이 보이는 미심쩍은 표정으로 친구들 모두 예의바르게 자리에서 벌떡 일어났다. 내가 항상 밝고 다정한 모습만 보이는데 말이다. 심지어는 그애들에게 달콤한 과자며 커피를 대접하고, 여름에는 길모퉁이에 있는 바에서 아이스크림을 직접 사다주기도 했다. 그런데도 그애들은 나를 불안한 눈빛으로 바라보면서 배려 이면에 무엇이 감추어져 있는지 알아내려고 나를 관찰했다.

가끔은 잠시 아이들 방에 머무르며 그애들과 이야기를 나누기도 했다. 그럴 때면 아이들이 좋아할 만한 이야기를 들려주었다. 나는 허물없는 태도를 유지하려고 노력했다. 아이들의 나이와 사고방식에 최대한 맞추려고 했다. 하지만 아이들은 내가 자기들 부모의 이미지에서 멀어지면 멀어질수록 나를 불편해했고 두려워했다. 미렐라에게 엄한 표정으로 저녁 시간이니 외출하면 안 된다고 하거나, 리카르도에게 영화 관람비를 줄 수 없다고 할 때는 오히려 나를 편하게 생각하는 것 같았다.

그러니 사비나는 내게 아무 말도 해주지 않을 것이다. 미렐라는 요즘 학업과 직장 일로 정신없어 보였다. 혼자만의 생각에 잠겨 말수도 적어졌다. 그런데도 나는 미렐라의 뒷조사를 해보기로 마음먹었다.

오늘 나는 사무실에 연락해서 몸이 좋지 않다고 하고 집에 남아 그애의 서랍을 뒤졌다. 이런 일은 처음이라 물건을 훔치기라도 하는 것처럼 손이 떨렸다. 나는 뭘 찾는지도 모르면서 구석구석 샅샅이 뒤지며 속으로 '어쩔 수 없어'라고 생각했다. 미렐라의 옷, 서류, 빨랫감 사이에 숨어 있는 칸토니를 발견할 것만 같았다. 하지만 그의 흔적은 아무 데도 없었다. 그가 선물한 핸드백과 시계도 미렐라가 가지고 나가버렸다. 사진 한 장, 편지 한 장 정도는 나오기를 기대했지만 아무것도 없었다.

미렐라 방을 뒤지는 데는 얼마 걸리지 않았다. 미렐라의 서랍과 얼마 안 되는 소지품이며 옷을 뒤지면서 또다시 미렐라가 가난한 아가씨라는 사실을 깨달았다. 나의 질책 앞에서 더 무방비 상태가 된 것 같았다. 그런 미렐라를 의심하는 것이 잔혹하게 느껴졌다.

갑자기 미렐라가 평소에 일기장을 서랍에 넣고 열쇠로 잠가둔다는 사실이 떠올랐다. 나는 승리감에 사로잡혀 의기양양해졌다. 그러다 평소 아이들에게 다른 사람들의 비밀을 존중해야 한다고 가르쳤던 것이 생각나서 잠시 망설였다. 나는 유혹에 빠지지 않기 위해 미렐라 방에서 나왔다. 그런데 어느새 나도 모르게 서랍을 열기 위해 칼을 찾으려고 부엌으로 향하고 있었다. 나는 종기를 도려내듯 잔혹한 결단력으로 그 일을 행하기로 마음먹었다. 서랍과 책상 사이에 칼날을 밀어넣고 힘을 주려는데, 놀랍게도 서랍은 열려 있었다.

일기장이 사라졌다. 이제 일기장은 그곳에 없었다. 서랍 안에는 아무 의미 없는 편지와 오래된 사진 따위가 있을 뿐이었다. 그곳에서도 칸토니의 흔적은 찾을 수 없었다. 미렐라는 겉보기에 결백했지만, 그로 인해 내 마음이 안정되기는커녕 의심만 더 커졌다. 일기장이 사라진 것은 미렐라가 잘못한 것이 있다는 명확한 증거였다. 기분 같아서는 나는 그길로 칸토니에게 달려가 외치고 싶었다.

"다 알고 있어!"

그런 다음 그에게 달려들어 그의 몸을 흔들고, 그를 마구 때렸을 것이다. 하지만 나는 어찌할 바를 모르고 칼을 든 채 책상 앞에 앉아 있었다. 어쩌면 미렐라가 일기장을 사무실에 가져다 둔 것일 수도 있다. 그렇게 함으로써 이 집에서 도망친 것만 같았다. 그게 아니라 일기장을 어딘가 잘 숨겨놓았을 수도 있을 것 같아 다시 꼼꼼히 살펴보았다. 나는 온 집 안을 뒤집어엎어서라도 일기장을 찾아내야겠다고 마음먹었다. 그렇게 꽁꽁 숨겨놓은 것은 감추고 싶은 게 있어서일 거다. 나는 반드시 그애 비밀을 알아낼 것이다. 그애에게 수치심을 안겨줄 것이다. 나는 그애 앞에 서서 펼친 일기장을 손바닥으로 치는 모습을 상상했다.

순간 나 역시 일기장을 숨겨두었다는 사실이 떠올랐다. 미렐라가 자기 일기장을 숨기려다 내 일기장을 찾을 수도 있다는 생각이 들었다. 만약 그 일기장을 읽는다면 엄마가 자신이 생각해온 것과는 다른 사람이라는 사실을 깨달을 것이다. 내 모든 비밀을 알아낼 것이다. 사장 이야기도 알게 될 것이다. 토요일의 약속과 그가 나를 사랑하는 것은 아닌가 하는 나의 불안함도 알게 될 것이다. 사장 생각과 일기장을 들킬 것만 같은 두려움, 각자에게 자신만의 비밀이 있다는 사실은 나를 불안하게 만들었다.

핸드백 안에 일기장을 넣고 집을 나서는 미렐라의 모습이 떠올랐다. 토요일에 방해받지 않고 글을 쓰려고 사무실에 가는 미켈레의 모습이 떠올랐다. 아르헨티나의 산을 찍은 사진을 방에 붙여놓은 리카르도의 모습이 보였다. 가족은 서로를 너무나 사랑하면서도, 원수처럼 상대방에게서 자신을 방어하는 존재다.

Date 2월 28일

오늘 저녁 미렐라는 집에 오자마자 나를 자기 방으로 불렀다.

"이것 좀 보세요."

놀란 내가 보는 앞에서 미렐라는 수많은 지폐가 들어 있는 봉투를 흔들어 보이며 들뜬 목소리로 말했다. 대체 그 돈이 어디서 난 건지 물어보려는데, 미렐라가 먼저 설명해주었다.

"월급을 받았어요."

그러더니 바닥에 떨어진 지폐를 한 장 한 장 주워 모아 소중히 어루만졌다. 미렐라는 쉬지 않고 그 돈으로 무엇을 살지 늘어놓았다. 죄다 쓸데없는 물건들이었다. 그동안 내게 수없이 졸랐지만 사주지 못했던 물건들이었다. 그런 그애의 행동이 마치 나를 무시하는 것 같아 부당하게 느껴졌다. 나는 무시하는 말투로 이제 돈을 버는 것이 얼마나 힘든 일인지 알았으니 그동안 엄마 아빠가 너를 위해서 한 일을 고마워하라고 했다. 미렐라는 욕실로 들어가 수건으로 얼굴을 벅벅 닦더니 활짝 웃으며 말했다.

"솔직히 말할까요, 엄마? 돈 버는 건 하나도 어렵지 않아요. 돈 벌기 힘들다는 말을 하도 많이 들어서 처음 취업했을 때는 두려웠어요. 제대로 해내지 못할까봐 겁이 났죠. 출근 전날 밤에는 잠이 안 왔어요. 리카르도 오빠는 바릴레시 변호사 사무실 같은 곳에서 나 같은 사람은 필요 없을 거라는 듯, 나를 불신에 가득 찬 심술궂은 눈빛으로 바라봤어요. 나도 그럴지도 모른다고 생각했고요. 첫날 저는 사무실 문 앞에서 집으로 돌아오려고 했어요. 전화로 몸이 안 좋다거나, 뭐든 핑계를 대고 일자리를 포기하겠다고 말하려고 했죠. 그렇게 하지 않은 것은 다 엄마 아빠 때문이었어요."

나는 놀라서 눈을 휘둥그레 뜨고 그애를 바라보았다.

"맞아요. 저를 높이 평가하지 않는 엄마 아빠 생각이 옳다는 것을 확인하고 좋아할 것 같았거든요."

나는 솔직히 우리가 아니라 그 칸토니라는 변호사를 실망시키고 싶지 않아서 그런 것이 아니었냐고 했다.

"그렇지 않아요."

미렐라가 단호하게 말했다.

"그 사람은 우리 가족과는 달리 내가 뭐든 할 수 있다고 생각해요. 하지만 중요한 것은 그게 아니에요. 중요한 것은 일이 힘들지 않다는 거죠. 저는 일이 재미있어요. 물론 피곤하지만, 그건 다른 종류의 피로예요. 어떻게 설명해야 할지 잘 모르겠지만, 일종의 거짓 피로인 것 같아요. 일하고 나서 피곤한 것이 싫지 않거든요. 엄마 아빠가 쓰던 어려운 용어를 쓰는 것도 너무 재미있어요. 문서를 보관한다느니, 등록한다느니, 기록한다느니 하는 용어들 말이에요. 웃긴 이야기 하나 해드릴까요? 솔직히 저도 그런 말을 하면 제가 엄청나게 중요한 사람이 된 것 같아요."

미렐라는 어린아이처럼 즐거워했다. 나를 다정하게 놀리고 싶어 하는 것 같았다.

“게다가 누군가 일을 제대로 할 수 있는 사람이라는 신뢰를 가지고 내 이름을 불러주는 게 좋아요. ‘이 일은 코사티 양이 맡아주세요’라고 하면, 마치 내가 아닌 다른 사람 이야기를 하는 것 같아요. 지금껏 상상도 못 했던 사람이요. 오늘 바릴레시 씨가 ‘월요일에는 코사티 양이 법원에 가는 것이 좋겠군요’라고 했어요. 물론 누구든 할 수 있는 일이었어요. 간단한 정보 하나만 문의하면 되는 일이죠. 그런데도 저는 너무 기뻐서 얼굴이 빨개졌어요. 처음 대학에 입학했을 때도 비슷한 감정을 느꼈어요. 아무런 내색도 안 하고, 집에 와서는 아무 말도 안 했지만, 대학 강의실에 있을 수 있다는 사실 자체가 너무 기뻤죠. 하지만 다른 한편으로는 내가 꼭 대학에 필요한 존재일까 하는 생각을 했어요. 그런데 직장은 출근하라고 돈까지 주잖아요.”

미렐라는 머리를 빗으며 신나게 이야기를 늘어놓았다. 웃으며 내 곁으로 다가와 행복한 마음에 나를 껴안으려 했다. 미렐라가 그렇게 흥분한 모습은 처음이었다.

“솔직히 말씀해주세요. 엄마도 사실 출근하는 것이 좋은 거죠? 아빠도 마찬가지고요. 왜 사실을 인정하지 않는 거죠? 말해줘요, 엄마. 인정하면 천 리라를 드릴게요.”

미렐라는 손에 빗을 든 채 나를 껴안으려다, 내가 피하는 바람에 빗으로 내 눈썹을 치고 말았다. 나는 짧은 비명을 지르며 손으로 눈을 가렸다.

“아, 죄송해요…”

미렐라가 미안해했다.

"대체 왜 이러니? 오늘 저녁에 뭘 잘못 먹었니?"

내가 눈꺼풀을 비비며 말했다.

"너 미쳤니? 그깟 돈 몇 푼 벌었다고 정신을 잃다니. 정신이 나간 데다, 배은망덕하기까지 하구나. 이것 한 가지는 똑똑히 기억해. 나와 네 아빠는 지금 너처럼 우리가 번 돈으로 사고 싶은 걸 산 적이 한 번도 없었다. 동전 한 푼까지 아껴 살림을 꾸리고, 너와 네 오빠 교육비로 다 들어갔으니 말이야. 네가 이렇게 좋아하고, 네 말처럼 재미있어 하는 것도 다 그 덕분이다."

미렐라는 풀이 죽어서 말했다.

"알아요, 엄마. 죄송해요. 나쁜 뜻으로 한 말이 아니었어요. 엄마를 무시하려던 것도 아니었고요. 오히려 그 반대예요. 엄마 아빠도 즐겁게 일한다고 생각하면 두 분께 이토록 큰 부담을 드린 것으로 인한 죄책감이 줄어들 것 같았어요. 정말이에요. 너무 솔직하게 말씀드려서 죄송해요. 하지만 자식들은 때로는 태어난 것 자체를 부끄럽게 생각하기도 해요. 부모님 돈으로 입고 먹어야 한다는 사실에 대해서요. 이런 말씀을 드려서 죄송해요. 전 이 일이 너무 좋아서 돈을 받지 않아도 하고 싶어요."

미렐라의 말을 듣고 있자니 매일 아침 출근할 때마다 가벼워지는 나의 발걸음이 생각났다. 사장이 와달라고 나를 부를 때마다 벅차오르는 기쁨이 생각났다. 나는 머릿속에 떠오르는 생각들을 떨쳐버리고, 몸을 바르르 떨며 미렐라에게 그건 처음 접하는 일에 대한 기쁨 때문이라고 했다.

"어쩌면 그럴지도 모르죠."

미렐라도 인정했다.

"그래도 그렇게 생각하고 싶지 않아요. 그러기엔 너무 아쉬운걸요. 지금 저는 제 인생 최고의 나날을 보내고 있어요. 오늘 바릴레시 변호사님이 살인 사건 피의자를 변호해서 무죄 판결을 받아냈어요. 아침에 변호사님을 도와드리기 위해 수업을 빠지고 재판에 참석했죠. 변호사님은 정말 멋진 변론을 펼쳤어요. 너무 멋있어서 감동받을 정도였어요. 나는 변호사님이 너무 존경스럽고 부러웠어요. 그런 일은 부담스럽지 않을 거예요. 확실해요."

"당연하지!"

내가 외쳤다.

"그렇게 돈을 많이 버는데!"

"엄마는 변호사님이 단지 돈 때문에 그러는 거라고 생각하세요? 그분은 이미 부자인걸요. 마음만 먹으면 언제든 은퇴할 수 있을걸요? 하지만 신경이 날카로운데다 피곤하다는 말을 입에 달고 다니면서도 계속해서 소송을 맡아요. 게다가 처음부터 끝까지 다 혼자 하려고 하죠. 사실은 일이 즐겁다는 걸 숨기려고 일부러 피곤하다고 불평을 하는 것 같기도 해요."

미렐라는 기분이 좋은지 다시 웃음을 터뜨렸다.

"저도 바릴레시 변호사님처럼 뛰어난 변호사가 되고 싶어요."

미렐라의 말에 나는 일적으로 성공하고 싶다는 말인지, 아니면 예를 들면 칸토니 같은 사람에게 잘 보이고 싶어서 그러는 건지 물었다.

"물론 그런 이유도 있죠."

미렐라가 대답했다.

그애 말에 나는 의기양양하게 너의 목적은 경력을 쌓는 것이 아닐 거라고 외쳤다. 진짜 목적은 돈 많고 능력 있는 남자와 결혼하는 게 아니냐면서, 왜 처음부터 그렇게 말하지 않았느냐고 했다. 그럴 생각이라면 내 조언을 따르는 것이 좋을 거라고 했다. 어머니보다 좋은 조언자는 없으니 말이다. 실제로 남자들은 자립심이 강한 여자를 좋아하지 않는다. 경력이 뛰어난 여자도 좋아하지 않는다. 좋아하더라도, 적어도 결혼하려 들지는 않는다. 게다가 너도 막상 첫아이를 품에 안으면, 아이가 우는 소리를 듣거나 아이가 배고파하고 생존을 위해서 엄마를 필요로 하면, 법정에서 뿌듯함을 맛보겠다고 아이를 나 몰라라 하지는 못할 거라고 했다.

미렐라는 자기 생각은 다르다면서, 결혼하고 아이를 낳아도 유명 변호사로 활동하고 싶다고 했다. '유명'이라는 수식어를 말할 때는 얼굴을 붉혔다. 나는 여유만만하게 웃으며 "어디 한번 두고 보자꾸나"라고 한 뒤 부엌으로 향하다 다시 돌아와 미렐라에게 일기장을 어디에 보관하는지 물었다. 미렐라는 놀라서 책상을 흘낏 바라본 후 내게 자기 서랍을 뒤졌냐고 물었다. 그런 미렐라에게 엄마는 필요하면 얼마든지 그럴 수 있다고 했다. 미렐라는 얼마 전에 일기 쓰는 것은 어린아이 같은 짓이라는 생각에 일기장을 찢어버렸다고 했다. 그애는 설령 내가 일기장을 찾아냈더라도 소용없을 거라고 했다. 내가 몰래 볼까봐 일기장에 거짓말만 늘어놓았다고 했다.

나는 부엌으로 가서 감자를 튀기고, 계란을 부쳤다. 미렐라가 거짓말을 하는 것 같았다. 설령 정말 일기장을 없앴다 해도, 칸토니를 만난 후에 그랬을 것이다.

잠시 후 미렐라가 내게 다가와 도와줄 것이 있냐고 물었다. 드문 일이라 놀라서 그애를 바라보았다. 미렐라는 참 예뻤다. 짧은 머리가 아주 잘 어울렸다. 자기 힘으로 돈을 벌었다는 자부심이 그애를 더욱 대담하면서도 평소와는 달리 다정하게 만들었다. 미렐라는 내게 미소를 지어 보였다.

"엄마, 저는 저대로 행복하다는 걸 왜 인정하지 않으세요?"

나는 경험상 미렐라가 상상하는 것 같은 행복은 존재하지 않는다고 했다. 미렐라는 내 말에 반박했다.

"엄마는 엄마 인생밖에 경험해보지 못했잖아요. 왜 제게 희망조차 못 가지게 하는 거죠?"

나는 미렐라에게 어차피 돈이 드는 것도 아니니, 얼마든지 희망을 가져보라고 한 뒤, 오빠에게 가져다주라고 계란프라이가 담긴 접시를 내밀었다. 그러자 미렐라는 오빠 보고 직접 와서 가져가라고 하면 안 되냐고 물었다.

"제가 와서 가져가라고 할게요."

나는 엄격한 표정으로 미렐라에게 말했다.

"내 말 들어!"

그런 다음 이렇게 말했다.

"네 오빠는 피곤해. 온종일 공부했잖니."

"그러는 엄마는 종일 일했잖아요."

미렐라가 퉁명스럽게 말했다.

"저도 마찬가지고요."

말은 그렇게 했지만, 결국 미렐라는 리카르도에게 계란프라이를 가져다주었다. 그런 다음 부엌으로 돌아와 내게 말했다.

"전 이런 상황이 싫은 거예요, 엄마. 엄마는 저를 비롯한 모두를 돌봐야 할 의무가 있다고 생각하죠. 그러면 결국 다른 사람들도 서서히 그걸 당연하게 생각할 거라고요. 엄마는 여자가 집안일이나 요리하는 일 외에 다른 성취감을 느끼는 것을 죄라고 생각하는 것 같아요. 여자의 의무는 가족을 돌보는 것뿐이라고 말이에요. 하지만 저는 그렇게 살지 않을래요. 그러기 싫어요."

순간 차가운 냉기가 등골을 타고 내려갔다. 지금도 그 냉기가 사라지지 않았다. 그럼에도 나는 미렐라가 한 말을 대수롭게 생각하지 않는 척했다. 비아냥조로 변호사 노릇을 집에서 시작하고 싶은 거냐고 했다.

Date 3월 2일

오늘 점심 식사 후에 미켈레가 나가자마자, 리카르도는 집에 아무도 없는지 살피더니 주머니에서 신문을 꺼내 내게 내밀었다.

"이것 좀 보세요."

미렐라가 이야기한 재판과 관련된 기사였다. 변호인단 명단에 바릴레시 외에 칸토니 이름도 있었다.

"나도 안다."

내가 말했다.

"칸토니가 바릴레시의 대리더구나."

리카르도는 어떻게 내가 이런 상황을 좌시하는지 이해할 수 없다면서, 미렐라가 돈을 많이 받는 데는 그럴 만한 이유가 있다고 했다. 나는 리카르도에게 미렐라의 급여는 그애가 하는 일에 대한 법정 최소 임금이라는 점을 짚어주었다. 그런 다음 미렐라가 자기 일에 열정적이고 언젠가는 좋은 변호사가 되고 싶어 한다는 이야기도 해주었다.

리카르도에게 미렐라 이야기를 하는 것은 쉽지 않다. 둘은 붙어 있을 때 서로 원수처럼 대한다. 어쩌면 평생 그렇게 지내왔는지도 모른다. 지금까지는 남매끼리 티격태격하는 것뿐이라고 생각했는데, 어쩌면 뭐라 설명할 수 없는 그보다 더 깊은 원인이 있는 것 같다는 생각에 마음이 아팠다. 리카르도가 여동생을 사랑하지 않는다고 생각하고 싶지는 않다. 그보다는 자기 자신에 대한 반감을 동생에게 쏟아붓는 느낌이다.

오늘 리카르도는 내게 여자들은 자기 잇속을 차리려고 직장을 이용한다고 했다. 나도 직장에 다니고 우리 가족과 리카르도 너 자신에게도 큰 도움이 되었다는 사실을 상기시키자 리카르도는 엄마는 어쩔 수 없이 일하지 않느냐고 대꾸했다. 그러니 내가 직장에 다니는 것은 남편에 대한 연대감의 증거이자 더 근본적으로는 순종의 증거라고 했다. 그러면서 선택권이 있다면 엄마도 일을 하지 않을 거라고 했다. 나는 왠지 모를 거리낌 때문에 그런 말을 듣고도 반박할 수 없었다. 어쩌면 토요일 오후에 사장과 만나기로 한 약속 때문일 수도 있다. 리카르도는 요즘 젊은 여자들은 그런 의무감을 느끼지 못한다고 했다. 희생할 줄도 모르고 오직 돈만 쫓아다닌다고 했다.

"그래서 자기들보다 훨씬 나이 많은 남자들과 어울려 다니는 거예요. 자가용이 있어서 자기들을 데리고 외식도 하고 비싼 곳에 춤추러 데리고 다닐 수 있으니까요. 그런 남자들과 어떻게 경쟁하겠어요? 부모가 부자가 아닌 게 제 잘못은 아니잖아요?"

나는 리카르도의 말에 마음이 상해서 과거에는 우리도 부유한 가문이었다고 했다. 돈 관리를 잘못해서 재산을 잃은 거라고 했다.

"어찌 됐든 그게 제 잘못은 아니잖아요."

리카르도는 주장을 굽히지 않았다.

"대학을 졸업하려면 스물두 살은 돼야 하잖아요. 요즘 여자애들은 내 나이 또래 남자를 대책 없는 애 취급한다고요."

나는 이제 미렐라가 자기 옷은 자기 월급으로 살 수 있게 되었으니 리카르도 용돈을 늘려주겠다고 했다. 내 말에 리카르도는 입을 꾹 다물고 창문 너머를 바라보았다. 하얀 하늘이 그애의 창백한 얼굴에 비쳤다. 순간 우울함을 못 견디고 자살한 청년들이 생각났다. 그들의 어머니는 자식의 기분을 알아채지 못했다. 리카르도에게 지금 매주 아빠에게서 받는 용돈을 두 배로 올려주겠다고 약속했다. 리카르도는 여전히 아무 말도 하지 않았지만 조금 기분이 누그러졌는지 식탁으로 돌아와 접혀 있는 신문을 바라보았다. 그러더니 칸토니 이야기가 나오는 기사가 실린 부분을 마치 뺨이라도 때리는 것처럼 경멸을 담아 강하게 내리쳤다.

"그애들이 무슨 짓을 하는지 아시겠어요? 그애들은 자기 몸을 파는 거예요. 미렐라가 저런 다 늙은 남자랑 나가서 무슨 재미를 보겠어요?"

나는 웃으며, 서른넷은 노인이라고 할 수 없고 주변 사람들 말을 들어보니 칸토니라는 사람은 매우 똑똑한 것 같더라고 했다. 내 말에 리카르도는 비통한 표정으로 나를 바라보며 말했다.

"그런 여자들을 변호하려 하지 마세요. 엄마는 그런 여자들과는 달라요."

순간 나는 발끈해서 리카르도에게 물었다.

"그들이 아니라 내가 틀린 거라면?"

나를 바라보는 리카르도의 눈빛이 너무나 고통스러워 보여서 황급히 나는 너희 아빠와 행복하지만, 모든 여자가 다 똑같은 건 아니라고 덧붙였다. 그러자 리카르도는 자기는 미래의 아내를 생각할 때 갈수록 엄마와 비슷한 성격을 가진 여자를 상상하게 된다고 했다. 마리나에게 항상 내 이야기를 한다면서, 내가 얼마나 남편을 사랑하는지, 남편에게 얼마나 충실했고 전쟁 초기에 얼마나 큰 희생을 치렀는지 들려준다고 했다. 사실 그때는 정말 힘들었다. 일자리를 구하기 전이라 나는 부자 친구들의 파티를 위한 디저트를 만들어서 푼돈을 벌었다. 그들은 언제나 나를 파티에 초대해주었지만, 요리하고 나면 너무 피곤해서 거의 참석하지 못했다. 그러다 친구들은 서서히 디저트는 계속 주문하면서 나는 초대하지 않게 되었다.

"마리나에게 내 이야기는 하지 마."

내가 리카르도에게 말했다.

"실수하는 거야. 내 삶을 부러워할 아가씨는 아무도 없을 거야. 게다가 아내와 어머니는 절대로 성격이 같을 수 없어."

리카르도가 한숨을 내쉬었다.

"저도 알아요."

리카르도는 이렇게 말한 뒤 나를 애틋한 표정으로 바라보았다.

"그런 말이 아니야. 엄마가 최고라는 말이 아니라 여자는 자식을 남들과 다르게 대한다는 거야. 심지어는 남편과도 다르게 대하지."

우리 집 침실에 걸린 돌아가신 시어머니의 거대한 사진이 떠올랐다. 별 볼 일 없는 분이었는데, 미켈레는 언제나 자기 어머니를 모범 삼아야 한다고 말했다. 남편이 나를 '엄마'라고 부르기 시작한 건 시어머니가 돌아가신 후였다.

"네 이야기를 들어보니 마리나는 참 착한 아가씨 같구나."

내 말에 리카르도는 감사하는 마음과 애정이 담긴 표정으로 나를 바라보았다.

"그렇지 않아도 오늘 엄마한테 마리나 이야기를 하고 싶었어요. 엄마 도움이 필요해요."

리카르도의 입매와 목소리에는 어린아이 같은 천진난만함이 깃들어서 그애를 볼 때마다 왠지 모를 애틋함이 밀려들었다.

"무슨 일인데? 어디 한번 말해보렴."

나는 내심 리카르도가 마리나에게 버림받았다는 이야기를 해주기 바랐다.

"별일 아니에요. 사실 당장 결혼하고 싶은데, 마리나를 부에노스아이레스에 데려갈 수는 없어요. 첫해는 인턴이라 월급이 적어서 둘이 살기에는 턱없이 부족하거든요."

순간 마리나와 결혼하기 위해 아르헨티나로 가는 것을 포기한다는 말을 하려나 싶었다. 둘 중 어느 편이 덜 나쁜 일일지 알 수 없었다.

"일자리는 여기서도 구할 수 있잖니. 임시직이라도 말이다. 네 아빠 말이 올해 은행에 대규모 채용 계획이 있다던데."

리카르도는 단호하게 거절했다.

"은행은 절대 안 가요. 무슨 일이 있어도요. 하지만 출국 전에 공식적으로 약혼하고 싶어요. 마리나는 집에 있는 것을 힘들어해서 자꾸 밖에만 있으려 하죠. 그래서 결혼을 앞당기자고 했어요.

그러면 제가 떠나도 마리나는 여기서 지낼 수 있으니까요. 제 방에서 지내면 되잖아요. 그러면 엄마도 쓸쓸하지 않을 거라고 생각했어요. 그런데 마리나는 싫다고 했어요. 그래서 최대한 빨리 돌아오겠다고 했어요. 회사에서 자리 잡는 대로 2년 안에 돌아와 함께 떠나자고요. 하지만 그토록 오랫동안 떨어져 있을 생각을 하면 걱정돼요. 마리나를 못 믿어서가 아니라 현재 상황이 너무 불안하니까요. 또 전쟁이 날 거라는 소문도 돌잖아요. 정말 전쟁이 나면 서른다섯 살 먹은 노땅이 아니라 우리 같은 청년들이 전선으로 끌려갈 거예요!"

리카르도가 또다시 신문을 손바닥으로 내리쳤다.

"그러니 저는 기다릴 수 없어요. 몇 년 후에는 폭탄 하나로 모든 것이 사라질 수 있으니까요."

나는 리카르도를 구원하고 싶은 강렬한 욕망을 느꼈다. 전쟁이 나면 그애를 데려가지 못하게 문 뒤든 어디든 숨겨야겠다고 생각했다. 아프리카 전쟁 때 리카르도는 일곱 살이었고, 열두 살 때 제2차 세계대전이 발발했다. 그 덕에 수년 동안 리카르도에게 카초타 치즈와 야채 분말로 만든 디저트를 먹여야 했다. 그애의 첫 담배는 미군한테 선물받은 것이었다.

"엄마가 마리나랑 이야기를 해주면 좋겠어요. 처음에는 우리 셋이서만 봤으면 해요. 그런 다음에는 당연히 아빠에게도 소개해야죠. 다음 주 토요일은 어때요? 아빠는 토요일에도 출근하지만 엄마는 쉬는 날이잖아요."

나는 리카르도의 말을 가로막았다.

“토요일은 안 된다. 사무실에서 할 일이 있거든.”

“토요일에도요?”

리카르도가 못마땅해했다. 나는 얼마 전부터 회사 일이 많아서 바쁘다고 설명했지만 리카르도는 고집을 부렸다.

“뭐든 핑곗거리를 생각해낼 수 없을까요? 부탁이에요, 엄마. 제겐 매우 중요한 일이라고요.”

나는 절대 안 된다고 했다.

“아무리 졸라도 소용없어.”

시계를 보니 사무실로 돌아갈 시간이었다. 모자를 쓰러 방에 들어갔다 나오면서도 나는 속으로 절대로 안 된다고 생각했다. 그러는 동안 왠지 모르게 야채 분말로 만든 디저트가 계속해서 떠올랐다.

‘그럼 나는?’

순간 혼자서 발끈했다.

‘나 역시 제1차 세계대전 때 밀기울로 만든 빵을 먹으며 연명하지 않았던가.’

그동안 평생을 남을 위해 봉사했으니 하루 정도는 내 마음대로 쓸 권리가 있다. 하지만 그렇게 생각하면 할수록 내 안에 있는 무언가가 그러면 안 된다고 하는 것만 같았다. 내면의 누군가가 고통스럽게 고개를 가로젓고 있는 것만 같았다. 리카르도가 방에 들어오는 소리에 나의 의지와는 반대로 그애를 바라보며 말했다.

“그래, 좋아.”

내가 말했다.

"토요일에 오라고 하렴. 핑곗거리를 만들어볼게."

리카르도는 감사의 표시로 나를 꼭 껴안으려 했지만, 나는 "됐다, 됐어"라고 하고는 그애를 거칠게 밀어내고 집을 나섰다.

나는 낡은 회색 코트 차림으로 서둘러 걷다 쇼윈도에 비친 내 모습을 못마땅하게 바라보았다. 나 자신을 파괴하고 싶었다. 무거운 변장을 하고 다니다 지쳐버린 듯 나라는 껍질을 벗어 던지고 분노가 뒤섞인 후련함을 느끼고 싶었다. 회사에 도착하자마자 모자도 코트도 벗지 않고 사장실로 향했다. 사장은 수표에 서명하고 있었다.

"코사티 부인."

그가 계속 서명하면서 고개를 들고 미소를 지었다. 나는 사장 앞에 서서 핸드백을 그의 책상 위에 얹어놓았다. 나는 쓰러지지 않으려는 듯 핸드백을 꼭 붙들었다. 사장은 일이 너무 많아서 피곤하다고 했다. 심지어 오늘은 집에도 못 가고 사무실에서 샌드위치와 카페라테로 점심을 때웠다며 그것이 사실이라는 걸 증명하고 싶은 듯 내게 옆에 놓인 쟁반을 가리켜 보였다. 사장은 힘든 시기라면서 정신을 똑바로 차려야 한다고 했다. 전쟁이 날 수도 있다는 소문에 시장 상황이 안 좋아졌다고 했다. 나는 아무 말 없이 사장 말이 끝나기만을 기다렸다. 마침내 사장이 수표책을 닫고 고개를 들었을 때 내가 말했다.

"이번 토요일은 안 되겠어요."

사장은 아무 말 없이 의아한 눈초리로 나를 바라보았다. 나의 날 선 단호함이 어쩔 수 없는 상황을 의미하는지 아니면 거부를 의미하는지 가늠하는 듯했다. 그의 눈빛을 보고 대답하려는 순간, 전화벨이 울렸다. 그는 내게서 시선을 떼지 않고 짧게 통화를 마무리했다. 통화를 마친 후 수화기를 내려놓은 다음 자리에서 일어나 내 곁으로 다가왔다.

순간 두려울 정도로 심장이 세차게 뛰었다. 수년 동안 같이 일하면서 그가 지금처럼 가까이 다가온 것은 처음이었다. 보통 책상 앞에 마주 보고 앉거나, 나는 의자에 앉고 그는 걸어 다니면서 편지에 쓸 내용을 불러주는 데 익숙했기 때문이다. 그는 토요일에 사무실에 나오는 대신 집에 있거나 쇼핑을 하고 싶은 것이 당연하다고 했다. 나는 그에게 토요일을 간절히 기다렸다고 말해주고 싶었다. 머릿속에 온통 그 생각뿐이었다는 말을 해주고 싶었다.

"토요일에 아들이 여자 친구를 데려온다고 해서요."

"아, 그렇군요. 이해해요."

그는 낮은 목소리로 중얼거리고는 책상으로 돌아가며 나직이 "축하합니다"라고 말했고, 그런 그에게 나 역시 나직이 "감사합니다"라고 했다. 그는 무심히 수표를 만지작거리다 "가족의 의무를 다해야죠"라고 했다. 그런 다음 내게 수표 두 장을 내밀면서 한 장은 자기 부인의 단골 모피상에게 보내고, 다른 한 장은 자기 딸에게 줄 자전거를 구입한 가게에 보내달라고 했다.

"개인적인 비용과 관련된 수표를 다른 직원들에게 보이는 것이 신경 쓰여서 말입니다."

그가 사적인 일을 부탁해서 미안하다고 하며 말했다.

"특히 고액의 수표일 때는 더욱 그렇죠. 그러니…"

나는 바로 처리하겠다고 한 뒤 내 사무실로 돌아가 모자와 코트를 벗고 책상에 앉았다. 평정심을 유지하려 했지만 차가운 분노가 치밀어 올랐다. 수표에 쓰인 액수를 확인해보니 모피상에게 보낼 수표는 정말로 고액이었다.

"도둑놈들. 날강도 같은 놈들…"

내가 속삭였다. 손가락이 떨려왔다.

"날강도!"

누구를 대상으로 한 말인지 알 수 없는 상태에서 나는 계속 말했다. 편지지와 봉투를 꺼내다 갑작스레 손으로 얼굴을 가리고 울음을 터뜨리고 말았다.

Date 3월 7일

지나치게 내 생각에 몰입하면 안 될 것 같아서 한동안 일기를 쓰지 않았다.

잠시 나를 잊어야 버틸 수 있을 것 같았다. 지나치게 깊게 생각하지 않아야 한다. 예컨대 미렐라가 늘어놓는 변명을 곧이곧대로 믿기만 해도 심신이 한결 평온해질 것이다. 나를 사로잡은 이 불안감이 일기장을 산 날부터 시작되었다는 생각이 갈수록 확고해진다. 일기장에 사악한 악령이 숨어 있는 것 같다. 일기장을 잊으려고 가방이나 옷장 속 깊숙이 처박아두기도 했지만, 그것만으로는 부족했다. 아니, 집안일에 집중하면 집중할수록, 시간에 쫓기면 쫓길수록 더 절실하게 일기를 쓰고 싶었다.

일요일에는 아이들은 일찍 나가고, 미켈레는 클라라에게 시나리오를 가져다주러 나가는 바람에 오후에 나 혼자 집에 남게 되었다. 일요일에는 집안일이 많긴 했지만, 그래도 일기를 쓸 기회가 생긴 것이다. 모든 집이 그런 건지 아니면 맞벌이 가정에서만 그러는 건지 잘 모르겠지만 늦잠을 자고 침대에서 빈둥거리다 일어나는 일요일이면 사람들이 절제력을 상실하는 것 같다. 실제로 일요일이면 평소보다 설거짓거리가 더 많아서 가족과의 소중한 휴일 식사도 결국은 일이 된다. 그래도 설거지를 마치니 오후를 통째로 여유롭게 쓸 수 있게 되어 내가 주로 사용하는 서랍을 정리하기로 했다.

나는 빈 상자, 필요 없는 서류, 편지 등을 버리면서 만족감을 느꼈다. 신혼 시절에도 가끔 옷장을 열어보고 파란색과 분홍색 리본으로 묶어서 가지런히 정리해놓은 수건이며 시트를 보며 안정감을 느끼곤 했다. 일요일에 오래된 핸드백과 스카프, 손수건 등을 보관해놓은 서랍 앞에 앉아, 잊어버렸던 내 모습을 생각하니 기분이 좋아졌다. 가지런히 쌓아놓은 손수건과 잘 정돈된 상자들을 보면서 육체적 쾌락에 가까운 감정을 느꼈다.

그러다보니 처음에는 길게만 느껴졌던 여유 시간이 빠르게 지나가버렸다. 어느새 저녁이 되어 점심에 설거지해서 정리했던 접시를 다시 꺼내서 식탁을 차려야 했다. 빨리 돌아오겠다고 했던 미켈레는 아직도 돌아오지 않았다. 그는 검은 양복을 입고, 아침에는 이발까지 했다. 미켈레는 나이보다 젊어 보였고 아직도 미남이었다. 클라라가 미켈레의 진가를 알게 되어 다행이었다. 나는 이때껏 그녀가 미켈레를 높이 평가하지 않는다고 생각했다. 어쩌면 그래서 나만 보면 반농담으로 여전히 미켈레에게 충실한지 묻는지도 모른다. 나가기 전에 미켈레는 서랍에서 커다란 하얀 서류 봉투를 꺼내더니, 깨지기 쉬운 물건을 다루는 것처럼 조심스레 들었다.

"시나리오야."

그가 말했다.

"보여주지 못해서 미안해. 클라라가 집에 없으면 경비실에 맡겨야 할 것 같아서 봉투에 풀을 붙였어."

미켈레는 클라라와 만나고 싶어서 일부러 그녀가 집에 있을 법한 이른 아침으로 약속 시간을 잡았다. 남편은 어쩌면 내가 그가 쓴 글에 별다른 기대를 하지 않는다고 생각했는지도 모른다. 자기 실력을 인정하지 않을 거라고 생각하는지도 모른다. 하지만 그렇지 않다. 아침에 그가 들뜬 표정으로 클라라와 통화하는 모습에 나는 안도의 한숨을 내쉬었다. 그전에는 그가 자기 삶에 만족하지 않는 것은 아닌지 두려웠는데 그날 아침에는 음식도, 나에 대해서도, 아이들에 대해서도, 모든 것에 만족해하는 것 같았다. 현관 앞에서 코트 입는 것을 도와줄 때, 남편은 나를 껴안아주었다.

"잘됐으면 좋겠어, 엄마."

"잘될 거야."

내가 말했다. 미켈레는 갑자기 지갑을 꺼내보더니, 천 리라밖에 없다면서 돈이 부족할 것 같다고 했다. 우리는 함께 침실로 돌아왔고, 그는 만 리라짜리 지폐를 챙겼다.

"혹시 모르잖아."

그가 말했다. 나는 남편이 안정감을 가지기 위해 그런다는 걸 이해했다.

저녁 식사를 준비할 시간이 다 될 때까지 미켈레는 돌아오지 않았다. 나는 그의 귀가가 늦는 것이 오히려 좋은 신호라고 생각했다. 스크립트를 읽느라 늦게 돌아온다고 생각했다. 심지어는 클라라의 친구라는 제작자가 이미 그의 시나리오를 사기로 했나보다고 생각했다. 나는 일요일 오후가 그런 식으로 끝나는 것이 아쉬웠다. 미켈레와 아이들이 돌아오지 않는다는 걸 알았다면 요리를 하지 않았을 것이다.

그때 전화벨이 울렸다. 나는 미켈레가 내 기대가 틀리지 않았다는 사실을 확인해주기를 바라며 전화기를 향해 달려갔다. 하지만 전화 건 사람은 미켈레가 아니라 미렐라였다. 미렐라는 밖에서 사비나를 비롯한 친구들과 저녁을 먹고 오겠다고 했다. 몇 시쯤 올 거냐고 물었지만 그애는 그저 "빨리 들어갈게요"라고만 대답할 뿐이었다. 늦더라도 자기에게 현관 열쇠가 있으니 걱정하지 말라고 했다.

저녁 식사를 할 때 미켈레와 리카르도는 미렐라의 부재를 눈치채지 못했다. 미켈레는 신이 나서 클라라의 집에서 일어난 일을 들려주느라 정신이 없었다. 방문객들이 찾아와서 시나리오를 읽을 시간은 없었지만, 클라라가 이른 시일 내에 읽고 다음에 만날 날을 잡기 위해 연락하겠다고 했다는 거다. 둘 다 생기가 넘치고 들떠 보였다. 미켈레는 창문을 활짝 열었다. 바깥은 이미 완연한 봄이라는 미켈레와 리카르도의 말에 나는 온종일 집에 머무른 것을 후회했다. 나는 미켈레에게 정리한 서랍을 보여주었다.

"잘했네. 잘했어."

미켈레는 이렇게 말한 뒤 곧바로 클라라와 그녀의 친구들 이야기를 시작했다. 하나같이 영화판에서 꽤 알려진 사람들이었다면서, 모두 자가용이 있는 데다 그중 한 명이 자기를 집까지 바래다주기까지 했다고 했다. 리카르도는 아빠가 기분 좋은 틈을 타서 자신이 약혼했고, 엄마는 이미 자기 약혼녀를 만났으며, 곧 아빠에게도 소개하고 싶다고 선언했다. 미켈레가 화를 낼까봐 두려웠다. 기분 좋은 날을 망쳐버린 리카르도에게 화가 났다. 그런데 남편은 그새 빠른 결혼에 대한 생각이 바뀌었는지 "잘했구나, 잘했어"라고 똑같은 말을 반복했다.

그렇게 대화를 나누다 보니 자정이 되었다. 나는 간간이 미렐라가 아직 들어오지 않았다고 말해보았지만 둘 다 신경 쓰지 않았다. 리카르도에게 잘 자라고 하자 그애는 나를 포옹하며 "정말 행복해요, 엄마"라고 했다.

침실에 들어가니 미켈레는 아직 옷도 갈아입지 않은 채 거울을 보며 머리를 매만지고 넥타이를 고쳐 맸다. 또다시 미렐라가 아직 집에 돌아오지 않았다고 했지만, 미켈레는 요즘 아가씨들은 귀가가 늦어도 상관없다고 했다. 클라라와 그녀의 친구들은 모두 새벽 네 시까지 돌아다닌다고 했다. 내가 그거야 아침 일찍 일어나지 않아도 되는 사람들 이야기이고, 클라라는 나와 동갑이라서 이제 젊은 나이가 아닌데 어떻게 버티는 건지 모르겠다고 했다. 미켈레는 우리가 동갑이라는 사실을 알고 있었음에도 내 말에 놀란 표정을 지었다. 클라라는 외모도 어려 보이는 데다 아가씨처럼 생기발랄하다고 했다.

"그러니까 당신 생각에는 미렐라 걱정을 할 필요가 없다는 거지?"

"그럼."

미켈레가 나를 두 팔로 안으며 말했다. 그러고 나서는 다시 시나리오 이야기를 시작했다. 비록 시간이 없어서 내게 보여주지는 못했지만, 솔직히 꽤 잘 쓴 작품이라고 했다. 그는 천천히, 머뭇머뭇 옷을 벗었다. 마치 그날이 끝나는 것을 아쉬워하는 것 같았다.

내가 정말 시나리오가 팔리면 리카르도가 아르헨티나로 떠날 필요가 없어지겠다고 하자, 미켈레는 화를 내면서 그럴 정도로 엄청난 돈은 아닌 데다, 설령 그렇다 할지라도 리카르도는 이제 제 앞가림을 알아서 해야 한다고 했다. 물론 틀린 말은 아니다. 그래도 나는 자꾸만 우리 집안이 더 부유했으면 리카르도가 그렇게 빨리 떠나려는 마음을 먹지는 않았을 거라는 생각이 든다.

솔직히 마리나가 내 마음에 들 거라는 확신이 없다. 생긴 건 미인이지만, 그애 얼굴에는 끌리지 않는, 호감이 안 가는 무언가가 있다. 대체 왜 리카르도가 평생 그런 얼굴을 바라보고 살려고 하는지 이해할 수 없다. 마리나는 가냘프고 키가 크고 금발이었는데 표정이 다소 경직되고 공허해 보였다.

토요일 오후 리카르도는 자기 열쇠로 현관문을 열고 마리나만 먼저 거실로 들여보냈다. 나는 아이들이 들어오는 소리를 못 들었고, 마리나는 내가 그곳에 있는 줄 몰라서 우리는 준비가 안 된 상태에서 서로를 마주하게 되었다. 잠깐이었지만, 그리고 순전히 내 느낌일 수 있겠지만, 우리 둘의 시선이 마주쳤을 때 나는 일말의 호감도 느껴지지 않았다. 심지어는 은근한 적개심이 느껴졌던 것 같기도 하다. 물론 리카르도와 마리나가 결혼한다면 다시는 그런 시선을 교환할 일은 없을 것이다. 하지만 내 생각에는 오직 그 순간만큼은 둘 다 솔직했던 것 같다. 리카르도가 바로 마리나

뒤를 따라 들어왔는데, 그때부터 리카르도는 이미 내 아들이 아니었다.

"이쪽이 마리나예요."

리카르도가 잠긴 목소리로 말했다. 마리나는 눈 한번 깜빡이지 않았다. 그애의 얼굴에서 아무런 표정을 읽을 수 없었다. 나는 다정하게 그애의 손을 잡았다. 그렇다고 그런 내 행동이 위선적으로 느껴지지는 않았다.

내 안에는 두 명의 자아가 존재하는 것 같다. 그중 하나는 오늘의 만남을 기뻐하고 마리나로부터 따뜻함과 위안을 얻기를 기대했지만, 또 하나의 자아는 오늘의 만남을 거부했다. 마리나의 부은 듯한 멍청해 보이는 눈과 그애의 차갑고 힘없는 손을 좋지 않게 평가하고 있었다. 리카르도가 이런 손을 잡고 입 맞추고 싶어하다니. 불편해하기는 리카르도도 마찬가지였다. 그애는 버릇없이 거의 드러눕다시피 한 자세로 안락의자에 기대어 앉아 있었다. 나는 리카르도를 질책하고 싶었지만 미래의 신붓감을 소개해주겠다고 온 아들을 야단칠 수는 없는 법이다. 게다가 그런 리카르도를 보고 있자니 짠한 마음이 들었다. 퉁명스럽고 무례한 말투와 평소와는 다른 행동이 태연함을 가장하기 위함임을 알고 있기 때문이었다.

나는 '그래, 너무 힘들지? 이제 그만 이애를 돌려보내자꾸나'라고 말하고 싶었다. 하지만 가만히 보니 마리나의 말투도 리카르도와 똑같았다. 명확하고 예의 바른 나의 말투는 다른 시대, 다른 나라의 화법 같았다. 다른 나라에서 온 사람이 사용하는 외국어 같았다.

나는 아이들에게 차와 쿠키를 권했는데 리카르도의 눈치를 보아하니 대접이 너무 소박하다고 생각하는 것 같았다. 마리나는 무표정이었다. 마리나의 가정이 행복하지 못하다는 리카르도의 말이 사실인지 의심스러웠다. 그렇게 표정 없는 사람이 그런 감정을 느낄 수 있을까 싶었다. '넌 대체 누구니?'라고 묻고 싶었다. 리카르도는 아마도 속을 알 수 없는 그녀의 표정에 이끌렸을 것이다. 리카르도는 속이 훤히 들여다보이는 우리 가족 빼고는 아는 사람이 별로 없으니까. 리카르도는 마리나의 차가운 침묵 때문에 그녀를 더 궁금해했을 것이다. 그녀의 침묵을 흔들어놓고 싶었을 것이다.

그날 저녁 이후, 나는 리카르도에게 '마리나가 정말로 너를 사랑한다고 생각하니?'라고 묻고 싶은 충동을 참고 있다. 리카르도는 계속해서 아르헨티나 이야기를 했다. 마리나 앞에서 자신 있는 모습을 보이려 했다. 하지만 리카르도는 사실 내가 자기를 아직 아이로 생각하고 있다는 걸 알고 있었고, 그 때문에 자기도 모르게 신경질적으로 행동하고 있었다.

우리는 미래에 대한 이야기를 한참 나누었다. 나는 리카르도에게 10월에 졸업하기 위해 학업에 열중해야 한다고 했다. 지금은 졸업이 최우선이고, 그런 다음에 출국할 생각을 해야 한다고 했다. 또 기다림을 힘들어하지 말라고 했다. 내가 2년 정도는 눈 깜짝할 사이에 흘러간다고 하자, 마리나는 미소를 지었다. 하지만 그것은 우리 집에 들어올 때 지었던 표정과 비슷한 것이었다.

"게다가 요즘은 항공우편이 있잖니."

내 말에 리카르도는 "맞아, 항공우편이 있었지?"라고 하면서 적극 동조했다. 마치 내가 자기들을 도와주기 위해 항공우편을 발명하기라도 한 것처럼 고마운 눈빛으로 나를 바라보았다. 나는 아이들에게 시간이 지나면 골칫거리가 생기고 책임질 일도 많아지니 지금이야말로 인생에서 가장 아름다운 시기라는 말도 해주었다. 하지만 둘 다 내 말을 믿지 않는 것 같았다. 다행히 사람은 미래는 현재보다 나을 거라고 믿으니까. 리카르도는 내 말을 믿는 척 미소를 지으며, 마리나의 손을 잡고 냄새를 맡았다.

둘이 그만 일어나야겠다는 뜻을 밝혔을 때 나는 안도감을 느꼈다. 리카르도가 강아지처럼 다정하게 나와 마리나 사이를 오가는 사이, 문이 열리며 미렐라가 들어왔다. 마리나의 방문을 몰랐던 미렐라는 제 오빠와 나를 차례로 바라본 후, 적당히 예의 바르게 마리나에게 인사했다. 미렐라는 빨간 코트를 입고 있었다. 마리나 말에 의하면 사람들은 미렐라가 그 코트 차림으로 칸토니 집에서 나왔다고 했다. 우리는 조금 더 대화를 나눴다. 리카르도는 으스대면서 마리나의 어깨에 팔을 올린 채 미래를 이야기했고, 미렐라는 핸드백에서 담배를 꺼내 마리나에게 권했다.

"마리나는 담배 안 피워."

리카르도의 말에 미렐라는 여유롭게 담배에 불을 붙였지만, 성냥불을 든 손이 가볍게 떨렸다.

"마리나가 마음에 들어요?"

리카르도와 마리나가 떠난 후, 미렐라가 물었다. 내가 예쁜 아가씨라고 하자, 미렐라는 "그래요. 그런데 마음에 드시냐고요"라고 다시 물었다. 나는 착하고 순종적인 아가씨 같다고 했다. 제대로 교육받고 올바른 가치관을 가진 아가씨 같다고 했다. 내 말에 미렐라가 발끈했다.

"저런 여자가 어떻게 엄마 마음에 든다는 거죠?"

나는 미렐라에게 지금 너는 마리나를 질투하는 거라고 했다. 사실은 미렐라도 마리나처럼 행동해야 한다는 것을 알기 때문에 그러는 거라고 했다. 또 리카르도처럼 정직한 남자를 만난 마리나가 부러워서 그러는 거라고 했다.

"대체 그 칸토니라는 작자는 왜 얼굴을 비치지 않는 거냐? 왜 도둑놈처럼 널 현관까지만 데려다주고 도망가는 거야? 왜 너의 평판을 걱정해주지 않는 거지? 왜 너를 남의 입에 오르내리게 내버려두는 건데? 심지어는 건물 관리인도 네 행실을 평가하지 않니."

자기를 비난할 때는 무표정이었던 미렐라의 얼굴이 칸토니를 비난하자 갑자기 시뻘겋게 달아올랐다.

"왜 네 오빠처럼 너를 자기 어머니에게 인사시키지 않는 거냐?"

"다행히도 그는 고아거든요."

미렐라가 담배 한 개비를 새로 꺼내 불을 붙이면서 말했다. 나는 미렐라에게 너는 정말이지 냉소적인 데다가 뻔뻔한 아이라고 비난하면서, 그런 식으로 줄담배 피우는 것을 그만두라고 했다.

미렐라는 내게 대꾸하지 않고, 그길로 누군가에게 전화를 걸어 낮은 소리로 통화하기 시작했다.

"산드로."

미렐라가 그 이름을 부르는 건 처음이었다. 순간 나는 걷잡을 수 없는 분노에 사로잡혔다. 그러는 동안 미렐라는 "여전해"라고 했다. 나는 그애에게 다가가, 말을 가로막고, 칸토니가 들을 수 있게 소리치고 싶었다. 내 딸이 이런 식으로 행동하는 것을 내가 용납하지 못한다는 사실을 알리고 싶었다. 하지만 나는 그가 어떤 사람이고 어떤 의도를 가졌든 내 편은 아닐 거라는 생각에 그렇게 하고 싶은 충동을 꾹 참았다.

나는 마음을 가라앉히려고 노력하면서, 천천히 부엌으로 갔다. 매일 요리하고 설거지하고 침대 정리를 해야 하는 것이 다행인지도 모른다. 그런 가사일 덕분에 현재 일어나고 있는 일들을 못 본 척하고 지나갈 수 있는 것일지도 모른다.

"산드로. 마리나."

나는 두 사람의 이름이 어떻게 들리는지 불러보았다. 그렇게 하면 그 이름을 가진 이들이 실제 어떤 사람들인지 알 수 있을 것 같았다. 이제 내 자식들은 그 두 사람의 소유다. 미켈레는 여전히 그애들을 부양하기 위해 일하고, 나 역시 여전히 아이들에게 먹일 저녁을 준비하는데도 말이다.

'다행히도 그는 고아거든요.'

미렐라의 말이 머릿속에 맴돌았다. 어쩌면 마리나는 내가 이미 침실에 걸린 초상화가 아니어서 실망했을지도 모른다. 나는 한숨을 내쉬며 예나 지금이나 달라진 게 하나도 없다고 생각했다. 순간 시어머니의 초상화가 떠올랐다. 내가 시어머니를 좋아하지 않는다는 사실을 남편에게 숨기려고, 시어머니와 사는 것에 익숙해지려고 얼마나 노력했는지 모른다. 나는 수년 동안 시어머니를 돌봤고, 장례도 내가 치렀다. 미켈레는 떨리는 촛불 아래 검은 옷을 입은 채 딱딱하게 굳어버린 시어머니를 물끄러미 바라보았다.

"어머니는 성녀셨어."

미켈레는 슬픔에 사로잡혀 어머니의 손에 입을 맞추었다.

"당신은 어머님께 참 잘해주었지."

그의 말이 맞을 수도 있다. 어떤 시점에 가서는 가족 간에 어디까지가 친절함에서 나온 행동이고, 어디까지가 잔혹함에서 나온 행동인지 구별하기가 힘들어진다.

Date *3*월 *9*일

오늘 사무실에서 클라라에게 전화를 걸었다. 나는 그녀의 집에 다녀온 후에 미켈레가 다른 사람이 됐다고 했다. 미켈레가 클라라 칭찬을 얼마나 많이 했는지 모른다고 했다. 시나리오에 대한 소감을 애타게 기다린다는 사실도 털어놓았다. 매일 퇴근하면 자기를 찾는 전화는 없었는지 묻는다고 했다. 클라라는 아직 시나리오를 읽지 못했다면서, 낮에는 할 일이 너무 많고 저녁이면 밤늦게까지 돌아다니느라 집에 돌아가면 너무 피곤하다고 했다. 나는 그런 클라라의 상황을 잘 이해하고 있으니, 혹시나 미켈레와 이야기할 기회가 있어도 내가 전화했다는 말은 하지 말아달라고 했다.

나는 클라라에게 방해해서 미안하다고 사과하면서도 새로운 희망이 생긴 덕분에 미켈레가 젊어진 것 같으니 꼭 좀 도와달라고 했다. 나는 미켈레 월급이 넉넉하지 않아서 지금 같은 시기에 시나리오를 판매하면 현실적인 문제를 많이 해결할 수 있을 거라고 했다. 그뿐만이 아니라 그 나이가 되도록 돈도 못 벌고 사회적으로 중요한 지위에 도달하지 못한 미켈레 또래 남자들이 겪는 어려움을 극복하는 데 큰 도움이 될 것 같다고 했다. 그러자 클라라는 자기가 보기에 미켈레는 자신감이 부족해보이기는커녕 그 반대인 것 같다고 했다.

나는 클라라에게 지난번에 집에 왔을 때 내가 그녀에게 우리의 경제 상황에 대해 하소연을 해서 미켈레가 화가 났었다는 이야기를 들려주었다. 돈이 없다는 사실이 알려지면 시나리오가 헐값에 팔릴까봐 걱정하는 것 같더라고 했다. 물론 이 모든 것은 남편에 대한 애정과 현재 나의 기분으로 인한 느낌일 뿐일지도 모른다고 했다. 그러자 클라라는 내게 행복하지 않냐고 물었고, 그 말에 나는 미켈레가 행복하고 아이들이 건강하면 충분하다고 했다.

나는 다시 한번 내가 전화했다는 말을 미켈레에게 하지 말아 달라고 신신당부했다. 전화를 끊고 나니 거짓말만 잔뜩 늘어놨을 뿐 아니라 큰 실수를 저지른 것 같았다.

Date 3월 10일

오늘 저녁에는 일찍 잠자리에 들었지만, 잠이 오지 않았다. 어둠이 나를 짓누르는 것만 같았다. 온갖 말과 이미지들로 머리가 복잡했다. 다스릴 수 없는 불안감 때문에 잠을 이룰 수 없었다. 생각이 복잡해서 퀭한 눈으로 어둠 속에서 밤을 지새우게 될까 두려워 미켈레가 깨지 않도록 조심스레 자리에서 일어났다.

나는 침실 밖 복도에서 챙겨온 나이트가운을 걸치고 슬리퍼를 신었다. 어린 시절 이후 이런 적이 없어서 가슴이 두근거렸다. 그때는 어머니에게 들킬까봐 두려웠는데, 지금은 미켈레에게 들킬까봐 두려웠다. 게다가 옷장 침대 시트 사이에 일기장을 너무나 잘 숨겨둔 바람에 한참 동안 일기장을 찾아헤맸다.

나는 겨우 찾은 일기장을 무슨 보물이라도 되는 양 꼭 껴안았다. 미켈레가 잠에서 깨어나 이곳에 오기라도 하면 큰일이었다. 일기장을 보여주지 않아도 될 변명거리가 없는 상태에서 그가 내가 쓴 글을 읽는다고 생각하니 겁이 더럭 났다. 하지만 조금만 생각해보면 사실 달라질 것은 아무것도 없었다. 어쩌면 내가 상상력이 너무 풍부한 건지도 모른다. 그토록 오랫동안 알고 지내온 사람이 내게 그런 감정을 느끼는 것은 불가능하다. 한창 예쁘다는 소리를 듣던 젊은 시절부터 알았는데, 지금에야 이런 일이 생기는 것은 불가능하다. 그런데도 나는 사장이 나를 사랑한다는 사실을 확신한다.

오늘만 해도 그렇다. 그는 확실히 나를 애타게 기다리고 있었다. 열쇠 돌리는 소리를 듣자마자 책상에서 일어나 나를 맞으러 달려 나온 것 같았다. 그렇지 않았다면 어떻게 문을 닫자마자 바로 내 눈앞에 나타날 수 있었겠는가. 나는 누군가로부터 도망쳐 오기라도 한 것처럼 작은 소리로 웃음을 터뜨렸다. 사장도 덩달아 웃으면서 내 코트를 받아주었다.

책상에 미모사 가지가 놓여 있었다. 고맙다고 하기 전에 사장이 가져다놓은 것인지 확실하지 않아서 꽃을 바라보고 있으니, 그가 먼저 변명하듯 말했다.

"우리 집 정원에 미모사가 만개했어요. 그래서 가지를 하나 꺾어 주머니에 넣었더니 저렇게 시들어버렸어요."

나는 자연스러운 행동에 큰 의미를 부여하고 싶지 않아서 고맙다는 말도 제대로 하지 않았다. 미모사에서는 따스한 향이 났다. 나는 한참 동안 향을 맡다가 가지를 단춧구멍에 꽂았다. 사장은 내 앞에 서서 그런 나를 아무 말 없이 바라보았다. 미소를 지으며 고개를 드는 순간 그와 눈이 마주쳤다. 그 순간 처음으로 사장 이름이 귀도라는 것이 기억났다.

우리는 두 시간 동안 일했다. 일하는 내내 나는 신경이 날카로웠다. 지금껏 수없이 사장의 서명과 회사 편지지에 인쇄된 그의 이름을 보아왔는데, 그날따라 사장이 나를 쳐다볼 때마다 '귀도'라는 이름이 생각나 얼굴이 발갛게 달아오르는 바람에 서류를 보는 척 고개를 숙여야 했다. 나는 불편하면서도 다른 한편으로는 기분이 벅차올랐다. 그날 처음 사장이 나를 살아 있는 인격체로 대해주는 것 같았다.

하지만 그뿐이다. 특별히 다른 일은 일어나지 않았다. 우리는 꽤 많은 편지를 쓰고 몇 가지 급한 사안을 논의했다. 그러다 그가 "이제 그만하죠"라고 했다. 그렇게 말하니 지금까지 우리가 무슨 놀이를 하고 있던 것 같았다.

"그만하죠."

나 역시 놀이를 끝내듯 사장의 말을 따라 했다. 사장이 내게 피곤하지 않냐면서 일요일에는 무엇을 하냐고 물었다. 일기장 이야기를 하고 싶었지만 차마 그러지 못하고, 대부분 어머니를 뵈러 친정에 가거나 편지를 쓴다고 했다. 사장은 사적인 편지를 쓰지 않은 지 벌써 몇 년이 지났다면서, 일로 바쁜 남자들은 진정한 친구를 잃어버리게 된다고 했다. 업무적으로나 의무적으로 만나는 계산적인 관계의 친구들만 남는다고 했다.

"그렇게 혼자만 남는 거죠."

그가 말했다.

나는 좋은 회사를 세운 사람에게는 회사가 남는다고 했다. 책이든 그림이든 회사든 아니면 공장이든, 무엇이든 뭔가를 만들어낸 사람은 절대 혼자가 될 수 없다고 했다. 이 모든 것이 다 남는 것이기 때문이다.

"저는 평생을 자식에게 바쳤죠."

내가 한숨을 내쉬며 말했다.

"하지만 자식들은 결국 다 떠난답니다."

사장은 고개를 내저었다.

"자식들은 절대로 떠나지 않아요. 떠난다면 어떤 면에서는 오히려 다행인 거죠. 혼자 남겠지만, 적어도 고독으로 인한 혜택은 누릴 수 있을 테니까요. 그렇지만 우리는 그 어떤 혜택도 누리지 못하면서 외롭기는 마찬가지죠."

어딘지 냉소적이고 무심한 말투이긴 했지만 그가 외롭다는 이야기를 들으니 기분이 좋았다. 그렇지만 나는 고개를 저으며 당신에게는 회사가 있는 데다 평생 편하고 부유하게 살 수 있지 않냐고 했다. 그러자 사장은 그것도 별로 중요하지 않다며, 정말 중요한 것은 따로 있다고 했다. 그의 말을 듣는 순간 눈앞에 베네치아의 전경이 스쳐 지나갔다.

"어느 정도 나이가 들면 지금까지 이루어낸 것이 부족하게 느껴집니다. 물론 덕분에 지금 이 자리에 오게 됐지만 말이죠. 오래전부터 되고 싶었던 사람이 되었고 자신의 진정한 모습을 찾게 되었으니, 지금이야말로 새로 시작하고 싶다는 생각이 드는 겁니다. 지금 현재 자신이 원하는 바가 무엇인지 알고, 그것을 이루기 위해서 말입니다. 하지만 현실에서는 지금과는 다른 나였을 때 선택했던 삶을 계속 살 수밖에 없죠. 나는 평생을 일했습니다. 지금의 내가 되기 위해 삼십 년을 바쳤어요. 그런데 정작 지금 내 모습은 어떻습니까?"

그는 허공을 바라보며 씁쓸한 어조로 내뱉었다. 하지만 이내 속마음을 드러낸 것을 후회하듯 웃으면서 혼자가 되어 새롭게 인생을 시작할 수 있는 나이를 정해야 한다고 했다.

"마흔다섯 정도면 좋을 것 같은데요."

그가 말을 이었다.

"사실 같이 일해본 사람이 아니면 여기까지 오기 위해 우리가 어떻게 일하고 얼마나 노력했는지 알 수 없죠."

나는 그가 부인에 대한 불만을 이야기한다는 사실을 깨달았다. 어쩌면 가끔 미켈레도 나에 대해 그런 식으로 말했을지도 모른다. 하지만 나는 미켈레에게 아무것도 요구하지 않았다. 기껏해야 아이들 신발과 옷이나 아이들 먹일 음식을 샀을 뿐이다. 나는 모피 같은 것을 원한 적이 없다. 그러면서 사장 사모와 나 사이에 차이가 있기는 있는지 자문해보았다. 차이가 있다는 결론을 내렸지만, 그로 인해 내 마음은 더 불편해졌다. 미켈레에게는 나를 비난할 명분조차 없기 때문이다. 나는 미렐라가 바릴레시 변호사에 대해 한 말을 떠올리며 사장에게 짓궂은 미소를 지어 보이며 물었다.

"만약 회사를 운영하는 노고를 포기하라는 제안을 받는다면, 정말 그렇게 하시겠어요?"

우리는 대화를 나누면서 자리에서 일어나 창가로 다가갔다. 그새 야자수와 협죽도가 자라난 쓸쓸한 정원 위로 어둠이 내리고 있었다.

"아니요."

그의 솔직한 대답에 우리는 함께 웃었다.

"하지만 그건 내겐 회사밖에 없기 때문일 수도 있죠."

그가 목소리를 한층 낮춰 덧붙였다. 사장이 전혀 다른 사람, 더 호감 가는 사람처럼 느껴졌다. 사장은 몇 년 전까지만 해도 매일 매 순간이 전쟁 같았다고 했다. 꼭 지켜야 할 기한이며 급여일을 어떻게 지킬지 몰랐다고 했다.

나는 사장의 불안을 알고 있었고 언제나 그를 걱정하고 있다고 했다. 그의 강인함과 끈기, 그 어떤 순간에도 침착함을 유지하는 능력을 존경한다고 했다. 나는 그에게 훌륭한 삶을 살았으니 아쉬워할 필요가 없다고 했다. 나는 웃으며 그가 섬유 회사 회계사로 시작했다는 사실을 상기시켰다.

사장은 내가 자기 사무실로 걸어 들어온 날을 회상하며, 처음에는 사교계에서나 볼 수 있을 법한 나의 태도에 주눅이 들어서 내가 사무실에 들어올 때마다 사교 모임에 온 것처럼 자리에서 일어나 나를 맞아주어야 할 것 같았다고 했다. 내가 그에게 서류나 우편물을 가져다주고 그를 위해 옆에서 서류를 넘겨주거나 압지로 서명이 번지지 않게 말려주는 것이 불편했다고 했다.

"전혀 몰랐어요."

내가 미소를 짓자 그는 "아! 그거야 당신이 눈치 못 채게 항상 조심했으니까요"라고 말했다.

그새 정원은 칠흑같이 어두워졌다. 창문 유리에 비친 내 얼굴이 보였다. 그날 미용실에 들러서인지 유독 젊어 보였다.

"늦었네요."

내 말에 사장은 코트 입는 나를 도와주었다. 십 분 안에 운전기사가 차를 가지고 올 거라며, 원하면 집까지 바래다주겠다고 했다. 나는 정중하지만 단호하게 거절했다. 사장은 자기가 바래다주는 것을 아무도 이상하게 생각하지 않을 거라고 했다. 나는 웃으면서 그런 이유가 아니라고 했다. 그러자 사장은 나를 출구까지 바래다주었다. 직원을 대하는 태도는 아니었다.

“와줘서 고마워요. 마음 편하게 일한 데다, 당신과 대화를 나눠서 좋았습니다. 평소 다른 사람과 대화를 나누는 성격이 아니라…”

‘저도 마찬가지예요’라고 말하려다 웃음기 없는 표정으로 “안녕히 계세요”라는 말만 남기고 사무실을 나왔다.

거리에 나오니 기분 좋은 상쾌한 바람이 불었다. 또다시 그토록 오랫동안 알고 지낸 사람이 내게 그런 감정을 느낄 리 없다고 생각했다. 오늘 나와 했던 대화 정도는 그 누구와도 나눌 수 있을 것이다. 그래도 세상이 전보다 아름다워 보이고 불빛이 한층 더 밝게 느껴졌다. 장난처럼 조그맣게 “귀도”라고 불러보았다. 그 순간 내 마음도 환히 빛났다.

Date 3월 14일

며칠 전부터 고민이 많은데, 아무도 내 상태를 눈치채지 못했다. 일상에 집중하기 힘들어서 그저 관성에 따라 움직였다. 도무지 입을 열고 싶지 않다. 그럴 수만 있다면 몇 시간 동안 침대에 누워 의식의 흐름에 따라 생각에 잠기고 싶다. 살아 있음을 느끼며 공상에 빠지는 것이 좋다. 내 주변에 다정한 누군가가 느껴진다. 흐뭇한 눈빛으로 나를 바라보는 시선이 느껴진다. 집에 있을 때면, 나를 보고 싶다는 말도 안 되는 희망을 가지고 길을 지나던 누군가와 눈을 마주칠 것 같은 생각에 종종 창밖을 내다본다.

나를 둘러싼 공기에서 전에 없는 활력이 느껴지고 모든 것이 더 매력적으로 보였다. 더 이상 피곤하지 않았다. 오히려 빨리 새로운 하루가 시작되었으면 좋겠다는 생각이 들었다. 하루하루가 기대됐다. 물론 전에도 비슷한 느낌을 받은 적이 있었다. 특히 날씨가 화창한 일요일, 초록색으로 물든 나무가 햇빛에 반짝이는 것을 볼 때면 그랬다. 하지만 그것도 잠시일 뿐, 얼마 지나지 않아 하루의 부담감이 다시 밀려들곤 했다.

하지만 나의 즐거움은 남편과 아이들이 나의 변화를 알아채고 일기장을 찾아낼지도 모른다는 두려움에 방해받았다. 가족에게 감시당하지 않으려다 보니, 내가 그들을 끊임없이 감시할 수밖에 없었다. 옷장 여는 소리가 들리면 미렐라에게 달려가 그애가 필요한 것을 찾아주었다. 물건을 찾느라 집을 어지럽힌다고 미켈레와 리카르도에게 화를 냈다.

"그러지 말고 필요한 것이 있으면 차라리 엄마를 불러."

집이 비좁아져서 큰 집으로 옮겨야 한다는 말을 달고 다녔지만 사실은 내 방을 가지고 싶어서였다. 리카르도의 방을 내가 쓸 수 있겠다는 생각에 처음으로 리카르도가 아르헨티나로 떠나는 것을 긍정적으로 생각하게 됐다. 때로는 그런 생각에 골똘히 빠져서 집에 있어도 집에 있는 것이 아닌 것처럼 느껴지기도 했다.

놀라운 것은 아무도 그런 내 상태를 눈치채지 못한다는 사실이었다. 문득 내가 평소에도 항상 지금처럼 주의가 산만하고 가족들 삶에 참견하지 않았더라도 남편과 아이들이 별로 힘들어하지 않았을지도 모른다는 생각이 떠올라 속이 상했다. 아무리 그래도 가족들이 나 없이도 잘 살았을 거라는 생각을 받아들일 수는 없다. 그동안 나의 모든 희생이 부질없었다는 사실을 인정하는 셈이니까.

심지어는 내 외모에도 변화가 있었다. 전보다 젊어진 것 같았다. 어제 나는 방문을 잠그고 거울에 내 모습을 비춰보았다. 바쁘게 사느라 제대로 거울을 보는 것이 오랜만이었다. 지금은 거울 볼 시간도 일기 쓸 시간도 있는데, 전에는 대체 왜 그런 시간도 만들지 못했는지 알 수 없다.

나는 한참 동안 내 얼굴과 눈을 들여다보았다. 내 모습을 바라보고 있으려니 마음이 즐거워졌다. 장난삼아 헤어스타일을 바꾸었다 다시 원래 스타일로 바꿔보았다. 그 정도만으로도 처음 그런 머리를 한 것처럼 느낌이 새로웠다.

미켈레가 빨리 돌아오기만을 기다렸지만 그날따라 평소보다 귀가 시간이 늦었다. 그는 지치고 신경이 날카로웠다. 오자마자 클라라에게 전화가 왔냐고 물었다. 전화가 안 왔다고 하자, 대놓고 우울한 감정을 드러냈다. 나는 지금까지 시나리오를 판 돈 없이도 잘 살아왔으니 시나리오가 팔리지 않아도 속상해하지 말라고 했다. 미켈레 스스로 복권을 사는 기분으로 글을 썼다고 하지 않았었냐고 말이다.

나는 미켈레의 기운을 북돋아주고 싶은 마음에 우리 정도면 다른 집에 비해서 많은 것을 누리고 있다고 했다. 아이들도 다 큰 데다, 무엇보다 둘 다 제 갈 길을 찾지 않았냐고 했다. 우리 둘이 먹고사는 데는 돈이 별로 필요하지 않다고, 돈이 세상에서 가장 중요한 것은 아니라고 했다. 하지만 남편에게 내가 돈보다 무엇을 중요하게 생각하는지 고백할 엄두는 나지 않았다. 대신 참지 못하고 최신 유행에 맞춰서 수선한 내 옷이 어떤지 물었다. 미렐라까지 예쁘다고 칭찬한 옷이었다. 그런 내게 미켈레는 당신이 뭘 입든 다 어울린다고 했다.

"정말 그렇게 생각해?"

비스듬히 서서 거울을 바라보며 내가 물었다.

교태를 떠는 데 능숙하지 않아 쑥스러웠는데 미켈레는 눈치조차 채지 못했다. 결혼한 지 너무 오래돼서 서로에게 너무나 익숙해져서인지 남편은 함께 있을 때도 내가 옆에 없는 것처럼 편하게 행동한다. 지금까지는 그렇게 생각하면 마음이 편했지만 지금은 도리어 슬퍼진다. 때로는 미켈레가 일기장을 발견했으면 좋겠다고 생각한다. 잠자리에 들 때 그런 생각을 했다가도, 막상 작은 소리만 나도 나는 깜짝 놀라 잠에서 깨곤 한다.

'일기장을 찾았구나.'

그러면 나는 어디로든 도망치고 싶어진다. 집이 3층이라 창문으로 뛰어내리지도 못하겠지만 말이다. 마음을 가라앉히고 나서도 고요 속 괘종시계 울리는 소리에 귀를 기울이며 한참 동안 잠을 이루지 못한다.

누구에게든 일기장의 존재를 알리기만 한다면 나를 억누르는 죄책감도 사라질 것이다. 가끔은 어머니에게 일기장 이야기를 털어놓겠다고 마음먹고 친정을 찾기도 한다. 어린 시절 어머니는 매일 내 감정을 기록하라고 했었다. 나는 어머니에게 토요일 오후에 대해서도 이야기하고 싶었다. 솔직히 일기장보다 그 이야기를 더 하고 싶었다. 하지만 왠지 모르게 친정에 가면 미켈레의 기분과 아이들에 대한 남편의 무관심에 대해 불평불만만 늘어놓게 된다. 게다가 지금까지 사위를 탐탁지 않게 생각했던 어머니가 언제부턴가 내가 그런 말을 하면 오히려 미켈레를 두둔하고 나서기 시작했다. 아마도 내 말에 무조건 반대하고 싶은 심리 때문인 것 같다.

어머니는 나를 제대로 쳐다보지도 않았다. 키가 큰 어머니는 무표정으로 내 앞에 앉아서 바느질에만 열중했다. 친정집은 어머니의 자수로 가득했다. 두 개의 커다란 안락의자도 어머니의 끈기 있고 세심한 작품으로 덮여 있었다. 아주 오래전 내가 아이였을 때 만든 안락의자 커버였다. 그 커버를 만드는 데 몇 년이 걸렸던 것 같다. 실제로 내 기억에는 검은 머리를 이마 위로 드리운 채 바느질하는 아직 젊고 아름다운 어머니의 모습이 남아 있다. 어머니 곁에는 언제나 다양한 색의 매끄러운 실크 원단이 가득 든 바구니가 있었다. 나는 그 오색찬란한 실크에 매료되었지만, 어머니는 내게 손도 못 대게 했다.

매년 여름 어머니는 두 개의 안락의자를 정성스럽게 새하얀 천으로 덮어두었다가, 가을이 되면 천을 벗긴 다음 세심하게 먼지를 닦아냈다. 꽃잎 한 장, 나무 잎사귀 한 잎 완성하는 데 꼬박 하루가 걸린다는 말을 수없이 들었다. 물론 안락의자는 너무 아름다웠지만, 부담스러워서 그 누구도 감히 거기에 앉을 엄두를 못 냈다.

어머니는 지금도 지치지 않고 수를 놓는다. 이제는 더 이상 넣어 둘 공간도 없는데 장식용 덮개, 쿠션, 코스터 따위를 만들어서 내게 선물한다. 나는 어머니가 차라리 아이들 입힐 카디건 같은 걸 만들어주었으면 한다.

친정에서 나오니 안도감이 느껴졌다. 심지어는 조금 화도 났다. 봄에는 어두운 곳에 있는 것이 싫은데 어머니는 항상 창문을 꼭 닫아두기 때문일 수도 있다. 나는 일기장과 토요일 이야기를 하고 싶은 욕구를 가라앉히기 위해 집까지 걸어갔다. 친한 친구가 있어도 자존심 강한 성격 때문에 속마음을 털어놓지는 않았을 것이다. 모든 것을 감안하고도 내가 속마음을 털어놓을 수 있는 유일한 사람은 남편뿐이다.

어젯밤 우리는 함께 영화관에 갔다. 미켈레는 유행에 뒤처지지 않기 위해서라도 영화관에 더 자주 갈 필요가 있다고 했다. 그날 본 영화는 클라라가 매우 높게 평가한 영화였다. 영화는 남자가 유부남이어서 헤어질 수밖에 없는 두 연인에 관한 이야기였다. 영화를 보는 도중에 두 배우가 오랫동안 키스를 하고, 서로의 눈을 바라보다 다시 포옹하고, 또다시 한참 키스하는 장면이 나왔다. 나는 스크린에서 시선을 떼고 싶었다. 요즘 영화관에서 흔히 볼 수 있는 장면인데도 마음이 그 어느 때보다 불편했다. 그 장면이 지나치게 과감하게 느껴졌다. 젊은이들에게 미칠 영향을 생각해서 그런 장면은 찍으면 안 될 것 같았다.

영화 일부는 카프리를 배경으로 찍었는데 그 장면에서 두 주인공은 배를 타고 수영하다 반나체로 작열하는 햇빛을 받으며 나룻배에 누웠다. 둘은 머리가 흠뻑 젖은 채 웃음을 터뜨렸고, 그러다 남자 주인공이 팔꿈치로 몸을 일으켜 키스하려고 여자 주인공을 향해 고개를 숙였다.

나는 그 장면이 참기 힘들 정도로 보기 힘들었다. 미켈레도 그랬는지, 그 순간 우리는 몰래 서로의 표정을 살피려다 눈이 마주쳤다. 나는 못마땅하다는 의미로 고개를 저으며 조금 어이없다는 표정으로 웃어 보였고, 미켈레도 같은 의미의 애매한 몸짓을 했다. 하지만 곧바로 그런 나 자신이 비겁하게 느껴져 속상해서 눈물이 날 것 같았다. 영화가 끝나고 불이 켜졌을 때는 발가벗은 것처럼 마음이 불편했다.

"대단한 영화는 아니었어."

미켈레가 자리에서 일어나 코트를 입으며 말했다. 관객들이 영화관을 빠져나가면서 의자 접히는 소리만 황량하게 울려 퍼졌다.

"정말 별로네."

내가 말했다. 우리는 아무 말 없이 집으로 향했다. 침묵 때문에 돌아오는 길이 더 민망했다. 우리는 가끔 억지로 몇 마디 주고받다 침묵했다. 나는 고작 이렇게 물었을 뿐이다.

"열쇠 있어?"

집에 와서 주고받은 말이라고는 "몇 시지?" "알람은 맞췄어?" 밖에 없었다. 우리는 둘 다 자연스러운 척 행동했지만, 나는 미켈레가 무슨 생각을 하는지, 미켈레는 내가 무슨 생각을 하는지 잘 알고 있었다. 나는 미켈레와 대화를 나누고 솔직한 심정을 이야기해주고 싶었지만 내 안에 있는 무언가가 나를 망설이게 하고 나의 입을 막았다. 그것은 대화로는 더 이상 하루하루 남편과 나 사이에 쌓여가는 침묵의 벽을 넘을 수 없으며, 침묵은 이제 넘을 수 없는 장애물이 되었다는 절망적인 확신이었다.

"미켈레…"

무슨 말을 해야 할지도 모르는 상태에서 내가 먼저 말문을 열었다. 다행히 남편은 내 말을 가로막았다.

"날씨가 따뜻해졌어."

그가 흐릿한 목소리로 말했다.

"이제는 창문을 열어놔도 되겠어."

잠시 후, 우리는 불을 껐다. 길가에 외로운 가로등이 침침하고 누르스름한 빛을 뿜어내고 있었다. 이따금 사람들의 말소리와 발소리가 들리다 다시 고통스런 침묵이 돌아왔다. 오직 토요일만 기다려졌다. 사장실로 직진하는 내 모습을 상상했다. 사장은 그곳에서 나를 기다리고 있을 것이다. 그의 책상 앞에 서서 심각한 표정으로 이렇게 말하는 상상을 했다.

'저는 정직한 여자예요. 오랫동안 일하면서 당신이 제가 어떤 사람인지 이해한 줄 알았어요. 저는 제 남편을 사랑해요. 평생 그이만을 사랑했고 앞으로도 영원히 그럴 거예요. 우리는 행복해요. 이제 아이들도 다 키웠고요. 그러니 이제는 토요일에 올 수 없어요. 다시는 오지 않을 거예요. 사장님은 제 순수한 마음을 오해했어요. 헛된 생각을 하신 거예요. 오늘 온 것도 오직 이 말을 하기 위해서였어요.'

내가 그동안 자기를 어떻게 생각했는지 듣고 기막혀할 사장의 표정이 떠올랐다. 그는 나를 정신병 환자나 급성 치매 환자처럼 바라볼 것이다. 나는 비참한 마음을 감내하지 못해 밤새 깊이 잠들지 못하고 괴로워했다.

Date 3월 16일

며칠 전부터 리카르도의 태도가 눈에 띄게 변했다. 최근 몇 달 동안 언제나 불안해하고 불만이 가득했는데 갑자기 기운이 넘쳤다. 자기 자신과 미래에 대한 확신이 생긴 것 같았다. 아침이면 욕실에서 면도하면서 노래를 흥얼거렸다. 심지어는 미렐라에 대한 적대감도 사라졌다. 물론 가끔 거만한 태도로 미렐라에게 시비를 걸긴 했지만 말이다.

이 모든 것이 마리나 덕분이었다. 리카르도가 하도 졸라서 나는 마지못해 조만간 마리나를 점심에 초대해 미켈레에게 인사시키겠다고 약속했다. 대신 아빠가 시나리오와 관련된 대답을 들을 때까지만 기다리라고 했다. 리카르도는 아빠의 새로운 도전을 달가워하지 않았다. 어차피 자기가 아르헨티나에 가서 돈을 보내줄 테니 그렇게까지 미래를 걱정하지 않아도 된다고 했다.

미켈레는 리카르도와 친해서 저녁이면 아들과 함께 스페인어를 공부했다. 나는 미켈레가 지칠까봐 두려웠다. 최근 들어 살이 빠진 데다 안색이 창백했기 때문이다. 하지만 미켈레는 기분이 좋아 보였다. 세상에는 아직 배우고 싶은 것이 많다고 했다. 두 부자는 자신들이 서로 닮았다고 기뻐하며 함께 웃었다.

리카르도는 이제 다 큰 어른 같았다. 어느새 남자다운 여유가 밴 그애의 행동에 때로는 위압감을 느끼기도 한다. 요즘은 마리나가 대놓고 자주 집에 전화를 걸어왔다. 이제 나도 바로 마리나의 목소리를 알아들었다. 마리나에게 전화가 오면 리카르도는 곧바로 외출할 채비를 했다.

"공부를 너무 안 하는구나."

내가 말하면, 리카르도는 할 만큼 했고 어차피 내용이 쉬워서 자기는 다 알고 있다는 말로 나를 안심시킨 다음 나를 한 번 안아주고는 세상의 주인이라도 되는 것처럼 의기양양하게 집을 나섰다. 나는 수년 동안 내가 주지 못한 힘을 내 아들에게 준 사람이 마리나라는 사실이 속상했다. 말수도 적고 표정도 없는 마리나가 대체 어떻게 내 아들에게 그토록 큰 기쁨과 자신감을 주었는지 궁금했다.

전차를 향해 달려가 코너에서 올라타는 리카르도의 모습을 창가에서 지켜보면서 나는 두려웠다. 미켈레는 그게 정상이라고 했다. 남자를 자극할 수 있는 것은 오식 사랑하는 여인뿐이라고 했다. 남자란 사랑하는 여인을 갖고 싶고 정복하고 싶은 마음에 강해지려 하는 거라고 했다.

내가 대꾸하지 않으면, 남편은 다시 신문으로 눈을 돌리거나 라디오를 들었다. 남자에게 힘을 주는 것은 여자의 사랑을 차지하고픈 욕망이라는 말에 처음에는 마음이 가벼워지는 듯했지만, 이내 걱정됐다가 결국은 복잡해졌다. 남편을 따라 라디오 옆에 앉아서 아무 말 없이 음악에 귀를 기울이고 있으려니 기분 좋은 존재감이 느껴졌다.

나를 감싸는 누군가의 시선이 느껴졌다. 토요일을 생각하며 눈을 감고 내면의 달콤한 심연으로 서서히 빠져들었다. 지난 며칠 동안 나를 사로잡는 불안감에서 벗어나기 위해 직장을 그만두어야 하는 것은 아닌지 고민했다. 하지만 친숙한 물건으로 둘러싸인 내 사무실로 돌아가지 못하고 온종일 혼자 집 안에 틀어박혀서 지내는 상상만으로도 끔찍했다. 어쩌면 토요일마다 사무실에 나가지 않는 것만으로도 충분할지도 모른다.

아니다. 그에게 이야기하기 위해 마지막으로 한 번만 더 나가야겠다. 그는 똑똑한 사람이니 내 말을 바로 이해할 것이다. 그와 계속 일할 수 있을 것이다. 그의 우정마저 잃을 수는 없다. 며칠 전 저녁 식사를 하면서 리카르도가 남자와 여자 사이에 우정이란 있을 수 없다고 주장했다. 남녀 사이에는 공통 관심사가 없어서 남자는 여자와 할 말이 없다는 거다. 리카르도는 물론 특정 주제는 예외라며 웃었다. 미렐라는 처음에는 진지하게 오빠의 말에 반대하면서 현대 여성의 교육, 새로운 사회적 지위와 같은 의미 있는 논거를 제시하다 리카르도가 남성 특유의 우월감을 드러내며 기분 나쁘게 웃자 폭발하고 말았다. 미렐라가 오빠는 그런 여자들만 만나고 다니니까 그런 식으로 생각하는 거라고 쏘아붙이자 리카르도는 얼굴이 창백해져서 사납게 물었다.

"그게 무슨 말이야?"

미렐라가 어깨를 으쓱해 보이자 리카르도는 자리에서 벌떡 일어나 다시 한번 위협적으로 물었다.

"무슨 말이냐니까?"

결국 어렸을 때처럼 내가 나서서 두 사람 사이를 진화해야 했다. 하지만 그때와 마찬가지로, 미렐라가 제 오빠보다 강하다는 느낌이 들었다. 그래서 이번에도 리카르도가 아니라 미렐라를 한 대 쥐어박고 싶었다.

Date 3월 18일

오늘 아침 드디어 클라라에게 연락이 왔다. 전화는 내가 받았지만 상대가 클라라라는 걸 눈치채자마자 미켈레가 달려와 내가 미처 클라라에게 제대로 인사하기도 전에 수화기를 빼앗아 들었다. 클라라는 시나리오를 읽었다면서 미켈레와 이야기를 하고 싶다고 했다. 언제 올 수 있냐는 클라라의 질문에 미켈레는 잠옷 차림인데도 불구하고 "지금 당장"이라고 했다. 둘은 오후에 만나기로 했다.

내가 클라라는 시나리오를 어떻게 생각하는 것 같냐고 묻자, 미켈레는 갑자기 불안해했다. 클라라에게 전화가 왔다는 생각에 흥분해서 미처 그 생각을 못 했던 거다. 그는 갑자기 기가 죽어서 클라라가 별말이 없는 걸 보니 시나리오가 별로였나 보다고 했다. 나는 그런 미켈레의 기운을 북돋아주어야 했다. 내 생각에는 그 반대라고 하며, 정말 시나리오가 마음에 들지 않았다면 전화로 이야기를 끝내는 편이 쉬웠을 거라고 했다. 아니면 거절의 편지와 함께 시나리오를 되돌려주었을 것이라고 했다.

미켈레는 내 말에 안정을 되찾은 듯하다가, 갑자기 지나치게 오랫동안 욕실에서 뭉그적거리다 노래까지 부르기 시작한 리카르도에게 버럭 화를 냈다. 잠시 후 리카르도는 머리를 말끔하게 빗고 좋은 향기를 풍기면서 아무렇지도 않은 표정으로 욕실에서 나왔다. 또다시 한마디 하려는 미켈레를 일요일에 큰소리를 듣고 싶지 않다는 이유로 내가 말렸다. 리카르도는 마리나네 집에서 점심을 먹는다는 생각에 들떠서 내게 인사도 하지 않고 나가버렸다. 그애를 위해 산 담배를 주려고 찾았을 때는 이미 나가고 없었다. 리카르도의 방은 지저분하고 황량했다. 미켈레는 정신없이 "이제 가볼게"라는 말과 함께 기차를 놓칠까봐 두려운 듯 나를 성의 없이 안아주고 나가버렸다.

집 안에 적막이 흘렀다. 미렐라는 방에서 공부하고 있었다. 나는 미렐라가 자기 방에 있는지, 문이 잘 닫혔는지 확인한 후 전화를 향해 달음박질쳤다.

'이제 나도 오늘 하루를 자유롭게 보낼 수 있겠어.'

들뜬 마음으로 생각했지만, 막상 전화기 앞에 서자 마음이 불안하고 소심해졌다.

'그에게 전화해도 괜찮아. 항상 그랬는걸. 아무도 이상하게 생각하지 않을 거야.'

하지만 이제는 생각 속에서도 그를 뭐라고 불러야 할지 모르겠다. '사장'이라고 부르면 조금 전까지만 해도 친숙했던 사람을 친구 명단에서 제외하는 것 같았다. 그렇다고 '귀도'라고 부르면 그 순간 그의 이름이 그 누구의 것도 아닌 듯한 느낌이 들었다. 마치 내가 지어낸 이름 같았다. 이름에서 느껴지는 신비함에 마음이 혼란스러웠다.

전화는 여전히 내 앞에 침묵하고 있었다. 매번 그의 집에 전화를 걸 때마다 어쩔 수 없는 불편함을 느꼈다. 전화를 받는 모르는 사람들의 목소리와 내가 다가갈 수 없는 미지의 세계에서 메아리치는 발소리 때문인 것 같다. 나는 오늘 그가 집에 혼자 있다는 사실을 알고 있었다.

그의 책상에 극장 발코니석 표가 놓인 것을 보았는데, 평소 그는 그런 곳에 가지 않는다. 그에게 전화 걸 이유를 생각해내야 했다. 그럴듯한 핑곗거리를 찾아야 했다.

'뭐라고 하지?'

어떻게든 그와 이야기를 하고 싶어서 참을 수가 없었다. 어제 오후 우리는 사무실에서 오랫동안 단둘이 시간을 보냈다. 꼭 해야 할 말이 있었다. 얼마 전부터 부담스럽게 우리의 마음을 짓누르던 말이었다. 하지만 언젠가는 그 말이 나올 거라는 확신 때문에 오히려 함께 있는 내내 일과 관련된 이야기만 했다. 오랜 기다림에 진이 빠져 나중에는 살짝 짜증이 났다.

그가 나를 출구까지 바래다주는 순간까지, 우리는 누군가 먼저 이야기 꺼내기를 기다렸다. 그는 내일 뭘 할 거냐고 물으면서 자기는 할 일이 없고 혼자 집에 있을 거라고 했다. 작별 인사를 하면서 한참 동안 내 손을 잡고 놓아주지 않았다. 나는 그가 무슨 말을 할까봐 두려워 얼굴이 창백해졌다. 사실은 그가 무언가 말을 해주기를 열렬히 갈망했으면서, 그에게서 도망쳐 빠른 걸음으로 계단을 내려가고 말았다.

조금 전까지 나는 한참 동안 전화기 앞에 서 있었다. 그가 나를 바라보고 있는 것만 같았다. "나도 오늘 시간이 있어요. 우리 함께 나가요"라고 말하고 싶었다. 그런 말을 하는 상상을 하면서, 나는 창문 너머로 맑고 푸른 하늘을 바라보았다. 순간 봄의 매력이 나를 향해 성큼 다가오는 것이 느껴졌다. 그를 만나야 한다. 그와 대화를 해야 한다. 그에게 할 말이 있다.

'하지만 무슨 말을 해야 한단 말인가.'

나는 생각했다.

'대체 무슨 말을?'

나는 얼굴을 손에 파묻었다.

"미쳤구나."

고개를 저으며 중얼거렸다.

"미쳤어."

나는 허공 속에 그의 전화번호를 돌리는 상상을 하면서 말했다.

"옷이나 다려야겠다."

Date 3월 20일

날짜를 쓰면서, 문득 봄이 머지않았다는 사실을 깨달았다. 오늘 아침 사무실에서 창문을 활짝 열고 차가운 아침의 정적을 뚫고 정원으로부터 들려오는 새들의 수줍은 지저귐에 귀를 기울였다. 나는 녹음의 미로 속에서 헤맸던 학창 시절처럼 높고 낮은 새들의 지저귐에 빠져들었다. 일에 집중하기 위해 창문을 닫아야 할 정도였다. 어머니는 사람의 기분은 계절의 영향을 받는다고 했다. 그때까지만 해도 자기 기분도 제대로 설명할 줄 모르는 노인들이나 사용하는 격언이라고 생각했는데, 살다 보니 그 말이 맞는 것 같다.

미켈레도 예민해지고 정신이 산만해졌다. 남편은 일상적인 대화에 집중하지 못했다. 마치 자신과 함께 살아주는 대가로 나와 아이들에게 돈은 줄 수 있지만, 자신의 자유만은 보장해달라고 요구하는 은퇴한 노인과 사는 것 같았다.

클라라는 시나리오가 흥미롭지만 여러 이유로 영화화하기는 힘들다고 했다. 그래서 연출가에게 보여주기 전에 수정을 해야 한다고 했다. 클라라는 최대한 성의를 보여주었다. 심지어는 시나리오 수정을 도와주겠다고도 했다. 미켈레는 공휴일이었던 어제도 클라라네 집을 찾았고, 목요일 저녁에도 들를 예정이다.

나는 미켈레에게 다행이라고 했다. 시나리오가 형편없다고 생각했다면 아예 도와주겠다는 이야기조차 꺼내지 않았을 테니 말이다. 하지만 미켈레는 내 말을 믿으려 하지 않았다. 그는 요즘 집 안을 돌아보며 자주 클라라네 집 인테리어 이야기를 꺼낸다. 그럴 때마다 그가 클라라의 집이 아니라 클라라를 좋아하는 것 같다는 생각이 든다. 그러면 괜한 말이라는 걸 알면서도 나는 불과 몇 년 전까지만 해도 그가 클라라의 행실과 이혼을 좋게 보지 않았다는 사실을 상기시켰다. 미켈레는 이제 그런 것은 아무런 의미가 없다면서 클라라의 남편을 깎아내렸다. 젊은 시절부터 알아온 자신의 오랜 친구인데도 말이다.

미켈레는 클라라가 이혼하기 잘했다면서, 그녀는 그렇고 그런 남편과 그렇고 그런 삶을 살지 못했을 거라고 했다. 클라라는 사회적으로 성공하고 돈도 잘 버는데 그녀의 전 남편은 아직도 대학 졸업 후에 취업한 중소기업에서 벗어나지 못했다고 했다.

"각자의 본질적인 가치에 따라 누릴 수 있는 권리도 다른 법이야. 그러니 어떤 사람이 하면 잘못인 것도 다른 사람이 하면 잘못이 아닌 거지. 사람이 성숙하면 자신의 현실을 받아들이고 인정해야 해. 그 역시 사람의 도리지."

그런 생각도 클라라에게서 배운 것인지 남편에게 묻고 싶었지만, 남편의 말투에 꺼림직한 마음이 들어 그러지 못했다. 마치 혼자서 수없이 되뇐 말을 내게 말해주는 것 같았다. 책에 인쇄된 문장을 읽는 것 같았다. 나는 본능적인 두려움에 이끌려, 클라라가 독립과 유명세와 물질적인 부유함을 쟁취한 건 사실이지만 대신 더 중요한 것을 잃은 것 같다고 했다.

"대체 뭘 잃었다는 거야?"

미켈레가 미심쩍은 표정으로 물었다. 나는 너그러운 미소를 짓고 싶었지만 내 의도와는 달리 오만한 표정으로, 소문에 의하면 그녀는 수많은 남자와 염문을 뿌리고 다닌다고 했다. 내 말에 미켈레는 웃음을 터뜨렸다.

"그게 뭐 어때서?"

그가 물었다.

"클라라는 젊은데다 자유의 몸이야. 남자들을 만나고 다닌다고 누구에게 죄를 짓는 게 아니라고."

자기 스스로에게 죄를 짓는 거라고 말하고 싶었지만, 순간 그런 내 말이 나의 윤리적인 원칙이 아니라 내 삶에 대한 불만 때문에 생긴 편협한 악의로 인한 것이라는 생각에 입을 다물었다. 나는 미켈레가 정말로 자기 생각을 말한 것인지 아니면 단지 클라라를 변호하고 싶었던 것인지 궁금했다. 어쨌든 그의 말은 내 마음을 어지럽혔고 아직도 내 마음을 깊이 흔들고 있다.

나는 참지 못하고, 클라라도 내 나이 또래라고 했다. 의도적으로 나 자신에게 상처를 주기 위해 한 말이었다. 미켈레는 유명 여배우와 정치인 이름을 들먹이며 나이 개념은 사회적인 활동에 따라 다른 거라고 했다.

"알겠어. 하지만 평판이 중요하지 않고, 마흔세 살이나 먹은 여자가 아직도 신랑감을 찾는 어린애처럼 행동해도 상관없다고 생각한다면, 나도 그렇게 행동하고 다녀도 된다는 거야?"

"당신이랑 같아?"

그가 야단치듯 화난 말투로 내 말을 가로막았다.

"어떻게 당신과 클라라를 비교할 수 있어, 엄마? 당신에게는 남편도 있고, 장성한 두 아이도 있는데… 클라라는 혼자잖아. 그리고 영화판이 어떤지는 모두 잘 알고…"

그는 어린아이 속이듯 내게도 거짓말을 하고 있었다. 순간 그가 내게 그런 식으로 말한 것이 처음이 아니라는 사실을 깨달았다. 그리고 그가 나를 안 좋게 생각할까 두려워서 고분고분한 말투로 내 경우는 클라라와 다르다고 인정하는 나 역시 거짓말을 하고 있었다. 미켈레는 내게 다가와 나를 쓰다듬어주었다.

"내 말 이해하지?"

그의 말에 나는 고개를 끄덕였다. 하지만 거짓말을 했다는 생각 때문인지 아니면 혼란스러운 가운데 본능적으로 그의 말이 옳다는 것을 느꼈기 때문인지 참을 수 없는 우울함이 밀려들었다. 나라는 존재가 너무나 당연해서 남편 눈에 아무런 가치가 없게 보일까봐 두려웠다. 그는 나와는 너무 다른 클라라를 찬미한다. 나와 그녀는 닮은 점이 하나도 없다. 그녀와 내가 똑같이 새색시였던 시절이 물론 있었다. 하지만 클라라는 그랬던 자신의 과거마저 현재의 삶을 통해 부정하고 비웃고 있다.

나는 과연 미켈레에게 살아 있는 여자인지, 아니면 그의 어머니처럼 벽에 걸린 초상화에 지나지 않은지 궁금했다. 아이들에게 나는 분명 벽에 걸린 초상화에 지나지 않을 것이다. 내 어머니에게도 마찬가지일 것이다. 나는 그 초상화의 사악한 마력에서 절박하게 도망치고 싶었다. 두렵다고 말하고 싶었다. 하지만 그렇게 말해봤자 내가 어떤 생각을 하는지 모르는 남편은 나를 이해하지 못할 것이다.

어쩌면 나는 질투하는 것일 수도 있다. 차라리 그렇게 믿고 싶다. 하지만 내 감정의 이면에는 여자 특유의 라이벌 의식 이상의 것이 있는 것만 같았다. 적어도 라이벌 의식을 느낀다는 건 둘이 동등하다는 의미니까. 클라라에 대한 미켈레의 존경심이야말로 내가 나 자신과의 관계에서만이 아니라 남편과의 관계에서도 틀렸다는 사실을 입증한다는 생각에 참담함을 느꼈다.

어쩌면 아직 변하기에 늦지 않았을 수도 있다. 아니, 마음만 먹으면 얼마든지 설욕할 수 있을 거라 생각하며 나는 씩씩댔다. 그렇지만 그렇더라도 미켈레가 아닌 다른 남자와의 관계에서만 변할 수 있을 거라는 사실을 인정하지 않을 수 없었다. 그렇게 생각하니 두려워졌다. 어제는 미켈레에게 "당신 아직도 날 사랑해?"라고 묻고 싶었다. 쑥스러워서 그런 질문을 하지 않은지 너무나 오랜 시간이 지났다.

"당신 나를 사랑해?"

"뭘 걱정하는 거야, 엄마?"

내 질문에 미켈레가 미소를 지으며 말했다.

"이제는 알 때도 됐잖아?"

미켈레는 농담조로 내게 질투하는 거냐고 물었고, 나는 얼굴을 붉히며 그렇지 않다고 했다.

Date 3월 21일

마음이 안정되지 않는다. 집에 있을 때면 사무실에 가고 싶어서 안절부절했고, 사무실에 가면 들뜬 행복감에 기운이 넘쳤지만 그런 내 감정에 죄책감이 들어서 빨리 집으로 돌아가 안정감을 되찾고 싶었다.

몇 주 동안 베로나에서 지내다 가라는 마틸데 이모의 초대에 응하고 싶었다. 선뜻 그러겠다고 하지 못하는 것은 리카르도가 걱정돼서다. 요즘 리카르도는 기분이 좋아서 나도 덩달아 힘이 날 정도다. 심지어는 나도 아들을 따라서 아르헨티나에 갈 수 있을 것 같았다. 리카르도가 나에게 한 번도 그런 제안을 하지 않은 것이 이상하게 느껴졌다. 미켈레에게 부활절 저녁에 마리나를 집으로 초대하고 싶다고 하자, 그는 바로 좋다고 했다. 하지만 막상 내가 마리나와 그애 가족에 대한 이야기를 할 때에는 건성으로 들었다.

"그래도 내게는 그애를 받아들일 건지, 그애가 마음에 드는지 말해줘야지."

그러자 미켈레는 마리나가 자기 마음에 드는 것이 중요한 것이 아니라 리카르도 마음에 들어야 한다고 했다. 내가 그래도 마리나가 리카르도 아이들의 엄마가 될 여자가 아니냐고 하자 미켈레는 다행이라는 듯한 말투로 "어차피 그애들 자식인걸"이라고 했다.

미켈레는 나날이 신경이 날카로워졌다. 이유를 물으면 전쟁이 날까봐 그런다고 했다. 클라라가 영화 제작자들이 전쟁이 날까봐 투자를 꺼린다고 했다는 것이다. 나는 미켈레에게 지난번에도 상황이 비슷했지만, 세상은 어떡하든 돌아간다는 점을 상기시켜주었다. 나는 리비아전이 발발하기 몇 년 전에 태어났고, 내가 어렸을 때 제1차 세계대전이 시작됐다. 대학 시절에는 수류탄을 손에 들고 해골 그림이 그려진 검은 셔츠 단추를 허리춤까지 풀어헤치고 행진하는 파시스트들을 구경하려고 창살을 기어올라갔다. 결혼한 지 얼마 지나지 않아서는 미켈레가 에티오피아로 파병되었고, 1940년에는 스페인에서 죽은 형의 상이 채 끝나지도 않은 상태에서 다시 군복을 입어야 했다.

"우리는 힘든 상황에서 살아가는 법을 배웠어."

내가 굳은 표정으로 말했다.

"그것은 이탈리아인의 미덕이자, 배워야 할 것이 아직 많은 다른 국민보다 우리를 강하게 만들어주는 요소야."

내 말에 미켈레는 짜증을 내면서 여자들은 도무지 의식이 없다고 했고, 나는 물러서지 않고 그의 주장에 반박했다. 나는 미켈레가 리카르도가 듣는 데서 공부도 결혼도 자식을 가지는 것도 모든 것이 부질없다고 말하는 것을 원치 않았다. 나의 열띤 반응에 미켈레는 입을 다물었다.

다행히 리카르도는 사랑에 빠져 있었다. 오늘도 전쟁은 일어나지 않을 거라고 했고, 우리는 그런 리카르도의 확고함에 설득당했다. 청년 세대가 전쟁을 말하는 방식과 우리가 말하는 방식에는 차이가 있었다. 우리 부모님 세대만 해도 전쟁이 정말로 필요하다고 생각했다. 고통스러운 만큼 희망을 수반하는 의무라고 생각했다. 어린 시절 아버지가 심각한 표정으로 조국을 위해 할 수 있는 것은 그것밖에 없는 것처럼 소중히 자기 권총을 닦던 모습이 아직도 기억난다.

아버지는 평화를 사랑하는 분이다. 그런 아버지가 권총을 닦는 모습을 떠올리면 지금도 감정이 복받친다. 그때부터 우리는 자식의 안녕을 위해 전쟁은 꼭 필요하다는 말을 듣고 자랐다. 당시에는 우리가 자식이었는데 이제는 리카르도와 미렐라가 자식이 되었고, 2~3년 후에는 그애들의 아이들이 자식이 될 것이다. 그런 식으로 아무것도 변한 것 없이 똑같은 말을 되풀이하고 있다. 단지 전쟁이 세상을 더 낫게 만들 거라는 믿음만은 줄어들었다.

미렐라는 아무 말 없이 특유의 단호한 눈빛으로 우리를 관찰하고 있었다. 미렐라는 어렸을 때부터 그런 눈빛을 지었고, 나는 그런 딸의 시선이 싫었다. 미렐라는 제 오빠가 명랑하게 전쟁은 일어나지 않을 것이고 자기는 부에노스아이레스로 떠났다가 결혼하러 돌아올 거라고 장담하는 말에 귀를 기울였다. 리카르도는 전쟁이 일어나지 않을 거라는 기사도 읽었다고 했다. 미렐라가 "어떤 신문이었는데?"라고 묻자, 리카르도는 잘 기억이 안 난다면서 이발소에서 읽었다고 했다.

"그래야 할 텐데."

내가 한숨을 내쉬며 말하자, 미렐라는 내가 아무런 근거 없는 희망에 의지한다고 했다.

"엄마는 전쟁이 아무런 소용이 없다고 하면서, 왜 항상 전쟁이 일어나고 사람들이 희생되어야 하는지는 묻지 않죠?"

내가 그런 건 남자들이 생각할 문제라고 하자, 리카르도는 미렐라에게 네가 자기나 아빠나 신문에 기고문을 쓰는 사람들이나 고위급 정부 관계자들보다 더 잘난 줄 아느냐고 물었다.

"그렇게 똑똑하면 어디 그 이유를 제대로 설명을 좀 해보지 그래?"

리카르도가 정중한 태도를 가장하며 물었다.

"나야 너무 잘 알지. 그건 다 오빠 같은 사람들이 아무것도 모르면서 전쟁은 절대 일어나지 않는다는 호언장담만 늘어놓기 때문이야."

미렐라가 어린애처럼 고집스럽게 말했다. 리카르도는 웃음을 터뜨렸고, 나는 주제를 바꾸려고 했다. 둘 다 내 자식이라 둘이 싸울 때면 마치 내 몸에 흐르는 두 종류의 피가 충돌하는 것 같았다. 게다가 리카르도는 미렐라가 여자라는 이유 하나만으로 지나치게 미렐라를 공격적으로 대할 때가 많았다. 리카르도가 미렐라에게 전쟁이 왜 일어나는지 이해하려고 그렇게 밤마다 비싼 술집에 드나들고 드라이브하러 다니는 거냐고 하자, 미렐라는 굳은 표정으로 그것도 이유 중 하나라고 했다. 그러면서 집을 나가는 순간 세상이 어떻게 돌아가는지 이해하고 싶은 욕망이 생긴다고 했다. 그 말에 미켈레는 식탁을 주먹으로 내리치며 외쳤다.

"그만해라, 미렐라! 그만해! 당장 네 방으로 들어가지 못해?"

미렐라는 잠시 의아한 눈초리로 아빠와 오빠를 바라보았다. 리카르도는 허공을 바라보며 천천히 담배에 불을 붙였다. 미렐라는 퉁퉁 부은 눈으로 뭐라고 대답하려다, 사나운 성질을 죽이고 자리를 떴다.

나와 미켈레와 리카르도만 남은 가운데 차가운 적막이 흘렀다. 미켈레도 담배에 불을 붙이더니 내게 부탁했다.

"엄마, 미렐라에게 가서 다시는 용납하지 않겠다고 말 좀 해봐."

"용납하지 않겠다니, 뭘?"

내가 물었다. 미켈레는 정확한 대답을 요하는 나의 질문에 잠시 망설였다.

"그런 식으로 행동하는 것을 용납하지 않겠다는 거야."

"미렐라는 별말 안 한 것 같은데…"

"그만해!"

내가 소심하게 반대 의사를 밝히자 그가 엄중한 표정으로 같은 말을 반복했다.

"반항적인 태도도, 나를 동정하는 듯한 말투도 용납 못 해. 내가 저 아이 아빠고, 오십이 다 됐다는 사실을 일깨워주란 말이야."

미렐라는 자기 방 소파베드에 앉아 있었다. 내가 방에 들어갔는데도 손에 얼굴을 파묻은 채 쳐다보지도 않았다. 나는 방구석에 있는 의자에 앉아 그애를 물끄러미 바라보았다. 소파베드에는 이미 새하얀 잠옷이 펼쳐져 있었다. 어린아이용 잠옷 같았다. 나는 리카르도는 이해했지만 미렐라는 이해하기 힘들었다. 가끔 내 딸이 아니었으면 미렐라를 좋아하기 쉽지 않았을 것 같다는 생각도 한다. 그 나이 때 나와는 달리 미렐라는 되는 대로 살고 사랑받는 것에 만족하지 않는다. 내가 젊었을 때는 학교에서 여자들에게 전혀 다른 것을 가르쳤기 때문일 수도 있다.

나는 변호사가 될 생각은 꿈도 꾸지 못했다. 나는 학교에서 문학, 음악, 예술사를 배웠다. 어른들은 내게 인생의 아름답고 달콤한 면모만을 보여주었다. 미렐라의 전공은 법의학이다. 미렐라는 모르는 것이 없다. 나는 책 읽는 것이 힘겨웠다. 수년에 걸쳐 조금씩 책 읽기에 익숙해져야 했다. 반면에 미렐라는 독서로부터 냉혹한 힘을 얻었다. 이 점이 나와 미렐라의 차이였다.

"미렐라."

내가 부르는 소리에 미렐라가 고개를 들었다.

"너는 정말 이 모든 것이 이해가 되니?"

내가 겁먹은 소리로 조그맣게 물었다. 미렐라는 근심이 가득한 표정으로 나를 바라보다 고개를 가로젓고는 다시 얼굴을 손에 파묻었다.

"그나저나 오늘 저녁에는 왜 그런 거니?"

내가 물었다.

"저도 잘 모르겠어요. 정확하게 반박할 근거도 없으면서 그러는 게 아니었는데. 하지만 저는 정말로 제 느낌을 솔직히 말한 거예요."

"왜 집 밖에서는 모든 것이 다르다고 했니?"

나는 그애의 대답을 꼭 듣고 싶었다. 그러면 내 감정도 더욱 명확해질 것만 같았다.

“정말 그러니까요, 엄마. 처음에는 우리의 삶밖에 몰랐잖아요. 어쩌면 부자들을 가까이에서 봤기 때문일 수도 있어요. 가난한 사람들은 절대로 지나치게 가까이에서 돈을 봐서는 안 돼요. 충격을 받게 되거든요. 겁을 먹게 돼요. 거기서 모든 악이 시작되는 거예요, 엄마. 모든 원인은 거기에 있어요. 실수는 거기에서 시작되는 거예요. 제가 확실하게 보고 싶은 것도 바로 그 지점이에요. 그 부분을 이해하고 싶어요.”

내가 전쟁 이야기를 하는 거냐고 묻자, 미렐라는 전쟁을 포함해서 자기 자신, 나, 리카르도, 아빠 내면에 있고 고쳐야 할 모든 것을 말하는 거라고 했다.

나는 미렐라가 무엇을 말하는 것인지 몰라서, 당혹스러움과 두려움이 뒤섞인 표정으로 그애를 바라보았다. 그때 처음으로 다른 엄마들은 느끼는데 나는 느끼지 못한 감정이 무엇인지 알 수 있었다.

그것은 자신의 삶과 희망을 자식에게 투영하고 싶은 욕망이었다. 엄마들은 자기와는 다른 삶에 자신의 삶과 희망을 투영하고 싶어 했다.

“너라도 이해해보렴.”

내가 속삭였다.

“나는 너무 늦은 것 같구나.”

Date 3월 22일

오늘 저녁 미켈레는 클라라네 집에 가고 미렐라도 외출하고 없다. 성주간의 목요일*이니 집에 있어달라고 부탁했지만, 미렐라는 이미 선약이 있어서 그럴 수 없다고 했다. 미렐라와 대화를 하고 싶어서 집에 남아주었으면 했었다. 나는 평생 내 생각을 가져본 적이 없다. 어린 시절 배운 도덕관이나 남편의 말을 기준으로 삼았다. 그런데 이제는 선과 악을 구분할 수 없었다. 과거의 굳은 신념도 힘을 잃어 주변 사람들조차 이해하기 힘들어졌다.

오늘 그와의 사이에서 오고 간 시선과 말속에 숨겨진 의미를 찾기 위해 일어난 일을 꼼꼼하게 되짚어봐야겠다. 애초에 사장이 마르첼리니와 내게 급히 작성해야 할 서류가 있다면서 성주간 목요일에 출근하라고 한 말이 사실인지 의심스럽다. 마르첼리니는 추가 수당을 받는데도 출근하기 싫다면서 화를 냈다. 마지못해 일하고 서류를 베끼면서도 실수가 많았다. 아직 어려서 그런 것일 수도 있다. 사장이 가도 좋다고 하자 인사도 제대로 하지 않고 퇴근해버렸다.

사장이 사무실로 돌아왔을 때 나는 서류를 정리하고 있었다. 나는 그의 눈빛에서 서류가 핑계에 불과했음을 깨달았다. 마르첼리

* 부활절 주간의 목요일, 주님의 만찬 기념일이다.

니에게는 가도 좋다고 하고 내게는 잠시만 더 머물러달라고 할 때부터 직감했다. 나는 언제나처럼 그가 정말로 내게 관심이 있었다면 참지 못하고 오래전에 이야기했을 거라고 되뇌었다. 하지만 사실 얼마 전부터 내가 그에게 다른 사람이 되었다는 걸 알고 있다. 그래서 그의 눈에 내가 처음 만난 사람처럼 보이는 것이다. 사무실로 들어오는 그의 모습에 당황해서 나가려고 코트를 집어 들었다.

"부탁이니 잠깐만 기다려요."

그는 잠시 후에 이렇게 말했다.

"이번 주 토요일에는 못 볼 것 같습니다. 부활절 전야니까요."

나는 코트를 다시 걸어놓고 마치 '저 여기 있어요'라고 하듯이 책상 앞 의자에 털썩 주저앉았다.

책상에는 내 낡은 핸드백이 놓여 있었다. 내 이름 이니셜이 새겨진, 미켈레가 내게 준 생일 선물이었다. 그는 책상 건너편에 앉아서 기분 좋은 한숨을 내쉬었다. 우리는 잠시 아무 말도 하지 않고 단둘이 보내는 시간을 즐기며 그대로 있었다. 그가 그림을 그리듯 내 이니셜을 손가락으로 훑었고, 우리는 별 의미 없는 대화를 나눴다. 무슨 이야기를 했는지 기억은 나지 않지만 내 이니셜을 훑는 그의 손동작은 기억한다. 마치 그가 내 이름을 부르는 것 같았다. 순간 몸이 떨렸다. 그의 손이 내 몸을 만지는 것 같았다. 내 피부를 어루만지는 것만 같았다. '그만! 그만둬요'라고 애원하고 싶었다. 그는 낮은 목소리로, 글씨를 읽듯이 "발레리아"라고 했다.

순간 침묵이 흘렀고, 나는 상상 속에서 내 이름이 메아리치는 소리를 들으며 행복을 느꼈다.

"이게 대체 무슨 일이죠, 발레리아?"

그가 나를 바라보지 않고 시선을 여전히 내 이니셜에 고정한 채 물었다.

"글쎄요."

내가 고개를 숙이며 말했다.

"솔직히 말할까요? 말해도 될까요?"

그가 말을 이었다. 나는 안 된다고 말한 후 코트를 집어 들고 밖으로 뛰쳐나가고 싶은 마음을 참고 고개를 끄덕였다.

"나는 두려웠어요."

그가 고백했다. 그가 강한 남자라고 생각했던 나는 놀란 표정으로 다시 고개를 들었다.

"두 달 전부터 그랬던 것 같아요. 기억납니까? 당신이 집안 형편이 좋아질 것 같다고 했었을 때 말입니다. 내가 농담으로 그럼 나를 떠날 거냐고 묻자, 당신은 진지한 표정으로 '아직은 아니에요'라고 했죠. 마치 전부터 그런 생각을 하고 있었던 것처럼 말입니다. 나는 당신의 말을 똑똑히 기억하고 있어요."

나는 곧바로 별생각 없이 거의 본능적으로 경제적인 필요가 없는데 일을 계속할 수는 없어서 그렇게 대답했다고 했다. 속마음은 그 반대였다는 말을 덧붙이려는데 그가 내 말을 가로막았다.

"그래요. 나도 알고 있어요. 사실 그때 당시에는 나 역시 별로 깊이 생각하지 않았습니다. 생각이 달라진 것은 우리가 우연히 사무실에서 마주친 토요일 오후였어요. 함께 작업하는데 지금까지 느껴보지 못했던 다정한 감정을 느꼈고, 바로 그때 당신 말이 다시 떠올랐습니다. 그날 이후 매일 아침 사무실에 출근했는데 당신이 없을까봐 두렵더군요. 아까 마르첼리니 양을 봤죠? 어쩌면 다른 사람들 역시 그녀처럼 오직 월급 때문에 일하기 때문일 겁니다. 나와 일하나 다른 사람 밑에서 일하나 아무런 차이가 없겠죠. 아니면 당신이 회사에서 일어나는 일이라면 모르는 것이 없어서 그러는 걸 수도 있습니다. 이 일에 얼마나 큰 끈기와 노력이 필요한지 잘 아는 유일한 사람이니까요. 물론 다른 이유 때문일 수도 있지만…"

그가 목소리를 낮추고 덧붙였다.

"어쨌든 처음 이 일을 시작했을 때처럼 다시 혼자가 될까봐 두려웠습니다. 아니, 지금은 그때보다 힘들겠지요. 일에 대한 열정도, 꼭 목적을 이루어야 한다는 불안감도 예전 같지 않으니까요. 이제 나는 아무것도 믿지 않습니다. 그러니까 당신이 없으면 집에서와 마찬가지로 이곳에서도 혼자라는 것을 알게 된 겁니다. 처음에는 그저 피곤해서 그런 거라고 생각했죠. 가끔 자기 연민에 빠질 수도 있으니까요… 그런데 시간이 가면 갈수록 당신 없는 내 삶이 어떨지 깨닫게 되었습니다. 발레리아! 그러니 일에도 심지어는 삶에도 권태가 느껴졌습니다. 모든 것에 넌덜머리가 났죠. 내 말 이해합니까?"

내가 속삭였다.

"네, 이해해요."

잠시 침묵이 이어지다 내가 말했다.

"저 역시 그럴 테니까요."

내 말이 끝나자마자, 그는 두려움과 감동이 뒤섞인 미소를 지었고 그와 함께 있을 때만 느껴지는 신뢰감이 또다시 밀려들었다. 대화를 나누는 동안 그가 하는 모든 말이 나를 행복하게 해주었다. 그의 시선을 받으니 내가 더 젊어진 것 같았다. 처음 사무실에 출근했을 때보다 더 젊어진 것 같았다. 그런 느낌은 처음이었다. 스무 살 때는 젊음이 그렇게 행복한 것인지 몰랐으니까.

우리는 책상을 가운데 두고 마주 앉았다. 지난 수년 동안 그렇게 많은 이야기를 나누면서도 이토록 깊은 친밀감을 느끼게 될 줄은 몰랐다. 그가 나를 향해 손을 내밀자, 나도 손을 내밀었다. 책상은 우리를 갈라놓는 대신 오히려 이어주었다.

나는 이제 늦었다고, 미사에 참석하기 위해 성당에 가야 한다고 했다. 그 역시 나를 붙잡지 않았다. 우리 앞에 긴 시간이 기다리고 있는 것 같았다. 우리는 서류를 정리하고, 서랍을 닫고, 학교 친구처럼 사무실 불을 껐다.

"어느 성당으로 갈 생각입니까?"

그가 출구에서 내게 물었다. 그러는 내내 나를 물끄러미 바라보는 바람에 매일 신고 다니는 헌 갈색 구두가 창피하게 느껴졌다.

"가까운 성당으로 가요. 산 카를로 성당으로요."

내 말에 그는 중간까지 바래다주겠다고 했다. 계단으로 가서 엘리베이터를 기다리는데 벌써 마음이 불편해졌다. 뭐라 설명해야 할지 모르겠지만, 마음은 자유로운데 겉으로는 아직도 규율에 얽

매인 것 같았다. 그런 느낌은 밖에서도 계속되었다. 남자와 함께 걷는 것이 너무 오랜만이었다. 미켈레와 외출하는 일은 극히 드물었다. 거리에는 심드렁한 표정으로 이 성당 저 성당으로 향하는 사람들로 가득했다. 그들의 옷에서 꽃과 촛불 냄새가 나는 것만 같았다. 학창 시절 기억 속에 남아 있는 성 목요일의 냄새였다. 대부분의 여자는 장례식장처럼 검은 옷을 입고 낮은 소리로 열심히 수다를 떨고 있었다.

우리는 일부러 콘도티가를 피해서 걸었다. 그와 발걸음을 맞추려 했지만 키가 큰 사람과 함께 걷기란 힘든 일이었다. 우리는 대화를 나눌 수 없었다. 크로체가는 동네 축제라도 열린 것처럼 시끄럽고 어수선했다. 군중 사이에서 앞으로 나아가기조차 힘이 들었다. 자동차가 지나갈 때마다 다들 벽에 바짝 붙었다. 차를 몰고 가는 사람을 향해 항의하는 사람도 있었다.

나는 웃고 있었지만 몹시 더웠다. 유쾌하고 정신없는 남부 도시 어딘가로 함께 여행을 온 것 같았다. 여전히 웃고 있었지만, 불편한 마음은 사라지지 않았다. 지금까지 우리가 공유한 것이라고는 서류, 타자기, 전화와 같은 차가운 사무용품뿐이었다. 수년 동안 비인간적인 동거를 한 셈이다. 그에 비해 야채로 가득한 수레와 식료품 진열장, 눈부신 조명이며 사람들의 말소리, 이 모든 것에서 그 어떤 수치심 따위는 느껴지지 않았다.

갑자기 그가 조심성 없이 내 팔짱을 낀 것으로 보아, 그 역시 나와 같은 감정이었던 것 같다. 그는 거리를 걷는 것에 익숙하지 않아서 수많은 사람을 보고 두려웠을 것이다. 그는 지나가는 사람들에게 자리를 마련해주려고 지나치게 과장된 몸짓으로 비켜주었다. 나는 그런 그를 미소를 띤 채 안쓰러운 표정으로 바라보았다. 내게 익숙한 길로 그를 인도했다.

"내일 봅시다."

가까스로 성당 계단참에 이르렀을 때 그가 섬에 도착해서 목숨을 건진 사람처럼 말했다. 그는 모자를 벗고 재빨리 주위를 돌아보았다.

"잘 가요, 발레리아."

그는 속삭인 후 내 손에 입을 맞춰주었다. 그의 말과 행동에서 내가 알던 사장의 모습은 보이지 않았지만, 나는 행복했다.

Date 3월 26일

부활절과 함께 나의 불안과 의문이 모두 사라진 것만 같다. 성토요일 아침, 갑자기 도시의 모든 성당 종소리가 한꺼번에 울려 퍼지는 순간 가슴속에 묶여 있던 매듭 같은 것이 풀리면서 해방감을 느꼈다. 나는 남편과 아이들에게 즐거운 하루를 선사하고 싶어서 평소보다 분주하게 움직였다. 리카르도가 올해처럼 즐거운 부활절을 보낸 적이 없었다고 했을 정도다. 하지만 그애가 그런 말을 한 것은 아마도 마리나가 부활절 만찬에 함께했기 때문일 것이다. 부활절 전날 밤, 늦게까지 부활절 식사 준비를 하느라 일기 쓸 시간이 없었다. 올해 나는 초콜릿 달걀* 세 개를 준비하면서, 이제부터는 매년 리카르도와 미렐라뿐 아니라 마리나를 위한 달걀도 사야겠다고 생각했다.

나는 학창 시절처럼 삶은 달걀에 알록달록 색을 칠했다. 그런 다음 식탁과 피자 둘레며 온 집 안을 새하얀 향제비꽃으로 장식했다. 달콤한 향제비꽃 내음이 은은하게 퍼지며 아늑한 시골집 분위기가 났다. 축복해주기 위해 집에 오신 신부님의 눈빛에서도 만족스러움이 느껴졌다.

올해는 처음으로 온 가족이 다 함께 부활절 아침 미사에 참석

* 이탈리아에서는 부활절에 커다란 달걀 모양 초콜릿을 선물하는 풍습이 있다.

하지 못했다. 리카르도가 자기는 마리나와 성당에 가겠다고 했기 때문이다. 미켈레는 내게 최근 우리를 도와준 클라라에게 꽃다발을 보내는 것이 좋지 않겠냐고 물었고, 나는 기쁜 마음으로 동의했다. 미켈레는 나중에 성당에서 나와 미렐라와 합류하기로 약속하고 꽃을 사러 시내에 갔지만, 결국 미사 시간에 맞춰 돌아오지 못했다. 미렐라는 집에 30분이라도 먼저 돌아와 점심 준비를 돕고 싶다면서 열한 시 미사에 가자고 했다.

우리는 성당까지 함께 걸었다. 나는 딸과 함께 외출한다는 자부심을 느꼈다. 미렐라는 걷는 자태가 예뻤다. 빠르고 우아하게 걸으면서도 전혀 힘들어 보이지 않았다. 또래 아가씨들 특유의 산만함이 느껴지지 않았다. 미렐라의 걸음걸이는 이미 자신감 넘치는 성인의 것이었다. 성당에서 내 곁에 무릎 꿇고 앉아 있는 미렐라를 바라보았다. 아직도 어린 시절 내게서 배운 대로 성호를 긋고 기도했지만 그애의 생각은 이제 나의 생각이 아니다. 미렐라는 첫 월급으로 산 회색 밀짚모자를 쓰고 칸토니에게서 받은 핸드백을 들고 있었다. 목에 두른 고급 스카프도 아마 그에게서 선물받았을 것이다.

미렐라가 기도하는 동안 나는 미렐라를 위해 기도했다. 그애가 언제나 좋은 딸로 남게 해달라고 기도했다. 오르간 소리에 감정이 복받쳐 올랐다. 나는 과연 좋은 딸이었는지 좋은 엄마였는지 좋은 아내였는지 자문해보았다. 잠시 나 자신을 되돌아본 후 나는 그 모든 질문에 똑같이 솔직하고 똑같이 합당한 이유로 그렇기도 하고 아니기도 하다는 결론에 도달했다. 나는 질문은 그만두고 하나님께 미렐라를 도와달라고 기도했다. 나를 위해서도 기도했다. 결국은 우리 모두 도움이 필요하니까.

어머니는 가족 행사가 있는 날이면 귀빈으로서 약속 시간을 정확하게 지키는 것을 중요하게 생각한다. 나는 이런 행사가 있을 때마다 어머니가 치장하는 데 오랜 시간을 들인다는 것을 잘 안다. 모자에서 장갑까지 어머니는 모든 선택에 세심한 주의를 기울였다. 젊은 시절 어머니는 매우 우아한 여성이었다. 지금도 편하고 활동적인 요즘 여성 패션을 못마땅해한다. 우리 집에 오면 절대로 부엌에 발을 들이지 않는다. 내가 분주히 움직이는 것을 못 본 척하는데, 당신 딸 집에 가사도우미조차 없다는 사실을 인정하고 싶지 않아 하는 마음 때문인 것 같다.

어제 어머니는 거실에 앉아서 친정아버지와 리카르도와 함께 대화를 나누었다. 이따금 자연스럽게 검은 드레스 재킷의 옷깃에 달린 금으로 만든 작은 회중시계 뚜껑을 열고 시간을 확인했는데 사실은 아직도 도착하지 않은 미켈레의 예의 없음을 강조하려는 행동이었다. 초인종 소리가 들리자 어머니는 "드디어"라고 했지만 미켈레가 아니라 커다란 꽃바구니를 든 배달부였다. 꽃바구니를 보는 순간, 나는 누가 보낸 것인지 직감했다. 아니, 솔직히 말하면 꽃바구니가 오기를 기다리면서 즐거운 마음으로 점심을 준비하고 있었다. 카드를 열어보는데 손이 어찌나 떨리는지 다른 사람들이 눈치채지 못한 것이 신기할 정도였다.

"사장님이 보내준 거네."

나는 그가 크리스마스에도 꽃바구니를 보냈고, 지난해 부활절에는 초콜릿 달걀을 보냈다고 했다. 순간 주변에 적막이 흐르는 것만 같아서 신경이 곤두섰다. 하마터면 꽃바구니를 바닥에 떨어뜨릴 뻔했는데, 그 순간 리카르도가 저녁에 마리나가 보면 좋아하겠다면서 바구니를 받아주었다. 그애는 마치 자기 것이라도 되는 양 꽃바구니를 여기저기 옮기다 결국은 찬장에 올려놓고 흡족해했다.

마침내 미켈레가 숨을 헐떡이며 도착했다. 어머니는 또 한 번 시간을 확인한 다음 안락의자에서 일어나 식탁으로 갔다. 솔직히 사과를 할 법도 한데 미켈레는 늦어서 죄송하다는 말 한마디 하지 않았다. 가족들에게 인사를 하던 중에 꽃바구니를 보고 마치 처음 보는 사람처럼 손가락으로 가리키며 물었다.

"저건 뭐지?"

그러더니 대답을 듣기도 전에 인상을 찡그리며 미렐라 쪽을 바라보았다.

"아니야. 나한테 온 거야. 사장님이 보내준 거야. 항상 그러시잖아."

내가 침묵을 깨고 말하자 미켈레는 사장은 돈을 갖다 버릴 정도로 부자인가 보다고 했다.

"갖다 버린다니?"

내가 장난으로 기분이 상한 척하면서 말했다.

"그런 말이 어딨어?"

"요즘 꽃이 얼마나 비싼데."

그가 말했다.

“말이 나와서 하는 말인데, 배달원이 없어서 내가 직접 클라라에게 꽃을 전달해야 했어. 그러느라 잠깐 클라라 얼굴을 봤는데 당신한테 안부 전하더군. 전화 좀 해달라던데. 어쨌든 요즘은 꽃도 마음대로 못 사겠어.”

남편은 불만을 숨기지 않았다.

“특히 장미는 말이야. 한 송이에 300리라에서 400리라는 줘야 살 수 있다니까? 어디 보자…”

그는 꽃바구니를 손으로 가리키며 말을 이었다.

“이 장미는 한 송이에 400리라짜리로군. 몇 송이지?”

그는 장미꽃을 세어보고는 말했다.

“스물네 송이라… 400 곱하기 스물넷이면 9,600리라로군.”

순간 일제히 존경 어린 시선으로 꽃바구니를 바라보았다. 어머니만 동요하지 않고 묵묵히 수프를 떠먹었다. 리카르도가 웃으면서 사장님이 차라리 돈으로 주었으면 좋았을 뻔했다고 하자, 나도 농담조로 그렇다고 했지만 사실은 참을 수 없이 불안해서 심장이 오그라드는 것 같았다. 환하게 웃으며 식구들의 그릇에 넘치도록 넉넉하게 음식을 담아주었지만 나는 거의 아무것도 넘기지 못했다. 다른 사람들에게는 원래 요리한 사람은 음식을 제대로 못 먹는다고 둘러댔다.

Date *3*월 *29*일

그가 보낸 꽃은 노란색 장미였다. 화요일에 출근할 때 장미 한 송이를 재킷 단춧구멍에 꽂고 싶었지만 신경을 썼는데도 꽃은 몇 시간 만에 시들고 말았다. 그에게 감사 인사를 하면서 장미꽃 한 잎을 공책 사이에 끼워두었다고 했다. 하지만 어떤 공책인지는 말해주지 않았다. 그는 매년 명절 인사를 하면서 꽃이나 케이크를 보내주었지만 올해는 처음 선물받은 것처럼 느낌이 새로웠다.

하지만 겉보기에 우리 사이에는 아무런 변화가 없었다. 심지어는 지난 목요일에 그가 정말로 그런 이야기를 했는지 의심스러울 정도였다. 그가 내게 편지에 적을 내용을 불러주거나 누군가와 통화하는 모습을 지켜보면서도 그를 알고 지낸 지난 수년 동안 그를 나타냈던 '정중하지만, 차갑다'는 두 마디밖에 생각나지 않았다.

그에게는 항상 어딘지 다가가기 힘든 구석이 있었다. 주중에는 그에 대해 글쓰는 것에 대한 거리낌마저 든다. 어쩌면 나 자신을 자책하고 싶지 않아서 그러는 건지도 모른다.

얼마 전부터 무슨 생각을 하든 죄를 짓는 것만 같다. 잘못한 것이 없다고 나 자신을 설득해보려 하지만 쉽지 않다. 아침에 사무실에 도착하면 그는 곧바로 내게 전화해 "출근했어요"라고 알려준다. 우리 사이를 가로막는 벽 너머로 그의 목소리가 들려오는 순간 처음으로 누군가에게 보호받는 듯한 느낌을 받는다.

오늘 아침 사무실로 와달라는 전화를 받고 그에게 가서 무엇을 원하는지 묻자, 그는 "당신이 보고 싶군요"라고 했다. 그 말에 우리는 함께 웃었다. 그렇다. 우리 사이에 바뀐 것이 있다면 함께 있을 때 자주 웃는다는 점이다. 그와 있을 때면 나는 모든 것을 잊고 명랑해진다. 우리 사이는 일을 매개로 대화가 끊이지 않았다. 누군가 사무실에 들어올 때면 다른 사람들이 우리만의 은밀한 대화를 알아챌까 두려웠다. 나는 그 가능성이 두려웠지만 다른 한편으로 끌리기도 했다.

처음 취직했을 때부터 나는 직장에서 특별대우를 받았다. 내가 맡은 업무 때문만은 아니었다. 나보다 젊고 미혼인 다른 여직원들에 비해서 한 가정의 어머니라는 경험이 있었기 때문이다.

이제 나는 다른 직원들이 나를 자기들과 다르다고 생각해주기를 바란다. 자신의 욕망을 실현해줄 능력 있는 누군가에게 사랑받는 여성으로 대해주기를 바랐다. 설령 그 욕망이 불공평한 것일지라도.

Date 3월 30일

글 쓸 시간이 많지 않다. 이제부터는 더 조심해야 한다. 오늘 아침 리카르도가 마리나에게 줄 어린 시절 사진을 찾는다며 일기장을 숨겨놓은 서랍을 열려고 했다. 서랍이 열쇠로 잠긴 것을 보고 미켈레도 놀랐다. 나는 처음에는 열쇠가 어디에 있는지 모른다고 우기다, 리카르도가 억지로라도 서랍을 열 기세여서 결국 열어주고 말았다.

"이 공책은 뭐죠?"

리카르도가 곧바로 물었다. 나는 그애 주의를 다른 곳으로 돌리기 위해 마리나에게 그애의 어릴 적 사진을 주는 것이 못마땅해서 화가 난 척했다.

오늘은 사비나가 찾아왔다. 미렐라가 이미 나가고 없다고 하자 사비나는 강의 노트 몇 개를 놔두고 돌아가려 했다. 나는 현관까지 나와서 그런 사비나를 붙잡았다.

"잠깐 이야기 좀 하자, 사비나. 미렐라가 네게 모든 것을 이야기하는 것을 알아. 그 칸토니라는 변호사 이야기도 포함해서 말이야."

사비나는 키가 크고 몸매가 육감적인 갈색 머리 아가씨였다. 똑똑하지만 말수가 적었다. 사비나는 자기는 아무것도 모른다고 했다.

"그렇게 말할 줄 알았어. 당연히 그렇겠지. 그렇지만 네가 모든 상황을 알고 있으니 나는 꼭 너와 이야기를 해야겠구나. 나는 미렐라에게 조언을 해줄 수 없지만 너는 해줄 수 있잖니. 미렐라에게 말해주렴. 사람들이 이미 수군거리기 시작했다고 말이야. 어제는 내 친구가 미렐라가 약혼한 것이 사실이냐고 묻더구나. 너는 미렐라를 아끼니까 그애가 올바로 생각할 수 있게 이끌어주렴."

나는 '최소한 칸토니가 현관 말고 길모퉁이까지만 바래다주게 하라고 전해주렴'이라고 덧붙이고 싶었지만 차마 그럴 수 없었다. 사비나를 구슬리거나 엄한 모습을 보이거나 둘 중 하나를 선택해야 했다.

"알겠어요, 아주머니."

사비나는 이렇게 말하면서 문을 향해 다가갔고, 그애의 조급함이 오히려 나를 자극했다.

"너도 그 사람을 알지?"

사비나가 도망가지 못하게 문손잡이를 붙잡고 물으니 그애가 고개를 끄덕였다.

"어떤 사람이니? 말 좀 해보렴. 어떤 사람이야?"

사비나는 망설였지만 나는 말을 계속했다.

"나는 미렐라가 걱정되는 거야. 내 말 이해하니? 다 그애가 행복하길 바라기 때문이야."

사비나는 아무 말 없이 나를 관찰하듯 바라보았고, 나는 그런 질문을 한 것이 후회됐다. 그때처럼 미렐라가 멀게 느껴진 적이 없었다. 사비나가 나갈 수 있게 문을 열어주려는데, 그애가 말했다.

"미렐라는 절대로 행복하지 못할 거예요. 그애는 너무 똑똑하거든요."

나는 미소를 지으며 말했다.

"스무 살에는 누구든 다 똑똑하단다. 시간이 흐르면 똑똑하기 힘들어지지. 하지만 그 대신 행복하게 사는 방법을 배우는 건지도 몰라."

사비나는 아무 말 없이 곤란한 듯한 표정으로 나를 무심히 바라보았다.

"그만 가보렴. 미렐라에게 네가 왔었다고 할게. 네게 전화하라고 말이야. 됐지?"

나는 짜증이 나서 사비나 등 뒤로 문을 닫았다.

Date 4월 1일

이제는 이 집이 우리나 감옥처럼 느껴진다. 그런데도 오히려 모든 문과 창에 빗장을 걸어 잠그고 며칠 동안 집 안에만 틀어박혀 있고 싶다. 며칠 휴가를 낼 수도 있다. 그래, 그렇게 하는 편이 좋겠다. 미켈레가 영화관에 가자고 했지만 나는 집에서 둘만의 시간을 보내고 싶다고 했다. 미켈레는 못마땅해하면서도 내 부탁을 들어주었다. 내가 왜 그러는지, 왜 그렇게 예민한지 물었다면 아마도 나는 모든 것을 털어놓고 도와달라고 했을 것이다.

우리는 라디오 옆에 자리를 잡았다. 나는 미켈레만큼 음악에 조예가 깊지는 않지만, 오늘 바그너의 음악은 내 감성을 건드렸다. 바그너의 음악을 들으니 내가 강해지는 것 같았다. 심지어는 영웅이 된 것 같았다. 극단적인 반란을 일으키거나 극단적인 희생을 할 수 있을 것 같았다.

어제 오후에도 사무실에 나갔다. 그러지 않았으면 좋았을걸. 우리를 감싼 외로움이 더는 아늑하지 않고 음험하게 느껴졌다. 그는 내 손에 입을 맞추며 속삭였다.

"발레리아… 발레리아…"

그의 목소리로 내 이름을 들으니 마음이 불편해졌다. 이제 날이 길어져서 햇볕이 창문을 내리쬐고 있었다.

"이제부터 사무실에 나오지 않는 편이 좋겠어요, 귀도."

우리는 두 시간 동안 대화를 나누었다. 다음 주 토요일에 그와 만나지 않겠다고 고집을 부리면서 본의와는 다르게 그와 함께하는 이 시간이 얼마나 중요한지 고백하고 말았다. 하지만 내 결심은 확고했다. 결국 우리는 다음 주 화요일 퇴근 후에 카페에서 만나기로 했다. 여행을 떠나기 전에 작별 인사를 하듯이 말이다.

그는 차로 나를 집까지 바래다주었다. 나는 그의 마음이 상할까봐 그렇게 하도록 내버려두었다. 그는 차를 천천히 몰면서 이따금 얼마 지나지 않아 사라질 이미지를 눈에 담아두고 싶은 것처럼 고개를 돌려 나를 바라보았다. 나는 그가 나를 바라보도록 내버려두었다. 집 앞 도로에 접어들기 전에 그는 눈빛으로 계속 가야 할지 아니면 차를 멈춰야 할지 물었고 나는 계속 앞으로 가라는 고갯짓을 해보였다. 어차피 이번 한 번뿐이니까. 그런 다음 재빨리 차에서 내렸다. 멀어져가는 검은색 자동차를 돌아보고 싶은 유혹을 겨우 참았다.

나는 계단을 뛰어올라 현관문을 닫고 깊은 심호흡을 했다. 가족들은 모두 집에 있었다. 나는 어린 시절 고해성사를 하고 집으로 돌아와 어머니를 보았을 때처럼 기뻤다. 미렐라에게 몸이 좋지 않으니 나가지 말아달라고 부탁하자, 미렐라는 자기는 어차피 외출할 생각이 없었다고 했다. 그애는 말도 안 하고 정신이 다른 곳에 가 있었다. 시나리오에 대한 결과가 나오기 전까지는 당연히 그럴 것이다. 나는 모든 것이 다 잘될 거라는 말로 그에게 용기를 북돋아주었다.

Date 4월 2일

클라라에게 연락해서 한 번 만나고 싶다고 했다. 클라라는 나를 점심에 초대했지만 언제 오라고는 말하지 않았다. 나는 우리 부부를 위해 힘써줘서 고맙다고 했다.

"잘되어야 할 텐데."

내 말에 클라라는 솔직히 이번에는 시나리오가 팔릴 가능성은 희박하지만 다른 채널을 통해서도 알아볼 테니 실망할 필요는 없다고 했다.

"그 시나리오에는 꽤 흥미로운 면이 있거든. 그렇지 않아?"

나는 시나리오에 대해 아는 바가 전혀 없다는 사실을 들키고 싶지 않아서 애매하게 대답했다. 클라라가 말을 이었다.

"물론 전체적으로 다시 손을 봐야 해. 지금 이대로는 힘들어. 플롯이 너무 어둡고 거칠거든."

"그래, 그래…"

내가 말했다.

"물론 그점이 미켈레의 강점이기도 하지. 그의 매력이야. 그점은 부정하지 않겠어. 만나는 여자들에게 자기가 전혀 다른 사람인 것처럼 이야기하는 남자 캐릭터는 성공적이야. 창녀와 함께 거리를 걸어가다 집에 돌아오면 그의 아내가 '당신을 위해 수프를 따뜻하게 데워두었어요'라고 말하는 다음 신도 강렬하지. 아주 멋진 장면들이 있어. 좋은 영화를 만들 수 있을 거야. 하지만 안타깝게도 그렇게 되지는 못할 것 같아. 요즘은 그 정도로 과감한 제작자들이 없거든. 미켈레에게 시나리오 분위기를 조금 밝게 할 필요가 있다고 했더니 불가능하다더라. 사실 그의 말도 일리가 있어. 성적 집착과 광기야말로 남자 주인공 캐릭터의 핵심이니까."

클라라는 말했다.

"안타까워."

그녀는 미켈레가 여러 면에서 영화계 체질이라면서 같은 말을 반복했다.

"안타까워."

미켈레가 퇴근한 후에도 나는 클라라와 통화했다는 말은 하지 않았다.

Date *4*월 *3*일

오늘 저녁 마르첼리니가 우편물 파일을 들고 내 앞을 지나면서 투덜거렸다.

"결재 서류 준비가 아직 안 됐는데 사장이 벌써 나간다고 하네요. 이렇게 빨리 퇴근할 줄 내가 어떻게 알았겠어요?"

나는 아무 말 없이 서류를 보는 척 고개를 숙였다. 그가 나를 만나려고 평소보다 빨리 퇴근한다는 사실을 들킬까봐 두려웠다. 직장 동료들이 모든 것을 아는 것만 같았다. 내게 말을 걸어올 때마다 다른 뜻이 있는 것만 같았다.

나는 퇴근 후에 급한 일이 없어서 사무실에 머무르는 것처럼 보이려고 뭔가를 열심히 적는 척하고 분주히 움직이며 무의미한 지시를 내렸다. 솔직히 말하면 평소처럼 사장이 퇴근 전에 인사할 겸 마지막 지시를 내리기 위해 나를 찾아오면 "가지 않겠어요" 라고 말하려고 했다. 그렇게 마음을 먹자 마음이 편해졌다. 등 뒤에서 들려오는 사장의 발소리에 긴장하며 사무실 문이 열리기를 기다렸지만 아무 일도 일어나지 않았다.

사장실로 가보니 사무실 불이 꺼진 채 아무도 없었다. 경비에게 사장이 이미 나갔냐고 묻자, 그는 건성으로 그렇다고 했다. 저녁이 되면 언제나 그런 말투였다. 나는 갑자기 그가 기다릴까봐 걱정돼서 급히 사무실을 나섰다.

그는 격리된 테이블에 앉아 있었다. 모든 거울에 내 모습이 비치고 모든 조명과 모든 시선이 나를 향한 것만 같은 느낌에 어색하게 그에게 다가갔다. 그런 나에 비해 너무나 침착하고 자신감 있는 그를 바라보며 나는 그가 과연 이 카페에 앉아 얼마나 많은 여자를 기다렸을지 궁금해졌다. 나는 카페에서 남자를 만난 것이 오늘이 처음이었다.

윤기가 흐르는 직물과 조각상, 폭식한 카펫이 깔린 카페 인테리어는 현대적이었다. 그런 곳에 갈 수 있어서 한편으로는 기분이 좋았지만 옷차림 때문에 조금 마음이 불편하기도 했다. 나는 씁쓸하게 그런 곳에 간 것이 몇 년 만에 처음이라는 사실을 기억해냈다. 반면에 귀도는 자기 집에 있는 것처럼 편해 보였다. 그는 웨이터에게 정확한 지시를 내리며, 만들기 복잡한 식전주를 주문했다. 나는 베르무트를 주문했지만 거의 입에 대지 않았다.

나는 귀도에게 이제 사무실 밖에서 따로 그를 만날 수 없다고 했다. 다시는 토요일에 사무실에 가지 않겠다고 했다. 잠시 침묵이 흐른 후, 그는 지난 토요일에 자기가 마음 상할 만한 말이나 행동을 했냐고 물었다. 나는 그런 것이 아니라고 했다. 그는 '그럼 대체 왜?'라고 묻는 듯한 표정으로 나를 바라보았다. 나는 여전히 고개를 저으며 "절대 안 돼요"라고 했지만 그 이유를 모르는 것은 나도 마찬가지였다. 정확하게 설명할 수는 없지만 그를 만나서는 안 되는 이유가 있다는 것만은 확실했다. 남편과 아이들을 떠올려봤지만 후회는 없었다.

나는 침착했다. 그는 내 손을 잡고 몇 번이나 내가 없으면 안 된다고 했다. 그는 말을 멈추지 않았고, 그의 다정하고, 설득력 있는 말이 유리창 사이로 전해지듯 내게 전달됐다. 언제부턴가 그 유리는 나를 주변 세상으로부터 분리하고 있었다. 나는 내 옆에 있는 거울을 바라보며 '어쩌면 나이 때문일 수도 있어'라고 생각했다. 하지만 나는 아직 젊고, 인생의 전성기라는 내적인 확신이 그런 내 생각을 부정했다.

귀도는 내가 내 상태를 묘사하기 위해 했을 법한 이야기로 자기 이야기를 하고 있었다. 나는 그가 정말 진실한지, 나는 또 나대로 정말 진실한 것인지 자문해보았다. 문득 미켈레가 썼다는 시나리오가 떠올랐지만, 어제저녁 클라라와 통화한 후에 느꼈던 앙심은 더이상 느껴지지 않았다. 어쩌면 미켈레를 향한 앙심이 완전히 사라진 것이 아니라 불만이라는 가면 뒤에 감춰졌을 뿐일 수도 있다. 그리고 지금 나는 귀도와의 만남을 포기함으로써, 나의 불만을 표현하고 있는 것일지도 모른다.

"불가능해요."

나는 막연하게 귀도가 내 말에 반대해주기를 바라며, 같은 말을 반복했다.

귀도는 카페에서 나와 내게 바래다주어도 되냐고 묻지도 않고 나를 근처 골목에 세워둔 자기 차로 이끌었다. 함께 걷는 동안 이번에도 그가 가끔 주변을 살핀다는 사실을 깨달았다. 나는 그와 함께 있는 것을 들켜도 아무런 상관이 없었다. 해방감을 느끼고 싶어서인지 아니면 벌을 받고 싶어서인지 차라리 그와 함께 있는 것을 들키고 싶은 마음도 있었다. 차에 타니 편해서 기분이 좋아졌다. 삶의 유일한 기쁨을 포기할 필요가 있나 싶었다. 내 감정이 단순한 변덕처럼 느껴지기도 했다.

그는 천천히 우리 집을 향해 차를 몰았다. 처음에는 강변도로를 타다 나중에는 외곽도로를 타서 일부러 시간을 끌었다. 자동차 바퀴가 도로의 매끄러운 아스팔트를 미끄러지듯 달리고, 엔진 소리도 거의 들리지 않았다. 귀도의 존재로 인해 내가 보호받는다는 느낌이 들었다. 커다랗고 부드러운 쿠션에 앉아 반짝이는 새 차의 계기판을 바라보고 있으려니 긴장이 풀리면서 잠이 들 것만 같았다. 나는 애써 이래서는 안 된다고 마음을 다잡았다.

외딴 길에 접어들자 그는 차를 세우고 시동을 껐다. 우리는 서로 바라보지도 않고, 아무 말도 없이, 한참 동안 그저 손만 잡고 있었다. 적막 속에서 귀뚜라미 울음소리만 들렸다. 베네토로 여름 휴가를 가던 어린 시절로 돌아간 것만 같았다. 아주 어릴 때였는데 그때만 해도 집안 소유의 저택이 있었다. 그후로는 그때와 같은 평온함과 안정감을 느껴본 기억이 없다. 그가 말했다.

"옳지 않아요, 발레리아. 옳지 않아요."

그런 다음 이렇게 덧붙였다.

"우리에게도 권리가 있지 않습니까?"

나는 그를 바라보며 절망적으로 말했다.

"맞아요."

집에 돌아가고 싶지 않지만, 녹색으로 빛나는 원형 시계가 가리키는 시간을 보는 순간 습관적인 다급함에 마음이 불편해졌다. 누구를 위해서, 무엇을 위해서 집으로 돌아가야 하는지는 모르겠지만 돌아가야 한다는 사실만은 확실했다. 이 집요하고 불합리한 의무감에 나는 몹시 씁쓸해졌다.

"다시 혼자라는 생각에 익숙해질 시간을 주세요. 이번 토요일에는 만납시다."

그는 시간이 지나면 자기도 조금씩 받아들일 수 있게 될 거라고 했다.

"그래요."

나는 결국 그의 말을 받아들이고 말았다. 나 자신을 방어하고 내 욕망을 포기하기를 강요하는 어떤 불가사의한 법률이 세상에서 나의 진실한 모습을 유일하게 보여줄 수 있는 사람과 연극하기를 강요하는 것만 같았다.

집에 도착하자마자 손에 집 열쇠를 든 채 미렐라의 방으로 직행했다. 말도 안 되는 것을 알면서 미렐라가 내가 차에서 내리는 모습을 목격했을 것만 같아서 두려웠다.

미렐라가 뭐라고 물어보면, 사장과 대화를 하기는 했지만 그것은 오직 '안 돼요' '불가능해요'라는 말을 하기 위함이었으며, 정직한 여자라면 다 나처럼 행동해야 한다고 말할 셈이었다. 너무나 괴로웠지만, 내게 다르게 행동할 수 있는 권리가 있고, 다른 사람들을 위해 평생을 바쳐왔음에도 불구하고 그렇게 말했다고 할 생각이었다. '너를 위해 삶을 바쳤음에도 불구하고 말이다'라고 말할 작정이었다. 그애를 위해 삶을 바쳤다는 생각이 마음을 갉아먹다 악의로 변했다.

"안 나가니?"

내가 물었다. 미렐라는 고개를 숙이고 공부하고 있었다. 평소 습관대로 계속해서 한 손으로 머리를 쓸어 넘기는 바람에 머리가 엉망이었다.

"안 나가요."

미렐라가 대답했다. 그러고 보니 며칠 전부터 미렐라는 밤에 나가지 않고 계속 집에만 있었다.

"이제야 정신이 들었나보구나."

대화를 유도하기 위해 나는 떠보듯이 말했다.

"이 세상에는 불가능한 것도 있다는 걸 스스로 깨달은 거야."

"그런 게 아니에요."

미렐라가 단호하게 말했다.

"그런 게 아니라고요. 산드로가 뉴욕에 갔어요."

"다행이구나."

내가 외쳤다. 그런 다음 무슨 약혼자나 남편이나 되는 것처럼 내 앞에서 그 사람 이름을 부르지 말라고 했다. 미렐라는 상기된 목소리로 냉정하게 내 말을 가로막았다.

"엄마, 부탁이니 오늘은 그이를 나쁘게 말하지 말아줘요. 어차피 내일 돌아올 거예요. 비행기를 타고 지금 대서양을 건너고 있단 말이에요."

그런 다음 조그맣게 속마음을 털어놓았다.

"너무 두려워요."

우리는 아무 말도 하지 않았다. 미렐라 옆에 담배꽁초가 수북

한 재떨이가 놓여 있고, 그 앞에는 학창 시절부터 찬 오래된 손목 시계가 위를 보고 놓여 있었다.

'불가능해.'

나는 귀도를 생각하며 다시 한번 되뇌었다. 미렐라가 부탁한다면 밤새 창가에 서서 하늘을 관찰할 수도 있었을 것이다. 별이 반짝이는 조용한 밤이었다. 짓궂은 눈빛처럼 명랑하게 불빛을 깜빡이며 하늘을 날아가는 비행기가 선명하게 보이는 그런 밤이었다.

"걱정 마라."

내가 속삭였다.

"오늘 밤은 날씨가 평온하단다."

Date 4월 6일

얼마 전부터 자주 과거에 대한 회상에 잠긴다. 오래전에 쓴 글이나 대학 시절 쓴 시를 다시 읽으면서 한동안 일기장을 멀리했다. 어쩌면 현재를 마주할 용기가 부족하기 때문일 수도 있다. 저녁에 모두 잠들면 미켈레와 내가 사귀던 시절에 주고받은 연애편지나 그가 아프리카에 파병되었을 때 내게 보낸 편지를 꺼내서 다시 읽어본다. 편지를 한 장도 빠짐없이 다 읽고 나니, 왠지 모르게 미켈레가 아니라 미켈레만큼 친밀한 다른 사람이 보낸 것만 같았다. 예를 들면 귀도 같은 사람 말이다.

실제로 나는 편지를 읽으면서 마음속으로 귀도와 대화를 나눴다. 미켈레가 아니라 귀도와 사랑을 나눈 것처럼. 사랑의 나약함과 현실이 되어버린 환상을 공유하는 사람이 미켈레가 아니라 귀도인 것처럼.

가족들은 어느새 내가 밤늦게까지 깨어 있는 데 익숙해졌다. 어쩌면 나이가 들면서 생기는 소소한 집착 같은 것으로 생각하는 것 같았다. 나의 자유를 자연스럽게 이용하지 못하는 건 오히려 내 쪽이었다. 나는 항상 할 일이 많다거나 다리미질을 해야 해서 늦게까지 자지 않는 거라고 변명했다. 실제로 그런 일을 하기도 한다. 그럴 때면 일기 쓰는 시간을 희생한다는 생각을 은근히 즐기기까지 한다. 가끔은 아무 일도 하지 않고 그저 불편한 자세로 의자에 앉아 가고 싶은 여행지와 하고 싶은 말을 생각하며 시간을 보내기도 한다.

나는 다른 사람들과 대화를 나눌 기회가 거의 없다. 미켈레와 이야기를 나누고 싶었다. 그에게 모든 것을 고백하고, 오늘 저녁 귀도와 카페에서 만나기로 한 것도 단지 누군가와 이야기를 하고 싶어서였다는 걸 이해시키고 싶었다. 귀도로 인한 나의 갈등과 감정을 알려주고 싶었다. 내 내면에 관심을 가진 유일한 사람이 내가 밀어내야 할 귀도뿐이라는 사실을 말해주고 싶었다.

미켈레는 요즘 항상 신경이 날카롭다. 저녁에 자주 클라라의 집을 찾는다. 아직도 그녀의 대답을 기다리고 있다. 항상 기분이 좋던 리카르도까지 요즘은 뭔가 산만하고 사소한 일에 발끈한다. 미렐라는 미렐라대로 칸토니가 돌아온 후로는 잠시도 집에 붙어 있지 않는다. 갓 결혼했을 때 나는 내가 사람들의 요구를 제대로 들어주지 못한다고 생각했다. 그때는 지금보다 감정이 메말랐거나 지금처럼 관대하지 않았기 때문일 것이다.

하지만 지금처럼 아무도 없고 집이 조용할 때면 몇 시간 동안 앉아서 수를 놓으며 과거 회상에 잠기는 어머니가 생각난다. 나는 언제나 특별히 할 일이 없어서 회상 속에서만 살아 있음을 느끼는 것이 노인들의 특징이라고 생각했는데, 어쩌면 그렇지 않은 건지도 모른다. 그런 생각이 떠오르면 고개를 가로저은 뒤, 침대에 누워 몸을 따뜻하게 하기 위해 잠든 미켈레에게 몸을 붙인다.

그가 아프리카에 있을 때 내게 보낸 모든 편지에는 나에 대한 원망이 담겨 있다. 그런 사실을 기억하지 못했기 때문에 다시 편지를 읽으면서 놀랐다. 어쩌면 집과 가족에게서 멀리 떨어져 있다 보니 내가 자기를 방치한다고 생각했을 수도 있다. 그는 내게 애정이 없다고 비난했다.

나는 그의 불만이 전쟁 때문이라고 생각했다. 죽음에 대한 두려움을 감추기 위해 소중한 감정이 사라져간다고 표현하는 거라고 생각했다. 실제로 당시 나는 농담 반 진담 반으로 그를 원망하는 편지를 썼다. 그에 대한 불안감, 엄마로서의 어려움과 힘든 삶을 이야기했다. 하지만 그러다가도 마지막에는 나는 강한 여자이고 우리는 모두 건강하게 잘 지내고 있다는 말로 그를 안심시켰다. 그의 기분을 좋게 해주려고 아이들의 말과 행동을 길게 늘어놓았지만, 미켈레는 오로지 자기 이야기만 썼다.

그가 우리 부부의 위기와 그 위기를 극복하려는 의지를 자주 언급했다는 것을 지금에야 깨달았다. 그런 그에게 나는 집에 돌아오기만 하면 모든 위기를 극복할 수 있을 거라고 대답했다. 그러면 아이들도 다시 안전해지고, 걱정 근심이 사라질 거라고 했다. 미켈레가 쓴 편지 중에는 이런 내용도 있었다.

'나의 발레리아, 당신을 되찾고 싶어. 가끔은 아이들 사이에 가려져 당신 모습이 보이지 않아.'

어제저녁 미켈레가 쓴 편지를 읽으면서 차가운 한기가 등을 타고 내려오는 것만 같아 자리에서 일어나 숄을 가져와 어깨에 걸쳤다. 그런 다음 편지를 꼼꼼히 읽었다. 미켈레는 편지에 전쟁에서 돌아온 후에 대한 계획을 이야기했다. 짧은 여행을 가자고도 했고, 심지어는 내가 자기에게 더 많은 시간을 헌신할 수 있도록 리카르도를 기숙학교에 보내자고도 했다. 음악회 시즌권을 끊어서 함께 음악회를 가자고 했고, 다음 여름에는 일요일마다 해변에 가서 헤엄도 치고 즐겁게 지내자고 했다. 사귈 때부터 그렇게 하자고 말만 했을 뿐, 돈이 많이 들기도 하고 무엇보다 내가 아이들과 떨어져 있는 것을 불안해해서 실행에 옮기지 못한 일들이었다. 그의 마지막 편지들은 너무나 열정적이라 미켈레가 그런 편지를 썼다는 생각에 얼굴이 화끈 달아오를 정도였다.

그가 귀환한 날의 기억을 떠올려보았다. 그날 나는 친정 부모님, 시아버지, 아이들과 함께 역으로 그를 마중나갔다. 미켈레는 얼굴이 검게 그을었고 많이 여위어서 다른 사람처럼 보였다. 우리는 예전의 삶으로 돌아갔지만 상황은 갈수록 힘들어졌다. 집안일이 너무 많았다. 미켈레는 항상 친절했고 아무런 불평도 하지 않았다.

그가 돌아온 후에 안도감을 느끼며 그에게서 받은 편지를 끈으로 묶어서 다른 편지들과 함께 가방에 넣어놓았었다. 그랬던 편지를 이렇게 한꺼번에 다시 읽으니 기분이 묘했다. 연애 초기에 주고받았던 편지들은 그가 아프리카에 있었을 때나 지금의 우리 부부와는 다른 사람들이 쓴 것 같았다. 이제는 서로에게 편지를 쓰지 않는다. 우리는 서로에 대한 사랑을 죄처럼 부끄러워하는 데 익숙해졌고, 어느새 정말로 그렇게 되고 말았다.

게다가 남편은 나를 무뚝뚝하고 차가운 여자라고 생각한다. 지금도 여전히 아이들이나 친구들 앞에서 농담조로 그런 나에 대한 불평을 늘어놓는 습관은 변치 않았다. 처음에는 미켈레가 그럴 때마다 마음이 불편했지만 이제는 나도 웃어넘긴다.

하지만 잊어서는 안 될 한 가지 사건이 있기는 했다. 아주 오래전에 일어난 일이다. 당시 나는 저녁마다 미렐라가 잠들기를 기다리면서 오랫동안 아이들 방에서 머무르곤 했다. 미렐라는 아직 아기였지만 그때부터 고집이 세서 내가 옆에 있어주지 않으면 침대 철창을 거칠게 내려치곤 했다.

미켈레는 언제나 거실에서 혼자 신문을 읽었다. 그러던 어느 날 아이를 재우고 그에게 다가가자 그가 나를 신랄하게 비난했다. 아이들이 잠들 때까지 기다리느라 거실로 나왔을 때는 어두워진 후였고, 나는 지치고 졸린 상태에서 미켈레에게 비난을 듣자 상처를 받았다. 당시 신경이 예민했던 나는, 그의 자식을 돌보는 것도 그에 대한 나의 사랑이라면서 격하게 화를 냈다. 미켈레는 내가 틀렸다고, 그런 건 사랑이 아니라고 했다. 자기는 인생의 동반자와 결혼했지 베이비시터랑 결혼한 것이 아니라고 했다. 그 말에 마음이 상해 나는 울음을 터뜨렸고, 내가 우는 모습을 보고 미켈레는 내 곁으로 다가와 나를 다정하게 껴안으며 위로해주었다.

"용서해줘."

그러면서 그는 정신을 차리려는 듯 손으로 이마를 문질렀다. 미켈레가 아프리카로 떠나기 전에 있었던 일이었다. 나는 그날 밤 있었던 일을 가방 속에 넣어둔 편지처럼 기억 속에 묻어두려 했다.

참 이상한 일이다. 얼마 전부터 과거에는 잘했다고 생각했던 일들에 대해 미켈레에게 미안한 마음이 든다. 특히 늦은 밤 집에서 혼자 깨어 있을 때나 사무실에서 내게 말을 하는 귀도를 향해 불가능하다는 말을 반복할 때면 그런 느낌이 강해진다. 사실 귀도와의 관계가 불가능한 이유를 찾기 위해 편지를 읽은 건데 그러지 않는 편이 좋을 뻔했다.

가방 속에는 편지와 함께 아이들의 추억이 담긴 물건들이 있었다. 그 물건들을 보면 언제나 감정이 복받쳐 오르곤 했다. 그런데 오늘은 미렐라가 어렸을 때 가지고 놀던 곰인형도 리카르도가 처음 신은 신발도 부질없이 느껴졌다. 모두 다 먼지 쌓인 사물일 뿐 내게 아무런 말도 걸어오지 않았다. 살아 있는 건 오직 미켈레의 편지뿐이었다. 비록 이제는 사라져버린, 지금의 나와는 전혀 다른 여자에게 보낸 것이기는 했지만 그 편지를 읽으면서 나는 귀도와의 관계가 불가능한 이유를 찾을 수 있을 거라는 희망을 포기하고 말았다. 오히려 내일 귀도를 만나면 거짓말을 하지 않고서는 불가능하다는 말을 할 수 없을 것만 같았다.

Date *4* 월 *8* 일

갈수록 아이들을 이해하기가 힘들어진다. 어제 리카르도는 연필과 종이 한 장을 들고 부엌으로 오더니 대뜸 작은 가족을 유지하는 데 한 달에 돈이 얼마나 필요하냐고 했다. 미심쩍은 마음에 왜 그런 질문을 하는지 물으니, 농담처럼 부에노스아이레스로 떠나기 전에 결혼할 수 있는지 계산해보려는 거라고 했다. 나는 최근 몹시 예민해진 터라 리카르도에게 쓸데없는 생각 말고 공부나 열심히 하라고 했다. 요즘 통 책상 앞에 앉아 있는 모습을 본 적이 없는데 이런 식이면 학교 졸업도 힘들 거라고 했다.

나도 모르게 마리나에 대해서도 비판적인 말이 튀어나왔다. 그러자 리카르도는 내가 자기 문제에는 관심도 없고 제대로 돌봐주지도 않는다면서 부엌에서 나가버렸다. 그러다 아차 싶었는지 나갈 채비를 하는 내 곁으로 다가와 용서를 구하기 위해 재킷 입는 것을 도와주었다.

사무실에 도착하자마자 나는 귀도의 책상 앞에 앉았다.

"너무 피곤해요."

내 표정이 괴로워 보였는지 그는 나를 다정하게 바라보면서 걱정스레 물었다.

"무슨 일이죠? 내가 도와줄 수 있을까요?"

그가 따스한 목소리로 물었다. 헌신적인 친구의 목소리였다. 사무실은 아늑했다. 오후의 햇살이 창틀을 타고 자라난 어린 덩굴나뭇잎 사이로 들어와 방을 비추었다. 전등도 안락의자 가죽도 모두 녹색이어서 녹색 섬에 있는 것 같았다.

"괜찮아요."

안정을 되찾은 내가 미소를 지으며 말했다.

"고마워요. 여기 있으니 좋네요."

종종 리카르도의 미래와 미렐라와 칸토니 이야기를 들려주고 조언을 구하고 싶은 충동에 사로잡혔지만, 그렇게 하고 싶지 않았다. 이곳에서도 집에 있을 때의 내가 되고 싶지 않았다. 그는 나를 다르게 봐주기를 바랐다.

문득 미렐라의 눈에는 내가 어떻게 보이는지 궁금해졌다. 아주 짧은 순간이지만, 모녀 사이라는 것을 잊을 때, 가끔 절대적인 신뢰 속에 우리 둘이 강력하게 연결된 것이 느껴질 때가 있다. 하지만 그러다가도 미렐라는 마치 병이 옮을까봐 두려워하는 것처럼 내게서 떨어져 나갔다. 오늘은 내게 이렇게 물었다.

"사비나에게 대체 뭐라고 한 거죠?"

그애는 나를 사고뭉치 손아랫사람이라도 되는 것처럼 대했다. 가끔은 내가 정말로 그런 사람이 된 것 같았다. 나는 엄마로서 미렐라의 행실을 염려해야 할 의무가 있고, 이 집에서 사는 동안은 미렐라도 내 권위를 존중해야 한다고 했다.

"이 집에 사는 동안이라고요…"

미렐라가 내 말을 따라 했다.

"그게 대체 뭐가 중요한 거죠? 길 이름과 번지수를 기반으로 만든 권위가 대체 무슨 소용이죠?"

미렐라는 언제나 어려운 말을 늘어놓는다. 그런 식으로 엄마인 내 앞에서 잘난 척을 한다. 결혼을 해서 나의 권위에서 벗어날 수 있겠지만 그로 인해 형성된 새로운 권위를 존중하는 것 역시 만만하지 않을 거라고 했다. 미렐라는 고개를 가로저으며 우리는 절대로 서로 이해하지 못할 거라고 했다.

"엄마는 가족의 권위밖에 모르죠. 벌과 두려움을 통해서 생각할 필요 없이 무조건 존중해야 한다고 배운 유일한 권위니까요."

미렐라가 말했다.

"그러면 너는 대체 뭘 존중하니?"

내가 비아냥조로 묻자, 미렐라가 진지하게 대답했다.

"우선 제 자신을 존중하죠."

그러면서 미렐라는 내가 나조차 믿지 않는 고정관념에 사로잡혔다고 했다. 그 말에 나는 미렐라에게 적어도 엄마는 그 고정관념이란 것을 지키기 위한 대가를 치르며 살았다고 쏘아붙였다.

"제 말이 그 말이에요. 저는 동의하지도 않는 것을 위해 대가를 치르고 싶지 않아요. 오늘 식사할 때 아빠와 나눈 대화를 들었죠? 아빠도 같은 생각이에요."

그렇다. 둘은 그런 대화를 나누었고, 사실 나도 가끔은 그렇게 생각한다. 하지만 막상 둘이 그런 말을 하는 것을 들으니 선뜻 그 말에 동의할 수 없었다. 미켈레는 항상 자기는 양심이 있는 사람이라고 한다. 그는 평생 그 사실을 보여주었다. 그런데 오늘 갑자기 괴롭지만 새로운 양심을 찾아야 한다고 했다. 새로운 양심을 찾고 새로운 기준을 만들어야 한다고 했다. 클라라에게 주워들은 말인 것 같다. 제발 시나리오의 운명을 받아들이고 클라라를 그만 만났으면 좋겠다. 미켈레가 그런 식으로 말하면 나는 두려워진다. 미렐라도 마찬가지다. 때로는 가족 중에서 리카르도와 나만 정상인 것 같다.

Date 4월 10일

충격을 받아서인지 생각이 정리되지 않는다. 자정인데 아직 미렐라를 기다리고 있다. 잠시도 가만히 있을 수가 없어서 창가를 서성이고 있다. 다른 사람들이 오기 전에 미렐라와 이야기하고 싶어 택시를 타고 집에 왔지만 리카르도는 이미 집에 와 있고, 미켈레는 전화로 집에서 저녁을 먹지 않겠다고 했다. 나는 너무 혼란스러워서 미켈레에게 내가 들은 사실을 털어놓으려다 겨우 참고 아무 말도 하지 않았다. 행동에 나서기 전에 먼저 미렐라 이야기를 듣고 싶었다.

오늘 귀도의 사무실에 있을 때 그가 누군가와 전화 통화를 했다. 귀도는 무언가 결정하기 전에 바릴레시 변호사의 의견을 듣고 싶은데 마침 그가 로마에 없다고 했다.

"게다가 칸토니마저 로마에 없어서 말이야."

나는 그에게 신호를 보냈지만, 그는 눈치채지 못했다. 그가 수화기를 내려놓자 나는 조금 불편한 표정으로 칸토니가 로마에 돌아왔다는 소식을 전해주었다.

"아, 다행이군요. 이혼하러 뉴욕에 갔다고 들었는데요."

그의 말을 듣고도 나는 무표정을 유지했지만 속으로는 절규했다.

"알고 있었나요?"

그의 질문에 나는 다른 생각을 하는 척했다. 무슨 말을 쓸까 생각하는 척하며 연필을 종이에 갖다 댔다. 차라리 귀도에게 사정을 털어놓고 도움을 구해볼까 생각해보았다. 하지만 무언가가 그러지 못하게 나를 막았다. 그것은 귀도와 내가 함께 일하는 책상에 놓인 커다란 사진 한 장이었다. 진주 목걸이를 한, 당시에는 젊었던 한 여성과 두 아이가 찍힌 사진이었다. 그녀는 아이들을 양쪽에 한 명씩 끼고 아이들에게 기대고 있었다. 너무나 오랫동안 그 자리에 있어서 있는지조차 몰랐던 사진이었다.

Date 4월 12일

어제는 일기를 쓰지 않았다. 일기를 쓰는 것이 도움이 될 수도 있지만, 그전에 차분히 생각을 정리하고 싶었다. 온종일 미렐라에게 어떻게 태도를 취해야 할지 고민했다. 가장 큰 고민은 그애에게 '그 사람이랑 헤어지든 이 집에서 나가든 둘 중 하나를 택해'라고 확실한 대안을 제시하는 것이 과연 올바른 방법인가였다. 화요일 저녁에 바로 그런 말을 하지 않은 것은, 그렇게 말했을 때 미렐라가 망설이지 않고 집을 떠날 것 같아서였다. 그전부터 제 입으로 이 집에서 나가고 싶다고 했었으니까.

미렐라는 바릴레시 변호사에게서 오후에만 출근하지 말고 종일 근무하라는 제안을 받았다고 했다. 만약 그 제안을 받아들이면 한 달에 최소 5만 리라는 받을 것이다. 생활하기에는 빠듯하겠지만, 미렐라라면 자기 뜻을 굽히지 않기 위해 그 어떤 희생을 하고도 남을 아이다.

그렇게 생각하니 미렐라에게 뻔한 결정을 할 선택권을 주고 싶지 않았다. 같은 이유로 나는 미켈레에게도 그 사실을 숨겼다. 미렐라에게 친정어머니와 이야기를 하게 해볼까 하는 생각도 접었다. 할머니와 이야기하면 괜히 미렐라 화만 돋울 것이다. 직접적인 이해관계가 없는 친구의 입을 빌릴 수도 있을 것이다. 그토록 자식을 위해 희생했는데 자식은 부모를 제일 못 믿는다고 생각하니 서글펐다.

미렐라가 유일하게 귀를 기울일 만한 사람은 사비나뿐이었다. 하지만 그런 어린아이에게 도움을 청해야 한다는 사실이 수치스러웠고, 무엇보다 사비나가 나를 도와줄 것 같지도 않았다.

어제저녁 나는 수많은 불확실성에 지친 데다, 귀도와의 대화에서 알게 된 소식으로 인한 충격과 미렐라와 대화를 나누어야 한다는 부담감 때문에 문제 해결은 잠시 미뤄두고 긴 잠을 자고 싶은 참을 수 없는 욕구를 느꼈다. 저녁 식사 전에 나는 미렐라에게 통보했다.

"오늘 저녁에는 나가지 마. 알겠니? 절대로 나가선 안 돼."

나는 차라리 미렐라가 반항하기를 바랐다. 그렇게 자연스럽게 피할 수 없는 이야기가 나오기를 바랐다. 그런데 미렐라는 "그렇게 할게요, 엄마"라고 대답하고는 전화로 약속을 취소했다. 미렐라가 평소와 달리 순순히 내 말을 따르는 모습이 더 걱정스러웠다. 쉽게 만남을 취소하는 모습이야말로 두 사람의 관계가 시간이 흘러 더 단단해졌음을 의미하는 것 같았다.

화요일 저녁에 미렐라가 보인 침착한 모습에 당황스러웠다. 나는 도저히 미렐라처럼 침착하게 대응할 수 없었다. 나는 그애가 조심스럽게 문을 열고 들어오는 모습을 상상했다. 왠지 모르게 머리는 부스스하고 얼굴은 창백하고 입술에 혈기가 없을 것만 같았다. 그런 내 상상과는 달리 미렐라는 자정 넘은 시간에 외출했을 때와 똑같이 생기 넘치고 말끔한 모습으로 돌아왔다. 평온한 표정으로 현관문을 닫고 거실에 있는 나를 보고 웃어 보였다. 하지만 내 표정을 보는 순간 그대로 얼어붙었다. 미렐라는 손잡이에서 손을 떼지 않은 채 의아한 눈초리로 나를 바라보았다.

"들어와라."

내가 나지막이 말했다. 미렐라는 아무렇지 않은 척했지만 내 앞을 지나면서는 얻어맞을까봐 두려운 듯 몸을 피했다. 미렐라의 겁먹은 모습에 나는 흥분해서 그애에게 다가가 뺨을 때렸다. 미렐라는 두 눈을 크게 뜨고 화들짝 놀랐지만 반항하지는 않았다.

"그 사람이 유부남이란 거 알고 있었니? 알고 있었어?"

내 질문에 미렐라는 겁에 질린 눈빛으로 나를 바라보았다. 나는 잠시 그애가 사실을 몰랐다고 착각했다.

"알고 있었어?"

내가 의기양양하게 악을 썼다. 미렐라는 한 손을 붉게 달아오른 뺨에 가져다댄 채 내게서 시선을 떼지 않고 고개를 끄덕여보였다. 나는 그애의 팔을 잡고 격렬하게 흔들었다.

"부끄럽지 않니? 말해봐. 창피하지도 않아?"

나는 미렐라를 붙잡고 흔들면서 말했다. 미렐라의 몸이 바들바들 떨렸다. 그애의 육체에서 느껴지는 나약함에서, 나는 그애의 죄를 확신했다.

"그만둬, 제발 그만둬."

내가 말했다.

"엄마는 용납할 수가 없다. 부끄러운 줄 알아야지. 부끄러운 줄 알아."

나는 너무나 절망해서 미켈레처럼 말하고 있었다. 입에서 아무런 의미가 없는 말이 나왔지만, 그 순간은 다른 말이 생각나지 않았다.

“그 자식이 널 속인 거라고 말해줘. 무슨 말이라도 해봐. 대체 언제 안 거니?”

“처음부터요.”

미렐라의 말에 나는 그애 팔을 놓고 식탁 옆 의자에 쓰러지듯 주저앉았다. 서서히 흥분을 가라앉히자, 분노가 휩쓸고 간 자리에 고통스런 실망감이 밀려들었다.

“이리 와서 여기 앉아봐.”

내가 말했다.

우리는 식사할 때처럼 서로를 마주 보고 앉았다. 나는 미렐라가 나만큼 키가 자라고, 어느새 나보다 키가 더 커지는 과정을 지켜보았다. 이제 미렐라는 완전한 여자였다.

“가끔이라도 가족 생각은 안 하니?”

내 물음에 미렐라는 침묵했다.

“평생 너를 위해 내가 얼마나 많은 것을 포기했는지 생각 안 해봤니?”

순간 내 말을 듣고 내가 얼마나 중요한 것을 포기했는지 미렐라가 깨달아야 할 것 같아서 귀도를 떠올렸다.

“해봤어요.”

미렐라가 오랜 침묵 끝에 말했다.

“처음부터 그랬잖아요. 원하면 이 집을 나가겠다고요.”

미렐라의 비통한 목소리에 내 마음이 약해졌다.
“어디로 가겠다는 말이니?”
내가 고개를 저으며 다정하게 말했다. 미렐라는 그런 내게 시선조차 주지 않고 말했다.
“저 때문에 고민하지 마세요. 제가 집을 나가기를 바라시는지만 말해주세요.”
미렐라의 얼굴이 창백했다. 그애도 두려워하고 있는 것이 눈에 보였다.
“집을 나가면 행복할 것 같니?”
나는 본능적으로 직답을 피하고 미렐라에게 물었다.
“가족 없이, 엄마 없이, 지금까지 네 삶의 일부였던 모든 것을 포기하고 행복할 수 있겠니? 어디 한번 말해보렴.”
미렐라는 잠시 망설이다 속삭이듯 말했다.
“잘 모르겠어요. 가족을 떠나면 마음이 아플 것 같아요.”
‘마음이 아플 것 같다’라는 말에 대한 반감에 내 몸이 떨렸다.
“그래도 아마 저는 쉽게 적응할 거예요. 그러니 어떻게 하면 좋을지 엄마가 말해줘요. 내 생각은 하지 말고 아빠와 가족을 위해서 결정하세요.”
나는 결단을 내릴 수 없었다. 미렐라는 그 사실을 잘 알고 있었다. 나는 그애가 이런 내 마음을 알고 장난치는 것은 아닌지 두려웠다. 그애의 침착함이 치밀한 계산에서 나온 것은 아닌지 두려웠다. 나는 미렐라에게 다정하게 물었다.
“대안이 없다고 생각해서 그러는 거니? 선택의 여지가 없다고 생각해서? 그렇지 않아. 세상에 못 고칠 것은 없단다. 적어도 더 큰 피해는 막을 수 있어. 너 그 사람의 정부였니?"

순간 미렐라의 얼굴이 빨갛게 달아올랐다.

"그건 제 문제예요."

그 말에 나는 또다시 통제력을 잃고 말았다.

"뻔뻔한 년 같으니라고! 그런 식으로 말하다니 부끄럽지도 않니?"

"부끄럽지 않아요."

미렐라가 딱 잘라 말했다.

"그리고 내 대답이 어떤지는 중요하지 않잖아요. 아직 몇 달 동안은 엄마가 원하는 바를 내게 강요할 수 있어요. 나를 수도원에 가둘 수도 있고 집에서 쫓아낼 수도 있어요. 엄마에게는 그렇게 할 권리가 있고, 저는 복종해야겠죠. 엄마와 저는 그런 관계니까요. 하지만 나머지는 제 문제예요."

미렐라의 냉담한 모습에 마음이 무너져 내렸다.

"네겐 윤리 의식도 없니?"

내 말에 미렐라는 잠시 침묵하다 입을 열었다.

"저도 많은 생각을 해요. 정말이에요. 끊임없이 무엇이 옳고 무엇이 그른지 되물어요. 엄마는 제가 냉소적이고 차갑다고 하지만, 그렇지 않아요. 그건 사실이 아니에요. 저는 엄마와는 다를 뿐이에요. 몇 번이나 말했잖아요. 엄마는 옳고 그름에 대한 전통적인 기준을 따르기만 하면 돼요. 그러니 엄마는 운이 좋은 거예요. 하지만 저는 그렇지 않아요. 무슨 일이든 받아들이기 전에 제 기준에 따라 살펴보고 판단을 내려야만 해요."

"고작 스무 살인데 무슨 기준이 있단 말이냐? 경험 있는 사람의 말을 믿고 정신을 차려야지."

내가 화를 내며 소리를 지르자 미렐라가 미소를 지었다.

"그런 식이면 영원히 변화란 없을 거예요. 세대가 바뀌어도 아무런 발전 없이 과거를 전수하겠죠. 그런 식이면 아직도 광장에서 노예를 팔고 있을걸요? 스무 살이니까 반항할 수 있는 거예요. 다 늙은 마흔 살에는 변화를 꾀하지 못할 거예요. 다들 편안한 삶을 살고 싶어 할 테니까요."

미렐라에게 그 반대라고 말하고 싶었다. 반항은 마흔 살에 하는 거라고 말이다. 하지만 나 스스로 그러한 믿음에 대한 확신이 없는 데다 나보다 공부를 많이 한 미렐라는 유명한 사람 이름이나 책을 들먹여가며 내 주장이 잘못되었음을 입증할 터였다. 그 대신 나는 이렇게 물었다.

"너는 종교를 믿니?"

미렐라는 잠시 망설이다 대답했다.

"그런 것 같아요. 적어도 지금까지는 믿었죠. 뭐라 설명해야 할지 모르겠지만 내 믿음이 내 생각보다 더 강한지는 지켜봐야 할 것 같아요. 종교에 반하는 몇 가지 생각보다 강한지 말이에요. 제 말 이해하시겠어요? 제 말은 어린 시절 엄마 아빠에게 강요받은 종교를 제 의지로 받아들여야 할지 생각해봐야겠다는 거예요. 지금까지는 자연스럽게 받아들였지만, 이제는 그렇지 않아요. 일요일 정오마다 새 모자를 쓰고 미사에 참석하는 정도에 그치지 않고, 종교를 우리 행동의 기준이 되는 중요한 요소로 여기려면 지금과는 다르게 생각해야 해요."

"그래서?"

나는 불안한 마음으로 물었다. 그 대답에 따라 미렐라가 칸토니의 정부인지 아닌지 알 수 있을 것 같았다.

"그 역시 제 문제예요. 이 부분에 대해서는 정말로 확신 없이 다른 사람을 따라 할 수 없어요."

미렐라의 계속되는 사유는 나를 두렵게 만들었다. 무엇보다 그 애에 대한 연민이 느껴졌다. 생각이 많은 것은 부질없다. 아무리 생각을 해도 시간은 무심히 흘러갈 뿐이다. 미렐라가 잔혹한 기계 사이에 끼어서 부서져버릴 것만 같았다. 나는 다시 한번 미렐라를 회개시키려 했다. 그 사람에게 다시는 만나지 말자는 편지를 쓰라고 했다.

"그러면 마음이 가벼워질 거야."

그 순간 카페에서 귀도에게 불가능하다고 말하는 내 모습이 눈앞에 떠올랐다. 그렇게 하면 나도 정말로 마음이 가벼워질까?

"너 대신 내가 그 사람에게 말해줄까?"

내가 제안했다.

"너는 그렇게 할 용기가 안 날 거야. 그건 당연해. 여자라면 다 이해할 거야. 그렇게 해줄까? 벌써 몇 번이나 널 위해 그를 만날 생각을 했는지 몰라."

"엄마 말을 안 믿을 거예요."

미렐라가 미소를 지으며 반대했다.

"게다가 제가 엄마 말을 바로 어길걸요?"

우리는 자리에서 일어났다. 미렐라는 너무 피곤하다면서 자러 가게 해달라고 했다.

"평생 아이도 못 낳고 가정을 못 가질 텐데?"

내가 말했다.

"오래 가지도 못할 관계 때문에 네 미래를 망치고 있다는 걸 왜 모르니? 어차피 끝날 관계야. 넌 절대 행복하지 못할 거다."

"그러는 엄마는 행복하세요?"

미렐라가 굳은 표정으로 물었다. 그애와 대화를 나누다 보니 지치고 감정이 복받쳐 올라 눈물이 맺혔다.

"그럼."

나는 힘주어 말했다.

"나는 행복하단다. 평생 그랬어. 더없이 행복했지."

미렐라는 다정한 눈빛으로 나를 빤히 바라보았다. 그애의 눈빛을 받기 힘들어서 고개를 숙여 시선을 피하고 싶었다.

"엄만 정말 훌륭해요."

미렐라가 외쳤다. 그애는 나를 살짝 껴안으며 안녕히 주무시라고 인사했다. 나는 구걸하는 사람처럼 그런 미렐라의 뒤를 따라 복도를 걸었다.

"왜 그렇게 완강하고 차갑게 구는 거니?"

내가 속삭였다. 방문 닫히는 소리에 나는 다시 거실로 돌아왔다. 나는 기진맥진해서 의자에 쓰러지듯 주저앉아서 책상에 엎드려 팔에 얼굴을 파묻었다. 귀도에게 전화하고 싶었다. 당장 이곳으로 와달라고 하고 싶었다. 칸토니를 만날 생각도 해보았다. 그를 만나기 위해 어서 빨리 아침이 왔으면 했다. 잠을 자지 않으면 아침이 더 빨리 올 것만 같았다. 그와 동시에 혐오감이 밀려들면서, 모든 것을 내팽개치고 싶은 마음도 들었다. 나도 모르게 잠들었다 눈을 떠보니 이미 새벽이었다.

Date 4월 13일

오늘 아침 나는 칸토니와 잘 아는 사이인 귀도에게 도움을 청하기로 마음먹었다. 귀도에게 미렐라는 아직 너무 어려서 자기 행동이 어떤 파장을 불러일으키는지 잘 모르니 그만 헤어져달라고 칸토니를 설득해달라고 할 작정이었다. 그렇게 말하기로 마음먹고, 그의 사무실을 두세 번 들락날락했지만, 그때마다 나중에 말해야겠다고 생각하고 행동을 미루다 결국 그에게 아무 말도 하지 못하고 사무실에서 나왔다. 그런 부탁을 하면 귀도가 대체 내가 어떤 엄마이고 아이 교육을 어떻게 시켰냐고 물을 것만 같았다. 게다가 이미 떨어질 대로 떨어진 딸아이의 위신이 더 추락할 것만 같았다.

이제는 정말 남편과 이야기를 해야 하는데 엄두가 나지 않는다. 요즘 들어 미켈레는 우울한데다 말이 없어졌다. 이제는 미켈레조차 시나리오가 팔릴 거라는 희망을 버린 것 같았다. 오늘은 클라라가 자신을 귀찮은 시나리오 지망생 정도로 여기고, 충분히 도와줄 수 있는데도 도와주지 않았다고 했다. 나중에는 속상해하면서 심지어 어제는 클라라가 자기 전화를 일부러 받지 않는 것 같은 느낌을 받았다고 털어놓았다.

얼마 전부터 미켈레는 얼굴이 항상 창백하고 몸이 안 좋아 보였다. 나는 미켈레에게 클라라는 나의 소꿉친구인 데다 어린 시절부터 보아온 미렐라와 리카르도를 좋아하니 할 수만 있었다면 도와주었을 거라고 했다. 미켈레는 한참을 침묵하다 입을 열었다.

“그럼 당신이 클라라에게 전화 좀 해봐. 클라라네 집에 찾아가 보든가. 가서 뭐라고 하는지 좀 들어봐. 어떻게 지내는지도 물어보고, 왜 그렇게 바쁜지 좀 알아봐줘.”

나는 의외의 호기심에 놀라 미켈레를 바라보았다. 창백한 안색 때문인지 처음으로 몇 년 후 노인이 된 그의 모습이 보이는 듯했다.

“당신 무슨 일 있어?”

내 물음에 그가 말했다.

“나? 아니?”

하지만 순간 그의 입술이 떨리는 것 같았다. 그때 리카르도가 들어와 어떤 교수에 대한 불만을 늘어놓는 바람에 대화를 이어나갈 수 없었다. 리카르도는 화를 내며 끊임없이 말을 늘어놓았지만, 나는 그애 말에 아무런 관심이 없었다. 미켈레 때문에 걱정이 됐다. 심지어는 그가 클라라에게 반한 것이 아닌가 하는 생각도 들었다. 클라라의 전화를 기다릴 때면, 몇 분이 채 지나지 않았는데도 계속해서 시간을 물었다. 리카르도가 마리나의 전화를 기다릴 때처럼 말이다.

그가 썼다는 파격적인 시나리오를 생각했다. 미렐라 일도 있고, 할 일이 너무 많아서 시나리오에 별로 신경을 쓰지 못했다. 하지만 특정한 주제에 대해 글을 쓰거나 이야기하는 것은 청춘과는 거리가 멀어진 사람들의 특징이라고 생각하며 마음을 안정시켰다. 나는 미켈레가 클라라 옆에 있는 모습을 떠올려보았다. 아무리 그래도 그가 클라라에게 반했다고는 상상할 수 없었다. 괜한 의심을 한 것 같아 헛웃음이 나왔다. 요즘 나도 마음이 복잡해서 안 좋은 생각만 하게 되는 것 같았다.

"그래. 클라라를 찾아가볼게."

내가 약속했다.

그러자 미켈레는 절박하게 물었다.

"언제? 말 나온 김에 오늘 저녁에 가보지 그래?"

클라라에게 전화를 걸어 물으니, 저녁에는 언제나 바쁘다고 했다. 결국 나는 수요일 점심에 클라라와 만나기로 했다. 미켈레는 혹시 클라라가 자기 이야기를 하지 않았느냐고 물었지만, 클라라는 미켈레 이름을 언급하지 않았다. 안부 전해달라는 말조차 하지 않았다.

미켈레의 집요함에 나는 오히려 안도했다. 정말로 둘 사이에 무슨 일이 있었다면 아내인 나에게 클라라와 만나라고 하지는 못했을 테니까. 나는 미켈레에게 시나리오가 팔리지 않아도 괜찮다고 했다. 어떻게 갚을지 고민되는 할부금이 조금 남아 있긴 해도 그것만 다 끝내면 편해질 거라고 했지만, 사실 나조차 그 말을 믿지 않았다. 경험상 문제가 하나 해결되면 언제나 새로운 골칫거리가 생겼다. 하지만 나는 그래도 어떻게든 살림을 꾸려나갈 수 있다는 사실도 안다.

미켈레의 기분이 너무 가라앉아 있어서 차마 미렐라 이야기를 꺼낼 수 없었다. 조금이라도 기운을 북돋아주고 싶은 마음에 밝은 목소리로 이제 우리도 은퇴해서 쉴 때가 되었다고 했다. 돈은 아르헨티나에서 리카르도가 보내줄 거라고 했다. 그런데 미켈레는 좋아하기는커녕 화를 내면서 자기는 이제 오십도 채 되지 않았고 은퇴하려면 아직 멀었다고 했다. 그는 내가 농담하는지 모르고 기분 나빠했다. 내가 장난스레 그를 안아주려고 다가서자, 나를 거칠게 밀어냈다. 종종 남자들이 기분이 안 좋을 때 하는 행동을 보면, 그들이 여자처럼 직장 문제 외에도 별의별 수많은 문제를 해결해야 할 때 과연 어떻게 할지 궁금하다.

Date 4월 16일

오늘 아침 11시경에 경비가 내 사무실로 들어와 명함 한 장을 내밀었다. 명함에는 '알렉산드로 칸토니'라고 쓰여 있었다. 순간 나는 자리에서 벌떡 일어났다. 심장이 세차게 두근거렸다. 그렇게 아무런 준비가 되지 않은 상태에서 그를 만나는 것이 과연 옳은 일인지 고민이 됐다.

"들여보내세요."

내 지시를 기다리는 경비에게 그렇게 말했다가, 그를 다시 불러 세웠다.

"조금만 이따가 들여보내주세요."

그를 만나기 전에 생각을 정리하고 싶었지만 머릿속이 텅 빈 것만 같았다. 나는 자리에서 일어나 불안한 마음으로 사무실에서 왔다 갔다 하다, 다급히 책상 앞으로 돌아가 서랍에서 빗과 콤팩트를 꺼내 거울을 보며 얼굴을 정돈했다. 서랍을 닫자마자 "이쪽입니다"라는 경비의 목소리와 함께 칸토니가 들어왔다.

그는 키가 크고 꽤 잘생긴 편이었고 옷차림새도 품위가 있었다. 표정은 단호했지만 나는 그의 푸른 눈이 다정해 보인다는 사실을 바로 눈치챘다. 정중한 태도로 인사하는 그에게 나는 차가운 표정으로 자리에 앉으라는 신호를 보냈다. 순간 갑자기 힘이

나서 내가 먼저 입을 열었다.

"잘 오셨어요."

내가 말했다.

"그렇지 않아도 오늘내일 중으로 전화해서 만나자고 하려던 참이었어요. 미렐라에게서 우리가 어떤 이야기를 나눴는지 들으셨겠죠? 그렇지 않았다면 여기까지 찾아올 이유가 없을 테니까요."

그는 고개를 끄덕였고, 나는 말을 이어나갔다.

"미렐라는 아직 어린아이예요. 변호사님도 그 사실을 잘 알고, 그애를 멀리하고 더 이상 괴롭히지 않겠다는 말을 하려고 저를 찾아온 거죠? 그렇죠?"

나는 다른 가능성은 용납하지 않겠다는 듯한 확고한 어조로 말했다.

"그렇지 않습니다."

그가 차분하지만, 나 못지않게 확고한 어조로 대답했다.

"오히려 그 반대입니다. 평생 미렐라 곁을 떠나지 않겠다는 말씀을 드리기 위해 왔습니다."

순간 대화가 쉽지 않을 것이라는 사실을 직감했지만 침착하게, 정중하지만 단호하게 맞서기로 했다. 칸토니는 내가 생각했던 것과는 많이 달랐다. 나는 그가 냉소적이고 거만한 사람일 거라고 상상했다. 나는 그가 어떤 사람인지 궁금했다. 무엇보다 내 딸과 얼마나 깊은 관계인지 궁금했다. 이 부분을 알아봐야겠다고 생각하니, 나도 모르게 태도가 공격적으로 변했다.

"미렐라가 안정을 되찾을 수 있도록 그애를 멀리해주세요. 반드시 그래주셔야 해요. 미렐라는 아직 어려요. 한두 달만 떨어져 있어도 정신을 차릴 거예요."

일부러 그에게 상처를 주고 싶어서 한 말이었다. 칸토니는 나를 바라보며 고개를 가로저었다. 그의 자신감 가득한 표정에 나는 기분이 상했다.

"그럴 수는 없습니다, 부인. 저도 오랜 생각과 고민 끝에 드리는 말씀이에요. 저는 미렐라처럼 젊지 않습니다. 저는 서른다섯입니다. 그리고 저는 미렐라 곁에 머무르는 것이야말로 저의 의무라는 결정에 도달했습니다."

"왜죠?"

의무라는 말에 걱정이 커졌다.

"미렐라를 사랑하기 때문입니다. 그녀도 저를 사랑하고요. 저희는 함께 일하고 싶습니다. 함께할 수 있는 일들이 있습니다. 각자가 아니라 함께하면 행복할 뿐 아니라 서로에게 도움이 될 겁니다. 비웃지 말아주세요."

내 얼굴에서 미덥지 않은 표정을 읽었는지 그가 말했다.

"저도 알고 있습니다. 감정이나 삶의 목적에 대해 이야기할 때는 어쩔 수 없이 서투르고 장황하고 어색한 표현을 쓸 수밖에 없죠. 하지만 그것이 진실입니다. 미렐라를 만나기 전에 저는 아무것도 아니었습니다. 미렐라도 예쁘고 똑똑한 아가씨일 뿐이었죠. 하지만 만남과 함께 둘이 함께 갑자기 성장한 느낌입니다. 이제는 함께 있으면 강해지는 것을 느껴요. 그리고 우리에게는 그 힘을 지켜낼 의무가 있습니다. 함께 일하고 싶다는 것은 단지 변호사

일만을 의미하는 것이 아닙니다. 그것만으로는 충분한 이유가 되지 못합니다. 물론 미렐라가 자기 일을 사랑하고, 필요에 의해 어쩔 수 없이 일하는 다른 여자들과는 달라서 저는 행복합니다. 저조차도 미렐라를 만나기 전에는 지금과는 다른 삶을 살았습니다. 하지만 그러면서도 항상 무언가에 억눌린 느낌을 받았습니다. 특히 전쟁이 끝난 후로는 더 그랬죠. 뭐라고 설명해야 할지 모르겠지만, 제가 하는 모든 일이, 제 삶이 보잘것없게 느껴졌습니다. 이런 감정을 설명하기는 쉽지 않습니다. 정확하게 표현할 수 없는 모호한 것이니까요. 혹시 제 말이 지루한가요?"

나는 고개를 저었다. 대체 그가 어떤 결론을 내릴지 궁금해졌다. 나는 불신을 접어놓고 그의 말을 주의 깊게 들었다.

"아마도 저보다는 미렐라가 설명을 더 잘할 겁니다. 젊어서 저보다 더 민감하니까요. 그동안 일어난 많은 사건과 상황 때문에 저와 미렐라 세대 사이에 깊은 골이 생겼죠. 저는 사랑의 힘으로 그 골을 메우려고 노력하지만, 어쩌면 어머님은 미렐라를 이해하기가 더 힘드실 수 있을 겁니다. 왜냐하면…"

내가 망설이는 그의 말을 받았다.

"내가 미렐라보다 스무 살이나 나이가 많아서요? 그 말을 하고 싶은 건가요?"

"아니요. 아닙니다. 어머니로서 딸이 자신의 신념을 더 이상 중요하게 생각하지 않는다는 사실을 받아들이기 힘들 테니까요. 새로운 가치들은…"

나는 그의 말을 끊으며 젊은이들은 언제나 새 세상을 만들 수 있다고 믿는다고 했다. 하지만 칸토니는 그렇지 않다고 했다. 지난 몇 년 동안 일어난 일들로 인해 이제는 과거처럼 살 수 없게 됐다고 했다.

"그 사실을 이해하는 사람이야말로 진정으로 살아 있는 겁니다. 그렇지 못하는 사람은 이미 죽은 사람이나 마찬가지죠."

어쩌면 내 딸의 정부일지도 모르는 사람과 기분 좋게 대화할 수 있다는 사실이 놀라웠다. 이런 대화가 방문 목적은 아니지 않냐면서 그의 말을 끊으려 했지만 그는 말을 멈추지 않았다.

"제가 미렐라를 사랑하는 건 그녀가 가진 시간 때문이기도 합니다. 그녀 또래 아가씨들도 마찬가지이지만 대부분은 그 사실을 인지하지 못하죠. 우리는 카프렐리가 크리스마스 파티에서 처음 만난 그날 저녁 당장 함께 떠날 수 있었을 겁니다. 그날 저녁 다른 사람들이 춤을 추는 동안 우리 둘은 새벽이 될 때까지 대화를 나누었죠. 모든 것은 그때 이미 결정된 겁니다."

이제 내게 남은 카드는 단 하나뿐이었고, 나는 그 카드를 사용하기로 마음먹었다.

"미렐라가 돈 때문에 당신에게 매력을 느꼈다고는 생각해본 적이 없나요?"

"제 돈이요?"

그는 한 손으로 자기 가슴을 가리키며 외치더니 웃음을 터뜨렸다. 믿음이 가는 웃음이었다. 웃는 모습이 어려 보였다.

"전 부자가 아닙니다. 저는 일하는 사람입니다. 미렐라처럼 학창 시절부터 일했죠. 변호사란 직업이 원래 하루하루 상품을 팔듯 서비스를 팔아야 하는 일입니다. 부자는 직업이 있는 사람이 아니라, 물질을 소유한 사람들이죠. 제가 가진 거라고는 말밖에 없는데 말은 유동 자산이죠. 작은 실수만으로도 가난해질 수 있어요. 저는 미렐라와 함께 일할 겁니다."

그 말에 내가 물었다.

"당신 부인은 미렐라와 함께 살아야 한다는 당신의 의무감에 대해 뭐라고 생각하죠?"

그는 잠시 침묵한 뒤 입을 열었다.

"바로 그 부분을 말씀드리기 위해 왔습니다. 지금 들려드리는 이야기는 저와 미렐라에게는 상관이 없지만, 어머님을 안심시킬 수는 있을 테니까요. 제가 설명드리죠. 제 아내 에블린을 만난 것은 1946년 로마에서였습니다. 우리는 많은 곳을 함께 여행했죠. 저는 에블린이 미국 사람이고, 저와는 다른 세상을 상징했기 때문에 그녀에게 이끌렸을 뿐입니다. 그뿐이었다고 말하는 것이 그녀에 대한 예의가 아닌 것 같지만, 사실이 그렇습니다. 그러다 얼마 후에 저는 미국까지 에블린을 찾아갔습니다. 그때도 그녀와 함께 있는 것이 즐거웠습니다. 그녀는 잘 웃었고 재치 있었고 활발했습니다. 게다가 그때까지만 해도 저는 미렐라 같은 여자를 만날 거라는 걸 몰랐습니다. 그래서 그녀와 결혼했습니다. 하지만 막상 로마로 돌아오니 우리가 공유하던 것들, 그러니까 함께 여행하고 술 마시고 즐기는 것이 얼마 지나지 않아 지겨워졌습니다. 설상가상으로 에블린은 이탈리아어까지 하기 시작했죠…"

그가 미소를 지으며 말했다.

"우리 사이에는 차이점밖에 남지 않았습니다. 그해는 정말 힘들었습니다. 결국, 에블린은 몇 달 후에 돌아오겠다는 말을 남기고 미국으로 돌아갔습니다. 그런 다음 매번 귀국을 늦추는 편지를 보내왔습니다. 저는 저대로 이번에는 정말 돌아오겠다는 편지를 받을까봐 걱정했습니다. 에블린은 3년 동안 돌아오지 않았고, 저는 그사이에 미렐라를 만났습니다. 어머니에게 자기 딸이 얼마나 뛰어난 사람인지 설명하기는 쉽지 않습니다. 어쨌든 저는 미렐라를 통해 제 자신과 가능성과 삶을 재발견했습니다. 지금까지는 여자와 동등한 동성 친구처럼 이야기하는 것은 불가능하다고 생각했습니다. 두 사람 관계가 삶의 모든 것이라는 말은 사실입니다. 미렐라와 만난 건 에블린 때처럼 예쁜 아가씨와 시시덕거리기 위해서가 아니었습니다. 결국 저는 에블린과 이혼을 결심하고 미국으로 향했습니다."

순간 기쁜 마음에 미렐라도 그 사실을 아는지 물었다. 칸토니는 미렐라는 자기에 대해서라면 모르는 일이 없다고 했다.

"저는 2주 전에 리치먼드로 떠났습니다. 미렐라는 제가 돌아오지 않을까봐 두려워했습니다. 공항에서는 거의 절망에 빠졌죠."

나는 엄마인 내가 딸이 힘든 시간을 보낸 것을 눈치채지 못했다는 사실을 깨달았다.

"저는 미국에서 짧게 머물렀습니다."

칸토니가 말을 이었다.

"에블린에게 이혼을 부탁하기 위해서 말입니다. 에블린은 흔쾌히 수락해주었습니다. 둘 다 불행하고 고독하게 될 것이 뻔한 관계에서 서로를 해방시켜주고, 좋은 친구로 헤어지기로 했죠. 그곳 리치먼드에서 저는 미렐라와 에블린의 본질적인 차이를 깨달았습니다. 에블린은 모든 것을 물질을 통해서 표현하는 데 비해, 미렐라는 생각을 통해 표현하죠. 다른 차이도 크지만, 이 점이 모든 차이를 요약하는 것 같습니다. 미국에 있는 동안 저는 미렐라와 함께 있을 때와 같은 대화의 즐거움을 맛보지 못했습니다. 돌아오니 그녀와 떨어져 있는 동안 숨도 못 쉬고 먹고 마시지도 못한 것 같은 느낌이 들더군요."

칸토니는 웃음을 터뜨렸고, 나는 그런 그를 바라보며 미소를 지었다. 그 순간 나는 절대적인 평안과 평화로움을 느꼈다. 이혼 수속이 끝나기까지 얼마나 시간이 걸리는지, 언제 미렐라와 결혼할 생각인지 물었다.

"잘 모르겠습니다."

그가 말했다.

"솔직히 미국에서 확정된 이혼을 이탈리아에서 승인받기는 쉽지 않죠. 이탈리아에서는 영원히 이혼했다는 꼬리표를 달고 살아야 합니다. 우리를 더 좋은 사람으로 만들어줄, 우리에게 맞는 삶이 바로 눈앞에 있는데 죄라는 생각에 사로잡혀서 전통적인 관습을 극복할 용기를 가지지 못한 이들은 더 나은 삶을 포기하고 암흑과 고독 속에서 영원히 고통받죠. 그렇기에 저와 미렐라는 함께 일하려는 겁니다. 함께 나가기 위해서 말입니다."

순간 나는 그가 최근 미켈레와 미렐라가 그랬던 것처럼 현실, 일상, 자식들 앞에서는 아무런 의미가 없는 말을 할 것을 직감하고 그의 말을 가로막았다.

"새로운 의식을 형성하기 위해서 말이죠?"

내가 심술궂은 미소를 지으며 말했다. 칸토니는 내 말투 때문에 불안한 표정으로 고개를 끄덕였다. 나는 그에게 왜 나를 찾아왔는지 물었다. 무슨 이야기를 하고 싶었는지 물었다. 그는 내 목소리에 묻어나는 불편함을 눈치채지 못하고 다정한 말투로 침착하게 말했다.

"어머님이 저와 미렐라를 이해할 수 있게 도와드리고 싶어서 왔습니다. 어머님께서는 저를 스무 살 처녀 뒤꽁무니나 쫓아다니는 부유한 유부남이라고 생각하시죠. 저는 어머님이 저를 그런 식으로 생각하는 것을 원치 않습니다. 저는 그런 사람이 아닙니다. 믿어주세요. 언젠가 저와 미렐라는 결혼하겠죠. 아마도 그럴 겁니다. 하지만 그것은 중요하지 않습니다. 중요한 것은 제가 얼마나 미렐라를 사랑하고, 미렐라가 얼마나 저를 사랑하느냐죠. 둘이 함께 무엇이 되려고 하고, 무엇을 만들어가려는지가 중요합니다. 저희의 목적은 결혼이 아닙니다. 저희는 억지로 사랑하고 싶지 않습니다. 매일 각자의 의지로 자유롭게 사랑하고 싶습니다. 제 말 이해하시죠?"

"이해 못 해요."

내가 단호하게 말했다.

그러자 칸토니가 결론을 내렸다.

"안타까운 일이군요. 어쨌든 제게는 어머님과 이야기해야 할 의무가 있었습니다. 어머님을 설득할 수 있을 거라 믿었는데, 안타깝게도 저는 형편없는 변호사인가 봅니다."

그가 다시 한번 반복했다.

"어머님은 이해하실 줄 알았습니다."

나는 내 마음을 혼란스럽게 만드는 대화를 어서 끝내고 싶어서 자리에서 일어났다. 칸토니는 뭔가를 묻는 듯한 표정으로 나를 빤히 바라보며 따라 일어났다. 그의 시선에서 애정 어린 원망이 느껴졌다.

"어쩌면 미렐라의 말이 맞는 것 같군요. 미렐라는 어머님은 이해하지만, 단지 그 사실을 인정하기를 두려워하는 것뿐이라고 했죠. 적어도 저희의 적이 되시지는 않았으면 좋겠습니다."

우리는 잠시 아무 말 없이 창가에 서 있었다. 나는 미렐라의 눈으로 그를 바라보았다.

"날씨가 좋군요."

그가 말했다. 사랑에 빠진 사람의 말투였다. 인사를 하는 동안 잠시 우리의 시선이 부딪쳤다. 호의가 담긴 눈빛이었다. 칸토니가 나가자마자 나는 유혹을 뿌리치듯 재빨리 문을 닫아버렸다.

Date 4월 17일

일기장을 펼칠 때마다 처음 일기를 쓰기 시작했을 때 불안했던 감정이 떠오른다. 당시 나는 온종일 밀려드는 후회감 때문에 괴로웠다. 일기장에 안 좋은 내용을 쓴 것도 아닌데 일기 쓰는 것을 들킬까봐 항상 두려웠다. 하지만 이제는 사정이 달라졌다. 일기장에 최근 내게 일어난 일들을 기록하면서, 그동안 내가 죄악으로 여겼던 일들에 나 자신이 어떻게 서서히 빠져들게 되었는지 기록하게 되었다. 그리고 지금은 이 일기장 없이 살 수 없듯이 그런 일을 저지르지 않고서는 살 수 없게 되었다.

이제 나는 거짓말하는 데 능숙해졌다. 일기장을 숨기는 데도 익숙해지고, 일기 쓸 시간을 만드는 데도 요령이 생겼다. 용납하지 못했던 일에도 익숙해졌다. 예전의 나였다면 칸토니와 편하게 대화를 나눌 생각은 절대로 못 했을 거다. 심지어는 변호사를 통해서 연락을 취할 생각까지 했었는데, 정작 어제는 그를 출입문까지 바래다주고 인사하면서 나도 모르게 친구라도 되는 것처럼 손을 내밀었다.

사무실에 돌아와 조금 전까지 그가 앉아 있던 안락의자와 그가 피운 담배꽁초가 담긴 재떨이를 보니 참을 수 없이 혼란스러운 감정이 밀려들었다. 그 감정이 칸토니와 미렐라의 계획으로 인한 것인지 아니면 그가 말한 많은 이야기 중에서 미렐라뿐 아니라 내 삶과도 관련이 있는 내용 때문인지는 모르겠다.

귀도의 사무실로 달려갔지만 사무실은 텅 비어 있었다. 경비가 멋진 녹색 안락의자가 햇빛에 바래지 않게 항상 블라인드를 내려놓았기에 어둠 속에 잠긴 사무실이 서글프고 황량해 보였다. 귀도가 내게 인사도 하지 않고 나갔다는 사실을 받아들일 수 없었다. 어쩌면 나를 불러달라고 했는데 내게 손님이 왔다는 사실을 듣고 그냥 간 것일 수도 있다. 하지만 이성은 나의 우울한 마음을 진정시키지 못했다. 나는 귀도가 가족들과 함께 점심 먹는 장면을 상상해보았다. 내가 잘 모르는, 나와는 다른 부류의 사람들이었다.

옷걸이에 귀도의 레인코트가 걸려 있었다. 나는 레인코트를 쓰다듬은 뒤 위안을 받고 싶은 마음에 꼭 껴안아보았다. 하지만 레인코트는 차갑고, 귀도 특유의 라벤더 향도 나지 않았다. 귀도가 사무실에 오면 언제나 라벤더 향이 났다. 지난 몇 년 동안 그 향은 내게 직장 일과의 시작을 의미했다. 나는 텅 빈 어깨에 기대듯 그 차가운 레인코트에 고개를 파묻었다. 더는 혼자 있고 싶지 않았다.

귀도와의 관계를 유지하는 것이 불가능하다고 결심한 후부터 나는 그의 다정한 시선과 배려를 외면했다. 그가 내게 한 모든 말을 잊고 과거의 친구 같은 태도로 돌아가주기를 기다리는 척했다. 그러면서 순간적인 감정 표출 외에 그가 내 진짜 감정을 알아채게 한 적은 없었다고 나 자신을 설득하려 했다.

하지만 어제는 칸토니와의 힘겨운 대화를 마치고 혼자 남겨지자 두려웠다. 내 말대로 귀도가 정말로 나를 잊은 건 아닌지 두려웠다. 집에 들어가기가 두려웠다. 나를 기다리는 가사로부터 도망치고 싶었다. 평정심을 유지한 상태로 집안일을 할 수 있을 것 같지 않았다. 온 가족이 자신의 우울함을 알아주기를 바라는 미켈레를 보고 싶지도 않았고, 요즘 다시 불만이 많아져서 돈이 없다는 이유로 부모와 정부를 비난하면서 마지못해 자기도 돈벌이를 해야겠다는 리카르도도 꼴보기 싫었다. 무엇보다 미렐라와 마주치고 싶지 않았다. 미렐라를 보면 오늘 있었던 일에 관해 이야기할 수밖에 없을 텐데 솔직히 지금도 그가 방문한 이유를 잘 모르겠다. 그냥 '네가 하고 싶은 대로 해. 피곤하니 나를 좀 내버려둬'라고 말하고 싶었다.

나는 귀도의 의자에 앉아 사무실에 처리해야 할 일이 있어서 점심에 가지 않겠다는 말을 하려고 집에 전화를 걸었다. 미렐라가 전화를 받았는데, 내가 집에 가지 않겠다고 하니 목소리가 짜증스러워졌다. 칸토니와의 대화에 관해 이야기하고 싶어 하는 것 같았지만, 나는 그저 "저녁에 보자"라고만 하고 전화를 끊었다.

자유 시간이 생겼다는 생각에 나는 곧바로 기분이 좋아졌다. 이 시간을 어떻게 활용할지 고민했다. 설거지를 해야 한다는 의무감에서 벗어나 밖으로 나가 식당에서 맛있게 점심 식사를 할까 생각도 해보았지만 혼자 식당에 갈 생각을 하니 조금 두려웠다. 실은 내가 간절히 원하는 것은 하나뿐이었지만, 차마 입밖에 낼 수는 없었다. 나는 출구로 가서 경비에게 급하게 처리할 일이 있어서 사무실에 남겠다고 했다. 등 뒤로 문 닫히는 소리를 들으며 안도했다. 나는 다시 귀도의 책상으로 돌아가 재빨리 그의 집 전화번호를 돌렸다. 가사도우미의 건조한 대답에 귀도를 바꿔주지 않을까봐 잠시 불안했지만 이내 귀도의 다급한 발소리가 들려왔다.

"여보세요? 당장 나와주셔야겠어요. 저 혼자 사무실에 있어요. 아까는 약속이 있는 걸 깜빡 잊고 말씀 안 드렸어요."

그러자 귀도는 잠시 망설이다 정신을 차리고 내게 대답했다.

"알겠습니다. 그러겠습니다. 점심 식사 후에 바로 가죠."

나는 그의 의자에 앉아서 그가 오기를 기다렸다. 칸토니가 한 말이 머릿속을 맴돌았다. 자신은 부자가 아니며, 가진 것이라고는 자기 직업뿐이라고 말하며 웃던 그의 표정이 떠올랐다. 머뭇거리며 나는 미렐라를 이해하지 못할 거라고 말할 때의 표정도 떠올랐다. '미렐라'를 부를 때의 확신에 찬 말투도 마음에 안 들었다. 마치 자기가 그 이름을 붙여주었으며, 미렐라는 자신의 소유라는 듯한 말투였다. 그런 생각을 하면서 나는 눈을 감고 휴식을 취했다.

열쇠 돌리는 소리에 나는 깜짝 놀라 벌떡 일어났다. 급히 전화한 그럴듯한 이유를 생각해내려 했다. 단지 그를 보고 싶었고 그와 함께 있고 싶었을 뿐이라는 사실을 고백하고 싶지 않았다. 그는 단호한 걸음으로 성큼성큼 사무실로 들어왔다. 처음에는 환한 바깥에서 들어온 후라 나를 바로 알아보지 못했다. 방은 어두웠고 나는 창가로 피해 있었다.

"무슨 일이죠, 발레리아?"

그가 나를 향해 다가오며 말했다. 그러면서 열쇠를 주머니에 집어넣었는데, 그 익숙한 동작에 나는 감정이 복받쳐 올랐다.

"안 되겠어요."

그가 내 손에 입 맞추는 동안 내가 중얼거렸다.

"잠시 사무실을 떠나야겠어요. 이 상태로 지내는 건 너무 힘들어요. 어디로 도망가야 할지 모르겠어요. 휴가가 필요해요. 보름, 아니 20일 동안 휴가를 가야겠어요. 여름 휴가를 지금 쓸게요. 베로나에 사는 이모 댁을 방문하려고 해요. 이곳을 떠나서 안정을 되찾을 수 있게요."

그전까지는 한 번도 심각하게 생각해본 적이 없었는데, 갑자기 휴가야말로 나의 유일한 해방이자 구원처럼 느껴졌다. 내 말에 귀도는 오히려 기뻐하는 것 같았다.

"언제 떠나려는 거죠?"

잠시 기다렸다 그가 말했다.

"잘 모르겠어요. 지금 당장이라도 떠나고 싶지만 이렇게 갑자기 아이들과 집을 두고 떠날 수는 없으니 보름 후가 좋겠어요."

그는 책상에 올려둔 캘린더를 확인하기 위해 잠시 내게서 멀어졌다. 그러다 내 곁으로 돌아와 다시 내 손을 잡더니 나를 사랑스러운 눈빛으로 바라보며 말했다.

"2주 후에 나도 트리에스테에 갈 일이 있어요. 하지만 그곳에는 하루만 있으면 돼요. 돌아오는 길에 베네치아에 들를 수 있어요. 사흘, 아니 닷새도 가능해요. 어차피 베네치아는 베로나에서 가까우니까요."

그런 다음 나지막이 말했다.

"베네치아에서 둘이 닷새를 함께 보내는 겁니다."

그 말을 듣는 순간 나는 평정심을 잃었다. 다 내 잘못이다. 일이 이렇게까지 되게 해서는 안 됐었다. 그에게 전화하지 말았어야 했다. 혼자 있는 사무실로 불러내지 않았어야 했다. 나는 가까이에 있는 의자에 쓰러지듯 앉았다. 귀도는 베네치아가 베로나에서 가깝다고 했다. 하지만 베네치아 대신 파도바나 비첸차에 가자고 할 수도 있었을 것이다. 그는 마치 내 마음을 읽는 것 같았다. 나의 괴로운 욕망을 알고 있는 것 같았다. 나는 더 이상 도망칠 수 없다는 사실을 깨달았다.

"안 돼요. 안 돼요."

나는 그의 말이 너무 두려워서 인상을 찡그리며 거절했다. 그는 지금 당장 대답할 필요는 없다고 했다. 부탁이니 당장 거절하지 말아 달라고 했다. 충분히 생각해보고 이야기해주면 고집부리지 않고 내가 하란 대로 하겠다고 했다. 나를 향한 헌신을 믿어 달라면서 나를 다정하게 포옹하며 내 이마에 입을 맞췄다. 우리의 사랑과 행복을 포기할 수 없다고 속삭였다. 우리에게는 그럴 권리가 있다고 했다.

"권리가 있고 말고요."

그가 되뇌었다. 그 순간 그 말속에 내가 알지 못하는, 그의 삶과 관련된 무엇인가가 내포되어 있다는 사실을 깨달았다. 나는 생각했다.

'그래, 미렐라도 리카르도도 지긋지긋해. 정말이지 견딜 수 없어.'

경비가 어둠 속에 붙어 있는 우리 둘의 모습을 발견했지만, 나만의 생각에 잠겨서 그의 놀란 눈빛조차 눈치채지 못했다. 내 마음은 이미 기차 안이었다.

집에서 근심이 가득해 보이는 내 표정을 보고 미렐라가 나를 따로 불러내 물었다.

"저 때문에 그러세요?"

내가 고개를 끄덕이자 미렐라는 발끈했다.

"산드로가 엄마랑 이야기하러 가겠다고 우긴 거예요. 저는 그이가 무슨 말을 할지 알고 있었어요."

칸토니 이야기를 잠시 나누었지만, 솔직히 내겐 전혀 중요하지 않았다. 미렐라는 칸토니가 한 말을 반복했고, 나는 그애가 칸토니와 같은 화법을 쓴다는 사실을 깨달았다.

"네 아빠와 이야기해야겠다."

내가 말했다.

"하지만 오늘은 기운이 없어. 네 아빠가 결정할 거야. 어쩌면 시간을 조금 두고 네가 집을 나가는 것이 좋을 수도 있겠구나. 우리는 나름의 원칙을 가지고 사는 데 익숙한 사람들이란다. 비록 네 말대로 그것이 가식적이고 구닥다리 원칙일지라도 우리가 바뀔 수는 없어."

나는 미렐라의 냉담한 태도에 또 한 번 놀랐다. 그애는 여전히 내게 용서를 구하지도 않았고, 자신의 눈먼 열정을 핑계대지도 않았다. 미켈레와 약혼했을 때 나도 그와 불경한 행위를 했지만, 그

때마다 사실 나는 내키지 않는데 미켈레 때문에 마지못해 하는 척했다. 신혼 첫날밤도 미켈레가 내게 다가올 때마다 그랬다. 정말로 베네치아에 가게 된다 해도 나는 아마 그곳에 가는 진짜 이유와 그곳에서 운명처럼 일어날 일을 끝까지 모르는 척할 것이다. 이것이 나와 미렐라의 차이였다. 내가 보기에 미렐라는 특정한 상황에 대해 인지하고 있음을 솔직히 인정함으로써 죄로부터 영원히 사함을 받는 듯했다.

나는 미렐라에게 양심의 가책을 느끼지는 않는지, 마음은 평화로운지 묻고 싶었다. 하지만 미켈레가 들어오는 바람에 대화를 이어나갈 수 없었다. 미켈레는 내가 저녁 식사를 준비하는 동안 내 주변을 맴돌면서 내일 클라라에게 무슨 말을 해야 할지 설명해주었다. 그는 내가 할 말을 다 기억하지 못할까봐 걱정했다. 나는 그렇지 않아도 사무실에서 휴가를 받으면 베로나에 있는 마틸데 이모 집에서 며칠을 보낼 계획이라 그전에 시나리오가 어떻게 될지 알고 싶다고 했다.

나는 미켈레가 내 속셈을 당장 알아챌 것만 같았다. 내심 그가 나를 못 떠나게 해주기를 바랐다. 하지만 남편은 오히려 내게 잘 생각했다고 했다. 내가 베로나에 가는 김에 베네치아에도 들를 생각이라고 하자 그렇게 하라고 했다.

"좋은 생각이야. 오래전부터 베네치아에 가고 싶어 했잖아."

나는 내가 무슨 말을 하든 변하는 건 없을 거라는 사실을 깨달았다. 심지어 사장과 베네치아에서 만나기로 했다고 해도 미켈레는 당연하다고 생각할 판이었다. 문득 과거 사장이 나를 집에 바래다줄 때마다 미켈레가 창가에서 내가 차에서 내리는 모습을 바라보면서 질투를 느꼈다고 이야기했던 날 밤이 생각났다. 하지만 이제 남편은 아무것도 보지 못한다.

그는 나를 보지 않는다. 우리 사이에는 아이들과 마리나와 칸토니와 평생토록 설거지한 산더미 같은 접시들과 남편이 사무실에서 보낸 시간과 내가 내 사무실에서 보낸 시간과 어젯밤처럼 냄비에서 나오는 김 때문에 보이지 않는 눈을 비벼가며 끓인 수프가 있었다. 그러고 보니 여행한 지 너무 오래돼 여행 가방이라고는 낡아빠진 천 가방밖에 없었다. 미켈레의 커다란 가죽 가방을 가져가야겠다.

Date 4월 18일

오늘 클라라네 집에서 점심을 먹었다. 젊었을 때처럼 둘이 식사를 하니 휴가 온 것 같은 기분이 들었다. 클라라는 파리올리가에 지은 신축 건물의 펜트하우스를 구입해서 살고 있었다. 테라스에서 바라보니 풀밭, 소나무, 하얀 집들로 이루어진 기분 좋은 풍경이 드넓게 펼쳐져 있었다. 테라스에는 이미 꽃이 만개해 있었다. 우리는 클라라가 선탠할 때 쓰는 접이식 침대에 편하게 자리 잡고 앉아 잠시 바깥바람을 쐤다. 클라라는 젊어 보이려면 피부가 언제나 햇빛에 보기 좋게 그을린 상태여야 한다고 했다. 여배우들은 그런 식으로 관리한다고 했다.

조금 전 욕실에 갔을 때 나는 클라라가 사용하는 화장품 이름을 적어두었다. 화장품이 너무 많아서 어떤 것을 사야 할지 갈피를 잡을 수 없었지만, 그렇다고 클라라에게 직접 물어볼 수는 없었다.

남편과 이혼한 후 클라라의 인생은 완전히 변했다. 그점은 미켈레 말이 옳았다. 인테리어도 처음 보는 스타일이었다. 젊었을 때만 해도 나는 클라라를 똑똑하다고 생각하지 않았다. 클라라는 남성 편력이 심해서 항상 남자 이야기만 했다. 내가 평소처럼 또 누군가와 연애 중인지 묻자, 그녀는 내게 마뜩잖은 시선을 보냈다.

"아니야."

나는 그녀의 다급한 대답을 믿을 수 없었다. 클라라는 입버릇처럼 자기는 사랑 없이는 못 산다고 했다. 어쩌면 이제는 예전만큼 나를 믿지 않아서 그렇게 말한 걸 수도 있다. 반면에 나는 오늘만큼 간절하게 클라라의 이야기를 듣고 싶었던 적이 없었다.

"사랑하기까지 너무 많은 시간이 소모돼."

클라라가 말했다.

"그건 실은 사랑이 존재하지 않기 때문이야. 매일 매 순간 없는 것을 만들어내야 하는 데다, 거기에 부합하기 위해 노력해야 하지. 쉽지 않은 일이야…"

클라라는 냉소적인 억지 미소를 지어 보였다. 시간이 많지 않다는 클라라의 말에, 나는 미켈레가 부탁한 대로 무엇을 하느라 그렇게 바쁜 거냐고 물었다.

"영화 연출 때문이지."

클라라가 애매하게 말했다.

"만나야 할 사람이 많아서 너무 바빠. 미켈레를 더 자주 보고 싶은데 말이야. 네 남편은 인생을 바꾸길 원해. 은행을 그만두고 영화계에서 일할 계획이야. 그를 말려야 해, 발레리아. 그날 일요일 점심에 괜히 너희 집에 간 것 같아. 너무나 멀리 떨어진 두 세계가 만나면 좋을 것이 없어. 각자 자기가 속한 세상에 머물러야 해. 문제는 이런 사실을 너무 늦게 깨닫는다는 거지. 내가 사는 세상은 너희가 사는 세상과 너무 달라. 어느 편이 더 좋고 어느 편이 그보다 못한지는 잘 모르겠어. 그냥 다른 세상인 거야. 내가 사는 세상에서는 아무도 평생을 은행에서 보낸 미켈레 같은 사람을 믿지 않아. 다들 미켈레를 아마추어라고 생각할 거야. 사실이 그래. 어쩔 수 없어. 처음에 미켈레에게 놀라기는 했어. 네 말만 듣고 전혀 다른 사람이라고 생각했거든. 시나리오가 정말 팔리기를 바랐어. 나도 최선을 다했고, 하지만 지금으로서는 아무런 결과를 얻지 못했어."

클라라는 미켈레와 함께 오랜 시간 대화를 나눴다고 했다. 미켈레가 자기 생각을 오롯이 글로 표현할 수만 있다면 큰돈을 벌 거라고 했다.

"미켈레는 나와 일하고 싶어 하지만 그건 불가능한 일이야. 나는 자유로워야 해. 게다가 함께 일하면 그에게 상처만 줄 거야. 미켈레에게도 그렇게 말했어. 한 번은 새벽까지 이야기한 적도 있어."

나는 그런 일이 있었는지도 몰랐다. 아마도 미켈레가 들어왔을 때 나는 잠들어 있었고, 다음 날 아침에 미켈레는 내게 전날 밤 일을 말해주지 않았을 것이다. 나는 선반이 많은 널찍한 거실을 둘러보았다. 안락한 고급 의자와 클라라의 우아한 옷차림을 바라보았다. 남편 역시 우리가 누리지 못했던 그런 부유함을 누리고 싶을 것이다.

"마지막에 봤을 때는 다시 원래의 삶으로 돌아가기로 마음먹은 것 같았어."

클라라가 말을 이었다.

"내가 그랬거든, 지금 모든 것을 버리는 것은 큰 실수라고. 아니, 불가능한 일이라고."

클라라는 굳은 표정으로 말했다. 나는 나대로 가정부가 접시를 치우느라 주변을 서성이는 바람에 마음이 불편했다. 점심 메뉴는 가벼웠지만 맛이 훌륭했다. 그렇게 공들여 만든 요리를 먹은 것이 오랜만이었다. 나는 할 일이 너무 많아서 급히 스파게티나 달걀 요리, 샐러드를 준비할 수밖에 없고, 주말이면 항상 고기를 구웠다.

클라라는 미제 담배를 피웠고 선물받은 것으로 보이는 고급 초콜릿을 권했다. 나는 그녀가 자기는 희망도 없고 평범하다고 생각하는 삶으로 미켈레를 다시 내쫓으려는 것 같아서 화가 났다. 나는 그녀에게 미켈레가 내 생각인 척 물어봐달라고 한 말을 물어보았다.

"한 번이라도 미켈레와 시나리오 작업을 해볼 생각은 없어?"

"없어."

그녀가 말했다.

"다 미켈레를 위해서야. 내 말 알겠어? 이쪽 일은 잊어야 해. 지금까지 살아온 것처럼 살아야 해."

클라라는 인내심을 잃고 계속해서 시간이 없다고 했다. 여성은 경력 쌓기가 힘들어서 자신의 삶은 투쟁의 연속이었다고 했다. 그러다 보니 모진 면이 생겼다고 했다. 그녀의 말에서 이해가 안 가는 부분이 있었다. 또다시 미켈레가 클라라를 사랑하는 것은 아닐까 하는 의심이 들었다. 하지만 클라라에게 나를 보냈다는 사실과 그가 수치심도 없이 끈질기게 클라라에게 자신을 도와달라고 부탁하는 것을 생각하니 의심은 눈 녹듯 사라졌다.

"일하는 여자는 말이야."

클라라가 말을 이었다.

"특히 우리 나이에 일하는 여자는 어렸을 적에 배운 전통적인 여성상과 자신이 선택한 독립적인 여성상 사이에서 갈등할 수밖에 없어. 항상 내적 갈등에 시달려야 하지. 그 갈등을 해결하고 극복하기 위한 대가는 커. 특히 남자들이 보기엔 더 그렇지. 너는 아마 내 말을 이해하지 못할 거야. 너는 나와 성격이 다른 데다 결혼해서 계획한 모든 것을 이루었으니까. 넌 운이 좋았어."

정말로 그렇게 생각하는지 묻자 클라라는 "당연하지"라고 대답했다.

"나는 언제나 너에 비하면 내가 나약하다고 생각했어. 너는 갈등하지 않으니까. 너는 네가 선택한 삶을 살았고, 나는 언제나 일관적이고 평온한 너를 존중했어. 네가 돈을 벌기 위해 뜨개질을 하고 케이크를 만들던 걸 기억해. 지금도 집안일에 직장까지 모든 짐을 네가 지고 있다는 걸 알아. 어떻게 그 많은 일을 다 해내는지 모르겠어. 나는 너처럼 강하지 못해. 어쩌면 우리는 혼자일 때는 강해질 수 없는 걸지도 몰라. 타인에게 꼭 필요한 사람이라는 확신이 우리를 억지로 강한 존재로 만드는 거야. 어쨌든 그 모든 일을 이루려면, 너처럼 건강해야 해."

나는 내가 건강한 것은 맞다고 했다. 하지만 나 역시 약점이 많다고 설명하려 했는데 클라라가 내 말을 가로막았다.

"아니야. 너는 약점이 있다고 생각하지만, 그렇지 않아. 나를 설득하려 하지 마. 너는 언제나 강했으니까."

클라라는 자기는 다 알고 있다는 듯 웃었다. 아가씨 같은 젊은 웃음이었다. 나는 클라라에게 귀도 이야기와 베네치아 이야기를 털어놓고 싶었다. 클라라 집에 오면서 여행 가방을 빌려달라고 해야겠다고 생각했었다. 내친김에 나이트가운과 금색 슬리퍼도 빌릴 생각이었다. 내 빨간 벨벳 슬리퍼는 너무 무거웠기 때문이다.

종종 일기장이 아니라 살아 있는 사람에게 속마음을 털어놓고 싶은 욕망을 느낀다. 하지만 나는 그렇게 하지 못했다. 속마음을 털어놓고 싶은 욕망보다 20년 동안 쌓아온 나의 유일한 자산을 무너뜨릴지도 모른다는 두려움이 더 컸기 때문이다. 클라라는 열 띤 목소리로 내게 말했다.

"중요한 건 인생의 목표를 설정하는 거야. 네겐 아이들이 있잖아. 목표가 있는 사람에게는 일상의 소소한 행복이 필요하지 않아. 목표를 쫓다 보면 행복해질 기회를 뒤로 미루게 돼. 비록 목표를 달성하지 못한다 해도, 목표를 실현하려고 노력하는 과정 자체가 삶의 목표이자 행복인 거야. 사실 내가 이 일을 시작하게 된 것도 다 그런 이유 때문이야. 경제적인 것보다 그 이유가 더 컸어. 남자 덕에 행복해지길 기다리는 데 지쳤었거든. 언젠가는 행복해질 거라는 희망이야말로 매일 여자를 괴롭히고 파멸로 이끌지. 하지만 너는 아이들이 다 크기를 기다리면서 행복해질 거라는 희망을 잊을 수 있었잖아? 아이들이 걸음마를 떼고, 학교에 가고, 첫 영성체 받기를 기다리면서 말이야. 지금은 아이들이 대학을 졸업하고 결혼하기를 기다리지. 그러는 동안 세월은 또 흐르고."

"그래."

내가 클라라의 말을 따라 했다.

"세월은 흐르는 법이지."

내 말투와 표정이 평소와는 달라 보였는지, 클라라는 내게 무슨 문제가 있냐고 물었다. 클라라에게 아이들은 이제 다 컸고 내게는 기다릴 것이 없다고 말하고 싶었지만 나는 그러는 대신 집에 가기 위해 자리에서 일어났다. 나는 클라라에게 미소를 지어 보이며 말했다.

"아무것도 아니야. 네 말처럼 세월은 흐르는 거라는 생각을 했어."

Date 4월 24일

며칠 동안 일기를 쓰지 않았다. 글을 쓰면 쓸수록 기운이 빠지고 마음이 약해진다는 사실을 깨달았기 때문이다. 차라리 외출하거나 기분 전환할 무언가를 찾는 편이 나을 것 같았다. 밤늦게까지 깨어 있는 것도 좋지 않다. 아침마다 부족한 수면 때문에 기분이 항상 가라앉았다.

일기장을 사무실에 가져갈까 생각도 해보았다. 사무실에서는 바빠서 기분을 우울하게 만드는 세세한 부분까지 깊이 생각하지 않고 일상의 느낌을 급히 기록할 수밖에 없을 테니까. 하지만 그러다 직장 사람들에게 내가 일기를 쓴다는 사실을 들키기라도 하면 그동안 쌓아온 좋은 평판을 잃을 것이다. 동료들은 분명 나를 비웃을 것이다.

참 이상한 일이다. 삶에서 가장 중요한 것은 내면인데도, 우리는 마치 그런 것은 존재하지 않는 것처럼 비인간적인 확신을 가지고 살아가는 척 행동해야만 한다. 게다가 일기장을 사무실에 가져다놓으면, 집에는 내 것이라고 할 만한 것이 아무것도 없어질 것이다.

클라라는 사람은 오직 타인을 위해서만 강해질 수 있다고 했다. 물론 그 말이 옳을 수도 있다. 하지만 엄마를 향한 애정마저 나약함이라고 생각하는 미렐라에게 과연 내가 필요할까? 가끔이지만 리카르도에게는 아직 내가 필요한 것 같다. 어제 부엌 정리를 하는 동안 리카르도는 내 곁에서 말동무를 해주었다. 내게 하고 싶은 말이 있는 것 같았지만 주눅이 들어서 말을 하지 못하는 것 같았다. 요즘 들어 리카르도는 부쩍 기운이 없어 보였다. 그애가 남자라는 것이 마음이 아팠다. 아무도 스무 살짜리 여자에게는 큰 기대를 하지 않지만, 남자는 같은 나이에 이미 뭘 하고 살지 고민해야 한다.

"무슨 일 있니?"

나는 리카르도의 상태에 정확한 이유가 있기를 바라며 물었다. 내가 그렇게 물을 때마다 평소에는 "별일 없어요"라고 하는데, 어제는 "두려워요"라고 대답했다. 어차피 본인도 무엇이 두려운지 정확하게 모를 거라는 생각에, 그리고 그애가 자기감정을 정확하게 설명하지 않아도 나는 다 이해할 거라고 믿는 것을 알기에, 나는 특별히 이유를 묻지 않았다. 설거지물에 손을 담그고 있지 않았다면 어린 시절 열이 났을 때처럼 리카르도의 이마를 쓰다듬어 주고 싶었다. 하지만 이제 리카르도는 아파도 아무것도 할 줄 모르는 마리나를 부를 거라는 걸 나는 안다.

리카르도는 질투심이 많다. 공부하느라 집에 있을 때마다 마리나가 어디에 있는지, 정말로 친구와 함께 있는지 확인하려고 전화를 건다. 그럴 때마다 항상 집에 있는 걸 보면 마리나는 똑똑하지는 않아도 착하고 순한 아이인 것 같기는 하다. 마리나는 우리 집에 왔을 때도 말이 거의 없었다. 리카르도는 마리나를 함부로 대한다. 마리나에게 퉁명스럽게 대답하기도 한다.

나는 리카르도가 마리나는 사랑하면서 마리나에게 권위를 내세우고 심지어는 고압적인 태도를 보이는 척하는 이유를 모르겠다. 마리나는 리카르도가 그럴 때마다 별다른 반응을 나타내지 않는다. 다행스러운 일이다. 부부 관계에서 명령을 내리는 사람이 있으면 복종해야 하는 사람도 있어야 하니까.

하지만 리카르도의 행동을 보면 명령을 내리는 사람이 과연 항상 옳은가 하는 의문이 든다. 리카르도는 의심만 늘어서 모두 등 뒤에서 자기 욕을 하는 줄 안다. 때로는 자기가 친구한테 빌려줘 놓고는 미렐라에게 자기 책을 가져갔다고 화를 내기도 했다. 미렐라에게 담배를 가져갔다고 화를 냈는데, 알고 보니 자기 주머니 안에 있었던 적도 있다. 리카르도는 존재하지 않는 악의나 삶 속에 숨겨진 함정을 찾으려는 듯했다. 그것을 자기 힘이나 지략으로 피하고 싶어 하는 것 같았다. 그래도 나만은 절대로 의심하지 않았다. 어쩌면 그래서 오히려 리카르도를 위해 해줄 것이 아무것도 없는지도 모른다. 오직 그애가 두려워하는 사람들이나 사물만이 리카르도를 안심시킬 수 있다.

아직도 내가 도움을 줄 수 있는 유일한 대상은 미켈레뿐인 것 같다. 하지만 그 역시 내가 스물세 살 새색시가 아니라는 사실을 깨달아야 한다. 그동안 너무나 멀어져서, 이제 우리는 서로의 모습을 제대로 보지 못한다. 홀로 각자의 길을 갈 뿐이다. 미켈레가 클라라에게는 속마음을 털어놓았으면서 내게는 그러지 않았다는 사실을 나는 오랫동안 생각해보았다.

남편은 나보다는 차라리 미렐라와 더 많은 이야기를 나눈다. 둘이 함께 대화하다 내가 들어가면 주제를 바꾼다. 며칠 전 밤만 해도, 미켈레는 내가 들어가자 "사는 게 다 그렇지 뭐"라면서 급히 이야기를 마무리했다. 그런 다음 내가 자기 곁을 지나갈 때, 별로 중요하지 않은 말이었다는 사실을 강조하려는 듯 내 손을 잡았다. 하지만 미켈레의 말을 경청하던 미렐라의 표정으로 보아 뭔가 심각한 이야기를 하던 것 같았다.

그런 남편에게 과연 내 머릿속에 있는 수많은 생각을 제대로 설명할 수 있을까 싶다. 그것들은 더 이상 우리 부부의 생각이 아니라 나만의 생각이었다. 신혼 초에는 모든 생각이 우리의 생각이었다. 그러다 언젠가부터는 침묵의 힘을 빌려 여전히 우리의 생각이 일치하는 것처럼 연기했다. 내가 하고 싶은 말은 몇 년 전부터 자주 남편과 나의 관계에 대해 생각한다는 거다. 지금 상황을 제대로 이해하려면 나 자신을 돌아보고 긴 글을 써야 할 것만 같다. 그것은 너무나 많은 노력을 해야 하는 일이기에 나는 시도조차 하지 않고 포기하고 말았다. 하지만 다른 남자를 생각하면서 아직도 진심으로 '남편을 사랑한다'고 말할 수 있다는 사실을 깨달은 이후로, 이 생각이 끈질기게 머릿속을 맴돌았다.

나는 아직도 남편을 사랑한다는 말을 하는 데 거리낌이 없다. 심지어는 귀도에게도 자주 그런 말을 한다. 그렇게 말하면 나 자신을 보호하는 느낌이 든다. 그 말 덕분에 귀도의 베네치아 여행 계획에 귀를 기울였고, 그의 수줍었던 첫 키스를 받아들였고, 이틀 전부터 내게 친근하게 말을 놓기 시작했을 때 그를 비난하지 않을 수 있었다. 그가 내게 말을 놓을 때마다, 그를 속상하게 하고 싶지 않지만 그렇다고 새로운 친밀감을 만들고 싶지도 않아서 에둘러 대답하곤 한다.

"나는 언제나 네 아빠를 사랑했단다. 지금도 마찬가지고."

어제저녁 미렐라에게 이렇게 말하면서 거짓말이라는 생각은 전혀 하지 않았다. 하지만 지금은 미켈레에 대한 '사랑'을 이야기할 때, '남편을 사랑한다'는 말속에 담긴 감정이 무엇인지 고민된다.

너무나 불안하다. 일기 쓰기를 그만두는 것이 좋을 것 같다. 피곤해서 객관적으로 생각하지 못하게 되는 것 같다. 가끔은 이미 몇 년 전부터 미켈레를 사랑하지 않게 된 것 같기도 하다. 우리 사이에 사랑의 감정은 더 이상 존재하지 않으며, 그것이 사랑만큼 가치가 있지만 전혀 다른 감정들로 대체되었다는 사실을 깨닫지 못하고 그저 습관처럼 사랑한다는 말을 반복하는 것 같다.

미켈레를 애타게 기다리던 연애 시절을 떠올려본다. 단둘이 대화를 나누고 싶어 하던 열망을 떠올려본다. 그럴 때면 서로의 시선과 대화를 따라 시간은 빠르게 흘렀다.

그에 비해 지금은 라디오나 영화 같은 외적인 요소의 도움 없이 우리 둘만 있으면 권태감만 느껴질 뿐이었다. 연애 시절처럼 둘만 남고 싶은 마음에 아이들이 빨리 결혼하기를 바랐던 때도 있었는데… 그때까지만 해도 아무것도 변하지 않을 거라 믿었다. 리카르도와 미렐라가 성장하지 않고 평생 어린아이로 남았다면 나 역시 변화를 깨닫지 못했을 것이다. 귀도가 나에 대한 감정을 고백하지 않았더라면, 칸토니가 미렐라의 삶에 나타나지 않았더라면 말이다.

미렐라가 엄마처럼 살기 싫다고 고백하기 전까지 나는 미켈레를 향한 내 감정이 아직 사랑이라고 확신했다. 내가 행복하다고 생각했다. 정말 행복했을 수도 있다. 하지만 미켈레와 함께할 때의 행복은 얼어붙은 행복이다. 귀도가 내게 이야기를 걸어오고 그가 내 손을 잡을 때 느껴지는 행복과는 다른 감정이다. 귀도의 진심에서 우러나오는 행동이야말로 사랑이다. 미켈레와 함께하는 행동은 애정이나 연대감 혹은 습관일 뿐이다. 그와 가끔 나누는 가장 친밀한 행위마저도 사랑으로 인한 것이 아니다. 그것은 인간의 나약함에 대한 자비와 연민에 가까운 행동이다.

갑자기 모든 것이 명확해졌다. 어쩌면 미켈레는 이미 오래전부터 이 모든 것을 알고 있었을지도 모른다. 미켈레는 이런 문제에 나보다 훨씬 민감하니까. 클라라는 사랑이란 매일 새로 만드는 거라고 했다. 실제 삶에서 그 말이 무엇을 의미하는지 잘 모르겠지만, 내가 단 한 번도 사랑을 만들어내지 못했다는 사실은 안다.

Date 4월 26일

오늘 저녁 나는 깊은 비참함을 느꼈다. 아마도 지금까지 감히 하지 못했던, 아니 할 수 있을 거라고 생각지도 못했던 일을 했기 때문일 수도 있다. 오늘 저녁 나와 미켈레는 거실에 앉아 있었다. 미켈레는 라디오를 듣고 있었다. 라디오에서 흘러나오는 음악을 듣고 있으려니 꿈을 꾸는 것처럼 내 몸이 가벼워지면서 감정이 복받쳐 올랐다. 무엇이 나에게 그런 말을 하게 만들었는지는 알 수 없다. 나보다 더 큰 힘에 이끌렸던 것 같다. 어쩌면 내게는 애초에 그 힘에 저항할 마음이 없었던 것 같다. 나는 미켈레에게 다가가 라디오 볼륨을 낮췄다. 거실에는 어슴푸레 어둠이 깔려 있었다. 미켈레는 꿈에서 막 깬 듯한 시선으로 나를 바라보았다.

"미켈레…"

내가 미켈레의 안락의자 팔걸이에 앉으며 말했다.

"왜 요즘 우리는 신혼 시절 같지 않은 걸까?"

그는 내 질문에 놀란 표정을 지으며 우리는 변하지 않았다고 했다. 나는 미켈레의 손을 잡아 입을 맞추고 한쪽 팔을 어루만진 뒤 꼭 쥐었다.

"나를 좀 이해해줘."

나는 그의 시선을 피하다가, 애써 그를 다시 바라보며 진지하고 다정하게 말했다.

“내 말은 말이야… 왜 이제는 밤에 나를 안아주지 않는 거야? 신혼 때 기억나?”

내가 얼굴을 붉히며 말했다.

“그때는 당신이 ‘내 품으로 들어와 쉬어’라고 해주었잖아. 내가 당신에게 안기면 당신은 나를 꼬옥 껴안아주었지. 물론 우리는 쉬기만 하지는 않았어.”

미켈레는 애매한 표정으로 웃었다.

“그때는 우리도 젊었잖아. 어떤 일은 서서히 습관을 잃다가, 언젠가부터는 더 이상 생각하지 않게 되는 거야.”

“정말로 생각하지 않게 된다고 생각해? 그게 아니라 과거처럼 솔직하지 못하게 되는 것은 아닐까?”

“그때 우리가 몇 살이었지? 지금 내가 몇 살인지 알아? 우리는 이제 더 이상…”

“그렇지 않아.”

내가 그의 말을 가로막았다.

“우리가 더는 젊지 않다고 말하려는 거라면, 당신 말이 틀려. 난 확신해. 우린 아직 젊어. 굳이 우리 자식들과 비교하지 않는다면 아직 청춘이라고.”

“어떻게 아이들과 비교를 안 해?”

미켈레는 여전히 애매한 미소를 띤 채 반박했다. 다시 신문을 읽고 싶어서 어쩔 줄 몰라 하는 것 같았다. 그것이 아니라면 적어도 대화 주제를 바꾸고 싶어 하는 것 같았다. 나는 두서없이 말을 이었다. 내게 국한된 것이 아니라 일반론적인 이야기를 하고 싶었는데, 자꾸만 내 이야기를 하는 것만 같아 너무 부끄러워서 울고 싶었다. 미켈레는 설득 조로 말을 이었다.

"우리처럼 나이 든 사람들은 그런 생각을 하지 않아. 설사 한다 해도…"

그가 말을 흐렸다. 나는 '하더라도 대상이 다르다는 말이지?'라고 말하고 싶었다. 그렇게 말할 용기를 내고 싶었다. 어떻게든 그렇게 하고 싶었지만 내 안의 무언가가 나를 가로막았다. 그것은 본능적이고 극단적인 신중함이었다.

"신문에도 나오잖아."

내가 말했다.

"영화배우와 유명인사들은 마흔 살, 쉰 살에도 결혼하고 이혼하고 또 결혼하잖아…"

미켈레는 그들은 그들만의 개성과 기행으로 대중의 관심을 받아야만 하는 부류의 사람들이라고 했다.

"게다가 결혼이 아니라 나이가 문제야. 우리도 결혼했잖아? 일단 결혼하면 스무 살 철부지 아이들처럼 행동할 수 없는 거야."

"내 말 좀 들어봐. 다 끝난 게 아니야. 그럴 수는 없어. 모두 우리 나이가 삶에서 가장 중요한 시기라고 해. 이 시기를 허투루 보내서는 안 된다고, 허비해서는 안 된다고, 우리 나이는 새롭고 경이로운 두 번째 청춘이야. 여보… 이 시기가 지나면 정말 끝나는 거야. 그러면 너무 늦는 거야… 쉰 살에 처음 사랑에 빠지는 사람이 얼마나 많은데. 높은 지위에 있는 사람들도 마찬가지야. 그런 사람들은 중요한 것은 사회적 지위도 돈도 아니라고 말해."

그런 식으로 내 심경을 고백한 것이 두려워 갑자기 클라라 이야기를 꺼냈다.

"클라라만 해도 그래."

미켈레가 바로 물었다.

"클라라가 사랑에 빠졌대? 당신한테 그래?"

"아니, 지금 그렇다는 게 아니라 클라라는 맨날 사랑에 빠졌다고 하잖아."

나는 남편의 무릎에 앉아 머리카락을 쓰다듬으며 모호한 시선 뒤에 숨으려는 그의 눈을 찾았다. 그런 다음 그를 향해 고개를 숙여 굳게 닫힌 입술에 키스했다. 그 순간 리카르도 방에서 소리가 들렸다. 미켈레는 화들짝 놀라 자리에서 일어나 머리를 정리하고 손등으로 입술을 훔쳤다.

"애들이 들어오면 어쩌려고."

그가 짜증스런 목소리로 뇌까렸다. 남편은 누군가 나타나기를 기다리며 문 쪽을 바라보았다. 나 역시 벌받는 심정으로 문을 바라보았지만 아무도 나타나지 않았다. 리카르도가 제 방에서 의자를 끄는 소리였나 보다. 순간 내가 얼마나 말도 안 되는 행동을 했는지 깨달았다. 아이들 중 한 명이 정말로 우리 모습을 보거나 내 말을 들을 수도 있었다. 그렇게 생각하니 사무치게 비참해졌다.

"미안해."

내가 속삭였다.

"아니야. 그렇지 않아."

미켈레가 내 어깨를 어루만지며 말했다.

"얼마 전부터 당신 신경이 예민해진 걸 나도 눈치채고 있었어. 정말로 한 달 정도 휴가를 받아서 베로나로 가는 것이 좋겠어. 직장에서 당신을 너무 혹사하고 있어. 아침부터 저녁까지 일만 시키잖아."

베로나라는 말을 듣자마자 눈물이 났다. 미켈레는 자기 손수건으로 내 눈물을 닦아주고는, 다시 신문을 집어 들고 읽기 시작했고, 나는 침실로 들어갔다.

옷을 벗고 거울에 내 모습을 비추어 보았다. 늙어버린 육체를 보고 비참해지고 싶었지만 그럴 수 없었다. 오히려 너무나 젊은 내 모습에 다시 눈물이 났다. 갈색 피부는 매끈했고, 어깨선에는 군살이 없었고 허리는 가늘고 가슴도 풍성했다. 나는 흐느껴 울고 싶은 것을 겨우 참았다. 벽 하나를 사이에 두고 자는 미렐라가 내 울음소리를 들을까봐 두려웠다. 어쩌면 벽 뒤에 있는 아이들의 존재 때문에 오래전 신혼 시절이나 아이들이 아직 어려서 아무것도 이해하지 못하던 때처럼 행동하지 못하게 된 건지도 모른다. 아이들이 집에서 나가기를 기다려야 하기 때문에. 아이들에게 우리 모습을 들키지 않는다는 확신을 가질 때까지 기다려야 하기 때문에.

집 안 어디에도 아이들이 없는 곳이 없었다. 밤에 어둠이 내려오면 침묵 속에서 말 한마디, 신음 한마디 새지 않게 조심하고, 다음 날 아침이면 아이들이 지난밤에 있었던 일을 우리의 시선에서 읽어낼까봐 아무런 기억이 없는 척해야 했다. 집에 아이들이 있으면 서른 살밖에 안 됐어도 이미 청춘이 아니다. 아이들이 있으면 아이들과 놀아주고 함께 웃을 때 빼고는 엄마 아빠 역할만 연기해야 한다. 아이들이 우리가 내는 소리를 듣거나 우리가 무엇을 하는지 상상하지 못하게 집에서 나가기를 기다리다 보니 어느새 정말로 젊음을 잃어버렸다. 벽 너머로 아이들 목소리가 들려오면, 잠을 자겠다면서 열쇠로 문을 걸어 잠그고 들어간 방에서 남편과 아내로서 몸을 섞는 것이 불편하고 불결한 행위가 되어버린다. 결혼하지 않은 사람이나 심지어는 불륜 관계에 있는 사람들이 몰래 임대한 방이나 호텔이나 독신남의 아파트에서 만나 저지르는 죄악보다 더 큰 죄악처럼 느껴진다.

이런 모습을 들키기라도 하면 아이들은 혐오스러운 표정을 지으며 입을 삐죽일 것이다. 아이들의 찡그린 표정을 상상만 해도 소름이 끼친다. 어머니는 자식들 앞에서 그런 경험은 한 적이 없는 것처럼 행동해야 한다. 한 번도 쾌락을 경험하지 못한 것처럼 행동해야 한다. 우리는 이러한 가식 때문에 시들어간다. 모든 것이 자식 때문이다. 자식이 있으면 남편은 아내가 아름다워도 욕망의 시선으로 바라볼 수 없다. 아내의 행동과 몸짓에 매력을 느껴도 껴안을 수도, 입을 맞출 수도 없다. 그렇게 서서히 아내를 보지 않게 된다.

미켈레도 아이들도 나를 젊다고 생각하지 않는다. 하지만 며칠 전 저녁에 리카르도는 자기 친구가 마흔 살의 아름다운 여성에게 미친 듯이 반했다고 했다.

"운 좋으면 성공하겠죠."

리카르도가 말했다.

그렇다. 왜 자식들이 부모의 은밀한 삶을 알까봐 두려워하고, 왜 부모가 그토록 그런 일을 피하려 하는지 갑자기 이해가 된다. 온종일 가사와 돈 이야기를 하고 계란프라이를 만들고 더러운 그릇을 닦은 후에 어둠 속에서 조용히 몸을 섞는 행위는 사랑의 희열이 아니라 갈증, 허기와 같은 역겨운 본능에 복종하는 것에 지나지 않기 때문이다. 어둠 속에 눈을 감고 허겁지겁 채우는 그런 욕망 말이다.

너무나 끔찍한 일이다. 일기장과 나 자신이 부끄럽다. 며칠 전 밤에 차마 내 모습을 바라보지 못했던 것처럼, 계속 글을 쓸 엄두가 나지 않는다. 거울 속 순결한 이미지와 한몸이 되고 싶어 거울에 가까이 다가가 속삭여본다.

"귀도."

Date 4월 27일

사무실에서 누군가 귀도와 나의 새로운 관계를 의심하기 시작한 것 같다. 그와 내가 단둘이 어둠 속에 붙어 있는 것을 본 경비일지도 모른다. 아니면 직원 모두 내게서 평소와는 다른 자신감을 느끼고, 그것이 무엇으로부터 기인하는지 궁금해하는지도 모른다.

나는 수년 동안 출근 시간에 늦은 적이 한 번도 없었는데 요즘은 항상 지각을 한다. 이제는 지각해도 직장을 잃을 염려도 없고 아무도 내게 화를 내지 않을 걸 안다. 침대에 누워 꼼지락거리는 것이 잘못이 아니라 귀도 덕분에 누릴 수 있는 기쁨이자 달콤한 혜택처럼 느껴졌다.

미켈레는 얼마 전부터 내 얼굴이 덜 피곤해 보인다고 했다. 미렐라 앞에서 그런 말을 들어서 기뻤다. 미렐라는 내게 피곤하냐고 물은 적이 한 번도 없다. 그애 속셈을 아직도 알 수 없지만, 미렐라는 이기적이고 계산적인 것 같다. 나는 그런 미렐라의 행동 때문에 상처받는다. 때로는 역할이 뒤바뀌어서 내가 딸이고 그애가 엄마인 것 같다.

그런 이야기를 친정어머니께 들려드리니, 어머니는 부모란 어느 정도 나이가 들어서 맘 편하게 살고 싶으면 똑똑하지 않은 척해야 한다고 했다. 자식들은 그들이 살아가는 시대가 자기 공으로 이루어낸 것인 양 으쓱댄다고 했다. 부모들은 이미 과거 자신들의 시대에 적응하느라 지쳐서 새로운 시대에 관심이 없다는 사실을 모른다고 했다. 어머니에게 칸토니 이야기를 들려드리자, 어머니는 특별히 놀라지도 미렐라를 경멸하지도 않았다. 그저 이 모든 것이 미렐라를 공립학교와 대학에 보낸 내 잘못이라고 했다. 미렐라가 사람들을 만나고 돌아다닐 때 그애와 함께 다니지 않은 내 잘못이라는 것이다. 직장과 가사 때문에 불가능했다고 하자, 어머니는 의지만 있으면 가능해 보이는 것보다 훨씬 더 많은 일을 할 수 있는 거라고 했다.

어머니의 가혹한 평가에 나는 상처를 받았다. 어머니가 그런 식으로 말할 때마다 나는 그렇지 않다는 사실을 설득하려 했다. 요즘에는 남녀 관계가 예전 같지 않다는 사실을 알려주려 했다. 하지만 그럴 때마다 어머니는 고개를 가로저으며 부모와 자식 관계와 남녀 관계는 변하지 않는 법이라고 했다.

때로는 어머니의 행동에서 나에 대한 적대감이 느껴지기도 한다. 예를 들면, 며칠 전에 어머니는 미켈레에게 전화를 걸어 곧 그가 좋아하는 장모님 특선 토르텔리니 파스타*를 만들어 보내겠다고 했다. 사위를 위해 직접 토르텔리니를 만들겠다고 말이다. 미켈레는 어머니의 배려에 매우 감사하며, 어머님 시대 여성들은 정말 놀랍다고 했다.

미켈레의 말에 나는 마음이 상해서 당신 장모는 토르텔리니는

* 만두처럼 속을 채운 작은 파스타.

잘 만들지만 평생 남편을 돕기 위해 돈을 벌어본 적은 없다고 했다. 미켈레는 과거 여성들의 특출함은 바로 가정주부로서의 능력에 있다고 했다.

나는 참지 못하고 미렐라에게 가서 토르텔리니 사건을 들려주며 울분을 터뜨렸다. 나는 미렐라에게도 친정어머니에게 그랬듯 내게는 토르텔리니를 만들 시간 같은 것은 없었다는 이야기를 하고 싶었다. 그런데 미렐라는 내 말을 끊고는 이렇게 물었다.

"토르텔리니가 뭐가 중요하다고 그러세요?"

맞는 말이다. 나는 토르텔리니를 만들어주지 못한 이유로는 남편에게 죄책감을 느끼면서, 귀도의 차를 타는 데는 아무런 죄책감을 느끼지 못한다. 귀도와 함께 있을 때 느끼는 유일한 양심의 가책은 그가 집에서 가족과 함께 보낼 시간을 내가 빼앗는다는 점뿐이었다. 그것은 내가 일기를 쓸 때 느끼는 죄책감과 같은 감정이었다. 요리사를 쓰는 부잣집 마나님들은 아마도 이런 자책을 느끼지 못할 것이다.

어제 미켈레는 고기가 너무 질기다면서 음식을 죄다 남겼고, 그건 리카르도도 마찬가지였다. 둘 다 나의 잘못된 선택을 탓하듯 고기를 대체 어디서 샀냐고 물었다. 접시에 남겨진 고기 조각이 내 심장을 잡아 뜯는 것 같았다. 리카르도와 미켈레의 충족되지 않은 허기의 원인이 귀도에게 있는 것만 같았다. 귀도의 집 냉장고는 맛있는 음식으로 가득할 거라는 생각에 죄책감이 밀려들었다. 어쩌면 돈이 모든 것을 더럽힌다는 미렐라의 말은 틀린 것이 아닐 것이다. 귀도의 차를 타고 다니기 시작하면서 미렐라의 말을 이해하게 됐다.

우리의 관계는 사무실 밖에서 만나기 시작하면서 새로운 국면을 맞이했다. 사무실에서는 그의 부가 현실과는 동떨어진 추상적인 수치로만 느껴졌기 때문에 그로 인해 상처받거나 이끌리지 않았다. 그렇지만 지금은 그렇지 않다. 오늘 저녁 나는 그 사실을 확실히 깨달았다.

오늘은 사무실에서 빨리 나와 길모퉁이에서 만나 귀도의 차를 타고 몬테 마리오로 향했다. 그곳에서 우리는 저녁에는 사람으로 붐비지만 늦은 오후에는 한적한 야외 공간을 찾았다. 사방에 화단이 있었고, 무용수들을 위한 무대는 수면처럼 푸르렀다. 순간 나는 내 낡은 투피스가 부끄러웠다. 가볍고 투명한 하얀 튈 드레스를 입고 있는 내 모습을 상상해보았다. 귀도는 정장을 입고 있었다. 우리는 그곳에서 저녁을 먹고 왈츠를 췄다. 베르무트 두 잔을 마시고 나니 기분 좋은 술기운에 흥이 나서 웃음을 터뜨렸다. 왜 미렐라가 칸토니에게 반했는지 이해할 수 있을 것 같았다. 칸토니의 생각과는 달리 미렐라는 부유하고 걱정 없는 세상에서 살고 싶은 거였다.

우리 테이블 근처에 디저트와 햇과일, 맛있어 보이는 과일 젤리가 놓인 새하얀 식탁보를 덮은 커다란 식탁이 보였다. 귀도는 내 손을 잡고 이야기했지만, 나는 사무실에서처럼 그의 말에 집중할 수 없었다. 배가 고팠다. 그것은 지금까지 느껴보지 못한 격렬한 허기였다. 나는 입술에 닿는 산해진미의 맛을 음미했다. 리카르도와 미켈레도 이 음식을 맛보며 나와 함께 허기를 채우면 좋을 텐데. 그러면 둘 다 남긴 고기를 그리워하지 않겠지. 나는 라이터로 손장난을 하면서 무심한 표정으로 내게 이야기하는 귀도를 바라보았다. 그 순간 그에게 열정적인 황홀함과 씁쓸함이 뒤섞인 감정을 느꼈다.

나는 비열하게도 그가 나를 위해서 돈을 펑펑 쓰는 모습을 보고 싶었다. 그가 천 리라 지폐 뭉치를 꺼내서 세는 모습을 상상했다. 그런 내 생각을 그가 알아챌까 두려워, 그곳에서 나와 집으로 가고 싶어졌다. 오랫동안 소중히 간직해온 베네치아 여행도 사실은 또 다른 형태의 허기에 지나지 않은 것 같았다.

우리는 천천히 도시를 향했다. 도시는 거리마다 환한 불을 밝히고 우리 앞에 펼쳐져 있었다. 문득 몬테 마리오를 찾지 않은 지 오래됐다는 생각이 떠올랐다. 마지막으로 그곳에 간 것은 어머니의 나이 든 가정부 병문안을 위해서였다. 매우 힘겹고 긴 전차 여행이었던 걸로 기억한다.

귀도는 한 손은 내 어깨에 두른 채 한 손으로 운전대를 잡고 있었다. 내 어깨를 꼭 잡은 그의 손길을 느끼자, 갑자기 울고 싶어졌다. 그 역시 조금 전 내가 음식 앞에서 느꼈던 격렬한 허기를 충족하고 싶어 하는 듯했다. 우리를 서로에게 이끌리게 하고, 멀어지게 한 허기가 전혀 다른 성격의 허기라는 생각에 나는 그의 손을 뿌리치고, 그에게서 멀어지려 했다.

"안 돼요."

나의 입술을 찾으며 나를 끌어안는 그에게 속삭였다. 그의 입술은 꾹 다문 나의 방어막을 무너뜨리려 했다. 만약 그의 유혹에 넘어갔다면, 아마도 나는 그에게 격렬하게 키스했을 것이다. 그의 입술을 물어뜯었을 것이다. 하지만 나는 몸을 떨면서 필사적으로 그에게서 몸을 빼냈고, 그도 더는 강요하지 않았다. 그는 나의 손에 입을 맞춘 뒤 시간이 늦어서 우리 집을 향해 빠르게 차를 몰았다.

Date 4월 29일

일기장을 미처 없애지 못하고 내가 갑자기 죽는 상상을 해봤다. 그런 불행이 닥치고 난 후에 으레 그렇듯 남편과 아이들이 집을 정리하다가 일기장을 발견할 것이다. 내가 죽은 후에 일기장이 발견될지도 모른다는 생각을 하자 덜컥 겁이 났다. 어제는 내 영명 축일*이어서 모두 함께 저녁 식사를 했는데, 미렐라를 보면서 만약에 그애가 일기장을 찾아내면 읽어보지도 않고 바로 없애버릴 거라는 생각이 들었다.

저녁에는 절대로 외출하지 않는 친정어머니는 축일에 참석하는 대신 토르텔리니를 보내주었다. 나는 어머니에게 전화를 걸어 토르텔리니를 보내주어 고맙다는 인사를 하면서, 미켈레는 저녁 식사 후에 시나리오의 운명을 알기 위해 클라라네 집을 방문할 생각에 정신이 딴 데 팔린 데다 기분이 안 좋아서 토르텔리니가 있는지도 눈치채지 못했다는 말을 참지 못하고 일러바치고 말았다.

마리나도 음식을 거의 입에 대지 않았다. 나의 끈질긴 권유에도 그저 고개를 저으며 싫다고 할 뿐이었다. 리카르도가 떠날 날

* 가톨릭 신자가 자신의 세례명으로 택한 수호성인의 축일.
대개 그 성인이 선종한 날이 축일이 된다.

이 얼마 남지 않았다는 생각에 심란한 것이 분명했다. 리카르도는 마리나 때문인지 아르헨티나 이야기를 꺼내지 않았다. 어제저녁에는 심지어 "아르헨티나로 갈 수 있을지 모르겠어요…"라고도 했다. 마리나는 그런 리카르도를 애원하는 듯한 예의 그 공허한 눈빛으로 쳐다보았다.

"아르헨티나로 가면 결혼하기까지 너무 많은 시간이 걸릴 거예요."

리카르도가 말했다. 그애가 대화의 방향을 자연스럽게 내 허락을 구하는 쪽으로 끌고 가려는 게 눈에 보였지만 나는 모르는 척 대안이 없지 않냐고 했다. 마리나는 끝까지 아무 말도 하지 않았고 리카르도는 "하나님이 도와주시겠죠. 상황이 어떻게 진행되는지 두고 보죠"라고 했다.

나중에 미켈레가 외출한 후에 나머지 가족들은 모두 라디오 주변에 모여 앉았다. 나는 뜨개질을 하면서 리카르도가 조금 전에 한 말을 곱씹어보다 고개를 들고 그를 바라보았다. 리카르도 옆에는 마리나가 앉아 있었는데, 둘 다 삐쩍 마른 데다 얼굴이 창백했다. 특히 리카르도에게서 연애 초반의 자신감 넘치던 모습은 찾아볼 수 없었다. 중대한 결정을 앞두고 겁을 먹은 것 같았다. 마리나가 처음 이 집에 모습을 드러냈을 때처럼, 나는 지금도 '저애를 이 집에서 내보내자'라고 말하고 싶었다. 하지만 마리나의 가녀린 어깨를 보고 나서는 '리카르도는 나 없이는 안 되겠어'라고 생각하고 다시 뜨개바늘을 향해 고개를 숙이고 일을 계속했다.

Date 4월 30일

어제는 거의 한 시가 다 될 때까지 일기를 썼다. 미렐라는 잠든 지 오래고, 마리나를 집에 바래다주고 돌아온 리카르도도 이미 잠든 뒤였다. 나는 일기장을 제자리에 가져다 놓고, 거실을 정돈한 다음 그때까지 돌아오지 않는 미켈레가 걱정되어 창가로 갔다.

밤공기는 선선했지만 온화했다. 어두운 길에서 미켈레의 모습을 찾는 대신, 고개를 들어 하늘에 반짝이는 별들을 바라보았다.

'닷새 정도 베네치아에서 보내야겠어.'

나는 당장 마틸데 이모에게 내 방문을 알리는 편지를 쓰기로 마음먹었다. 좁고 우울한 베로나의 오래된 거리에 있는 이모 집 창가에서 밖을 바라보는 내 모습을 상상해보았다. 그곳에 일기장을 가져갈 생각이었다. 일기장을 속옷 사이에 넣은 뒤 여행 가방을 닫고, 기차를 타고 다시는 돌아오지 않는 상상을 했다.

한참을 창가에 있다 들어오니 몸이 떨렸다. 밤이 늦었는데 미켈레는 아직 돌아오지 않았다. 살짝 잠들었다가 문고리 돌리는 소리에 깜짝 놀라 잠에서 깨었을 때는 이미 새벽이었다.

미켈레는 천천히 옷을 벗었다. 나는 그런 그의 모습을 자는 척하면서 실눈을 뜨고 훔쳐보았다. 조심스러운 동작이 그가 아닌 것만 같아서 심장이 뛰었다. 그가 침대에 들어와 몸을 눕히는 순간,

그의 피로가 내게 전달되는 것을 느꼈다.

"미켈레…"

나는 남편의 이름을 조그맣게 불러보았다. 창틈으로 들어오는 차가운 빛줄기가 의자에 놓인 커다란 하얀 봉투를 비추었다. 클라라에게 되돌려 받은 봉투였다. 의자 등받이에는 그의 검은색 정장이 걸려 있었다. 정장 어깨가 지친 듯 푹 처져 있었다.

"말도 안 돼."

그가 말했다.

"내 시나리오를 반드시 영화로 제작하겠다던 프랑스 감독이 있었는데 제작자들이 실패할 위험이 크다면서 투자를 거부했어. 전쟁 때문에 겁이 난다는 거야."

"그럼 이제 시나리오가 영화화될 가능성은 없는 거야?"

나의 물음에 남편은 잠시 침묵하다 조용히 말했다.

"없어. 가능성이 없어."

나는 사람의 삶과 미래가 언제나 어쩔 수 없는 외부 요인에 의해 영향받는 것은 불공평하다고 했다.

"우리 어머니도 언제나 전쟁만 아니었으면 베르톨로티라는 작자가 1917년에 그러한 만행을 저지르지 못했을 거고, 우리는 지금보다 잘살았을 거라고 하셔."

미켈레는 내 말을 따라 했다.

"그래, 우리는 지금보다 잘살았을 거야."

나는 미켈레에게 다가갔다. 다시 졸음이 몰려와 그의 어깨에 머리를 기댔다.

"여보, 아이들에게는 아무 말 하지 않았으면 좋겠어."

"그럼."

나는 그를 안심시켰다.

"아무 말도 하지 말자. 어차피 아이들과는 상관없는 일이잖아? 이건 우리 일이야, 여보."

Date 5월 4일

이번 주에는 공휴일이 이틀이었다. 화요일과 목요일이 쉬는 날이었는데, 미켈레는 수요일 아침 직장에 연락해서 몸이 좋지 않다고 하고 점심까지 어두운 침실에 머물렀다. 나는 그렇게 하라고 했다. 받는 급여에 비해서 그의 업무량이 너무 많은 것 같다는 말도 했다. 하지만 종종 말을 하고 나서 내 예상과는 다른 그의 반응이 나올 때가 많았다.

시나리오가 팔릴 거라는 희망을 잃은 후부터 남편은 심기가 몹시 불편했다. 제작자 마음이 바뀌었다는 소식을 기다리는지 전화벨이 울릴 때마다 화들짝 놀랐다. 하지만 이제 우리 집 전화는 아이들을 위해서만 울렸고, 미켈레는 그 때문에 짜증을 냈다. 왜 항상 통화 중인 거냐고 투덜댔다.

하지만 나는 아이들에게 친구가 많은 것이 좋다. 리카르도와 미렐라가 아직 어렸을 때 학교 친구들에게서 전화가 오면 반대편 수화기에서 아이들의 이름을 부르는 수줍은 목소리를 들을 때마다 나 말고도 우리 아이를 아는 다른 사람들이 있다는 사실에 놀라곤 했다. 리카르도와 미렐라는 상기된 얼굴로 다가와 다급하고 퉁명스런 말투로 전화를 받았다. 그런 아이들을 바라보고 있으면 왠지 모르게 마음이 애틋해졌다.

하지만 남편은 요즘 들어 아이들을 보기 힘들어한다. 그래서 나는 아이들에게 어렸을 때처럼 조용히 걷고 큰 소리로 말하지 말라고 당부하곤 한다. 복도에서 아이들 소리를 들으면 미켈레가 "무슨 일이야? 대체 뭘 하고 있어? 원하는 게 뭐야?"라고 버럭 고함을 지르기 때문이다. 남편이야말로 며칠 휴가를 내고 쉬어야 한다. 내가 그러기를 권하자 미켈레는 퉁명스레 자기는 멀쩡하다면서 창문을 열고 창가에 앉아, 집과 테라스와 여기저기 빨래가 널려 있는, 한마디로 매력적이라고는 할 수 없는 풍경을 바라보았다.

해가 질 무렵이면 집들과 테라스가 낮보다 더 우울한 잿빛으로 보이고, 바위제비의 지저귐은 절망적인 절규처럼 들렸다. 오랜 시간 창가에 머무르면 안 됐었다. 나는 해 질 녘이면 일기를 쓰고 싶은 마음이 생긴다.

하지만 가끔은 일기를 쓰는 대신 남편 곁에 앉는다. 서로를 더욱 잘 이해하게 되었으니 어쩌면 이제야말로 정말로 함께 잘살 수 있을지도 모른다. 자신의 감정을 부끄러워하지 않고 고백할 수만 있다면 말이다. 장기적으로 부부 사이를 멀어지게 하는 신중함이 단순히 안 좋은 것인지 아니면 일종의 방어기제인지 잘 모르겠다.

이렇게 단둘이 창가에 앉아 직장인의 짧은 휴가를 보내고 있으려니 귀도 이야기를 해도 되지 않을까 하는 생각이 들었다. 나를 아직 젊고 매력적인 여자라고 생각해주는 귀도에게 얼마나 큰 위안을 받는지 이야기해도 될 것 같았다. 사실 우애 좋은 남매처럼 살면서 연인 같은 정조를 강요하는 것은 말도 안 된다.

미켈레를 보면서 그와 함께 베네치아에 가고 싶은 욕망을 느끼지 못해서 서글프다. 그와 함께 베네치아에 간다면 모든 것이 쉽고 간단하고 명료해질 것이다. 모순적인 감정 때문에 힘들 필요도 없을 것이다. 하지만 만약에 정말로 미켈레와 함께 베네치아에 간다면, 내가 그토록 목말라 하는 행복을 느끼지는 못할 것이다. 우리는 산 마르코 광장 카페에 앉아 아무 말 없이 음악을 들으면서 지나가는 행인의 얼굴이나 쳐다보고 있을 것이다. 가끔 텅 빈 8월의 로마에서 집 근처 작은 광장에 있는 카페에 앉아 래트클리프의 「꿈」을 연주하는 악단의 음악에 귀를 기울이던 때처럼 말이다. 물론 맛있는 식당에서 어느 정도 기쁨을 느낄 수도 있다. 하지만 나는 원래 미켈레와 식당에 가는 것을 좋아하지 않는다. 식사 후에 계산서에 적힌 금액을 두 번이나 확인하고 돈을 지불하는 모습을 보면, 굳이 외식을 해야 하나 싶다.

어제는 저녁 무렵에 미켈레에게 "우리 나갈까?"라고 물었다. 하지만 일단 거리에 나오니 어디로 가야 할지 알 수 없었다. 미켈레가 카페나 영화관에는 가기 싫다고 해서 산책을 했는데, 그는 일요일에 사람들로 가득한 거리를 걷기 싫다는 이유로 자꾸 뒷길만 골라 다녔다.

남편을 대할 때는 매우 많은 인내심이 필요하다. 평생 어둡고 힘든 삶에서 벗어나지 못한 오십 줄에 접어든 남자의 머릿속에 어떤 생각이 들어 있는지 잘 알기에, 나는 기꺼이 그런 남편의 기분을 맞춰주는 편이다. 가끔은 무엇을 하든 자식들에게서 떨어질 수 없는 여자는 차라리 일이 많아서 다행이라는 생각이 든다. 게다가 부유하지 않은 여자는 생각할 시간이 없어서 더 다행이다. 세월이 흐를수록 어머니가 여자의 삶에 대해서 하는 불편한 말들이 사실이라는 것을 깨닫는다. 어머니는 여자는 시간이 많아서도 안 되고 할 일이 없어서도 안 된다고 했다. 그렇지 않으면 바로 사랑 타령이나 할 테니 말이다.

실제로 나는 귀도와 함께 있으면 내가 우위에 있는 쪽이지만, 혼자 있거나 남편과 아이들과 함께 있을 때면 참기 힘들 정도로 귀도 생각이 난다. 우리의 가장 내밀한 밀회는 늦은 밤 일기장을 여는 순간 이루어진다. 그의 곁에 있으면, 상상에서처럼 그를 받아들일 수 없음에 안타까움을 느낀다. 어쩌면 그가 전혀 다른 사람처럼 보여서 우리의 오랜 직장 생활로 인해 마땅히 인정해주어야 할 권리를 인정하기 힘든 것일 수도 있다.

그가 처음으로 사무실 밖에서는 어떻게 살아야 할지 모르겠다고 고백했던 날이 생각난다. 그때부터 그는 내게서 돈이 줄 수 없는 확신을 기대하는 것 같다. 우리 둘의 관계에서도 무언가가 변한 것 같다. 어쩌면 그가 자기와 함께 나가자고 했을 때 거절했어야 했다. 몰래 길모퉁이에서 만나 이제는 우리의 만남의 장소가 되어버린 카페에 누군가 들어올 때마다 흠칫 놀라는 짓을 하지 않았어야 했다. 모든 것이 일 이야기만 하고, 매주 토요일 우리의 피난처가 되어주고 오랜 세월 함께 일해온 사무실만을 공유하던 때보다 덜 아름답게 느껴진다. 그러면서도 다른 한편으로는 우리 둘 다 사무실에 있을 때와는 다르게 행동할 수 있다는 점에 매료

된 것 같기도 하다. 우리는 현재 각자의 삶과는 다른 삶에서 만나기를 원했다.

귀도를 만나기 이전부터 가슴속에 품고 있던 욕망을 솔직히 일기장에 써야 할 필요가 있다. 지금도 조그맣게 끼익거리는 소리에도 소스라치게 놀라면서, 마음 졸이며 일기를 쓰고 있다. 요즘 미켈레는 잠을 깊이 자지 못해서 더 불안하다.

예전부터 나는 잠들기 전, 젊고 아름답고 우아하고 이 호텔 저 호텔에 묵으며 여행하면서 스파에 다니는 여자가 되는 상상을 하곤 했다. 사람들이 모험가라고 부르는 그런 여자 말이다. 단 하루, 하룻밤이라도 그런 여자가 되는 상상을 했다. 내 이름도, 출신도 모르는 남자와 만나는 상상을 했다. 그런 상상을 하다보니 서서히 전에는 미처 몰랐던 수많은 욕망이 내 안에 있다는 사실을 깨달았다. 옷과 모피와 보석이 많은 부자가 되어 상상조차 할 수 없는 먼 나라로 여행하는 생각을 하는 것이 좋았다. 무엇보다 미켈레와는 아주 다른 남자에게서, 미켈레와는 다른 방식으로, 내가 알아온 방식과는 다르게 사랑받는 상상을 하는 것이 좋았다. 나는 그렇게 하룻밤을 보내고 다음 날 아침 집으로 돌아가는 상상을 했다. 내가 일탈한 사실을 아무도 모르는 집으로 말이다. 집으로 돌아갈 생각을 하면 안심이 됐다.

지금도 가끔 비슷한 생각을 하지만, 이제는 그 모든 것을 귀도와 함께하는 상상을 한다. 내가 지금과는 달리 우아하고 명랑하고 재치 있는 여자가 되는 상상을 한다. 클라라처럼 말이다. 어쩌면 귀도도 그런 나를 좋아할 것이다. 하지만 그러려면 그가 나에 대한 많은 것을 몰라야 했다. 내가 가정을 꾸리기 위해 한 달에 6만 리라가 필요하다는 사실을 몰라야 했다. 지금도 나는 민망해서 발개진 얼굴로 매월 회계 담당자에게서 6만 리라를 받는다. 지난 금요일 몬테 마리오에서 내가 예민했던 건, 핸드백 안에 월급 봉투가 있었기 때문이기도 하다.

귀도가 내게 입 맞추려 했을 때 그 돈 때문에 그의 입맞춤을 거절할 수 없을 것만 같았다. 게다가 내 검소한 옷차림도 부끄러웠다. 며칠 전 아침에 귀도는 내가 사무실 앞 전차 정류장에서 내리는 모습을 보았다. 그는 나를 못 본 척하고 차에서 내려 입구로 들어가버렸다. 그 순간 내가 사랑 때문이 아니라 돈 많은 남성의 권력에 끌린 것 같았다. 나보다 나은 삶을 소유하게 된 남자이기에 그에게 이끌리는 것만 같았다.

이런 생각을 할 때는 정말로 내가 남편을 배신하고 있는 것만 같다. 그러다 귀도가 베네치아 여행 이야기를 할 때 '안 돼요, 못 해요'라고 말하면 마음이 안정된다. 아침에 귀도가 실크 셔츠에 아직도 옷깃이 빳빳한 새 정장을 입고 라벤더 향기를 풍기면서 말끔한 모습으로 사무실에 들어오는 모습을 볼 때마다 나는 미켈레의 옷차림을 생각한다.

어떻게 설명해야 할지 모르겠지만, 귀도가 나를 통해 미켈레가 멋진 옷을 차려입을 기회와 소유하지 못할 옷을 입고 누릴 수 있는 성공의 기회를 훔쳐간 것만 같았다. 하지만 사무실에서 일할 때면, 귀도가 나나 미켈레처럼 열심히 일하는 사람이라는 것을 알 수 있다. 귀도는 우리보다 뛰어나서 돈을 더 많이 벌었을 뿐이다.

하지만 사무실 밖에서 귀도는 단순히 돈 많은 남자일 뿐이다. 며칠 전 저녁 귀도의 차를 타고 오는데 그의 시선이 내 스타킹의 꿰맨 부분에 머무르는 것을 느낄 수 있었다. 순간 꿰맨 스타킹을 통해 그가 나의 모든 나약함을 꿰뚫어보는 것 같았다. 그때 우리는 리카르도 이야기를 하고 있었다. 귀도는 리카르도가 아르헨티나에 가지 못하면 좋은 일자리를 알아봐주겠다고 했다.

"걱정하지 마."

그가 나를 자기 쪽으로 끌어당기면서 말했다. 나는 항상 귀도와 결혼해도 그와 함께 일하고 싶다고 생각했다. 지금처럼 그를 도와주고, 가장 신뢰하는 조력자가 되고 싶었다. 하지만 얼마 전부터 너무 피곤하면 정말로 그럴 힘이 내게 남아 있나 싶다. 차라리 그의 아내가 되어 집에 남아 모피나 사는 편이 낫지 않을까 싶다. 잘 모르겠다. 이제는 아무것도 이해할 수 없고, 아무것도 판단할 수 없다.

벌써 두 시간째 일기를 쓰느라 피곤하다. 그렇지만 내가 남편이 아닌 귀도와 집을 떠나 아무런 고민 없이, 행복하게 귀도와 베네치아로 가고 싶은 건 귀도는 사회적으로 성공했지만 미켈레는 실패했기 때문이 아닌가 싶다.

Date 5월 5일

진실을 말하고 싶다. 처음 귀도가 함께 베네치아에 가자고 한 순간부터 그의 제안을 받아들이기로 결심했다는 사실을 고백하고 싶다. 지금까지는 일기를 쓸 때조차 그 사실을 솔직하게 인정하지 못했다. 그러면 지난 20년 동안 나 자신을 잊기 위해 쏟아부은 노력이 부질없었음을 인정해야 하기 때문이다.

코트 아래 반질반질한 까만 공책을 거머리처럼 숨겨서 가져오기 전까지는 그렇게 살아왔다. 모든 것이 그때부터 시작되었다. 심지어는 귀도와의 관계 변화도 내가 남편에게서 무언가를 숨길 수 있다는 사실을 인정하면서 시작된 것이다. 그것이 비록 공책처럼 매우 하찮은 것일지라도 말이다.

나는 일기를 쓰고 싶은 마음에 혼자 있고 싶었다. 가족 안에서도 자신만의 고독 속에 고립되고자 하는 이는 이미 죄악의 싹을 품고 있는 거다. 실제로 일기장을 읽어보면 모든 것이 사실과는 다르게 느껴진다. 귀도를 향한 내 감정까지도. 일기에서는 극복할 수도 받아들일 수도 없는 나의 나약함이 그의 돈 때문인 것처럼 보인다. 감히 그를 사랑한다고 고백하지 못하고 불가항력의 외적인 힘으로 인해 나의 도리를 다하지 못하는 거라고 나 자신을 속이려 든다. 나를 이끄는 가장 강한 감정은 비겁함이다.

나는 귀도와 함께 떠나기로 했다. 대신 일단 돌아오면 다시는 그를 만나지 않을 것이다. 평생 몰래 숨어서 거짓 인생을 살 수는 없다. 그는 나를 이해해줄 것이다. 다른 직장을 찾을 수 있게 도와줄 것이다. 새 직장의 급여만 더 높다면 집에서도 반대하지 않을 것이다. 하지만 지금은 떠나고 싶다. 이미 마틸데 이모에게 편지를 보냈다. 이모에게 답장이 오면 그날 바로 기차를 타고 떠날 것이다. 베로나에 가면 새 나이트가운을 살 것이다. 내 나이에 모든 것이 끝일 수는 없다. 내 나이에 무미건조한 낮과 고독한 밤을 보낼 수는 없다.

얼마 전까지만 해도 리카르도는 나와 함께 침대에 누워 내가 자기를 재워주기를 원했다. 나는 그애의 머리와 얼굴과 거친 볼을 어루만지곤 했다. 그때까지만 해도 '엄마랑 결혼할래요'라고 하던 시절이었다. 지금은 집이 텅 비고 조용했다. 미켈레와 아이들이 나갈 때 문 닫히는 소리만 들릴 뿐이다.

어쩌면 미켈레와 함께 지난 사흘을 보내면서 마지막으로 남아 있던 망설임이 사라진 것일 수도 있다. 그 사흘간 우리가 느낀 것은 평온이 아니라 권태였다. 남편은 신문만 읽었다. 최근 들어 유독 신문을 많이 샀다. 전쟁이 일어날 가능성이 있다는 기사를 찾고 싶어 어쩔 줄 몰라 하는 것 같았다. 그런 기사를 찾으면 만족에 가까운 표정으로 우리에게 기사를 보여주면서 제작자들 말이 옳았다고 했다. 오늘은 리카르도에게 이런 말을 했다.

"너희 세대 청년들이 나보다는 운이 좋기를 바란다. 나는 매번 중요한 목표를 이루려 할 때마다 전쟁이 터지는 바람에 모든 것이 무너졌거든."

나는 그가 정말 그렇게 생각하는지 알고 싶어서 그를 바라보았다. 나는 그가 자신의 말을 믿기를 바랐다. 남편이 자신의 직업에 대해 내 아버지에게 하던 말과 내 어머니가 베르톨로티에 대해 하던 말이 떠올랐다. 순간 모든 세대별로 개인의 실패를 전가할 수 있는 전쟁이 있어 다행이라는 생각이 들었다. 나는 이제 미켈레가 안락의자에 앉아서 하루를 보내는 내 아버지처럼 단조로운 삶을 살 거라고 생각했다. 그렇게 생각하니 마음이 다급해졌다.

나는 여느 토요일보다 일찍 사무실에 도착했다. 귀도는 없었다. 약속 시간보다 30분이 지나, 그가 오지 않을까봐 슬슬 걱정하기 시작하는 순간 그가 도착했다. 나는 어린아이처럼 불안에 떨면서 그에게 다가갔다. 그는 늦어서 미안하다면서 집에서 힘든 하루를 보냈다고 했다. 나는 이유를 묻지 않았다.

"아, 발레리아. 정말 떠나야겠어."

그가 맑은 공기를 마시고 싶은 사람처럼 말했다. 우리는 그의 사무실로 들어가 언제나처럼 책상을 사이에 두고 마주보고 앉았다. 나도 그의 말을 따라 했다.

"그래요. 떠나야 해요. 열흘 후면 로마를 떠날 수 있을 것 같아요. 이모의 편지를 기다리고 있어요."

그렇게 말하면서 처음으로 그토록 오랫동안 나를 갈등하게 만들었던 망설임에서 해방된 것 같았다. 나는 당장이라도 떠나고 싶었다. 용기를 잃기 전에 사무실에서 나와 바로 기차역으로 향하고 싶었다. 그런 내 심정을 고백하자, 귀도가 말했다.

"그렇게 할 수 있으면 얼마나 좋을까. 다시는 집구석에 돌아가고 싶지 않아. 다시는."

그는 나와 함께 행복하기 위해서가 아니라, 그를 불행하게 만드는 무언가가 있는 집으로부터 도망치고 싶어서 떠나려는 것 같았다. 하지만 사실 그건 나도 마찬가지다. 그는 우리가 베네치아에서 가장 비싼 호텔에 묵을 거라고 했고, 나는 만족을 넘어 황홀감을 느꼈다. 그러다 갑작스런 결정 때문인지 잠시 둘 다 할 말을 잃었다. 일 이야기를 하면 정신을 차릴 수 있을 것 같았지만 순간 둘만 있을 때 일을 하지 않은 지 오래됐다는 사실을 깨달았다. 혼란스런 마음에 "귀도"라고 부르자, 그가 다가와 내게 입을 맞췄다. 그후 우리는 헤어질 때까지 입을 맞추고, 서로를 바라보다 또다시 입을 맞췄다.

집으로 돌아가는데 옷매무새가 헝클어지고 표정이 상기된 것만 같았다. 미켈레가 모든 것을 눈치챌 것 같아서 두려웠다. 그는 집에 막 들어온 듯했고 미렐라가 저녁 식사 시간에 돌아오지 않겠다고 써놓고 간 메모를 손에 들고 있었다. 나는 괴롭고 애절한 말투로 이렇게 말했다.

"여보, 제발 어떻게 좀 해봐. 당신이 나서야 해…"

남편의 놀란 눈빛에, 나는 통제력을 잃고 말았다.

"너무 늦기 전에 제발 어떻게 좀 해봐."

나는 최근 미렐라의 태도에 대해 이야기했다. 왜 그런 사람을 만났냐고 화를 낼까봐 칸토니가 찾아온 이야기는 쏙 뺐다. 내 평생 그토록 단호했던 적은 처음이었다. 나는 미켈레의 손에서 미렐라의 메모를 빼앗아 몇 번을 읽었다.

'사랑하는 엄마, 죄송해요. 오늘 저녁은 안 먹을게요. 안녕히 주무세요.'

불안한 마음은 커져만 갔다.

"'오늘 저녁은 안 먹을게요. 안녕히 주무세요'라니. 이 아이에게 가족은 아무것도 아닌 거야. 내가 일일이 다 챙기고 다닐 수는 없어. 나는 피곤해, 여보, 베로나에 갈 생각이야. 몇 년 동안 단 하루도 쉬지 못했어. 당신이 나설 때가 되었어. 따지고 보면 이 집안의 가장은 당신이잖아. 당신이 권위를 세워야지. 나는 도저히 못 하겠어."

미켈레는 내게 다정하게 대답했다.

"그래, 좋아. 맘 편하게 떠나도록 해, 엄마. 가서 충분히 쉬어. 사실 새로울 것도 없어. 미렐라가 집에 늦게 들어오는 게 한두 번 있는 일이 아니잖아."

나는 오늘 밤은 느낌이 다르다고 했다. 나는 몸을 바들바들 떨면서 절망적인 눈빛으로 그를 바라보았다.

"도와줘, 여보. 이유는 몰라도 얼마 전부터 나는 정말 두려워."

남편은 모든 게 나이 차이 때문이라고 했다.

"아이들은 이제 막 청춘의 초입에 있고, 우리는…"

그가 잠시 망설이는 것을 보고, 내가 씁쓸하게 말했다.

"막바지에 있다?"

미켈레는 미소 띤 표정으로 고개를 저으며, 차라리 청춘이 완전히 끝나는 편이 마음 편할 것 같다고 했다.

Date 5월 6일

오늘 아침 일찍 성당에 갔다. 노래 미사여서 평소보다 오래 성당에 머물러야 했다. 미사를 보는 내내 마음이 평온했다. 전시에 사람들이 절망한 상황에서 무엇을 바라는지도 모르고 오랜 시간 성당에서 기도하고 노래하며 세상이 바뀌기를 기다리던 때가 생각났다. 어제저녁 미렐라와 대화를 나눈 미켈레는 오늘 아침 내게 "나는 미렐라를 믿어. 게다가 그애를 믿고 기다려주는 것 외에 우리가 할 수 있는 건 없어"라고 했다.

나는 성당에서 나와 천천히 집까지 걸었다. 햇볕이 이미 따스했다. 미렐라는 거짓말을 했을 거다. 칸토니도 진심을 털어놓는 척하면서 내게 거짓말을 했을 수 있다.

'둘 다 참 똑똑하네.'

나는 생각했다.

'똑똑하기도 하지.'

하지만 오늘은 깊이 생각하고 싶지 않았다. 지금도 글을 쓰고 싶은 마음이 없다. 저녁에 매년 그랬던 것처럼 부엌 앞 테라스에 제라늄을 심었다.

집에는 미켈레 혼자 라디오를 듣고 있었다. 나는 혼자 있는 것이 너무 좋았다. 오늘은 평온한 봄날의 일요일로 기억될 것이다.

Date 5월 8일

오늘 점심 식사 후에 리카르도가 나를 자기 방으로 불렀다. 집에 우리밖에 없는데도 방문을 꼭 닫더니 그것도 모자라 열쇠로 잠그기까지 했다. 나는 평소와는 다른 리카르도의 행동에 불안해졌다.

"무슨 일이니?"

내가 퉁명스레 물었다.

"드릴 말씀이 있어요. 벌써 며칠 전부터 말하고 싶었는데, 집에서는 도무지 둘이 맘 편하게 이야기할 수가 없네요."

리카르도가 말했다.

"우선 앉으세요."

"무슨 일인데?"

내가 싫다고 버티는데도 리카르도는 억지로 나를 안락의자에 앉히고는 자기도 의자를 하나 가져와서 내 앞에 앉았다. 그 모습에 점점 더 불안해졌다.

"얘, 리카르도."

내가 먼저 말을 꺼냈다.

"엄마는 너무 피곤하단다. 맘 상할 일이면 부탁이니 네 아빠한테 말해. 왜냐하면…"

리카르도가 내 말을 가로막았다.

"베로나에 가지 마세요, 엄마."

나는 너무 놀랐다. 순간 그 두려움의 성격이 변했다.

"왜?"

나는 얼굴이 백지처럼 창백해졌다.

"향후 며칠 동안 제게 엄마가 꼭 필요하니까요."

나는 안도의 한숨을 내쉬며 리카르도에게 엄마는 휴가 갈 권리도 없냐고 물었다. 리카르도는 엄마 계획을 망쳐서 미안하지만 자신에게 너무나 중요한 일이라고 했다. 나는 먼저 방어막을 치려는 심산으로 그애가 무슨 말을 하든 나는 베로나로 떠나겠다고 했다.

"너도 이제 다 컸으니 혼자 사는 법을 배워야지. 하고 싶은 이야기가 있으면 들어줄게. 대신 서둘러줘. 곧 사무실로 돌아가야 하니까. 대체 무슨 일이니?"

"당장 결혼해야 해요."

리카르도가 한참을 망설이다 말했다.

나는 자리에서 벌떡 일어나 그런 바보 같은 이유로 나를 집에 잡아두려고 한 거냐고 물었다. 얼마나 말도 안 되는 생각인지 모르겠냐고 했다. 나는 책상 위에 올려놓은 책들을 보면서 그런 생각을 할 시간에 차라리 공부나 하라고 했다.

"'결혼'이 무슨 뜻인지 알기나 하니?"

내가 물었다.

"결혼은 네가 상상하는 것과는 전혀 달라. 대체 어떻게 먹고살 생각인지 말해볼래?"

리카르도는 내 눈을 바라보다 진지한 표정으로 고백했다.

"모르겠어요."

리카르도 면전에서 대놓고 웃음을 터뜨리고 싶었다. 하지만 바보 같은 대답을 하면서도 눈빛만은 심각한 것을 보니 마음이 아파서 차마 그럴 수 없었다.

"그래, 어떻게 먹고살지 모른다면 대체 무엇을 할 생각이니? 결혼이란 무엇보다 많은 사람을 먹여 살리는 것을 의미한단 말이다."

리카르도는 아무 말도 하지 않았다.

"말해봐."

내가 재촉하자 그는 "잘 모르겠어요"라는 말만 반복했다.

"우선 아르헨티나로 떠나는 것을 미루고 신혼 초에는 임시로 다닐 직장을 알아보려고요. 부에노스아이레스에는 1~2년 후에 가도 취업을 시켜주겠대요."

리카르도의 얼굴은 창백했다. 나는 물러서지 않았다.

"직장 찾기는 결코 쉽지 않아. 설령 당장 취업한다고 해도 어떻게 4만 리라밖에 안 하는 사회 초년생 월급으로 먹고산단 말이냐? 그런 생각은 안 해봤니?"

"해봤어요."

리카르도가 내 눈을 바라보며 말했다. 그런 다음 다시 시선을 내리깔면서 덧붙였다.

"유일한 방법은 이 집에서 엄마 아빠랑 함께 사는 거예요. 대신 제 월급을 한 푼도 남김없이 다 드릴게요. 저희는 아무것도 바라지 않아요. 지금 이 방만 있으면 돼요. 큰 침대만 하나 사면 돼요."

나는 고개를 가로저으며, 리카르도가 아무리 원해도 그것만은 들어줄 수 없다고 생각했다. 리카르도에게 나의 굳은 신념을 이야기했다.

"누구에게든 자기 집과 자기 삶이 있어야 하는 거야."

나는 신경질적으로 방 안을 왔다 갔다 하면서, 결혼도 할 수 있는 조건을 갖추고 하는 거라고, 절대 이 집에 며느리를 들일 수 없다고 했다. 정 원한다면 마리나 집에 가서 살면 되지 않냐고 했다. 내 말에 리카르도는 마리나의 새엄마가 절대로 허락해주지 않을 거라고 했다. 무엇보다 마리나 아버지는 월급이 너무 적어서 지금도 겨우 입에 풀칠할 정도라고 했다.

"우린 아니고?"

내가 차갑게 말했다.

"네 아빠는? 내 피곤함은? 너희는 내가 무슨 기적이라도 일으킨다고 생각하나 본데 그렇지 않아. 내가 이룬 것은 기적이 아니라 노력과 오랜 노고의 대가였어. 그런 엄마에게 일을 그만두고 쉬라고 해도 모자란 마당에 한 명을 더 돌보라고? 배은망덕한 것 같으니라고, 배은망덕한 데다 양심도 없구나."

리카르도가 괘씸해서 이곳에 남아달라는 그애의 부탁을 들어주지 않고 떠나는 상상을 하니 즐거웠다. 가방을 들고 기차에 오르는 모습을 상상했다. 베네치아의 석호와 건물과 지난 일요일처럼 맑고 높은 하늘이 눈앞에 보이는 듯했다. 내가 문 쪽으로 가자 리카르도가 쫓아와 내가 나가지 못하게 손잡이를 잡았다.

"안 돼요, 엄마. 가지 마세요. 제발 부탁이에요. 제 말 좀 들어보세요. 당장 결혼해야 해요. 최대한 빨리요. 무슨 일이 있더라도 보름 안에는 결혼식을 올려야 해요."

나는 화들짝 놀라 뒤를 돌아보았다.

"너 미쳤니?"

내가 물었다.

"리카르도, 너 미쳤어?"

리카르도는 아무 말 없이 창백한 얼굴로 나를 바라보았다. 나는 그애 곁으로 다가가 재킷 깃을 잡았다.

"무슨 짓을 저지른 거야?"

나는 혐오감을 참지 못하고 물었다.

"무슨 짓을 저질렀어?"

그러자 리카르도는 내 어깨에 얼굴을 파묻고 울음을 터뜨렸다.

"무슨 짓을 한 거니? 대체 무슨 짓을 한 거야!"

나는 울면서 외치며 고개를 들고 하늘을 바라보았다. 그 순간 내가 원하는 것이 도움인지, 이러한 상황에서 해방되는 건지 알 수 없었다. 옷장 위에 리카르도가 어릴 때 타던 빨간 세발자전거가 먼지만 수북이 쌓인 채 놓여 있었다.

"마리나 새엄마가 눈치채기 전에 바로 결혼해야 해요. 그러면 아무도 모를 거예요. 아무도요. 마리나도 칠삭둥이인걸요. 하지만 그러려면 단 하루도 지체할 수 없어요. 다 잘될 거예요, 엄마. 저도 취직하고, 마리나가 집안일을 도와줄 거예요. 엄마만 싫어하지 않으면 돼요. 다 마리나를 위해서예요. 제 말 아시겠어요?"

리카르도의 말에 나는 거칠게 외쳤다.

"아! 그러니까 마리나 때문에 내게 이런 부탁을 한다는 거냐? 네 누이도 싫어하는 그 마리나라는 아이를 집 안에 들여 도와주란 말이냐? 입술에 립스틱도 바르지 않고, 좋다 싫다 말도 제대로 못 하는 그런 아이를? 마리나가 어린아이라고? 어린아이가 너와 당장 결혼하는 방법은 잘도 알아냈구나!"

리카르도는 괴로워하며 손으로 얼굴을 가렸다.

"저도 알아요. 엄마가 그렇게 생각하시는 것도 당연해요. 하지만 마리나는 어린아이예요. 자기가 뭘 하는지도 잘 몰랐어요."

"그렇다면 문제가 더 심각하구나. 자기가 뭘 하는지는 알았어야지. 요즘 세상에 어떤 여자에게 아이처럼 살 권리가 있단 말이냐? 평생을 그렇게 못 살아본 여자도 있다."

"저를 믿어주세요. 다 제 잘못이에요. 다 제 책임이에요. 그 일이 언제 있었는지 아세요? 마리나가 처음 우리 집에 오고 나서 며칠 후였어요. 그날 저는 마리나가 우리 집에서 엄마 곁에 있는 모습이 너무 좋았어요. 본판티와 이야기를 해보니 모든 일이 잘 진행되고 있다면서 10월에 아르헨티나로 떠날 수 있을 거라고 했어요. 그때는 모든 것이 쉽게 느껴졌어요. 제가 강하다고 느꼈어요. 하지만 갑작스레 찾아온 행운처럼 모든 것이 갑자기 무너질까봐 두려웠어요. 마리나가 1~2년을 못 참고 나를 잊을까봐 두려웠어요. 저는 항상 마리나가 저를 잊을 거라고 투정했고, 마리나는 그런 저를 안심시켜 주었어요. 그런 일은 없을 거라고 맹세했어요. 그런데도 저는 마리나를 질투하고 감시했어요. 마리나의 말만으로는 부족해서 본능적으로 어떻게든 저와 연결하려 했어요. 마리나를 붙잡아둘 수 있다는 걸 저 스스로 증명하고 싶었어요. 제가 그녀의 주인이자, 제 운명과 삶의 주인이라는 사실을요."

"바보 같은 소리."

내가 말했다.

"다 변명일 뿐이야. 어떻게 그런 일이 일어나는지 모르는 사람이 어디 있단 말이니? 일을 저지른 후에 만들어내는 변명일 뿐이야."

리카르도는 고개를 가로저으며 말했다.

"그렇지 않아요, 엄마. 엄마는 내 나이에 요즘 같은 시대를 사는 것이 무슨 의미인지 몰라요. 주머니에 돈 한 푼 없이 미래에 대한 아무런 확신 없이 홀로 사는 것이 어떤 건지 몰라요. 제겐 이 여자밖에 없는데, 그녀를 잃을까봐 두려웠어요. 그녀를 잃는 것은 제 모든 것을 잃는 것이니까요."

리카르도는 여윈 몸에 면도도 제대로 하지 않고 머리는 헝클어져 있었다. 지난 토요일에 마리나와 함께 있던 모습이 떠올랐다. 마리나도 리카르도처럼 여위고 얼굴이 창백했다. 두 사람은 나처럼 힘겨운 삶을 살아갈 것이다. 나는 리카르도와 마리나가 아이들을 키우기 위해 강인해야 했던 남편과 나처럼 강해지지 못할까봐 두려웠다.

"그래서 이제는 두렵지 않니?"

내 말에 리카르도는 혼잣말처럼 나지막한 목소리로 말을 이었다.

"지금은 조금 덜 두려워요. 처음에는 너무 끔찍했어요. 이 방에서 제가 몇 날 밤을 뜬눈으로 지새웠는지 엄마는 모를 거예요. 심지어는 비겁하게 마리나를 버리고 도망갈까 생각도 해보았어요. 이제 엄마도 알게 되었으니 마음이 놓여요. 이제는 미래의 불안 요소가 없어졌으니까요. 모든 것이 결정되었잖아요. 내 삶이 어떻게 될지 몰랐는데, 이제는 알게 되었어요."

"그래. 이제는 정해진 삶을 살 일만 남았구나."

목소리가 너무 작아서 리카르도는 내 말을 제대로 듣지 못하고 다가와 나를 껴안으며 눈물로 젖은 뺨을 내 뺨에 비볐다.

나는 전화기가 있는 곳으로 가서 사무실 전화번호를 돌린 후, 집에 급한 일이 생겨서 오후에 출근하지 못할 것 같다고 했다. 그런 다음 내 방으로 들어가 침실 문을 닫은 뒤 침대 위로 몸을 던졌다. 어떻게든 해결될 거라고 생각했다. 게다가 그 일은 나뿐만이 아니라 여자 측 부모와도 관련이 있었다.

'마리나 부모가 내게 말하러 와야 해. 그들이 먼저 어떻게 해야 할지 제안해야 해. 마리나가 자기 아버지와 이야기를 해야 해. 그 애 아버지가 우리 집에 찾아오면 우리가 모든 책임을 질 필요는 없게 되겠지.'

그런 생각을 하는데, 갑자기 칸토니 변호사 사무실의 대기실에서 다른 사람들과 함께 기다리며 앉아 있는 미켈레의 모습이 떠올랐다. 남편의 무릎에 갈색 모자가 놓여 있었다. 그가 젊고 자신감 넘치는 칸토니와 이야기하는 모습이 보였다. 미켈레가 칸토니와 마주 앉아 그에게 애원하는 모습이 보였다. 나는 너무 지쳐서 '절대로 그애를 내 집에 들이지 않겠어. 절대로'라고 생각하면서 혼란스러운 꿈을 꾸며 괴롭게 잠들었다.

꿈속에서 나는 베네치아 대운하가 보이는 방에서 폭신한 침대에 누워 있었다. 귀도의 모습은 보이지 않았지만 그의 존재를 느낄 수 있었다. 그는 잠시 후에 내가 있는 곳으로 도착할 터였다. 나는 복도에서 그의 발소리가 들리기를 기다렸다. 그런데 귀도의 발소리 대신 건방지게 느껴질 정도로 단호한 마리나의 발소리가 들렸다. 흠칫 놀라며 잠에서 깨는 순간 미렐라가 들어왔다.

"엄마, 자요?"

미렐라가 물었다.

이미 저녁이었다. 나는 자리에서 일어나 가장자리에 앉아 멍하게 미렐라를 바라보았다. 그러다 갑자기 조금 전에 있었던 일이 기억났다.

"마리나가 임신했다는구나."

내 말에 미렐라는 아연실색한 표정으로 얼굴을 손으로 감쌌다.

"어떻게 알아요?"

"네 오빠가 말해주었어. 보름 안에 결혼해서 이 집에 들어와 살겠대. 어떻게 하면 좋겠니, 미렐라? 나는 너무 피곤해. 더는 못 버티겠어."

미렐라는 내게 다가왔고, 나는 그런 미렐라에게 머리를 기댔다. 얼굴에 닿은 그애의 실크 옷 감촉이 시원하게 느껴졌다.

"너희들은 어쩌면 이렇게 무자비하니."

내가 속삭였다.

미렐라는 내 이마와 머리를 쓰다듬어 주었다. 미렐라에게 이토록 다정한 면이 있다는 것을 몰랐다.

"걱정 마세요, 엄마. 생각보다 심각한 일은 아닐 거예요. 저도 알아요. 큰 충격이죠. 놀랍고요. 하지만 결국에는 다 잘될 거예요. 결과적으로는 더 잘된 일일 수도 있어요. 저는 오빠가 평생 중요한 일을 못 할 거라고 생각했어요. 그 정도로 강한 사람이 아니라고 생각했어요. 그러니 이편이 나을 수 있어요. 어떤 사람들은 외적인 힘에 의해서 억지로 책임지는 법을 배우거든요. 계획을 세우고 살아갈 방법을요. 오히려 잘된 일일 수 있으니 너무 걱정 마세요. 제가 오빠랑 이야기해볼게요. 도움이 필요할 거예요. 마리나하고도 이야기해볼게요. 전 마리나를 좋아하지는 않지만, 이번만큼은 자신의 의지와는 상관없이 현명한 일을 한 거예요. 엄마는 좀 쉬세요. 너무 피곤해 보여요. 제가 집안일을 도와드릴 시간은 없지만, 그렇지 않아도 엄마가 원했던 것처럼 반나절이라도 가사도우미를 쓰자고 말할 생각이었어요. 비용은 제 월급으로 지급하고요."

미렐라의 가슴에 머리를 기대고 있었는데, 그애의 심장이 조금 빠르고 강하게 뛰는 것이 느껴졌다. 어머니는 언제나 미렐라가 나를 닮았다고 했다. 정말 그럴지도 모른다. 다른 시대에 태어났으면, 나도 미렐라처럼 자신감 넘치는 여자가 됐을 것이다. 하지만 다른 한편으로는 바로 그 자신감 때문에 미렐라가 함정에 빠질까 봐 두려웠다.

"그러지 마. 내가 알아서 할게. 피로감은 일시적인 거야. 이제 곧 기운이 날 거야. 조금 있으면 아빠가 올 텐데, 이야기하기 전에 먼저 식사부터 했으면 좋겠구나. 너는 이 문제를 신경 쓰지 마."
나는 다시 한번 말했다.
"너는 직장도 있고, 학업도 마쳐야 하고, 네 갈 길이 있잖니."
잠시 후 내가 말했다.
"이 집을 떠나."
나는 미렐라가 태어나기 전부터 이어져 있던 나와의 끈을 두 번째로 잘라내야만 할 것 같았다.
"이 집은 거짓과 불행으로 가득한 것 같아. 같은 말을 반복하지 않을 테니, 엄마가 오늘 이 말을 했다는 것을 기억해. 너는 능력이 있으니 네 살길을 찾으렴. 최대한 빨리 이 집을 떠나."
미렐라는 나를 꼭 껴안았고, 우리는 서로를 마주 보았다.
"아이는 언제 태어나죠?"
한참 후에 미렐라가 물었다. 나는 생각지도 못한 말을 들은 것처럼 깜짝 놀라 미렐라에게서 떨어져 나왔다.
"언제 태어나냐고?"
나는 머리가 복잡해져서, 골똘히 생각에 잠겼다.
"모르겠다. 아이가 정말 태어날 거라는 생각을 미처 하지 못했어."

Date 5월 10일

오늘 저녁 미켈레에게 리카르도 이야기를 했다. 그가 격한 반응을 보일 거라는 생각에 리카르도에게는 방에서 기다리고 있으라고 했다.

"부탁해요, 엄마. 다 마리나를 위한 일이라고 잘 말씀드려주세요."

리카르도가 나를 포옹하며 말했다. 그런데 예상과는 달리 남편은 내 말을 듣자마자 "멍청한 자식!"이라고 외치며 웃음을 터뜨렸다. 그의 웃음에는 마음에 들지 않는 무엇인가가 있었다. 악의적인 만족감 같았다. 나는 리카르도가 그 소리를 못 듣게 방문을 닫았다.

"그래, 이제 어떻게 해야 할까?"

미켈레가 자신을 향해 다가가는 내게 물었다. 이 상황을 즐기는 듯한 유쾌한 표정이었다.

"엄마, 이제 어떻게 해야 할까?"

미켈레는 공연을 더 편하게 관람하려는 듯 안락의자 깊숙이 몸을 묻으며 반복했다. 차라리 그가 분노했으면 좋았을 것을. 그의 웃음 속에서 석연치 않은 무언가가 느껴졌다.

나는 둘이 보름 안에 결혼할 생각이라고 했다. 그러자 미켈레는 여전히 미소를 띤 채 고개를 저으면서 "바보 같은 자식!"이라고 했다. 내가 남편에게 리카르도가 마리나와 결혼해야 한다고 생각하냐고 묻자, 그는 진지한 표정으로 "당연하지. 이제 와서 어쩌겠어?"라고 했다.

남편의 말에 나는 화가 나서 마리나를 욕하기 시작했다. 심지어는 리카르도가 그애의 첫 남자인지조차 의심스럽다고 했다. 하지만 미켈레는 내 말을 흘려듣고 말을 이었다.

"당연히 결혼해야지."

그런 다음 이런 말을 덧붙였다.

"이제 아르헨티나는 물 건너갔군."

나는 한숨을 내쉬며 고개를 숙였다.

"리카르도는 아직 어려서 사랑에 상응하는 대가가 있다는 것을 몰라. 대가를 치르지 않으려면 마음을 단단히 먹고, 사랑을 포기해야 한다는 사실을 말이야."

미켈레의 말에 오늘 아침 일이 생각났다.

"무슨 일 있어, 발레리아?"

내가 사무실 일에 집중하지 못하는 것을 보고 귀도가 물었다. 나는 비참한 기분으로 리카르도 이야기를 들려주었다. 우리 집은 가난해서 이 일로 인한 피해가 얼마나 심각한지 귀도는 이해하지 못할 것이다. 어찌 됐든 나는 내 아들이 결혼하고 아이를 낳을 거라는 소식에 기뻐할 수 없다는 사실에 굴욕감을 느꼈다. 이야기를 들려주고 나니 귀도를 우리 집에 들어오게 한 것 같았다. 스프링이 고장 난 낡은 안락의자에 앉으라고 권한 것 같았다. 진정한 나, 발레리아의 모습 그대로 휴가를 보내려면 귀도에게서도 도망쳐야 할 것 같았다.

'발레리아'라는 이름을 생각하자 긴 오간자 드레스와 부드러운 피렌체 스타일 밀짚모자를 쓴 키가 크고 예쁜 열여덟 살 소녀의 모습이 떠올랐다. 그것은 내 모습이 아니었다. 내가 열여덟 살이었던 1925년에는 허리선이 낮고 길이가 짧은 치마에 남자 같은 헤어스타일이 유행했으니까. 그런데도 요즘 들어 나 자신에 대해 생각할 때면 종종 그 젊고 낭만적인 소녀의 모습이 떠오른다. 비록 장성한 아들과 딸을 둔 데다, 음… 그러니까 얼마 안 있으면 할머니가 되는데도 말이다.

나는 노인들이 초상화에서만 젊어질 수 있는 것처럼, 연극 속 서정적인 인물을 연기할 때만 그 소녀가 될 수 있을 것이다. 귀도는 내 손을 쓰다듬으며 말했다.

"떠날 날이 얼마 안 남았으니 조금만 참아."

나는 귀도가 나를 괴로움에 짓눌린 중년 여성이 아니라 그 소녀처럼 보아주기를 바랐다. 나는 우리의 여행이 그동안 겪은 수많은 수모와 굴욕을 보상받으려는 욕망이 아니라, 참을 수 없는 사랑의 충동으로 인한 것이어야 함을 직감했다.

미켈레가 사랑에는 대가가 따르는 법이라고 말하는 동안 나는 그 일을 떠올렸다. 내가 정말 진정한 사랑을 했는지, 진정한 사랑을 할 수 있을지 궁금했다. 그동안 미켈레는 말을 이었다.

"이제 리카르도는 아내와 자기 자식을 먹여 살리기 위해 평생 일해야 할 거야. 이제부터 전에는 이해하지 못했던 많은 것을 이해하기 시작하겠지. 녀석은 자기가 나였으면 은행원이 되느니 차라리 가족을 굶길 거라고 했어."

나는 리카르도의 인생과 우리의 인생에는 아무런 공통점이 없다고 했다. 우리는 어쩔 수 없어서 결혼하지 않았으니까. 미켈레는 어떻게 생각할지 몰라도, 나와 마리나를 비교하는 것은 기분이 나쁘다고 했다. 그애는 윤리도 사랑도 지키지 못했다고 했다. 미켈레는 어깨를 으쓱해 보이고는 요즘은 우리 시대의 고정관념이 중요하지 않다고 했다. 나는 분개하며 외쳤다.

"그럼, 우리가 중요하게 생각한 그 무엇도 중요하지 않다는 거야?"

미켈레는 잠시 침묵한 뒤 내게 물었다.

"엄마, 우리가 정말로 당시 고정관념을 존중했다고 생각해? 억지로 존중한 척한 것이 아니라?"

그런 다음 미켈레는 자리에서 일어나 나를 가까이에서 바라보며 말했다.

"과거 어른들이 오랫동안 우리 둘만 내버려두었거나, 어른들 없이 우리끼리만 나갈 수 있는 기회가 있었다면 우리도 리카르도와 미렐라처럼 유혹에 넘어가지 않았을까?"

미켈레는 다정하게 내 어깨를 잡았다. 그는 낮고 호소력 있는 목소리로 말했다.

"기억나? 우리도 둘만 있으면 곧바로 입 맞추고 포옹했잖아. 우리가 그 둘처럼 자유로웠다면 유혹을 참아낼 수 있었을까? 나는 아니야. 확실해. 솔직히 말해봐. 당신도 마리나처럼 했을 거야. 그렇지 않아?"

잠시 우리는 진실에 근접하게 다가갔다. 남편의 말보다 그의 목소리가 내가 그래 주기를 강력하게 요구했지만 결국 나는 그러지 못했다. 마리나와 나를 비교해서였을 수도 있고, 그의 말을 인정하면 내겐 아무것도 남지 않을 것이기 때문일 수도 있다. 우리의 과거도, 이제는 얼마 남지 않은 남편의 본모습마저 잃어버릴 것이다.

"나는 그러지 않았을 거야."

나는 단호하게 말했다.

"결혼 전에는 절대로 그런 짓을 하지 않았을 거야."

미켈레는 내 어깨를 잡은 채 잠시 나를 바라보았다. 그동안 그와 내가 보여준 모범을 따르지 않은 아이들과 이 모든 것의 원인인 마리나와 나를 베네치아로 데려가려는 귀도를 비롯한 모든 사람에게 적개심이 내 안에서 끓어올랐다. 그렇게 나를 한참 바라보던 미켈레는 조용히 나를 안아주고 내 이마에 입 맞춰주었다. 그런 다음 내게서 멀어져 담배에 불을 붙이며 갑자기 전혀 다른 목소리로 말했다.

"어쨌든 내가 하고 싶었던 말은 이게 아니야. 내가 하려던 말은… 아, 그래. 내가 돈이 없어서 리카르도에게 자전거를 못 사준다고 했던 날 기억해? 당신은 알잖아. 정말 수중에 돈이 없었다는 걸. 하지만 자식들은 부모 말을 절대로 믿지 않아. 어쩌면 부모는 자식이 믿지 않는 편을 더 좋아하는 것인지도 몰라. 그래야 우리에게 없는 힘도 있는 걸로 생각할 테니까. 아무튼 그때 리카르도가 이런 말을 했어. '이럴 거면 대체 왜 나를 낳은 거죠?' 그날 이후 나는 리카르도의 비난을 한 번도 잊은 적이 없어. 지금까지도 말이야. 이제는 리카르도도 왜 자식을 낳는지 알겠지."

나는 방 안을 왔다 갔다 하는 그의 모습을 바라보았다. 그의 모습에는 이해할 수 없는 무언가가 있었다. 약혼 시절에도 그랬다. 그는 나를 위해 쓴 시를 낭독해주곤 했는데, 나는 그 시의 의미를 이해하지는 못했지만 그 불가해성 속에서 느껴지는 악마성에 매료되었다. 그때는 가끔 얼마 남지 않은 결혼이 잘못된 것은 아닌지 고민이 됐다. 하지만 곧바로 그런 생각을 했다는 사실에 놀라 더는 깊이 생각하려 하지 않았다. 미켈레도 나도 우리가 지금과는 다른 삶을 살 수 있었다는 사실을 안다. 하지만 그러지 못한 이유를 알고 싶지는 않다. 나는 적어도 우린 원해서 자식을 가진 거라고 급히 결론지었다.

나는 더 이상 깊이 생각하고 싶지 않아서 리카르도를 부르러 갔다. 리카르도는 부끄러워하는 듯한 수줍은 표정으로 방에서 나와 미켈레를 보더니 감정을 이기지 못하고 그의 목에 매달렸다. 미켈레는 리카르도에게 식탁 맞은편에 앉으라는 신호를 보냈다. 의자에 앉은 리카르도는 희망에 찬 표정으로 미켈레를 바라보았고, 둘은 그렇게 대화를 시작했다.

나는 잠시 부자만의 시간을 마련해주었다. 다시 돌아왔을 때는 미켈레가 리카르도를 미켈레가 일하는 은행에 취직시킬 가능성을 이야기하고 있었다.

"정말로 가능할까요?"

리카르도가 힘이 나서 묻자, 미켈레는 그렇다고, 그럴 수 있을 거라고 했다.

"은행에서 일한 지 오래돼서 나름대로 특혜를 누릴 수 있는 자리에 있단다. 내가 요청하면 나를 만족시키기 위해서라도 내 말을 들어줘야 할 거야."

"고마워요, 아빠. 고마워요."

리카르도는 고맙다고 하면서 잠깐만 일할 거라는 점을 미리 말하는 게 좋겠다고 했지만, 미켈레는 그런 말을 하면 취업을 시켜주지 않을 거라고 했다.

"알겠어요."

리카르도가 교활한 미소를 지어 보이며 고개를 끄덕였다.

"그렇다면 아무 말도 하지 않기로 해요. 아기가 태어나서 여행할 수 있을 만큼 크면 바로 떠날 거예요. 일단 부에노스아이레스에 가면 지금 제안받은 것보다 높은 급여를 받을 수 있을 거예요. 그렇지 않으면 세 식구가 먹고살 수 없을 테니까요. 아내와 아기까지 달고 갔는데 어떻게 도와주지 않을 수 있겠어요. 이제부터는 모든 것이 더 쉬워질 거예요. 마리나도 자기 없이 저 혼자 떠나는 걸 원치 않아요. 저 없이 아기만 데리고 여기에 남는 것도 원하지 않고요. 마리나 생각이 옳아요. 언제 전쟁이 날지도 모르는 요즘 같은 때에 가족이 헤어지는 것은 신중하지 못한 일이죠. 마리나에게 아르헨티나와 관련된 안내서를 보여주었는데 아주 좋아했어요. 아르헨티나 산맥 사진도 보여주었죠."

"졸업은?"

내가 반대했다.

"당연히 그전에 졸업부터 해야죠. 그렇지 않으면 떠나지 못할 테니까요. 전 할 수 있는 건 다 할 거예요. 은행은 언제든 그만둘 수 있다고 했죠, 아빠?"

"그럼. 네가 원할 때 그만둘 수 있단다."

나는 침착한 표정으로 리카르도에게 대답하는 남편을 물끄러미 바라보았다.

Date 5월 12일

잠자리에 들었다가 일기를 쓰려고 일어났다. 잠이 오지 않았다. 미켈레와 이야기를 나누고 싶었지만, 남편은 며칠 전부터 우리 대화의 유일한 주제인 리카르도 이야기를 반복하는 것은 부질없다고 여기는 것 같았다. 은행에서는 리카르도를 최우선 신규채용 대상으로 선택해주겠다고 약속했고, 월요일에는 마리나의 아버지와 만나기로 했다.

"내가 할 일은 다 했어."

미켈레는 이렇게 말한 뒤 등을 돌린 채 잠이 들었다. 그의 등이 닿을 수 없을 정도로 멀게만 느껴졌다. 낮에도 종종 느끼는데 내가 부러워하고 감탄하기도 하는 남편의 힘은 함부로 다가갈 수 있게 허락하지 않는 결단력에서 나오는 것 같다. 돈을 벌기 위해 일하고 정세를 파악하기 위해 신문을 읽는다는 명분 아래 그는 스스로를 고립시키고 방어할 수 있는 혜택을 누렸다.

그에 비해 나의 임무는 나를 짓밟게 내버려두는 것이다. 실제로 일기를 쓸 때마다 엄중한 죄나 신성 모독을 저지르는 것만 같다. 일기를 쓰는 것이 악마와 대화를 나누는 것 같다. 일기장을 펼칠 때마다 두려워서 항상 손이 떨렸다. 미래의 내 일상을 담을 준비를 마친 평행선으로 가득한 빈 종이를 보면, 다가오지도 않은 미래가 벌써부터 부담스럽다. 모든 일에 대한 나의 반응을 세세히 기록하면서 매일 나의 깊은 내면을 알아간다. 자기 자신을 알면 알수록 발전하는 사람도 있겠지만, 나는 반대로 나를 알면 알수록 혼란스러웠다. 사실 이토록 꾸준하고 냉혹한 분석 앞에 어떤 감정이 살아남을 수 있겠는가.

마찬가지로 자신의 모든 행동을 되돌아볼 때마다 항상 만족할 사람은 아무도 없다. 일단 삶의 행동 지침을 정하고, 자기 자신과 타인을 통해 이에 대한 확신을 얻으면, 그러한 지침에 모순됐던 행동이나 선택은 잊어야 한다. 아예 머릿속에서 지워버려야 한다. 어머니는 기억력 나쁜 사람이 행운아라는 말을 입에 달고 살았다.

오늘은 힘든 날이었다. 점심시간에 집에 오니 마틸데 이모의 답장이 나를 기다리고 있었다. 이모는 역으로 마중 나갈 테니 베로나에 도착할 날짜만 알려달라고 했다. 나는 오후에 그 편지를 귀도에게 보여주었다. 그날은 처음으로 토요일에 사무실에서 만나지 않고 귀도의 차를 탔다. 그는 날이 너무 무덥다고 했다. 나는 내일 바로 마틸데 이모에게 떠나지 못하고 집에 머무르게 되었다는 편지를 보내야겠다고 했다. 귀도는 괴로운 눈빛으로 아무 말 없이 나를 바라보았다.

"부탁이니 그러지 말아줘. 절대로 미룰 수 없어."

나 역시 기분이 씁쓸했다. 내 결심을 공표하는 순간, 내가 선택한 해법이 맞다는 사실을 깨달았기 때문이다. 오늘 식사를 하면서 베로나에 가지 않겠다고 선언한 뒤에 나는 누구든 내 말에 반대하고 억지로라도 떠나라고 해주기를 바랐다. 그런데 내게는 너무나 중요한 결정에 아무도 신경 써주지 않았다. 리카르도는 호적 등기소에 다녀왔다면서 혼인 공고를 올려야겠다고 했다.

"이 우울한 결혼이 끝나면 바로 떠나요."

나는 귀도에게 약속했다.

"20일 후나 아무리 늦어도 한 달 후에는 떠날 수 있을 거예요."

나는 지금 당장 마틸데 이모에게 내 여행 일정을 알리겠다고 했다. 이모에게 또 다른 확답은 필요 없다고, 베로나에 가는 것은 이미 결정되었다는 내용의 편지를 쓰기로 했다. 귀도는 그래도 주장을 굽히지 않았다. 6월의 베네치아에는 사람이 너무 많다고 했다. 귀도는 텅 빈 외곽도로에서 못마땅한 표정으로 천천히 차를 몰았다. 날이 저물고 있었고 분위기가 어딘지 서글프게 느껴졌다.

"여기서 멈추지."

귀도가 담배를 꺼내며 말했다.

"당신이 시내에는 가고 싶지 않다고 했으니 우리는 추방된 거나 마찬가지야."

나는 그에게 어젯밤에 헤어진 후 내가 잘못했다고 생각했냐고 물었다. 그는 자동차 전면 유리 너머로 초저녁의 가로등 불빛을 바라보며 잠시 말없이 그곳에 머물렀다. 그러다가 "아니, 당신 말이 맞을 거야"라고 말한 뒤 내 손을 간절하게 꼭 쥐었다.

어제저녁 호텔 바에 앉아 있는데 귀도의 처남이 친구 둘과 함께 들어왔다. 그는 사무실에도 자주 들르기 때문에 내가 누군지 잘 알고 있었지만, 우리 둘이 함께 있는 모습이 너무나 의외였는지 하마터면 나를 알아보지 못할 뻔했다. 하지만 바로 정신을 차리고 과할 정도로 정중하게 우리에게 인사한 뒤 바 카운터 테이블 앞에 가서 앉았다. 우리는 어떤 태도를 보여야 할지 몰랐다. 우리가 회사 이야기를 한다는 걸 들을 수 있게 일부러 큰 소리로 이야기했다. 실제로 다른 할 말이 없기도 했다. 바를 나설 때 처남은 우리를 못 본 척했지만 귀도는 우리의 무고함을 증명하기 위해 일부러 처남의 어깨를 토닥였다.

바에서 나오자마자 나는 다시는 이런 상황이 반복되지 않아야 한다고 했다. 말은 그렇게 했지만 한편으로는 귀도가 내 걱정이 지나치다고 말해주기를 바랐던 것 같다. 하지만 귀도 역시 심각한 표정으로 "당신 말이 맞아"라고 했다. 그러고는 자기 처남은 사리 분별을 잘하는 사람이라 우리를 봤다고 소문내고 다니지는 않을 거라고 했다.

오늘도 그는 내 말이 옳다고 했다. 오늘 저녁은 날씨가 좋은데다 우리의 충실한 공범인 차가 있었다. 그런데도 밖으로 나가지 못한다고 생각하니 감옥에 갇힌 것만 같았다. 길을 따라 늘어선 가로등이 아름다운 금단의 도시의 길을 혜성처럼 매력적으로 비추고 있었다. 자전거를 탄 경찰이 차 안에서 무슨 일이 벌어지고 있는지 살피려고 잠시 차 앞에서 멈췄다.

"학생도 아닌데 항상 이렇게 차 안에서 데이트하거나, 한적한 카페나 우유 가게를 찾아다닐 수는 없어. 게다가 그런 곳은 오히려 더 위험할 거야. 나는 당신과 가고 싶은 곳이 너무나 많아. 극장, 영화관, 레스토랑에도 가고 당신과 팔짱을 끼고 거리도 걷고 싶어."

귀도가 시동을 걸면서 말했다.

나는 칸토니, 미렐라, 클라라를 떠올리면서도, 어차피 내가 아는 사람들은 그런 곳에 갈 일이 없으니 내가 조심하는 건 무엇보다 그를 위해서라고 했다. 내 말에 그는 한숨을 내쉬었다.

"당신은 내가 이미 얼마나 자유로운지 몰라. 이제 내겐 아무런 의무가 없어."

종종 그는 내가 알고 싶지 않은 무언가를 이야기하고 싶어 하는 것이 느껴졌다.

"아이들도 마찬가지야. 자식이 부모의 개인사에 관여할 권리가 있다고 생각해?"

그는 출발 날짜를 정해야 한다고 했다.

"나는 확신이 필요해. 이젠 당신에 대해서도 확신할 수 없어."

리카르도가 마리나에 대해 이야기하듯 귀도가 나에 대해 이야기하는 것을 듣자 예리한 수치심이 내 마음을 파고들었다. 귀도는 6월에는 베네치아보다는 비첸차에 가는 것이 더 안전할 거라고 했다.

"거기서는 그 누구와도 마주칠 일이 없을 거야. 당신, 비첸차에 가본 적 있어? 정말 아름다운 곳이야."

나는 웃으며 고개를 끄덕였지만, 속으로는 비첸차에서도 우리는 죄수일 거라고 생각했다. 이곳에서 금지된 도시의 빛을 보지 못하듯 그곳에서도 대운하가 보이는 창문이 없을 테니까.

집에 가니 리카르도가 나를 현관까지 마중 나왔다.

"엄마, 마리나가 왔어요."

리카르도가 수줍게 말했다. 나는 흠칫 놀랐다. 귀도와 함께 당장 떠날 방법을 궁리하고 있었는데, 리카르도와 마리나가 내 생각을 읽고 내가 떠나지 못하게 덫을 놓는 것 같았다. 나는 화가 잔뜩 나서 모자를 쓰고, 장갑과 핸드백을 손에 든 채 거실로 갔다. 마리나가 시선을 내리깔며 자리에서 벌떡 일어났고, 그런 마리나를 보는 순간 짜증이 났다. 주름치마 밑으로 그애의 가녀린 몸이 드러났다. 나는 마리나가 리카르도를 속인 것도 모자라 이제 나까지 가지고 놀려 든다고 생각했다.

"그래, 아이가 언제 태어난다고?"

내 퉁명스런 말투에 겁을 먹은 마리나가 리카르도를 바라보자, 리카르도가 애써 웃으며 대답했다.

"12월에 태어날 예정이에요, 엄마. 크리스마스에요."

우리는 자리에 앉아 대화를 시작했다. 결혼식 날짜 이야기가 나오자 둘은 짧게 시선을 교환했다. 시선 속에서 심한 죄책감에 가려진 행복이 느껴졌다. 하지만 그것은 내가 너무나 잘 아는 죄악이었다. 나는 둘이 어떤 죄를 저질렀는지, 그리고 그들의 미래가 어떠할지 다 알고 있다. 그래서 칸토니와 대화를 나눴을 때처럼 당혹스럽거나 불편하지 않았다. 그런데도 왠지 모를 거슬림이 남아 있었다.

아직 모자를 벗지 않아서인지, 심각한 말투로 이야기를 하느라 안락의자에 허리를 꼿꼿이 세우고 앉아서인지 자꾸만 내가 손님이고 리카르도와 마리나가 이 집의 주인인 것처럼 느껴졌다. 리카르도와 미렐라의 친구들이 처음 집에 놀러 오면 나는 예의상 내 방에 머무르곤 했다. 그때도 방구석에 틀어박힌 노인이 된 것 같은 느낌이었다. 아이들의 시끄럽고 쾌활한 소리가 오직 나만의 영토이자 왕국이었던 집을 침범하는 것 같았다. 오늘 밤 마리나를 바라보고 있자니, 그녀도 곧 나처럼 코사티 부인이 될 거라는 생각이 들었다.

나는 모자를 벗고 천천히 핀을 꽂았다. 신혼방 이야기를 하다 마리나에게 침대 시트 같은 혼숫감이 있냐고 묻자 그녀는 고개를 가로저었다. 순간 침묵이 흘렀다. 나는 내가 가져온 혼숫감과 어머니에게 물려받은 혼숫감이 있으니 상관없다고 했다. 당분간은 둘 다 많은 것을 희생해야 할 거라고 했다.

"너는 예뻐서 마음만 먹으면 부유한 남자와 결혼할 수 있었을 테지. 리카르도보다 더 많이 배우고 출생이 다른 사람과 말이야. 리카르도로 말하자면, 외할머니가 점찍어두신 신붓감이 있었단다. 왜 어른들은 그런 걸 좋아하시잖니."

나는 옅은 미소를 지어 보였다.

"옛날 분들은 돈이 있어야 행복하다고 생각하시지. 물질적으로 풍요로워야 한다고 말이야. 어떤 면에서는 어르신 말씀이 옳아. 리카르도 외할머니와 상대편 아가씨 할머니는 꽤 오랫동안 둘의 결혼을 이야기하셨단다. 우리 집과는 사촌 사이인 달모 백작 부인의 외동딸인데 어리고 교양도 있고 베네토에서 아름다운 것으로 손꼽히는 영지를 소유하고 있단다. 그 집 딸과 결혼하면 리카르도는 영지 관리를 하면서 평생 안정적으로 살 수 있어. 리카르도 외할머니는 리카르도가 그렇게 하기를 바라셨어. 지금은 이미 떼부자가 된 목수에게 넘어가고 말았지만, 아직 우리 가문의 문장이 남아 있는 그 저택을 다시 사기를 바라셨단다. 하지만 나는 지금 이편이 더 낫다고 생각해. 너희와 상황은 달랐지만 나도 사랑을 택했으니까. 성당에 다니니?"

마리나가 열심히 고개를 끄덕여 보였다.

"그렇다면 리카르도를 만난 걸 하나님께 감사드리렴. 다른 남자였다면 네 상태와는 상관없이 아르헨티나로 떠나려 들었을 거야. 물론 우리가 허락하지 않았겠지. 억지로라도 의무를 다하게 했을 거야. 그런데 리카르도는 스스로 아르헨티나에 갈 수 있는 기회를 포기했어. 너도 알고 있지? 너를 위해 기꺼이 희생한 거야. 여기서 지내렴. 알다시피 우리는 부자가 아니야. 그래도 가진 것이라도 함께 나누자꾸나. 이제부터 너도 내 딸이나 마찬가지란다."

마리나는 고개를 푹 수그리더니 흐느끼기 시작했다. 나는 이제부터 과거는 생각하지 말라면서 마리나를 안아주었다. 그애의 가냘프고 하늘하늘한 몸은 내게 애틋함과 불신감을 동시에 일으켰다. 마리나는 조용히 흐느껴 울면서 새처럼 몸을 바들바들 떨었다.

"진정해. 이제 기뻐해야지. 건강에 안 좋으니 그만 울어."

이토록 연약한 몸에 아기가 들어 있다는 게 믿기지 않았다. 그것은 단지 마리나의 빈약한 몸매와 가녀린 골격 때문만은 아니었다. 아기가 마리나의 아기이기도 하다는 사실을 받아들이고 싶지 않아서였다. 아기가 마리나의 것이라는 생각은 내게 경멸감과 반감을 불러일으켰다. 아기는 리카르도의 것이다. 리카르도와 나의 아기다.

Date 5월 16일

마리나의 존재 때문에 불편한 마음을 감추기가 항상 쉽지는 않다. 이제 마리나는 매일 저녁 우리 집으로 출근한다. 나 역시 이제는 자연스레 다섯 사람을 위한 상을 차린다. 저녁 식사를 마치면 미렐라는 나가버리지만, 미켈레와 나는 단 한순간도 평온을 즐기지 못하게 되었다.

나는 마리나와 리카르도가 이야기를 나누는 동안 일을 한다. 아이들은 별 내용 없는 대화를 나눈다. 마리나는 교양도 관찰력도 부족했다. 다림질하다 고개를 들 때마다 그애는 의아한 눈빛으로 나를 바라보고 있다. 어쩌면 리카르도가 왜 그리도 나를 존경하는지 궁금해하는지도 모른다.

어제도 리카르도는 나를 포옹하며 "엄마는 특별한 여자예요"라고 했다. 그애는 항상 내게 조언을 구하고 이런저런 소소한 부탁을 한다. 마리나에게 엄마는 뭐든 잘한다는 걸 보여주려고 일부러 그러는 것 같기도 하다. 그런 리카르도의 태도 때문에 마리나가 나를 질투하게 된 것 같다. 만약 정말로 내게 질투심을 느낀다면 마리나가 속 좁은 아이라는 증거인 거다. 아무리 깊은 감정도 모성애를 대신할 수는 없다는 사실을 이해해야 한다.

오늘 저녁 미켈레는 안락의자와 라디오를 침실로 옮겼다. 책

몇 권과 신문과 거실에 있던 스탠드까지 가져다놓은 후 “여기에 있으면 편하겠군”이라면서 만족스런 한숨을 내쉬었다. 나는 상념에 잠겨 집 안을 돌아본 후 나를 위한 공간은 부엌밖에 없다는 사실을 깨달았다.

나는 화가 나서 남편에게 “그럼, 나는?”이라고 물었다. 이미 안락의자에 자리 잡고 앉아서 평안한 저녁을 즐기려던 미켈레는 놀라움과 다정함이 섞인 눈빛으로 나를 바라보며 어차피 나는 안락의자에 잘 안 앉지 않냐고 했다. 내가 앉을 시간이 없어서 못 앉는 것이 아니라 앉고 싶은 마음이 없다고 생각한 거다. 그는 자리에서 벌떡 일어나 내게 안락의자에 앉으라고 권했다. 하지만 내가 어떻게 그의 자리를 빼앗겠는가. 미켈레는 상냥하고 정중하지만, 정말로 내가 그의 안락의자에 앉으면 횡포라고 생각할 것이다.

그는 다시 안락의자에 앉아서 얼마 지나지 않아 우리 모두 마리나에게 익숙해질 거라고 했다. 자기는 마리나가 마음에 든다면서 예쁜 아이라고 했다. 사실이다. 남편은 마리나가 예쁘게 생겨서 좋아한다. 남편도 리카르도처럼 마리나를 보면 미소를 짓는다. 마리나에게는 남자들이 사랑스러움으로 착각하는 동물적인 온순함이 있다. 리카르도와 그런 일이 있었는데도, 남편은 마리나를 의심하지 않았다. 남편 역시 남자이기에 마리나야말로 사랑스럽고 순종적인 여성의 본보기라고 생각하고 그애를 좋아했다. 하지만 나는 그가 클라라 같은 여자들은 달리 생각한다는 사실을 알고 있다. 비록 이제는 클라라에 대해 이야기하지도 않고, 그녀에게서 전화가 오지 않는다고 투덜대지도 않지만 말이다.

나는 그의 곁에 앉아서 말했다.

"여보, 당신이 저녁 내내 침실에 들어가 있으면 나만 혼자 남게 돼. 나 혼자는 도저히 해낼 수 없어."

나는 이제는 그가 아프리카에서 보낸 편지를 이해한다고 말하고 싶었다. 전쟁에서 돌아온 후에 내가 아이들에게만 신경 쓰느라 그를 내버려두었던 위험한 고독을 이해한다고 말하고 싶었다. 나는 우리 관계는 가족 때문에 망가졌지만, 이제는 가족 덕분에 구원받아야 한다는 것을 느꼈다.

하지만 나는 그에게 그런 내 감정을 설명할 수 없었다. 일기장을 펼칠 때만 그런 생각이 든다. 미켈레는 다정스레 내 어깨를 쓰다듬으며 몇 달만 참으면 나는 혼자가 아니게 될 거라고, 내게 아기가 생길 거라고 했다.

오늘 저녁 식사 시간에도 그 이야기가 나왔다. 미켈레는 파스타가 맛이 없다고 불평했다. 나는 리카르도 결혼 전에 며칠이라도 여행을 하고 돌아오자고 조르는 귀도와 이야기를 하느라 집에 늦게 돌아왔다. 너무 피곤했는데, 피로의 원인이 마리나가 함께 식사를 하면서 집안일이 약간 늘어났기 때문이라고 느꼈다. 나는 가족 모두를 위해 이미 충분히 일하고 있다고 했다. 나는 젊지 않고, 내게도 쉴 권리가 있다고 했다.

미렐라는 내 말에 동조하면서 마리나에게 결혼하면 취직할 생각이 있냐고 물었다. 리카르도가 재빨리 나서서 몇 달 후부터 마리나는 아기를 돌봐야 한다고 했다. 순간 침묵이 흘렀다. 미렐라가 진지한 표정으로 나를 물끄러미 바라보더니 이렇게 말했다.

"엄마가 집에서 아기를 돌보면 되죠."

나는 싫다고 하고 싶었지만, 왠지 그러면 안 될 것 같았다. 직장을 그만두면 다시는 귀도를 만날 수 없는 데다, 밤낮을 가리지 않고 울어대는 아기 때문에 밤에 일기 쓸 시간도 여유도 없어질 것이다. 하지만 이 모든 것은 나만의 비밀이기 때문에 내가 아기를 돌봐야 한다는 말에 반대할 수 없었다.

리카르도는 좋은 생각이라면서 그러면 자기는 마리나와 함께 아르헨티나로 떠나서 환경에 적응하고 자리가 잡히면 나중에 돌아와서 아기를 데려가겠다고 했다. 어차피 아기는 나랑 있으면 안전할 테니 말이다.

"너보다 엄마랑 있는 것이 더 안전할 거야."

리카르도가 농담처럼 마리나에게 말했다. 마리나는 리카르도의 말에 기뻐하며 활짝 웃었다. 그러자 리카르도는 떠나기 전까지 마리나가 나 대신 사무실에 출근하면 될 거라고 했다.

"내 일이 그렇게 쉬워 보이니?"

내가 빈정대며 물었다.

"그래, 마리나는 뭘 할 줄 알지? 어디 한번 말해보렴. 속기를 할 줄 아니? 타자를 칠 줄 아니? 아니면 회계를 아니? 프랑스어를 제대로 쓸 줄 아니?"

마리나는 고개를 가로저었고, 나는 화를 꾹 참으며 말을 이었다.

"지난 몇 년 동안 내가 어떤 어려움을 극복했는지 전혀 모르는

구나. 너희들은 모른다. 나는 수녀님이 가르치는 학교에서 장난삼아 공부했어. 평생 취직할 필요가 없는 부잣집 아가씨들이 다니는 그런 우아한 학교였으니까. 그곳에서 나는 피아노를 치고 수채화를 배웠어. 미렐라 말처럼 죄다 쓸데없는 교육이었지."

미렐라는 아무 말 없이 나를 바라보았다.

"나는 처음부터 다시 배워야 했어. 집안일을 하면서 너희 아빠와 똑같이 일해야 했어. 그래야 너희를 고등학교에도 보내고 대학교에도 보낼 수 있으니까. 그래야 옷을 사 입히고 신발을 신길 수 있었어. 내 자리를 대신하는 것은 그리 쉬운 일이 아니야."

리카르도가 다가와 나를 안아주었다. 미렐라도 내적인 책망의 무게를 느끼는 듯한 진지한 표정으로 내게 다가왔다. 다들 내게 자기들도 다 컸으니 이제는 직장을 그만두라고 했다.

"마리나도 어떻게든 직장을 찾을 거예요."

리카르도가 씁쓸한 목소리로 말했다. 다들 반나절이라도 가사도우미를 불러서 힘든 일과 요리를 맡기고 나는 아기를 돌보라고 했다. 아기를 데리고 햇볕을 쬐기도 하고 공원 같은 곳에 데리고 가라고 했다.

"사무실 일은 그만두세요. 옷을 수선하고 다리미질하면서 밤늦게까지 일하는 것도 그만두시고요."

리카르도가 거듭 말했다. 마리나는 특유의 공허한 눈빛으로 그런 나를 빤히 바라보았다. 여자이자 아내이자 한 가정의 어머니로 사는 것이 얼마나 힘든지 깨닫고 당황한 것 같았다. 하지만 내 눈에는 마리나가 내 약점을 찾아서 상처를 주기 위해 나를 바라보는 것만 같았다.

나는 곧바로 일기장을 떠올렸다. 내일 아침 당장 일기장을 귀도의 금고 속에 넣어두어야겠다. 하지만 일기장을 가지고 길을 걷다 차 사고가 날까봐 두려웠다. 회색 덮개 아래 움직이지 못하고 쓰러져 있는데, 마리나가 다가와 아스팔트 도로에 버려진 내 핸드백을 주워 그 안에서 일기장을 꺼내는 장면이 떠올랐다. 일기장을 집 밖으로 가지고 나가는 것은 신중하지 못한 행동이다. 하지만 얼마 지나지 않아 마리나는 이 집에 혼자 남게 될 것이다. 리카르도의 아내이자 내 며느리이자 코사티 부인이 될 테니까. 그렇게 되면 자기 마음대로 집 안을 뒤지며 서랍과 가방을 열어볼 것이다. 그러다 일기장을 찾아내서 나 혼자 밤늦게까지 무엇을 하고 있고, 왜 자기가 나 대신 사무실에서 사장과 함께 일할 수 없는지 폭로하기 위해 일기장을 리카르도에게 보여줄 것이다.

어쩌면 마리나는 벌써 일기장을 찾고 있을지도 모른다. 하지만 그애는 아무것도 찾지 못할 것이다. 내가 그애보다 훨씬 더 똑똑하니까. 그애는 나에 대한 리카르도의 이미지를 망가뜨리지 못할 것이다. 내가 죽으면 리카르도는 내가 관대하게도 마리나를 바로 받아준 사실만 기억할 것이다. 가난하고 근본 없는 콩가루 집안에 대한 불만이 가득한데다 지참금도 혼수도 없이 뱃속에 두 달 된 아기만 데리고 온 그애를 보호해주고 먹여 살려주었다는 사실만 기억할 것이다.

하지만 마리나에게는 이 모든 것이 그다지 중요하지 않은 것 같다. 그애는 특별히 창피해하지도 않았고, 내가 결혼 후에 그애가 다른 남자들에게도 리카르도에게 했던 것과 똑같은 행동을 할 것이라고 의심할까봐 두려워하는 것 같지도 않았다. 오늘 저녁 집을 나서며 리카르도는 마리나를 내 쪽으로 살짝 밀면서 나를 안아주라고 했다.

"엄마한테 우리 결정을 알려드려."

마리나는 민망해하면서 고개를 저었고, 결국 리카르도가 내게 말했다.

"아이가 딸이면 발레리아라고 부르기로 했어요."

Date 5월 19일

일기 쓰기가 점점 더 힘들어진다. 미켈레는 음악을 들으며 밤늦게까지 자지 않는다. 최근 「발퀴레의 비행」과 「지그프리트의 죽음」을 연주한 음반 두 장을 샀는데, 어찌나 자주 듣는지 악몽을 꿀 정도다. 어제저녁 침실에 들어가니 그는 이미 침대에 누워 있었고, 레코드판은 듣기 싫은 치칙 소리를 내며 공허하게 돌아가고 있었다. 그는 베개를 베고 누워 있었는데, 그 절대적인 안식의 자세에서 나는 무거운 피로를 느꼈다. 그의 표정이 너무나 정적이어서 순간 겁이 났다. 나는 그의 곁에 다가가 그를 껴안아주었다. 나 역시 이 나이가 될 때까지 한 번도 경험하지 못했던 외로움이 나를 옥죄어 오는 것만 같아 괴로웠다.

미켈레는 나의 갑작스런 애정 표현에도 놀라지 않았다. 오랜 시간 함께 살아온 사람들은 말하지 않아도 대화를 나눌 수 있는 법이다. 두 사람의 관계가 대체 불가한 것도 어쩌면 그런 이유 때문일지도 모른다.

"불 끄고 침대로 와."

그가 속삭였다. 나는 침대에 누워 그를 꼭 껴안았다. 건강하고 강인한 미켈레의 몸이 느껴졌다. 힘차게 뛰는 심장 소리에 나는 안도의 한숨을 내쉬었다.

침실에 들어오는 순간, 미켈레의 얼굴을 보니 친정아버지 얼굴이 떠올랐다. 어머니를 만나러 친정에 가도 아버지는 절대로 우리 모녀의 대화에 끼지 않고 근처 안락의자에 앉아서 신문을 읽었다. 그러다 서서히 손에 힘이 풀리면서 신문을 떨어뜨렸다. 나는 잠든 아버지를 차갑게 바라보다 아버지는 이미 오래전에 죽었다는 사실을 깨닫고 소름이 돋았다. 어쩌면 아버지는 자기 못지않게 나이가 많은 후배에게 변호사 사무실을 넘기기로 결정한 그날 이미 죽었는지도 모른다. 아버지가 은퇴한 날은 성대한 저녁식사를 준비했다. 모두 아버지가 휴식을 취하고 드디어 진짜 인생을 살게 되었다면서 좋아했다. 하지만 사실 아버지는 그 순간부터 죽어가기 시작한 거다.

평생 집안일을 하고 자식들을 돌보느라 쉬지도 못하고 은퇴하지도 못하는 여성이 오히려 특권을 누리는 것 같다. 덕분에 숨을 거두는 순간까지 일과의 끈을 끊지 못하니 말이다. 때로는 부모님이 하찮은 일로 언쟁하는 모습을 바라보면서, 어떻게 자기들이 언제 죽을지 모른다는 사실을 잊을 수 있는지 의아했다. 어쩌면 두 분은 아직 살아 있다는 이유만으로 매일 승리했다고 생각하기 때문일 수도 있다. 그게 아니면 죽음은 미지의 영역이라 상상하지도 두려워하지도 못하는 것일 수도 있다. 만약 그렇다면 인생을 알려고 시도할 필요도 없을 것이다. 인생을 이해하고 잘 살려고 노력하려다 오히려 제대로 삶을 즐기지 못하게 될 수도 있으니까.

미켈레가 전축을 끄고 온 집안에 울려 퍼지던 위협적이고 과장된 음악 소리가 멈추면, 나는 그제야 공책을 꺼내서 일기를 쓰고 싫어진다. 하지만 그때는 이미 시간이 늦어서 건물 입구에서 자동차 멈추는 소리가 날 때마다 미렐라가 들어올까봐 흠칫 놀라곤 한다. 결국 나는 미렐라가 돌아온 후에 일기를 쓰기로 마음먹고 바느질을 한다. 오늘 저녁에는 바느질을 하다 깜빡 잠이 들었다가 못마땅해하는 듯한 미렐라의 목소리에 잠이 깼다.

"이 시간까지 안 주무시고 대체 뭘 하시는 거예요?"

미렐라는 휴식을 거부하는 나의 단호함이 늙은이의 고집과 비슷하다고 생각하는 것 같다. 나는 오늘과 같은 일이 다시 반복되는 것을 원치 않는다. 내 딸이 나를 노인 취급하는 것이 싫다. 나는 이제 마흔셋이다.

오늘은 마리나의 아버지가 우리 집을 방문했다. 토요일의 밀회를 위해 만남을 미루고 싶었지만 어쩔 수 없었다. 얼마 전부터 귀도는 내가 자기를 만나지 않으려고 핑곗거리를 만들어낸다고 생각한다. 여행과 출발 날짜에 대해 이야기를 하지 않으려고 말이다. 오늘 아침에는 내가 자기와 오후를 함께 보낼 수 없다고 하자, 처음으로 퉁명스럽게 대답했다.

"당신이 선택해야 해."

그가 말했다.

"적어도 자기방어를 하려는 노력은 해야지. 내가 그런 힘도 못 주는 존재였어? 당신은 혹사당하는 것을 좋아하는 것 같아."

퇴근 시간이 가까웠을 때라 젊은 여직원들이 경비에게 밝은 목소리로 인사하면서 서둘러 출구를 향하는 소리가 들려왔다. 그들은 끝나지 않을 행복한 휴가를 떠나듯 그렇게 매주 일요일을 맞이했다. 귀도는 말을 이었다.

"매주 토요일 당신을 만나기 시작한 후로 예전처럼 혼자 있을 수 없게 되었어. 그때는 누군가가 기적적으로 나의 외로움을 거두어주기를 기다렸던 것 같아. 열쇠를 열고 문을 여는 순간, 누군가 나보다 먼저 사무실에 나왔다는 사실을 깨닫는 순간, 나처럼 사무실에서 안식을 찾으려 한 누군가가 있다는 사실을 깨닫는 순간 느꼈던 놀라움을 아직도 잊을 수 없어. 하지만 이제는 당신이 없으면 사무실에서조차 평온하지 않아. 차라리 집에 남아 서재에 틀어박히는 편이 나아. 아이들이 틀어놓은 댄스 음악 때문에 일도 못 하고 생각할 수도 없지만."

귀도는 내 손을 잡고 말했다.

"제발 나와줘. 부탁이야. 단 30분이라도 좋아. 여행 이야기를 해야지."

날카로운 절망감이 내 가슴을 파고들었다. 지금까지 누구도 그 순간 귀도를 사랑한 만큼 사랑해본 적이 없었던 것 같았다.

"가고 싶어요. 정말로 가고 싶어요."

그는 내 말투에 조금 위안을 얻은 듯했다.

마리나의 아버지는 키가 작고 웃음이 많고 활발한 성격이었다. 결혼 날짜가 성 안토니오의 축일인 6월 13일로 잡혔다는 소식에 기뻐했다. 마리나는 자기는 언제나 성 안토니오에게 기도한다면서 리카르도가 혼자 떠나지 않게 된 것도 다 성 안토니오 덕분이라고 했다.

마리나의 아버지는 결혼을 서두르는 이유를 전혀 모르는 듯했다. 하긴 나부터 미켈레에게 장인에게 마리나의 임신 소식을 숨기라고 했다. 리카르도가 갑자기 아르헨티나로 떠나게 될 때 비자나 여권을 발급받으려면 혼인신고를 한 상태인 것이 좋다는 핑계를 대라고 했다.

하지만 오늘 막상 마리나의 아버지를 만나니 그 모든 말을 곧이곧대로 믿는 그에게 경멸감이 느껴졌다. 그가 딸의 행실 때문에 수치를 당하지 않으려고 알고도 모르는 척하는 것은 아닌가 하는 생각도 들었다.

하지만 마리나의 아버지는 정말 기뻐하는 것 같았다. 리카르도가 신혼부부 방으로는 전혀 적합하지 않은 자기 방을 보여주었을 때도 "좋아, 아주 좋아!"라고 외쳤다. 그러다 보니 자연스레 축하하는 분위기가 형성되었지만, 솔직히 나는 그런 분위기에 동참하고 싶지 않았다. 불과 며칠 전 리카르도의 흐느낌과 "바보 같은 자식!"이라고 외치던 미켈레의 어조가 생각났다. 잊고 싶었지만 잊히지 않았다.

가족들은 이 시간에 모두 잠을 잔다. 수면은 전날의 무게를 느끼지 않고 새로운 날을 맞이할 수 있도록 지난 하루 동안 겪은 모든 일을 지워버린다. 하지만 나는 탕감받지 못한 빚을 기록하는 장부처럼 어제의 일을 일기장에 보관하고 있다. 마리나의 아버지는 저녁이 다 되어서야 집으로 돌아갔다. 리카르도가 저녁 식사까지 하시고 가라고 붙잡았지만, 그는 쾌활하게 인사하며 집으로 가겠다고 고집을 부렸다.

"또 봅시다. 또 봐요."

그는 딸과 포옹을 나눈 후, 모습을 완전히 감추기 전에 우리에게 또다시 정중하게 손을 흔들어 보였다. 리카르도는 모든 것이 잘 되었다고 평하면서 문을 닫은 후 마리나의 뺨에 입을 맞췄다. 기분이 좋아 긴장이 풀어진 탓인지 마리나는 살이 찐 것처럼 보였다.

'어떻게 아버지가 자기 딸이 임신한지도 모를 수 있지?'

쾌활하게 손을 흔들어 보이며 급히 멀어져가는 그의 모습이 다시 떠올랐다. 부녀가 짜고 이러는 건 아닌지 의심스러웠다. 근본도 전통도 없는 집안 사람들은 절대 믿을 수 없다.

오늘 나는 마리나를 위해 귀도와의 만남을 포기해야 했다. 그것만이 내게 기쁨을 주고 오롯이 나만의 것인 유일한 일인데 말이다. 나는 마리나를 위해 베네치아 여행까지 미뤄야 했다. 그애가 고의로 내가 다시 젊어지고 행복해지는 것을 방해하는 것만 같았다. 그래서 가끔은 그 아이를 괴롭히고 싶어서라도 여행을 포기하고 싶지 않아진다. 하지만 그보다는 포기야말로 그애보다 더 강해질 수 있는 유일한 방법이라는 생각이 더 자주 든다. 그렇게 하는 것이 오늘뿐 아니라 영원히 마리나를 굴복시키고, 그애에게 나의 삶처럼 탈출구가 없는 삶을 동경하며 살아야 하는 벌을 내릴 수 있는 유일한 방법인 것 같다.

Date 5월 22일

리카르도가 신발가게를 운영하는 마리나의 친구가 결혼하자마자 마리나를 캐셔로 채용할 생각이라는 소식을 전해주었다. 리카르도는 오랫동안 앉아서 일할 수 있는 일이라 마리나가 아기를 낳고 나서 조금만 쉬었다가 바로 일할 수 있을 거라면서 좋아했다. 친정어머니는 이 소식을 듣고 벼락이라도 맞은 것처럼 바느질감을 떨어뜨렸다.

"너는 네 아들의 아내가 캐셔로 일하는 것을 허락하겠단 말이냐?"

캐셔는 그다지 힘든 일이 아니라는 내 말에 어머니는 씁쓸해했다.

"너도 이제 생각이 없어졌구나. 생각이 없어졌어. 너는 우리 집안 여자 중에서 처음으로 돈을 벌어야 했지만 적어도 사무직이잖니. 사람들 상대할 일도 없고, 하지만 캐셔는…"

어머니는 고개를 가로저었다. 어떤 신발가게냐는 어머니의 물음에 나는 시내 중심에 있는 고급 신발점 이름을 댔다. 어머니는 잠시 아무 말도 하지 않다가, 이제는 옛 친구들 볼 일도 없고 밖에 나갈 일도 없어서 차라리 다행이라고 했다. 내가 세상이 얼마나 변했는지 어머니는 모르신다고 하자 굳은 표정으로 "굳이 알고 싶지 않다"고 했다.

어머니는 온종일 거실에서 시간을 보낸다. 추억이 담긴 물건들로 가득한 거실을 보면, 어머니의 삶을 요약해놓은 듯한 느낌이다. 그곳에는 과거 베네토 영지의 들판을 그린 수채화와 빛바랜 저택 사진, 결혼 기념 사탕 봉지와 너무 값어치가 없어서 팔지 못한 은식기 따위가 있었다. 벽에는 우리 가문 안주인들의 거대한 초상화들이 걸려 있었다.

나는 어머니가 은발을 한껏 부풀리고 검은 옷을 입고 허리를 꼿꼿이 세운 채 앉아 있는 모습을 바라보았다. 코르셋을 입지 않아서인지 나는 그렇게 꼿꼿한 자세로 앉아 있지 못한다. 아마 초상화 속 조상들은 일기 같은 것은 쓰지 않았을 것이다. 썼더라도 우리 세대까지 전해져오지는 않았다.

어머니가 돌아가시면 그 초상화들을 어디에 걸어야 할까? 너무 커서 침실에 걸면 천장에 닿을 것 같았다. 게다가 우리 집에는 거실이 없어서 비단옷이 터질 듯 살집이 풍만한 여인들을 걸만한 장소가 마땅치 않았다. 그렇다고 그분들을 옷장과 서랍 사이에 모실 수는 없을 테니. 결국 우리는 그 초상화들을 팔아야 할 것이다. 리카르도 친구 중에는 골동품상도 있다. 그런 생각에 잠겨 있는데 어머니가 액자들은 자주 청동 가루로 닦아주어야 한다고 했다. 나는 죄책감을 느끼면서 어머니에게 꼭 그러겠다고 했다.

'내 잘못이 아니야. 정말로 액자 걸 자리가 없는걸.'

이 모든 것은 전쟁으로 인한 주택난과 함께 시작되었다. 그게 아니라면 언제 죽을지 모르는 마당에 신분에 상관없이 똑같이 위협당하는 사람들보다 물건이 중요하지는 않기 때문이었을 것이다. 과거는 더 이상 우리를 보호해주지 못했고, 미래에 대한 확신도 없었다. 이 모든 생각 때문에 머리가 혼란스러웠지만 이런 이야기는 어머니에게도 딸에게도 할 수 없다. 둘 다 이해하지 못할 것이 뻔하기 때문이다.

나는 두 개의 전혀 다른 세계에 속한 사람이다. 그중 하나는 전쟁과 함께 사라졌고, 다른 하나는 전쟁과 함께 나타났다. 그리고 지금은 그 두 세계가 내 안에서 충돌하며 신음하고 있다. 종종 내 자신이 실체가 없는 것처럼 느끼는 것도 그래서일지도 모른다. 어쩌면 나는 이 충돌의 통로일 뿐일지도 모른다.

처음 어머니에게 취업했다는 소식을 전했던 날을 아직 생생히 기억한다. 어머니는 아무 말 없이 한참 동안 나를 빤히 바라보다 시선을 내렸다. 어머니의 그 시선 때문에 직장 일은 언제나 죄처럼 나를 짓눌렀다.

미렐라는 그런 내 감정을 받아들이지 못한다. 나는 그 사실을 잘 알고 있다. 어쩌면 미렐라는 그런 내 감정을 경멸하는지도 모른다. 자신만의 삶의 방식으로 나에게 반항하려는 것일지도 모른다. 하지만 미렐라는 자신을 자유롭게 만든 것이 나라는 사실을 모른다. 내가 낡은 전통과 새로운 요구 사이에서 불안한 삶을 살았다는 것을 이해하지 못한다.

나는 그런 삶을 살 수밖에 없었다. 미렐라는 나를 다리 삼아 그 과정을 건넜다. 잔인하게도 자신이 무엇을 이용하는지 알아차리지도 못하고 닥치는 대로 이용하려 드는 젊은이답게 말이다. 하지만 이제는 나도 무너질 수 있다.

오늘 저녁 모든 것이 명확해졌다. 처음 일기를 쓰기 시작했을 때만 해도 나는 내가 삶의 결론을 내릴 수 있는 시점에 도달했다고 생각했다. 하지만 (일기를 쓰며 오랜 사유를 통해 얻은 경험을 포함한) 내 모든 경험은 삶이란 결국 결론을 내리려는 절박한 노력과 실패의 반복일 뿐이라는 사실을 가르쳐주었다. 적어도 내 삶은 그랬다.

모든 것에는 선과 악, 정의와 불의가 동시에 내포되어 있다. 심지어는 유한함과 무한함까지도. 젊은이들은 이 사실을 모른다. 그렇기에 모두 리카르도 같거나, 아니면 미렐라 같은 거다.

Date 5월 24일

어제저녁에 집에 돌아오니 리카르도와 마리나가 일기장을 숨겨놓은 가방을 살피고 있었다. 나는 얼굴이 백지장처럼 창백해져서 굳은 표정으로 "무슨 짓이야?"라고 외쳤다. 리카르도는 사과했다.

"아빠가 이 가방 안에 제 세례증명서가 있을 거라고 했는데 가방이 안 열려서요. 열쇠는 어딨죠?"

나는 집 안을 마음대로 뒤지고 다니면서 열쇠로 잠가놓은 것을 억지로 여는 것을 허락하지 않겠다고 했다. 가방은 내 것이고, 이 집의 안주인도 나라고 했다.

리카르도는 기분이 상한 것 같았다. 가방을 들고 가는데 뒤에서 마리나에게 농담조로 "시어머니 굉장하지?"라고 하는 소리가 들렸다. 둘은 웃음을 터뜨렸는데, 웃음소리와 시어머니라는 말에서 왠지 모르게 기분이 언짢았다.

나는 부엌에 들어가자마자 가방을 열었다. 일기장이 뜨거운 물건도 아닌데 꺼내자마자 어디에든 내려놓고 싶었다. 나는 숨길 곳이 없는 매끄러운 표면들 사이를 방황했다. 부엌을 향해 다가오는 발소리가 들릴 때마다 두려움에 몸이 떨렸다. 나는 너무 절망스러워서 처음 일기장을 가져왔던 날처럼 일기장을 빨래 바구니에 던져놓았다.

잠시 후 저녁 식사 준비를 하는데 리카르도가 미켈레에게 말하는 소리가 들렸다.

"정말 엄마를 쉬게 해야겠어요. 너무 피곤해서 신경이 예민하세요. 결혼식이 끝나면 마틸데 이모에게 가서 최소한 두 달은 쉬셔야 해요. 더 이상 이런 생활을 해서는 안 돼요. 집안일은 가사도우미를 써서 마리나한테 맡길게요."

남편은 적극 찬성했다. 나는 아주 잠시 식구들의 간청에 못 이기는 척 귀도와 함께 떠나는 상상을 하며 해방감을 음미했다. 하지만 나를 이성적인 생각을 못 하는 사람 취급하는 식구들의 대화를 듣고 있으려니 그들의 의도가 의심스러워졌다. 마리나가 내 자리를 차지하려는 게 분명했다. 직장에 다니는 것이 너무 힘들어서, 차라리 내게 계속 일을 시키고 자기는 가사도우미와 함께 집에 남아 명령을 내리고 집 안을 마음대로 정리해 완전히 자기 것으로 만들려는 속셈이다. 나는 수프 그릇을 들고 평온한 미소를 지으며 거실로 들어왔다.

"내 걱정은 하지 마."

내가 말했다.

"나는 괜찮아. 게다가 지금은 집을 떠날 생각이 전혀 없어. 여기 있을 거야."

그런 다음 리카르도에게 태연하게 말했다.

"여기 열쇠를 줄 테니 세례증명서를 찾으렴."

나는 이번에도 아무것도 찾지 못할 거라는 듯 마리나를 바라보았다. 차가운 분노가 치밀어 올랐다. 이제껏 아무도 내 걱정을 해준 적이 없다가 평소와는 다르게 나를 배려해주는 것이 이상했다.

하지만 나중에는 '이러다 정말 성격 버리겠구나'라는 생각이 들었다.

그 생각을 했을 때 나는 미렐라의 방에 있었다. 나는 집안일을 하고 미렐라는 밤늦게까지 공부하고 있었다. 이번 학기에 학점을 많이 이수하기로 결정한 후부터는 미렐라가 밤늦게까지 공부하는 모습을 자주 볼 수 있었다.

"너는 좋겠다."

어제 리카르도가 미렐라에게 말했다.

"나는 신경 쓸 일이 많아져서 너처럼 논문 준비할 시간이 없어. 9월에 은행에 취업하면 지금보다 더 바빠지겠지."

나는 가끔 일을 멈추고 고개를 들고 미렐라를 바라보았다. 미렐라는 언제나 자기 일에 집중했는데 그때도 집중할 때 특유의 표정을 짓고 있었다. 미렐라는 항상 그랬다. 어렸을 때 변덕을 부릴 때도.

내가 함께 있는 걸 미렐라가 불편해하는 걸 알지만 이제는 달리 갈 곳이 없다. 미켈레는 침실에 있었다. 전축에서 나오는 음악 소리가 거실에서 웃으며 카드놀이를 하는 리카르도와 마리나의 목소리를 덮었다.

"갈 곳이 없어."

나는 나도 모르게 속삭였다.

"나도 혼자 방에 있고 싶을 때가 있는데."

미렐라는 공부하느라 피로한 눈을 비비며 나를 바라보았다.

"제 말 좀 들어보세요."

미렐라가 입을 열었다. 이제는 아이들이 뭔가 이야기를 꺼내려 할 때면 겁부터 났다. 미렐라가 말을 이었다.

"저는 두세 달 후에 떠날 거예요. 이 방이 이 집에서 제일 좋은 방이잖아요. 이 방에서는 엄마도 드디어 혼자 쉴 수 있을 거예요. 이 방은 지내기 좋거든요."

미렐라가 애정 어린 눈빛으로 주변을 둘러보며 말했다.

순간 침묵이 흘렀다. 나는 순수해 보이는 미렐라의 시선을 관찰하다 미소를 지으며 물었다.

"결혼하니?"

미렐라는 고개를 저으며 설명해주었다.

"바릴레시 변호사님이 밀라노에 변호사 사무소를 내려고 해요. 산드로에게 맡길 생각이고 저도 그이와 함께 가려고요."

미렐라가 내 시선을 피하지 않고 말했다.

"밀라노에 가서 하숙집을 구하려고 해요. 당분간은 여기서 하던 일과 비슷한 업무를 할 거예요. 하지만 내년에 졸업하고 나면 모든 것이 달라지겠죠. 그러면 정말로 산드로와 함께 일할 수 있을 거예요. 어때요?"

나는 아무 말도 하지 않았다. 부모의 허락을 구해야 한다는 이야기를 해봤자 부질없는 일이었다. 어차피 몇 달 후면 그애를 붙잡아둘 권리가 사라질 테니까.

"완전히 결정한 거니?"

내 물음에 미렐라는 잠시 나를 뚫어지게 바라보다 대답했다.

"네."

나는 칸토니의 사진을 바라보았다. 얼마 전부터 미렐라는 칸토니 사진을 책상 위에 놓아두었는데 지금까지 나는 그 사진을 못 본 척했다. 칸토니의 목소리와 그가 미렐라에 대해 이야기하던 말투, 정확한 단어 사용에서 느껴지던 단호함이 떠올랐다. 이혼 절차가 어떻게 진행되고 있는지, 미국에서 등록한 합의 이혼을 이탈리아에서 승인받을 수 있을지 묻자 미렐라는 아직까지는 진전된 바가 없다고 했다. 미렐라는 자기도 상처를 받고, 엄마에게도 상처를 줄 수밖에 없는 이야기를 최대한 빨리 해치우려는 듯 간결하게 대답했다. 미렐라가 자신의 삶을 보호하기 위해 취하는 냉정한 태도가 내 삶이 휩쓸려 가도록 내버려 두는 나의 나약함보다 차라리 더 선량한 것이 아닌가 싶었다.

리카르도는 함부로 미렐라의 행동에 제동을 걸지 못하게 된 후부터는 요즘 여자들은 갈수록 미렐라처럼 여성성을 잃어간다고 했다. 그렇게 말하면서 리카르도는 마리나를 바라보았고, 그러면 마리나는 아기를 기다린다는 사실에 자부심을 가지면서 미소를 지었다. 하지만 나는 안다. 마리나는 내가 내 자식들을 원한 것처럼 아기를 원했던 것이 아니라는 걸. 리카르도는 마리나가 독약을 먹겠다고 위협했다고 했다. 마리나를 버리고 도망가고 싶었다는 이야기를 고백한 날 저녁, 리카르도의 고통스러웠던 표정을 기억한다.

리카르도와 마리나는 내가 아기를 돌봐주겠다고 허락했을 때 행복해했다. 두 사람은 아기 없이 함께 떠날 생각에 행복해했다.

아기를 데리러 돌아오겠다고는 했지만 정확히 언제 돌아오겠다는 말은 하지 않았다.

아기를 기다리는 사람은 나뿐인 것 같았다. 나는 아기를 귀찮아하거나 방해물로 여기지 않는 유일한 사람이다. 나는 내 자식을 기다리듯 애타게 아기를 기다린다. 태어날 아기를 통해 내 아이들을 더 잘 알고 싶다. 그들이 어린 시절 어땠는지 기억하고, 그들이 어떤 눈을 가졌었는지, 그들이 어떻게 성장했는지 알고 싶다. 아이들에게 생명을 준 순간은 내가 살면서 미렐라처럼 자신이 하는 일에 뚜렷한 자의식을 가진 유일한 순간이다. 미렐라가 여성 특유의 죄책감에서 자유로운 것은 자의식 덕분이다. 그에 비해 나는 언제나 죄책감에 억눌려 산다. 미렐라는 자의식을 바탕으로 자신의 권리를 주장하고, 리카르도는 자신의 나약함을 바탕으로 연민을 자아낸다.

"이 집을 떠난단 말이지."

내가 말했다.

"얼마 후 리카르도마저 떠나면 나 혼자 남겠구나."

가슴은 아팠지만, 오랫동안 기다려온 보상처럼 벌써부터 고독을 음미할 수 있었다. 리카르도와 미렐라가 각자의 길을 가게 되었으니 나 역시 내 삶을 살 수 있을 것이다. 귀도를 생각하면 내가 아직 젊게 느껴졌다.

"난 이제 혼자가 되겠지."

내가 다시 말하자 미렐라가 말했다.

"그렇지 않아요, 엄마. 리카르도는 떠나지 않을 거예요. 엄마도 알잖아요."

나는 의아한 눈빛으로 미렐라를 바라보았다. 미렐라가 자식들에게 버림받는 것에 대해 위안받을 권리까지 빼앗으려 하는 것만 같아서 두려웠다. 갑자기 차가운 냉기가 뼛속을 파고들었다.

"엄마도 잘 아시잖아요. 오빠는 이런저런 핑계를 대면서 일도 공부도 가족도 제대로 챙기지 못할 거예요. 저도 알아요. 쉽지 않은 일이죠. 그러다 보면 둘째가 생길 테고… 그렇게 이 집을 떠나지 않을 거예요. 분명해요. 엄마에게도 오빠가 필요하고요. 어렸을 적에 저는 오빠를 질투했어요. 무슨 잘못을 해도 엄마는 오빠를 용서해줬죠. 더 정확하게 말하면, 실수가 잦아서 엄마가 오빠를 더 애틋하게 생각하는 것 같았어요. 그에 비해 제겐 항상 냉혹하셨죠. 어쩌면 제가 여자여서 그랬던 것 같아요."

나는 고개를 끄덕이며 바닥을 바라보았다. 미렐라 말도 맞지만, 그보다 미렐라는 실수해도 절대로 죄책감을 느끼지 않는 것처럼 보였기 때문인 것도 있다. 리카르도는 달랐다. 그애는 나처럼 언제나 죄책감을 느꼈다. 특히 용기가 없어서 하지 못한 일들에 대해서는 더욱 그랬다.

"그래."

나는 이 이야기를 계속하고 싶지 않았다.

"네 말이 맞을지도 모르지. 어쨌든 네가 떠나면 내가 아기와 함께 이 방을 쓸 수 있겠구나."

미렐라는 다시 한번 내가 평화롭게 혼자 있을 필요가 있다고 했다.

“하지만 나는 아기가 전혀 성가시지 않단다. 게다가 리카르도와 마리나는 젊잖니. 일도 해야 하고, 밤에 잠도 자야 하고, 어차피 나는 늦게까지 자지 않는 데 익숙하단다. 너도 잘 알잖니…”

지금도 마찬가지다. 벌써 새벽 네 시가 다 되어간다. 이런 식으로 살 수는 없다. 피로는 나를 나약하게 만든다. 나쁜 생각을 하게 만든다. 평생 내 모든 것을 가족에게 다 주었는데도 아직도 뭔가를 주어야만 할 것 같다. 그래서 나는 이 시간을 간절히 기다린다. 글을 쓰기 위해서. 젖이 너무 많아서 아픈 가슴처럼 넘칠 것 같은 내면의 강물을 마음껏 흐르게 하려고, 그러기 위해 이 공책을 산 것이다.

일기장을 산 날 기억이 지금도 생생하다. 늦가을이었는데 하늘은 푸르렀고, 봄날처럼 햇살이 따스했다. 그날 나는 혼자였는데 그토록 화창한 날에 혼자이면 안 될 것 같아 일기장을 팔에 끼고 집에 돌아왔다. 귀도가 나를 사랑한다는 사실을 알았다면 아마 일기장을 사지 않았을 것이다. 하지만 만약 일기장을 사지 않았다면 아예 귀도에게 신경 쓰지 않았을 것이다. 그때는 나 자신에게도 신경 쓰지 않았으니까.

나는 이미 모두의 ‘엄마’였다. 그로부터 몇 달 후면 마리나가 나를 ‘시어머니’라 부를 테고, 얼마 지나지 않아 누군가는 나를 ‘할머니’라 부를 터였다. 담배 가게 주인이 일요일이어서 공책을 팔지 않겠다고 했던 것이 기억난다. “금지된 일이거든요”라고 가게 주인은 말했었다. 나는 공책을 가지고 싶은 참을 수 없는 욕망에 사로잡혔다. 공책만 있으면 아직도 발레리아라고 불리고 싶은 나의 은밀한 욕망을 죄책감 없이 충족할 수 있을 것만 같았다. 그런데 그날 이후 나의 고민이 시작되었다.

사실 그때까지만 해도 나는 기억력이 좋지 않았다. 어쩌면 본능적인 방어기제 때문이었을 수도 있다. 삶이란 결국 길고 힘겨운 산책일 뿐이라는 사실을 모르고 사는 편이 낫다. 때때로 희망이 가는 길을 동반해주지만, 결국 누구도 그 희망을 실현시키지는 못한다.

온기가 필요하다. 몸이 꽁꽁 얼어붙었다. 이제 곧 동이 틀 것이다. 창문으로 새벽빛이 비친다. 다시 살아야 한다는 사실에 혐오감을 느낀다. 하지만 이 시간의 잿빛 고독은 나를 급하게 만든다. 한 해는 눈 깜짝할 사이에 지나가는 수많은 날로 구성된다. 더 늦기 전에 행복해지고 싶다. 이 일기장의 두께만큼 다른 사람들을 위한 삶을 살았다. 종이의 무게와 빽빽한 나의 글씨는 그러한 나의 삶을 물리적으로 보여준다.

내가 혹사당하는 것을 즐긴다는 귀도의 말은 사실이다. 내 삶을 포기한다 해도, 그것은 지금까지 내가 주장해온 것처럼 어떠한 윤리 원칙 때문은 아닐 것이다. 사실 나는 아내와 어머니로서의 의무감에 그렇게 강하게 구속받지 않는다. 할머니가 될 나이에 사랑에 빠진 것도 우기다고 생각하지 않는다. 내 유일한 두려움은 그동안 좋은 마음은 아니었지만 그래도 인내심을 가지고 쌓아온 자산을 잃어버리는 것이다. 그것은 지금까지 내 삶을 바쳐 희생한 사람들이 내게 조금씩 갚아야 할 사악한 빚이었다.

다행히 지금은 이런 내 생각이 잘못되었음을 안다. 나 자신을 방어해야 한다. 사랑을 포기하고 고약한 구두쇠 노인이 되고 싶지 않다. 이제 날이 완전히 밝았다. 참새가 지저귀며 아침과 인사하고, 태양은 건너편 집 창문에 밝은 불꽃을 비춘다. 사무실에 가서 기쁜 표정으로 문을 활짝 열 것이다.

"발레리아…"

귀도가 나를 부르면, 나는 리카르도의 결혼식이 끝나는 대로 그와 함께 떠나기로 했다고 선언할 것이다. 우리는 함께 비첸차로 여행을 떠날 것이다. 돌아와서도 만남을 계속할 것이다. 두 달 동안 집을 떠날 것이다. 이곳에는 마리나가 남을 것이다. 이 집에서 24년을 보냈으니 이제는 마리나 차례다.

Date 5월 27일

어제 오후 사무실 문을 여는데 안도감이 느껴졌다. 어슴푸레 어둠이 깔린 사무실은 텅 비어 있었다. 귀도는 재킷을 걸치지 않은 채 말끔하게 다린 실크 셔츠 소매를 걷고 있었다. 그토록 젊고 매력적인 모습은 처음이었다. 지독한 달콤함이 내 마음을 사로잡으며, 사랑이 무엇인지 처음으로 알 것만 같았다.

나는 평소처럼 그를 마주 보고 앉았다. 어제는 나도 실크 옷을 입고 있었다. 머리를 매만지려고 팔을 드는데, 그의 표정에 반사된 내 모습을 보고 내가 아름답다는 사실을 깨달았다. 나는 오래 머무를 수 없다고 했다. 그는 괜찮다고, 함께 떠나기로 결정한 후로는 항상 행복하다고, 상상 속에 있는 것처럼 시간이 전혀 다른 속도로 흐르는 것 같다고 했다.

"사랑해."

그가 웃으며 말했다.

"사랑해요."

나도 그를 바라보며 말했다. 처음으로 사랑한다는 말을 듣고, 그는 얼굴이 환해지면서 책상 위에 놓인 서류 사이로 커다란 손을 내밀었다. 나는 그의 손에 내 손을 얹었다. 우리는 한참을 그렇게 있었다. 그의 얼굴에서 시선을 뗄 수가 없었다. 너무 행복해서 마음이 아팠다.

"우리가 떠나지 못할 거라는 걸 알고 있죠?"

내가 물었다. 순간 그는 절망적인 눈빛으로 나를 의아한 듯 바라보면서 그대로 얼어붙었다. 그런 다음 많은 말은 했지만, 그가 무슨 말을 했는지 기억나지 않는다. 끊임없이 고개를 젓느라 정신이 없어서였을 수도 있다.

"우린 그곳에 가서도 감옥에 갇힌 것 같을 거예요."

내가 말했다.

"여기서와 마찬가지로요. 당신 차에서나 카페에서 주변을 살필 때처럼요. 우리는 영원히 철창을 무너뜨리지 못할 거예요. 그 철창은 외부가 아니라 우리 안에 있는 거니까요. 난 끊임없이 거짓말을 하고 핑곗거리를 둘러대겠죠. 이중생활이 부담스러워서 이러는 게 아니에요. 난 전형적인 소시민이고, 용기와 자유보다는 죄책감에 더 익숙한 사람이죠. 문제는 우리가 죄책감 이외에는 공유할 것이 없다는 거예요. 당신에겐 당신의 삶이 있고, 내겐 내 삶이 있어요. 당신 입으로 말했잖아요. 적응하기에 우리는 너무 늙었다고, 적응은 일시적인 것이고 우리 나이에는 가질 수 없는 희망을 전제로 하죠."

귀도가 내게 다가와 나를 품에 안아주었다. 그의 셔츠에서 나는 깨끗한 향과 벗은 팔의 촉감에 정신이 아득해졌다.

'오, 하나님.'

나는 마음속으로 신을 찾았다.

"함께 영원히 떠날까? 다시는 돌아오지 말까?"

그가 나를 안은 팔에 힘을 주며 속삭였다. 나는 그의 어깨에 파묻은 고개를 세차게 저었다.

"아니요. 그러기에도 너무 늦었어요. 그리고 어쩌면 타협하는 것보다 오히려 주변 사람들에게 더 못할 짓일 거예요."

귀도는 다급히 자기는 가족에 대한 어떠한 의무도 없고 자유롭다고 했다. 하지만 나는 그런 그에게 나중에 후회할 말은 하지 않는 것이 좋다고 했다.

"나도 알아요."

내가 인정했다.

"우리에게도 권리가 있다는걸요. 서로를 사랑할 수만 있다면 그것만으로도 충분하다는 것도요."

"그런데 왜?"

그가 절박하게 물었다.

"나도 잘 모르겠어요. 뭐라 설명할 수는 없지만, 죄책감 없이 누릴 수 있는 권리만 누려야 할 것 같아요. 내겐 가족이 없는 사랑은 명분이 없어요. 죄일 뿐이에요. 당신 말이 옳아요. 하지만 나는 이런 사람이고, 당신은 그런 사람이에요. 당신은 당신 주변 사람들이 저지른 죄를 명분으로 당신의 죄를 가볍게 하죠. 하지만 미렐라는 정당화할 수 없는 사랑은 사랑이 아니라고 했어요. 열정과 본능은 사랑이 아니라고요…"

나는 마음속으로 '우리처럼 실패한 삶을 고치려는 다급한 욕망 역시 사랑은 아닌 것 같아요'라는 말을 덧붙이고 싶었다. 만약 귀도와 내가 더 젊었을 때 만났더라면 이야기가 달라졌을 것이다.

우리가 요즘 같은 시대에 젊었더라면 더 그랬을 것이다. 그랬다면 건물 관리인의 말을 별로 중요하게 생각하지도 않았었겠지.

"일은 명분이 될 수 없다?"

그가 말했다.

"8년이나 함께 일했는데…"

그는 그 말이 우리의 구원이기를 바라며 나를 바라보았다.

"아뇨. 설명하기는 힘들지만 그렇지 않아요. 나는 월급이 필요해서 일한 거예요. 당신은 부자가 되고 싶어서 삼십 년 동안 밤낮없이 일했다고 내게 말해주었죠. 돈은 명분이 될 수 없어요. 부자가 되기 위해서 함께 일하는 것은 목표가 될 수 없어요."

솔직히 나는 돈이 우리를 갈라놓는다고 생각한다. 돈은 내 안에 저급하고 불온한 새로운 욕망을 부추겼다. 그것은 귀도가 가진 것을 소유하고픈 욕망이었다. 불안하고 무방비 상태인 나와는 달리 그를 자신감 있게 만드는 모든 것을 소유하고 싶은 욕망이었다.

며칠 전의 일이었다. 그날 차가 없어서 귀도는 함께 전차를 타고 나를 바래다주겠다고 했다. 그에게는 엄청난 모험이었다. 그는 전차표 가격도 몰랐다. 차장이 미심쩍은 눈초리로 그를 바라보는 동안 나는 웃음을 터뜨렸다. 나는 차장과 같은 입장이었다. 가끔은 조금 걸을 때도 있는데, 걷는 데 익숙하지 않은 귀도는 길을 건널 때마다 자동차에 부딪힐까봐 두려워했다. 어느 날 저녁은 농담을 하며 내가 그의 손을 잡고 이끌어주기까지 했다. 나는 '부자들은 겁이 많구나'라고 생각했다. 그러면서 내게는 익숙한 두려움을 모르는 그가, 나는 잘 모르는 두려움에 사로잡힌다는 사실을 은근히 즐겼다.

하지만 그가 카페에서 동전을 찾기 위해 단위가 큰 지폐를 여러 장 꺼내는 모습을 볼 때면 마음이 상한다. 내게 그 지폐를 가지라고 주면 거부하지 못할 것 같았기 때문이다. 우리가 공유할 수 있는 것은 돈과 죄뿐일 것이다.

"우린 안 돼요. 내 말을 믿어요."

내가 마무리를 지었다. 나는 집에 갈 시간이라고 하고, 책상 스탠드를 끄고, 사무실 문을 닫았다. 귀도는 아무 말 없이 그런 나를 바라보았다. 나는 고통스럽지 않았다. 그 순간 이후로는 그 무엇도 내게 고통을 줄 수도 기쁨을 줄 수도 없을 것 같았다.

우리는 나란히 길을 걸었지만, 길을 가는 행인들이 우리 사이를 갈라놓았다. 테베레강변에 이르러 우리는 팔짱을 꼈다. 나는 침착하게 월요일에는 리카르도 결혼 준비 때문에 출근을 못 할 거라고 했다. 긴 휴가가 필요하고, 남편과 아이들이 내가 직장을 그만두고 아기를 돌보기를 원한다고 했다.

"친할머니만큼 아기를 잘 돌볼 수 있는 사람은 없으니까요."

나는 일부러 그런 말을 했다. 아무리 고통스러운 일도 일단 입 밖으로 내뱉고 나면 당연하게 받아들일 수 있을 것 같았다. 하지만 말을 하고 나서도 변한 것은 아무것도 없었다. 우리는 여전히 온화한 봄날 저녁 팔짱을 끼고 걷는 두 청춘이었다. 그와 헤어지고 나니 그를 다시 부르고 싶었다. 내가 젊어질 유일한 기회가 멀어져가는 것이 느껴졌다. 귀도 역시 같은 생각이었을 것이다. 나는 그가 구부정한 자세로 걸어가는 모습을 지켜보았다.

어제저녁에는 일기를 쓸 수 없었다. 귀도와 힘들게 이야기를 하고 나니 명치를 세게 한 대 얻어맞은 것처럼 혼란스러웠다. 집에 오자마자 침실에 가니 미켈레는 이미 침대에 누워 무언가를 읽고 있었다. 나는 그의 옆에 몸을 꼭 붙였고, 그는 여전히 책을 읽었다. 나는 여느 저녁처럼 잠든 척했다. 가끔 미켈레도 나처럼 잠든 척했으리라. 각자의 고뇌 속에서 잠들지 못하면서도 동반자가 눈치채지 못하게 잠든 척하는 것이야말로 모범적인 결혼 생활의 정석이다. 나는 서서히 정말로 잠이 들었다.

오늘은 일요일이다. 미렐라는 점심을 먹으러 리도에 갔다. 성당에서 돌아오는데 건물 앞에서 출발하려는 칸토니의 차가 보였다. 미렐라가 창밖으로 얼굴을 내밀고 내게 반갑게 인사했다. 칸토니도 운전대 위로 고개를 숙여 보이며 내게 인사했다. 환하게 웃는 두 청춘의 모습에 나도 모르게 다정하게 인사를 되받아주었다. 잠깐 실수했나 싶었지만 잘한 것 같았다. 건물 관리인이 둘이 언제 결혼하냐고 묻자, 나는 "올가을 밀라노에서요"라고 했다.

오늘은 혼자 있고 싶었다. 그래서 처음 일기를 쓰기 시작했을 때처럼 직장 동료에게 받았다면서 축구 경기 티켓 세 장을 내밀었다. 미켈레는 아이들과 축구장에 간다고 기뻐하면서, 마리나와 다정하게 농담을 주고받았다.

나는 다들 나간 것을 확인한 후에 빨래 주머니에서 일기장을 꺼내 들었다. 나 자신이 강인하게 느껴지면서 나에 대한 확신이 들었다. 가끔 일부러 마리나 앞에서 리카르도 신붓감으로 점지해두었던 달모 백작 부인 딸 이야기를 꺼낸다(아마도 앞으로도 계속 그럴 것이다). 오늘 나는 맛있는 점심을 준비했다. 심지어는 토르텔리니까지 만들었다. 미켈레는 오늘 내가 만든 토르텔리니가 장모님 토르텔리니보다 맛있다고 했다. 리카르도가 마리나에게 토르텔리니를 만들 줄 아냐고 묻자, 그애는 고개를 가로저었다. 나는 그런 마리나에게 토르텔리니는 만들기 쉬우니 내가 가르쳐주겠다고 했다.

하지만 일기장을 꺼내는 순간 나는 평화를 잃는다. 매 페이지, 모든 줄에 귀도의 모습이 있다. 문자화된 그의 말은 예기치 못한 울림을 가진다. 그로 인한 파장에 정신이 혼미해진다. 처음 그가 떠나자고 했을 때 그렇게 하자고 했어야 했다. 내가 진심으로 바란 것은 그것뿐이었으니까. 나의 포기는 내가 용기가 부족하다는 또 다른 증거일 뿐이다. 미렐라는 그것을 위선이라 부른다.

일기장에 쓴 글을 보면 나는 겁이 난다. 적나라하게 표현된 나의 모든 감정이 썩어 문드러져 독이 될 것만 같다. 판사가 되고 싶었는데 죄인이 된 것 같다. 일기장을 없애야 한다. 삶의 매시간 같은 일기장의 매 페이지에 숨어 있는 악마를 없애야 한다. 저녁에 다 함께 식탁에 둘러앉아 있을 때면 모두 솔직하고 충실하고 계략 따위는 꾸미지 않을 것처럼 보인다. 하지만 나는 아무도 자신의 본모습을 드러내 보이지 않는다는 사실을 안다. 수치심 때문이든 악의적인 감정 때문이든 우리는 본모습을 숨기고 변장한다.

마리나는 매일 저녁 나를 빤히 바라본다. 그럴 때마다 마리나가 내 안에서 일기장을 보는 것만 같은 느낌이 든다. 마치 그애가 일기를 쓰기 위해 꾸민 계략과 일기장을 숨기기 위해 발휘한 교활함을 꿰뚫어 보는 것 같다. 마리나는 자기가 언젠가는 일기장을 찾아내서 나를 지배할 수 있는 근거를 찾을 거라는 확신을 가지고 있는 것 같다. 리카르도와 저지른 일로 인해 내가 그애를 지배할 수 있게 된 것처럼 말이다. 마리나는 내 앞에 앉아서 똑똑하지 못한 이들 특유의 무자비한 인내심을 가지고 기다리고 있다.

하지만 마리나는 일기장을 찾지 못할 것이다. 아무것도 찾지 못할 것이다. 그렇게 만들기 위해 나는 일부러 혼자 집에 남은 것이다. 일기장을 없애기 위해서 말이다. 나는 일기장을 불태울 생각이다. 마리나가 돌아오면 집 안 공기가 살짝 따뜻해졌다는 것을 느끼겠지. 우연히 난로에 손을 올리면 그제야 모든 것을 이해하겠지. 그애는 무슨 일이 있었는지 알아챌 것이다. 결국 모든 여성은 자신만의 까만 공책, 금지된 일기장을 숨기고 있으니까. 모두 그 일기장을 없애버려야 한다.

일기 속 내 모습이 더 진실했는지, 아니면 나를 초상화처럼 아름답게 남길 수 있도록 굴던 행동에서 더 진실했는지 자문해본다. 잘 모르겠다. 정답을 아는 사람은 아무도 없을 것이다.

내 몸이 삐쩍 말라가는 것 같다. 내 팔은 말라비틀어진 나뭇가지다. 노인이 되려고 했는데 못된 여자가 되었을 뿐이다. 나는 두렵다. 마리나가 나를 놀래키려고 미켈레와 리카르도를 꼬드겨서 예정된 시간보다 빨리 집에 들어올 수도 있다.

최대한 빨리 일기장을 불태워야겠다. 지금 당장. 일기장을 다시 읽고 마음이 약해지기 전에, 작별 인사할 시간도 없이. 이것이 일기장의 마지막 페이지가 될 것이다. 다음 장에는 글을 쓰지 않을 것이다. 미래에 올 나의 나날들은 아무것도 쓰지 않은 이 백지처럼 하얗고, 매끈하고, 차가울 것이다. 생의 마지막에 발레리아라는 이름을 새길 거대하고 하얀 돌도 매끈하겠지.

"어머니는 성녀였어."

리카르도가 흐느끼며 마리나에게 말할 것이다. 과거 미켈레가 내게 했던 것처럼 말이다. 마리나는 리카르도의 말을 부정하지 못할 것이다. 끝까지 아무것도 알지 못할 테니까.

지난 몇 달간의 나의 삶이 몇 분 후면 흔적도 없이 사라질 것이다. 주변에 오직 가벼운 탄 냄새만 남을 것이다.

금지된 일기장에 내밀한 욕망을 고백하다

• 옮긴이의 말

『금지된 일기장』의 주인공은 발레리아 코사티다. 그녀의 나이는 마흔셋. 장성한 리카르도와 미렐라 남매의 어머니이자, 은행원인 미켈레의 아내다. 발레리아도 직장에 다닌다. 그녀는 넉넉하지 않은 살림에 보태기 위해 사무실에 출근한다. 발레리아보다 부유한 친구들은 그런 그녀를 불쌍하게 생각한다. 발레리아의 친구들은 오후에 모여서 티타임을 가지며 수다를 떨지만, 발레리아에게는 그럴 시간이 없다. 퇴근 후 장보기부터 요리, 세탁까지 집안일은 모두 발레리아 몫이다. 경제적 자립이라는 여성 인권 신장의 기본 조건은 오히려 수치스러운 일처럼 느껴진다.

소설의 초반부터 발레리아를 지배하는 정서는 피로감이다. 그녀는 가족을 위해 자신의 모든 것을 희생하면서, 가족만 행복하면 자신의 희생은 충분히 보상받는다고 생각한다. 아니, 그렇게 자기 최면을 건다. 발레리아는 집안일과 직장 사이에서 지쳐간다. 하지만 아무도 그녀의 노고를 고마워하지 않는다. 그러던 어느 날 발레리아는 쳇바퀴 같은 일상 속에서 작은 일탈을 시도한다. 아무도 모르게 까만 표지의 공책을 산 것이다. 그녀는 특별히 사용할 용도도 없으면서 홀린 듯 집어 든 까만 공책을 소중한 보물처럼 감춰둔다. 그렇게 그녀의 은밀한 글쓰기가 시작된다.

그녀는 매일 저녁 가족들이 잠들기를 기다렸다가 혼자가 되면 일기장을 꺼내 든다. 발레리아에게 허락된 공간은 없다. 그녀는 가족 몰래 쫓기듯 일기를 쓰면서도 가족을 위해 사용해야 할 시간을 허비하고 있다는 죄책감까지 느끼지만, 그녀의 삶은 백지 위에서 서서히 형체를 갖추어간다.

발레리아는 일기를 쓰면서 단순한 글쓰기의 만족감을 넘어 숨겨진 자아를 발견한다. 일상을 되돌아보며, 자의식에 눈을 뜬다. 발레리아는 모두가 자신의 노고를 당연하게 여기는 데 지친다. 남편도, 아이들도 자기를 노인 취급한다. 미렐라는 새 코트를 사달라고 조르면서, 엄마는 늙었으니 새 옷 같은 건 필요 없지 않냐고 하고 남편은 딸의 말에 동의한다. 그들은 이제 겨우 마흔셋인 발레리아의 욕망과 여성성을 거세한다.

발레리아는 자신이 결혼이라는 늪 속에 갇혀 있다는 사실을 일기를 쓰면서 처음으로 깨닫는다. 남편 미켈레는 언젠가부터 그녀를 '엄마'라고 부르기 시작했다. 그동안은 그런 애칭을 애틋하게 생각했지만, 일기를 쓰면서 발레리아의 생각이 변한다. 그녀에게 정열과 열정은 너무나 낯선 과거의 감정이 되었다.

사실 발레리아는 아직 아름답다. 친구들처럼 화려하게 꾸미지는 못해도 시선을 끄는 매력이 있다. 그런 그녀의 매력을 알아본 사람은 사장 귀도다. 가족의 눈을 피해 마음 편히 일기를 쓰고 싶은 마음에 토요일 오후 사무실을 찾은 발레리아는, 그곳에서 자신과 마찬가지로 가족에게서 떨어져 있고 싶어 사무실에 출근한 귀도를 만난다. 그렇게 토요일 오후는 두 사람에게 특별한 시간이 된다. 어느 순간 발레리아는 사장을 친근하게 귀도라고 부르기 시작한다.

발레리아는 모든 것을 버리고 귀도와 사랑의 도피를 떠나기로 하지만, 마지막 순간에 결국 가족을 선택한다. 그녀는 자신도 귀도도 변화를 꾀하기엔 너무 늦었다고 생각한다. 중산층의 삶에 너무나 익숙해졌기 때문이다. 소설의 결말에 발레리아는 자아와 욕망에 눈을 뜨게 해준 일기장을 불태운 뒤 6개월 동안의 짧은 일탈을 마치고 본래의 삶으로 돌아간다.

『금지된 일기장』은 1950년대 배경이지만, 지금도 독자의 마음을 불안하고 불편하게 만든다. 특히 독자가 여성일 경우에는 그런 감정을 더욱 강하게 느낄 것이다. 무려 70년 전에 출간한 소설이지만, 『금지된 일기장』에 묘사되는 갈등은 지금도 유효하다. 알바 데 세스페데스는 일기라는 형식을 통해 독자와의 공감대를 형성하고 미묘한 심리 변화를 섬세하게 들려준다. 그의 필체는 담담하지만 울림이 있다. 그의 글을 읽다 보면 아무도 없는 조용한 부엌의 정적 속에 발레리아와 함께 있는 듯한 느낌이 든다.

극 중 발레리아의 공책이 '금지된 일기장'인 이유는 두 가지다. 이탈리아에서는 담배 가게에서 신문과 문구류 등을 함께 판매했다. 소설의 배경인 1950년대에는 담배 가게와 문방구의 공정한 경쟁을 위해서 일요일에는 담배 가게에서 담배 이외의 상품 판매를 금지하는 법이 있었다. 발레리아가 일기장을 사고 싶은 충동을 느낀 순간이 하필 일요일이어서, 일기장은 '금지된' 품목이었다. 또한 이렇게 구입한 일기장에 그때까지 자기 자신에게조차 숨기고 있던 욕망과 상실감을 털어놓았기 때문에 상징적인 의미에서 금지된 일기장이기도 하다.

『금지된 일기장』 영문판의 서문을 쓴 작가 줌파 라히리는 '일기'라는 형식에 주목한다. 사실 일기만큼 화자의 심리와 감정 변화를 민감하게 포착하고 섬세하게 그려내기에 적합한 장르는 없다. 그것은 일기 쓰기라는 행위 자체에 작가이자 화자인 주인공의 '사유'가 녹아 있기 때문이다.

실제 프란츠 카프카, 버지니아 울프 등 많은 작가가 일기를 썼다. 이들에게 일기는 문학적 사유의 자양분이 되었다. 세스페데스 역시 평소 일기를 썼다고 한다. 그리고 일기 작가로서의 경험을 『금지된 일기장』에 투영한다.

줌파 라히리는 "일기라는 형식을 통해 사적인 것이 공적인 것이 되고, 개인적인 문제가 세분화되고, 작가는 자신의 독자가, 독자는 자신이 읽는 글의 작가가 된다"고 했다. 일기란 그 안에 있는 모든 것을 뒤섞는 모호하고 유연한 용기라는 것이다. 라히리는 "일기는 가장 사적인 형태의 글쓰기이지만, 『금지된 일기장』에서처럼 그 자체가 소설의 구조가 될 때 그 본질을 부정한다"고 했다. 세스페데스는 영리하게도 일기라는 형식을 선택함으로써, 가장 내밀한 사유를 지극히 자연스럽게 공론화했다.

여기에서 알바 데 세스페데스와 관련된 이야기를 하지 않을 수 없다. 세스페데스는 1911년에 태어나서 1997년에 사망한 쿠바계 이탈리아 작가다. 그의 아버지는 쿠바 출신 외교관으로 주이탈리아 쿠바 대사로 재직하던 시절, 이탈리아 여성과 결혼해 알바

데 세스페데스를 낳았다. 그의 할아버지 카를로스 마누엘 데 세스페데스는 스페인으로부터 쿠바 독립을 위한 투쟁을 이끈 쿠바 초대 대통령이었다.

후에 세스페데스는 이탈리아 시민권을 획득하기 위해 15세의 어린 나이에 이탈리아 귀족 주세페 안타모로와 결혼한다. 지나치게 빠른 결혼 탓인지 그는 17세에 아들 프랑코를 낳은 후 스무 살이 되는 해에 남편과 이혼한다.

자립적이고 독립적인 성격이었던 세스페데스는 이탈리아어, 스페인어, 프랑스어에 능숙했고, 지성인들과 어울리며 교양을 쌓았다. 어린 시절부터 글쓰기에 남다른 재능을 보였고, 비교적 이른 나이인 24세에 단편 모음을 출판한다. 그후, 첫 장편소설『아무도 돌아가지 않는다』『그녀의 이야기』『전과 후』등이 큰 성공을 이루며 20세기 이탈리아를 대표하는 여성 작가로 자리 잡는다.

세스페데스는 정치적으로도 활발하게 활동하며, 무솔리니의 파시스트 정권과 맞섰다. 제2차 세계대전 시절에는 스스로 독일군에게 맞서 파르티잔으로 활동할 정도로 사회 활동에 적극적이었다. 1935년과 1943년에 반파시스트 행위로 두 번 투옥되었고, 데뷔작『아무도 돌아가지 않는다』와『탈출』이 금서로 지정된다.

소설 못지않게 극적인 세스페데스의 삶을 살펴보면『금지된 일기장』에 나오는 클라라가 연상된다. 실제로 세스페데스는 영화·방송·라디오 작가로도 활동했고, 어니스트 헤밍웨이, 알베르토 모라비아를 비롯한 당대의 지성인들과 교류했다.

그런 그의 작품들이 확실하지 않은 이유로 오랫동안 잊혀졌다

재조명된 데에는 엘레나 페란테의 역할이 컸다. 엘레나 페란테는 에세이 『프란투말리아』에서 세스페데스의 작품을 두고 자신에게 용기를 주는 작품이라고 밝혔다. 이후 2019년부터 유럽과 영미권 출판계에서 '세스페데스 다시 읽기' 돌풍이 불었다.

실제로 미국에서는 엘레나 페란테의 모든 작품을 번역한 앤 골드스타인이 『금지된 일기장』의 번역을 맡았다. 골드스타인은 "이 책을 처음 읽고 매우 현대적이어서 놀랐다"면서 "그녀가 발견한 것, 그녀가 본 것, 그것은 우리 모두가 여전히 어려움을 겪고 있는 것이다"라고 했다.

『금지된 일기장』을 읽다 보면 엘레나 페란테가 이 작품에서 영감을 받았다는 사실이 이해된다. 담백하고 잔잔하지만 울림이 있는 엘레나 페란테의 작품을 연상시킨다. 릴라가 『나의 눈부신 친구』에서 쓴 일기장의 모티브가 이 책인 것 같기도 하다.

오래전에 출간된 작품인데도 이탈리아 온라인 서점을 보면 최근 올라온 평이 상당히 많다. 시대와 장소를 막론하고 공감할 수 있는 보편적인 주제와 극적인 사건 없이도 책을 놓지 않게 하는 흡입력 있는 작품이기에 아직도 꾸준히 사랑받고 있는 듯하다. 많은 독자, 특히 여성 독자들의 호응을 얻을 만한 책이라고 생각한다. 자아를 뒤로하고 누군가의 아내, 어머니로서만 존재하는 것이 서글퍼질 때 조용히 펼칠 책이다.

2024년 12월

김 지 우

금지된 일기장

지은이 알바 데 세스페데스
옮긴이 김지우
펴낸이 김언호

펴낸곳 (주)도서출판 한길사
등록 1976년 12월 24일 제74호
주소 10881 경기도 파주시 광인사길 37
홈페이지 www.hangilsa.co.kr
전자우편 hangilsa@hangilsa.co.kr
전화 031-955-2000~3 팩스 031-955-2005

부사장 박관순 총괄이사 김서영 관리이사 곽명호
경영이사 김관영 편집주간 백은숙
편집 배소현 노유연 박홍민 임진영
관리 이주환 문주상 이희문 원선아 이진아 마케팅 이영은
디자인 창포 031-955-2097
인쇄 예림 제책 예림바인딩

제1판 제1쇄 2025년 1월 6일
제1판 제3쇄 2025년 2월 7일

값 18,000원
ISBN 978-89-356-7890-7 03880